W0303741

FVA

Stephan Kaluza

Geh auf Magenta

Roman

FRANKFURTER VERLAGSANSTALT

FSC
www.fsc.org
MIX
Papier aus verantwortungsvollen Quellen
FSC® C014496

1. Auflage
© Frankfurter Verlagsanstalt GmbH,
Frankfurt am Main 2013
Alle Rechte vorbehalten
Herstellung und Umschlaggestaltung: Laura J Gerlach
Umschlagmotiv: © istockphoto/andipantz
Satz: psb, Berlin
Druck und Bindung: GGP Media GmbH, Pößneck
Printed in Germany
ISBN: 978-3-627-00199-5

1

Der Tag wäre sicher anders verlaufen, wenn einige der *unvorhersehbaren Ereignisse* eingetreten wären, mit denen lange Geschichten so oft beginnen; diese blieben jedoch aus, so dass Bastien pünktlich zu seinem persönlichen Armageddon in Berlin landen konnte. Keine Schlechtwetterfront über dem Indischen Ozean sorgte für eine dramatische Notlandung auf einer abgelegenen pazifischen Insel, keine politischen Unruhen in arabischen Kleinstaaten hielten sein Flugzeug auf fremden Flughäfen fest, alles verlief bei Sonnenschein und Windstille nach Plan, die Maschine kam darüber hinaus sogar noch eine Viertelstunde vor der erwarteten Zeit an.
Schade, ging es ihm während der Landung durch den Kopf, schließlich hätte man das ein oder andere Abenteuer ja doch einmal gerne mitgenommen, ein Abenteuer gegen die Muster eines Lebens im Schatten fester Ankunftszeiten. Er warf einen Blick auf Sonias Profil, die neben ihm auf die herannahende Landebahn hinuntersah. Genau das hätten sie gebraucht, etwas Unvorhergesehenes, etwas Dramatisches; zum Beispiel

kreative Gedanken beim Installieren eines Signalfeuers nach dem Absturz, das Beerdigen der armen Schweine, die das Unglück nicht überlebt hatten, das ernste Beratschlagen darüber, was in dieser aussichtslosen Lage das Beste wäre. Auf der Insel in verliebter Zweisamkeit zu verharren oder mit dem Mut der Verzweiflung aus den Überresten des abgestürzten Wracks ein Floß zu bauen, mit dem sie nach dreißig endlosen Tagen auf See dann schließlich zum rettenden Kontinent gelangt wären, um dort an der bereitstehenden Strandbar noch einen Caipirinha zu trinken –

»Du bist nicht angeschnallt. Mach schon.«

Sie blickte ihn von der Seite an, tippte mit den Fingern an seinen offenen Gurt und wies mit einem Blick auf die sich nähernde Stewardess. Lächelnd zog er den Gurt stramm; nichts Neues, sie war während des ganzen Urlaubs so gewesen, zuliebst aufmerksam, fürsorglich kontrollierend. Für ihre spitze Stimme konnte sie ja nichts, sie hatte ihn aber dennoch laufend in den Wahnsinn getrieben, besonders nach ihrer viertelstündigen Standpauke zur Handhabung einer Gabel beim Spaghettiessen, er hatte sie wohl einmal mit der ganzen Hand umfasst. Auch seine Beteuerungen, dass diese kleinen thailändischen Gabeln nun einmal nicht so einfach zu halten wären wie deutsche, halfen nichts, sie zog missbilligend die Augenbrauen in die Höhe und blickte sich peinlich berührt im Lokal um. Für die nächsten hundert Dekaden war er in ihren Augen nun nichts weiter als ein simpler Prolet, der nicht einmal wusste, wie man sich auf dem glatten Parkett einer thailändischen Pommesbude zu benehmen hatte.

Aber sie war schön. *Richtig schön*, wie die Mehrheit seiner Freunde einhellig meinte und es vor der Reise an zustimmenden Klapsen auf den Rücken nicht fehlen ließ.

Er hatte natürlich einen Bungalow mit nur einem Zimmer und nur einem Doppelbett gebucht, aber jede Strategie stellte sich als vollkommen unbrauchbar heraus; Sonia lag am äußersten Rand des Bettes und zeigte ihm ihren schmalen Rücken, aufreizend anzusehen, wenn sie nicht das Laken bis über beide Schultern hochgezogen hätte, so dass nur noch ihr blonder Schopf aus den Kissenbergen herausragte. Sie las *Tom Jones*, runde tausend Seiten; anfangs war er noch von diesem Buch und ihrem Interesse an der Welt des 18. Jahrhunderts beeindruckt, je mehr Lachanfälle zum Gelesenen sie nächtens jedoch bekam, umso mehr bezweifelte er das intellektuelle Niveau des Buches. Wie auch immer, es lief in den zwei Wochen nichts.

Während die Maschine sich dem Flughafen näherte, überlegte er bereits, mit welchen Ausflüchten er seinen Freunden die Umstände seines Scheiterns erklären würde. Mit einer anhaltenden Diarrhoe zum Beispiel, die ihn vollkommen außer Gefecht gesetzt hätte; oder wie seinerzeit Gaugin unter den Palmen der Südsee sei ihm die Idee zu einer neuen Bilderserie gekommen, auf die er sein Leben lang gewartet hatte; eine Idee, deren Kraft sogar stärker als alle Liebesnächte mit Sonia war. Aber es galt zu überlegen, welche Art von Idee es gewesen sein musste, die ihn derart abgehalten hatte; und da der Großteil seines Freundeskreises ebenfalls

aus Künstlern bestand, würde er sich zwangsläufig in geistiger Erklärungsnot befinden.
Aber das ein oder andere Statement zu dem oder jenen Gedanken würde schon Sinn machen, er hatte dafür im Taxi Zeit, denn Mel würde sich nicht lange mit Beschreibungen von Palmenstränden zufriedengeben wollen, schließlich hatte er ihr diese Reise mit seiner Sinnsuche erklärt; dass er endlich einmal wieder Zeit für sich bräuchte, dass er seine Gedanken bündeln müsse, um zu neuen Ufern zu gelangen. Damit gab sie sich anfangs zufrieden. Es glich schon einem Husarenstück, der eigenen Frau zu erklären, dass man mit einer anderen in den Urlaub fliegt. Im Vorfeld der Reise beschrieb er Sonia als seine *kleine Schwester*, sodass er Mels Misstrauen galant im Keim ersticken konnte. Schließlich schien sie einverstanden, doch die Seitenblicke blieben nicht aus, und er hätte natürlich darauf eingehen können, tat es aber nicht. War da nicht der Trip nach Kalifornien, letztes Jahr, den sie im letzten Moment abgesagt hatte? Dann Spanien, das Gleiche, im vorletzten Jahr. Und die Liebesreise nach Frankreich, die er letztlich enttäuscht alleine antrat, weil sie zu arbeiten hatte. Mel hin, Mel her; gab es doch Zeiten der Zweisamkeit zwischen ihnen und solche, in denen es einfach einmal nur um einen gesunden Egoismus ging.
Ganz wohl war ihm bei dem Gedanken dennoch nicht, schließlich war Mel seit acht Jahren an seiner Seite, in ihren Interessen, Vorlieben und Leidenschaften ein vollkommener Spiegel seiner selbst, in einer Vertrauensstruktur, die ihm eine vollkommene Heimat war. Mit

anderen Worten: sie war nicht *irgendeine*, die man mit *irgendeiner* so einfach betrog.

»Das tut weh –« Sonia legte seine Hand zurück auf seinen Schoß. Er hatte sich nichts dabei gedacht, denn er sah durch die Seitenfenster die Landebahn in rasender Geschwindigkeit auf sich zukommen. Glücklicherweise erfüllte die Sitzlehne nun den gleichen Zweck wie Sonias Knie, er umklammerte sie fest, seine Handflächen waren schweißnass, und er verspürte eine beginnende Unruhe; das Schlimmste, was ihm vor Sonia jetzt passieren konnte, wäre die Peinlichkeit einer akuten Panik. Bei den vorherigen Starts und Landungen, inklusive aller Zwischenstopps, war es ihm noch einigermaßen gelungen, seine Flugangst mit einem Lächeln zu überspielen, aber diesmal schien die Lage ernst, die Beine waren nicht mehr zu spüren, ab der Lende aufwärts schien er nur noch aus hochaktiven Schweißdrüsen zu bestehen, und sein stiergleicher Blick starrte in den Tunnel eines endlosen Falles, *nur das Bodenlose schien jetzt tief genug.*

»Alles OK bei dir?«

Wie immer in solchen Situationen wäre dann nur ein Triebwerksschaden oder eine Materialermüdung schuld, und die Maschine würde mit voller Geschwindigkeit über die Landebahn hinausschießen, abschmieren, sich mehrmals überschlagen und in einem Feuerball gegen einen dastehenden Tanklaster prallen, niemand an Bord würde diese Apokalypse überleben – *Bitte bleiben Sie so lange angeschnallt, bis das Flugzeug seine endgültige Parkposition erreicht hat und die Hinweisschilder über Ihnen erloschen sind.*

Nach einem kurzen Ruck standen sie, er atmete aus. Sonia sah ihn wieder skeptisch von der Seite an: »Du hast mir nie davon erzählt.«
»Von was?«
»Von deiner Flugangst.«
»Ich habe keine Flugangst, Quatsch.«
»Doch, hast du. Finde ich ganz schön mutig«, sagte sie. »Ich meine, dass du das bislang so im Griff hattest. Wirklich toll.«
Das hatte er, richtig, einmal sogar in einem zweimotorigen Propellersarg, nicht viel mehr als sein eigener Flugschreiber, dessen Piloten während des Starts seltsam unkonzentriert wirkten, so als hätten sie mit diesem Flug nicht wirklich etwas zu tun. All das hatte er bestens überspielen können, hatte sogar noch die Kraft besessen, auf die Schönheit der thailändischen Inselwelt von oben zu verweisen, aber jetzt, im finalen Anflug, schien die selbstauferlegte Disziplin späte Rache nehmen zu wollen, er fühlte sich wie in der zwölften Runde im Ring, froh, endlich verlieren zu dürfen.
Er blickte zuerst die Schar aufspringender Fluggäste und dann Sonia an, sagte ihr, wie vollkommen uncool es sei, dass jeder immer der Erste beim Herausklauben des Handgepäcks sein wolle, später stünde man ja ohnehin wieder zusammen am Gepäckband. Sonia musterte zwar etwas unruhig die schiebenden, reißenden und drückenden Hände vor der Gepäckablage über ihnen, in der sie ihre Louis-Vuitton-Tasche sorgsam verstaut hatte, schien ihm aber zuzustimmen und beschränkte sich auf tödliche Blicke zu anderen Reisenden, die ihre Tasche ungehobelt von links nach

rechts schoben, um an die eigenen zu kommen. In der Zwischenzeit verspürte Bastien wieder erste Anzeichen von Leben in den Beinen, so dass er das Aufstehen mit einem Lächeln wagen und das Gefühl des festen Bodens unter den Füßen wieder genießen konnte.
Wie erwartet waren ihre Koffer unter den letzten, die das Gepäckband hergab, Zeit genug für ihn, sich auf das Wiedersehen mit Mel zu freuen. Schließlich konnte er ganz ehrlich von sich behaupten, ihr treu geblieben zu sein, trotz allem. Obwohl Sonia eine der Frauen war, bei denen Männer vor lauter Staunen ob ihrer Schönheit sogar ihre Koffer eine zweite Runde auf dem Gepäckband antreten ließen. Und sie war sich dessen bewusst. Ihre zerschlissene Jeans, die aussah, als hätte sie jahrzehntelang in der Wüste gelegen, saß figurbetont genau und gehörte zu einer besonders teuren Marke; und die über dem Bauchnabel zusammengeknotete weiße Bluse verlieh ihr einen Hauch von Douglas-Fairbanks-Romantik. Wenn sie wie jetzt scheinbar gelangweilt am Gepäckband stand, so stand sie dort in der Gewissheit all der Augen, die auf ihr hafteten wie auf einem Werbespot von Chanel; das war für sie die Luft zum Atmen. Ihr Warten auf den Koffer wurde so zu einem nahezu erhabenen Moment. Sie stand dort in einer lässigen Standbein-Spielbein-Haltung, fern aller irdischen Probleme um sich herum.
Bastien hatte sie auf einer seiner Vernissagen kennengelernt. Da er an diesem Abend quasi über Hausherrenrecht in der Galerie verfügte, hegte er auch keine Scheu, sie direkt anzusprechen und sich als der ausstellende Künstler vorzustellen, was sie anfangs beein-

druckte, war sie doch, wie sich während der ersten Sätze herausstellen sollte, eine leidenschaftliche Hobbymalerin und hatte Hochachtung vor den echten Profis, was Bastien zu gönnerischen Sätzen verleitete. – Sie könne gerne sein Atelier für größere Formate nutzen; ein Angebot, das sie bereitwillig annahm. Bereits einen Tag später rief sie an, und es hagelte Unmengen an Fragen zu Farben, Art und Beschaffenheit von Leinwänden, Keilrahmen und die Schwierigkeit, diese von Hand zu bespannen. Bastien, obwohl im Zugzwang mit der Versendung eines Antrages auf Fördermittel und absolut auf den letzten Drücker, ließ es sich nicht nehmen, ihr gleich drei Großformate aufzuspannen und akkurat zu grundieren; eine Arbeit, die ihr Zeit gab, es sich daneben in einem Sessel bequem zu machen und ausgiebig aus ihrem Leben zu erzählen. – Geboren in der ostdeutschen Provinz, die abgebrochene Schule, schließlich der große Sprung nach Berlin, pragmatische Bekanntschaften hier und da, aber dann die Beziehung mit einem Geschäftsmann aus Riad, mit dessen Hilfe sie gänzlich ohne finanzielle Probleme ihr Studium der Theologie aufnehmen konnte.
Theologie. Bastien war beeindruckt, er dachte an sparsam bekleidete tizianische Engel, und während des notorischen Verstreichens der Grundierfarbe nickte er mehrmals anerkennend. Man komme ja niemals an den großen Mystikern vorbei, holte er aus, Meister Eckhart habe mehr Einfluss auf die Scholastik gehabt, als die katholische Kirche gemeinhin anerkennen wolle, schließlich sei diese Religion ja ebenso ein auf ihren Denkern beruhendes Konstrukt wie alle anderen auch

und könne sich in keiner Weise als verlängerter Arm der altvorderen Propheten begreifen, das sei überheblich. Er schloss dann schließlich mit Voltaires Satz *Wenn es Gott nicht gäbe, müsste man ihn erfinden.* Jetzt war es Sonia, die sich beeindruckt zeigte, schließlich sei sie über das vierte Semester ja nicht hinausgekommen und, wie sie offen zugeben müsse, hatte sie selbst in dieser Zeit nicht mehr als zwei, drei Vorlesungen besuchen können, da ihr Leben mit unterschiedlichsten Aufgaben gefüllt war, das habe ihr immer ein Gefühl der Zerrissenheit verliehen, schließlich sei ein profundes Wissen ein absolutes Privileg. Und sie würde jeden Mann bewundern, der darüber verfüge. Woraufhin Bastien seine Kenntnisse als notwendige Werkzeuge zur Erlangung der wirklich großen Erkenntnisse herunterlächelte, was ihr noch mehr Bewunderung zu entlocken schien. Als er dann mit weißen Pinselstrichen die Grundzüge des deutschen Idealismus, des Konstruktivismus und beider Epigonen auf die Leinwand skizzierte, war es ganz um sie geschehen, sie begriff, dass sie es mit einem außergewöhnlichen Mann, einem Genie zu tun hatte, von dem sie das Wissen der Welt erlernen könnte; währenddessen er sich immer wieder vorstellte, wie es wäre, wenn sie in der triefnassen Grundierfarbe eines Tages ausrutschen würde und ihr feuchtes T-Shirt in seinem Atelier zum Trocknen aufhängen müsste. Mit einem solch gegenseitigen Interesse ausgerüstet, verbrachten sie in den folgenden Tagen Stunden mit philosophischen Diskursen und Berichterstattungen zum tristen Großwerden in der ostdeutschen Provinz. Sein Antrag auf Fördermittel blieb liegen, was Mel unsäglich dämlich fand, da man ihn ja schließlich eindeutig dazu aufgefordert hatte, was so viel hieß, dass die Kohle sicher war. Und Sonias Wissen auf der Basis der philosophischen Hintertreppe wuchs und wuchs. Sie bedankte sich im Gegenzug mit ihren Ansichten über das moderne Leben; ohne Liebe sei der andere nur eine Hülle aus Haut, Knochen und Innereien. Da wäre zum Beispiel der Fuß; was sei an einem Fuß liebenswert? Gar nichts, ein Fuß sei nur schön, wenn man seinen Besitzer abgöttisch lieben würde, wenn nicht, so wäre er nur ein hässliches Tretwerkzeug, vollkommen unappetitlich anzusehen. Er stimmte ihr in allem zu und wagte es zum ersten Mal, seinen Arm um ihre Schultern zu legen, was sie kaum zu bemerken schien. Der innere Wert eines Menschen bestünde ohnehin nicht in seinem Äußeren, sagte sie, ein interessanter Mann sei nur ein solcher, der über eine geistige Strahlkraft verfüge, über *seine eigene Lampe*. Bastien tätschelte ihr spielerisch das Knie. Glück, Beziehung, Familie seien eben keine Sache der Umstände, sondern des Herzens, und dieses finde seine Nahrung in einem reichen Geist, selbst bei Vergil könne man das schon nachlesen; woraufhin sie kurz schwieg, um dann ihre Bedenken in gute Satzbildungen zu fassen; das mit dem Herz und dem Geist würde schon so stimmen, aber es träfe ja doch in erster Linie auf eine Affäre zu, eine Beziehung oder gar eine Familie hätte dagegen mit exakter Planung und Weitsicht zu tun, da würde man ja schließlich Verantwortung übernehmen, das müsse in trockene Tücher gepackt sein; ein Mann müsse schon in der Lage sein, seine Familie zu ernähren und es ihr an nichts mangeln zu lassen. Ein gewisser Lebensstil gehöre nun mal zu einem kultivierten Dasein; insbesondere auch Reisen, wie nach Bali oder Thailand. Wie aus der Ferne hörte er sich dann sagen, dass er sich durchaus vorstellen könne, sie auf einer seiner nächsten Thailandreisen mitzunehmen, sie sei hiermit herzlich eingeladen; was sie mit einem *Wirklich?* beantwortete und ihn daraufhin dankbar und lang umarmte. Er streichelte ihr fest über den Rücken und dachte in kurzatmigen Intervallen darüber nach, wo um alles in der Welt er das Geld für einen zweiwöchigen Luxusaufenthalt in Thailand herbekommen sollte, wo er schon den fälligen Förderantrag vermasselt hatte. Aber ihr strahlendes Lächeln war stärker. Sein spontaner Versuch, sie auf den Mund zu küssen, schlug allerdings fehl, da sie ihm reflexartig die Wange hinhielt, versehen mit einem liebevollen *Ach, du.*

In den folgenden Tagen rief er so ziemlich jeden an, von dem er sich eine Finanzspritze erhoffen konnte. Ein Münchner Sammler schoss achthundert vor, ein rheinländischer weitere fünftausend, dazu hatte er noch etwas deponiertes Schwarzgeld, es konnte losgehen. Zwar sah er Sonia in der Zwischenzeit nicht mehr ganz so unkritisch, hatte sie ihm doch reichlich von ihren bis dato Verflossenen erzählt, zumeist wohlhabende Banker und Geschäftsleute. Ebenfalls nahm sie gerne das neu von ihm gelernte Wort *amorphe Persönlichkeit* in den Mund, was ihn zwar misstrauisch stimmte, aber an seiner Begierde auf gemeinsame Sonnenuntergänge und Doppelbetten nichts änderte.

Als das Gepäckband nun auch ihre letzte Reisetasche

freigab und er diese auf den Kuli hievte, schenkte sie ihm das gewohnte Lächeln, das immer hieß, dass sie etwas von ihm wollte; man könne sich die Taxifahrt in die Stadt doch teilen. Sie wohnte in Pankow, er in Kreuzberg, und sie würde ganz sicher davon ausgehen, dass er sie zuerst nach Hause bringen würde. Das bedeutete eine Fahrt quer durch die Stadt, danach, endlich, war er frei.
Der Taxifahrer lud sämtliche Taschen, Boxen und Koffer ein. Sie saßen im Fond, sie sprach über die Unmengen an Dingen, die sie in den nächsten Tagen zu tun hatte, wer alles auf ihren Rückruf wartete, was für ein übles Wetter es hier denn sei und dass Thailand eigentlich eine echte Lebensalternative wäre. Er stimmte ihr abwesend zu und dachte an Mel. Wie sie ihm gleich um den Hals fallen würde, wie er sie dabei um sich wirbeln würde, dass sie ihm wahrscheinlich eines seiner Lieblingsessen zubereitet hätte, oder, wenn nicht, würden sie später in ihr Lieblingsrestaurant gehen. Es wäre einfach alles wieder gut.
Es war Sonntagnachmittag, es herrschte wenig Verkehr, das Taxi kam zügig voran und stoppte schließlich vor Sonias Wohnung, einem kernsanierten, glatten Altbau; die Wohnung gehörte einem ihrer Ex-Freunde, dem sie ein Wohnrecht bis auf weiteres abgerungen hatte. Vor der Tür stand ihr weißer Cayenne, den sie aus ähnlichen Gründen bis auf weiteres fuhr. Sie lächelte ihn strahlend an: »Pass auf dich auf, ja?«
»Klar. Bestimmt bis bald.«
»Bestimmt. Ich melde mich, ja?«
Sie drückte ihm einen schnellen Kuss auf die Wange,

stieg gekonnt aus dem Taxi und ließ sich die Koffer vor die Tür stellen. Er stand am Wagen und winkte ihr zu, der Taxifahrer fuhr schließlich wieder mit reichlich Gas los und atmete erleichtert aus. »Ich hatte auch mal so eine«, sprach er mit Baritonstimme und blickte in den Rückspiegel. »'ne Ostmotte, die fressen jeden Ast kahl, und dann, zack, sitzen sie auf dem nächsten, wa. Die haben Fühler für gutes Futter.«
Bastien dachte, dass der gute Mann absolut recht hatte, zumindest, was Sonia anbelangte. Nur machte es jetzt keinen Sinn, der Vergangenheit nachzutrauern, es galt, nach vorne zu sehen. Bereits in wenigen Minuten wäre alles wieder beim Alten und würde in gewohnter Weise weitergehen. Denn Bastien wusste um sich, wusste, dass nur eine gewisse Ordnung und ein selbstauferlegter Fahrplan die losen Fäden seines Lebens zusammenhielten. Er verdankte seinen täglichen Gewohnheiten eine Menge an Selbstbewusstsein, das er für sein Denken und Arbeiten benötigte: ein geregelter Tagesablauf, der Überraschungen am Vormittag vermied, die Arbeit am Nachmittag definierte und den Abend zur Kommunikation mit Gleichgesinnten freigab. Manchmal zum Leidwesen Mels, die sonntägliche Brunchs mit ihren Kindern liebte, an denen er selten oder nie teilnahm. Er entschuldigte das gerne mit der Ruhe, die er für die taglichen Stunden der Konzentration benötige, für das Sammeln und Sortieren von Gedanken, die für die Kunst verwertbar waren; oder auch solchen, die ihn in seine immer komplexer werdenden Traumwelten, wie fremde Sonnensysteme, südamerikanische Dschungel und mittelalterliche Landschaften, entführten.

Der Fahrer drehte am Radio, die Sendung *Universum heute* war zu hören, ein Sprecher erklärte die Beziehung der Planeten zueinander – *die klassische, im geozentrischen Weltbild entstandene Astrologie kannte sieben Planeten oder Wandelsterne, die im Unterschied zu den Fixsternen ihre geozentrische Position relativ zu diesen fortwährend ändern: Sonne, Mond, Merkur, Venus, Mars, Jupiter und Saturn. Nach der Entdeckung der Planeten Uranus und Neptun und des Zwergplaneten Pluto wurden auch diese in das astrologische Weltbild integriert. Fast jeder Planet gilt als Regent eines oder mehrerer Tierkreiszeichen, deren Eigenschaften in Übereinstimmung mit der Wirkung des jeweiligen Planeten gesehen werden. Die Symbole der Gestirne sind astronomisch und astrologisch mit antiken Göttern oder Heldengestalten verbunden, deren Namen sie tragen (zum Beispiel römisch Venus, griechisch Aphrodite oder mesopotamisch Ischtar). Schon vor der klassischen Antike wurden zum Beispiel in Babylonien einzelnen Himmelskörpern bestimmte Eigenschaften zugerechnet, die dann jeweils als ein Gott in Allegorien und Erzählungen auftraten.*

»Wahnsinn«, kommentierte die Baritonstimme.

Ein Abbiegen von der Skalitzer Straße, eine Fahrt um den Block, und er war da. Bastien stieg aus, schulterte seinen Rucksack und trat ins Haus, klingelte dreimal, um die Besonderheit dieses Augenblicks zu unterstreichen. Der Türöffner summte, er drückte auf und ging ins Treppenhaus, drei Stufen auf einmal nehmend. Mel öffnete oben sofort und schaute ihn lächelnd an. Sie umarmten sich lange, er wirbelte sie wie geplant einmal durch die Luft, stellte seinen Rucksack in die Diele und ließ sich dann auf seinem gewohnten Platz in der Küche nieder.

»Einen Kaffee?«, fragte sie.
Er nickte dankbar. »Gerne. Wie war's denn hier?«
Er sah sie an, ihre schlanke Figur, das lange braune Haar, zu einem Zopf nach hinten gebunden, ihre vertrauten Gebärden beim Erzählen, die gewohnten Griffe an der Maschine. Auch in der Küche sah alles aus wie gewohnt, da war der kleine Tisch mit den üblichen Papierbergen, *Der Mann ohne Eigenschaften* obenauf. Der Knick der Seiten an der gleichen Stelle verriet, dass sie in den letzten zwei Wochen nicht gelesen hatte. Er nahm die Zettel der Kinder am Kühlschrank wahr, mit farbigen Magneten befestigt, auf einem stand in krakeliger Schrift *Mami, ich hab dich lieb*, vermutlich von Zoe. Sie schrieb immer noch wie ein Kleinkind.
»Wo sind die beiden?«, fragte er, während sie die Milch aufschäumte.
»Debbie ist bei einer Freundin. Und Zoe bei meiner Mutter.«
»Am Sonntag?«
Die Antwort ließ einen kurzen Moment auf sich warten. »Ich wollte sie heute nicht hier haben.«
Sie stellte ihm die Tasse hin und lächelte, wie es denn bei ihm gewesen sei, ob er sich mit dieser Sonia gut verstanden hätte? Und ob es dort denn wirklich so paradiesisch sei und ob sie von den Demos in Bangkok etwas mitbekommen hätten? Sie hatte diese Fragen bereits vorher schon per SMS geschickt, aber er beantwortete nun alles noch einmal. Auch vergaß er nicht, von seinem Martyrium der Benimm-dich-Abende-nach-Knigge zu erzählen, woraufhin sie lächelte und schwieg. Nach einigen weiteren Erzählungen fiel ihm

auf, dass sie etwas unkonzentriert wirkte, und er sprach sie darauf an.
»Ja, bin ich«, gab sie zu.
»Und?«
»Wir müssen reden.«
»Reden?«
Sie starrte wie abwesend auf die Ringe an ihrer Hand, wischte sich dann, offensichtlich nervös, eine Strähne aus dem Gesicht.
»Ist was passiert? Mit den Kindern?«
Sie schüttelte den Kopf, nein, es sei alles gut, damit hätte es nichts zu tun.
»Und?«
»Es ist wegen – uns. Ich habe in den letzten zwei Wochen nachgedacht. Sehr viel nachgedacht.«
Er schwieg und ließ sie weiterreden.
»Ich meine, wir beide wissen doch, dass wir uns irgendwie – so fremd geworden sind. Du machst dein Ding, ich meins, von den Kindern kriegst du nichts mit, wir leben einfach aneinander vorbei.«
»Und das sagst du mir jetzt, wo ich gerade zurückkomme?«
Sie sah ihn länger an. Das verhieß nichts Gutes.
»Weißt du, wir kennen doch die Probleme, das ist ja nicht erst seit gestern. Du hast deine Bedürfnisse, mit den Reisen, all das. Ich habe meine, die Familie, die dich nicht weiter kümmert. Es ist doch die Frage, ob das alles überhaupt noch richtig ist.«
Er widersprach in Hinsicht auf die Familie, er wäre zwar nicht immer zu Stelle gewesen, richtig, aber doch dann, wenn es drauf ankam; die Schnitzeljagd zu Zoes

Geburtstag vor einem Monat, die Nachhilfestunden für Debbie –

»Du meinst *einen* Geburtstag, den davor hast du fast vergessen, und mit den zwei Nachhilfestunden kommst du auch nicht weit, du weißt genau, was ich meine. Nein, eigentlich führen wir hier ganz verschiedene Leben, mit Familie hat das nichts zu tun.«

Er fragte, wie sie denn ausgerechnet jetzt darauf käme, das sei ja nichts Aktuelles, das klänge ja eher nach etwas, das von langer Hand –; sie nickte, ja, es sei schon länger der Fall, nicht erst seit gestern, er wüsste das doch auch.

»Gut, ja, wir sind nicht in allem gleichgeschaltet. Aber was heißt das? Es gibt genug Dinge, in denen wir uns doch verstehen, das zählt doch auch was, oder? Immerhin sprechen wir miteinander. Und nicht zu knapp«, hielt er fest.

»Über Kunst, ja. Das ist aber auch alles.«

»Sag mal, was ist eigentlich los? Ich komme gerade zurück, freu mich auf dich, und jetzt so etwas!?«

Sie sah ihn streng an, und er bereute sein Aufbrausen im selben Moment. Es lag etwas in ihrem Blick, das anfing, ihn nervös zu machen, eine Entschlossenheit, die er in dieser Form von ihr nicht gewohnt war, eine Sicherheit, die irgendwoher kommen musste.

»Ich habe mich beraten lassen«, sagte sie.

»Beraten – was? Von wem?«

Sie zögerte. »Von Josh.«

»Und wer ist *Josh*?«

»Ein Therapeut.«

»Toll. Wie kommst du an den?«

»Thomas kannte ihn.«
Thomas war einer von Bastiens Sammlern, zudem ein Freund. »Was hat Thomas denn damit zu tun?«
»Wir haben nur gesprochen.«
»Gesprochen? OK. Ich frage mich, mit wem du sonst noch so über uns gesprochen hast.«
»Nur mit ihm.«
Sie schwiegen einen Moment lang.
»Josh hat festgestellt, dass ich mich eigentlich schon länger von dir getrennt habe, innerlich. Vielleicht wollte ich es nur nicht wahrhaben«, sagte sie dann.
»Er hat was?«
»Ich hab's doch gesagt.«
»Du meinst, weil irgend so ein Heini dir das sagt, ist das richtig?«
»Er ist ein Therapeut und kein Heini. Er hat einfach nur die richtigen Fragen gestellt.«
»Und welche?«
»Ob ich mich noch nach dir sehnen würde, ob ich das Gefühl hätte, dir vertrauen zu können, wenn du zum Beispiel mit einer anderen Frau in den Urlaub fährst.«
»*Das* hast du dem erzählt? Was geht den das an?«
»Er begreift das rein beruflich.«
»Ich glaub's nicht. Und was hast du gesagt?«
»Ich habe ihm gesagt, dass ich mich derzeit nicht wirklich nach dir sehne, dass es mir inzwischen auch ziemlich egal ist, ob du diese Nutte fickst oder nicht; ich hab ihm gesagt, dass ich das auf keinen Fall verzeihen werde, einfach nicht kann und will.«
Da war sie, ihre Antwort, von der er angenommen hatte, dass es sie nie geben würde. Er dachte an ihre Seiten-

blicke vor der Reise, dieses knappe Aufblitzen einer Wut, die es in Kauf zu nehmen galt, in der vollen Überzeugung, dass man sich das schon leisten könne. Er atmete kurz durch: »Gut, ich bin mit einer anderen in den Urlaub gefahren, ja. Du weißt aber auch, dass du gar nicht mitwolltest.«

»Nicht mitwollte, ja?«

»Ich hatte dich gefragt.«

»Zwischen Tür und Angel, und nicht sehr überzeugend.«

»Habe ich es gesagt oder nicht?«

»Kaum.«

»Ich hab's gesagt. Du bist nicht darauf eingegangen.«

»Du weißt genau, wie anstrengend ich es finde, mit dir zu verreisen. Du bist immer so – hektisch, mit allem. Ich habe eine andere Vorstellung von Urlaub, auch die Kids fanden es immer nervend mit dir.«

»Jetzt sind's die Kinder, ja?«

»Warum nicht?«

»Was denn noch? Meine Klamotten, die Augenfarbe, die gestreifte Zahnpasta, die Waschmaschine, die man nicht ausräumt, Wasserkästen, die man nicht hochschleppt, die besten Klassiker aus Funk und Fernsehen.«

»Es ist jetzt egal«, sagte sie leise.

»Nein –«

»Doch.«

Sie sah ihn lange an. »Ich halte es für besser, wenn wir uns trennen.«

Er schaute ebenso lang zurück.

Sie schwiegen.

Aus den Augenwinkeln sah er, wie sich der Minutenzeiger der Küchenuhr leicht bewegte, ein Ticken, dann ein weiteres, er strich sich über den Unterarm, klopfte mit den Fingern leicht auf den Küchentisch, als könne er so den Rhythmus des Tickens verändern, es half nichts, der Zeiger bewegte sich noch einmal. Und noch einmal, das Beil war gefallen, sie waren bereits Fremde. Gemeinsame Jahre, die jetzt vergingen wie Schnee.

»Bastien?«

Er spürte, dass es keinen Sinn machen würde, auch nur ein weiteres Wort zu verlieren. Für diesen Moment hatte er verloren. Sie hatte nicht wirklich mit ihm reden wollen, es ging nur darum, ihm *das hier* mitzuteilen. Es war eine Hinrichtung, sonst nichts.

»Bastien?«

Er verstand nicht, dass sie ihn in ein solches Messer laufen ließ. Sie hätte –

»Ich weiß, dass dich das jetzt schockiert, aber ich halte es wirklich für richtig. Es ist der einzige Weg, um –«

»Um was? Ich habe mir unser Wiedersehen anders vorgestellt. Du hast mir am Telefon auch nie etwas von einem Therapeuten erzählt.«

»Hätte ich das tun sollen? Dir den Urlaub damit versauen?«

»Besser, als mir das Leben zu versauen.«

»Übertreib nicht.«

»Ich übertreibe? Wir sind über acht Jahre zusammen, wir leben zusammen. Und jetzt – das war's, aus, einfach so. Was ist daran übertrieben?«

Er schlug mit der Handfläche auf den Tisch, sie zuckte zusammen: »Du musst mich verstehen.«

»Ich verstehe gar nichts. Diese Gründe, ja? Die es gar nicht gibt.«
»Doch. Es gibt sie.«
Sie verbarg ihr Gesicht in den Händen und zitterte: »Wir haben uns einfach nicht mehr wahrgenommen, das ist es doch. Vor ein paar Jahren wärst du nie auf den Gedanken gekommen, nicht mit mir zu verreisen, sondern mit jemand anderem; du hast dich verändert, du bist nicht mehr wirklich – bei mir, mit mir, alles dreht sich nur um dich, um deinen Kopf, deine Bilder, deine Freunde, aber nicht mehr um uns. Ich verstehe dich nicht mehr.«
So wie damals, fügte sie leise hinzu. Natürlich wusste er, was sie meinte, schwieg aber wohlweislich zu seiner Liaison mit Nicole, einer Galeristin aus Leipzig; sie hatte davon erfahren und anschließend zwei Wochen lang kein Wort mehr mit ihm gewechselt. In zwei weiteren Wochen hatte er es mit vielen Beteuerungen geschafft, sie halbwegs wieder von seiner Treue zu überzeugen, halbwegs eben nur, wie er jetzt feststellen musste. Ihre Stimme nahm an Bitterkeit zu: »Weißt du, wir waren doch beide wie Zuschauer unserer selbst, in den letzten Monaten, so als wäre das alles hier nicht unser Leben und unsere Verantwortung. Du hängst nur noch deinen Gedanken nach, siehst mich mehr als Dauergewohnheit und Alltagskumpel als als deine *Frau*; wir haben eigentlich gar nichts mehr gemeinsam, so etwas wie eine richtige Basis.«
»Was kommt jetzt? Dass ich eine Midlife-Crisis habe? Sag mir einfach, was hier los ist!«
»Das mache ich doch.«

»Die Wahrheit meine ich. Gibt es jemanden?«
»Nein. Definitiv nicht.«
»Nicht?«
»Nein.«
Die Antwort beruhigte ihn ein wenig. Zumindest für den Augenblick. Er wusste, dass er sie später ohnehin hinterfragen würde, er würde sich an diesen scheuen Blick zur Seite erinnern, an den verdächtigen Unterton dieses *Nein*, an all die verräterischen Indizien, die ihn in der ersten einsamen Stunde in den Wahnsinn treiben würden. Sie blickte ihn wieder fest an: »Wir müssen uns neu finden, das ist es. Erst einmal loslassen, Abstand haben. Uns – erfühlen, in kleinen Schritten. Unser Leben einmal von den Bedürfnissen trennen und beides separat betrachten. Das, was wir sind, und das, was wir wollen.«
»Hat das dein Therapeut gesagt?«
»Ja.«
»Und hast du auch eine eigene Meinung dazu?«
»Ich finde, dass er recht hat. Er versteht das auch, ich meine, dass man die Wahrheit *über sich* finden will.«
»Wir packen uns an den Händen, summen ein paar Mantren und finden unsere scheiß Wahrheit, so was, ja? Weißt du eigentlich, was du hier tust?«
Sie schwieg, starrte auf den Tisch. Er senkte die Tonlage: »Komm, lass uns noch mal darüber reden. Wir kriegen das schon hin.«
Sie schüttelte kaum merklich den Kopf, sein Blick blieb wieder auf der Uhr haften, ein weiteres Ticken. »Und wie hast du dir das jetzt vorgestellt, schlafe ich auf dem Sofa oder unter dem Tisch oder –?«

Sie schüttelte wieder den Kopf, es war klar, was sie damit meinte.
Ein langes Luftholen.
Ein Reiben mit der Hand durch sein Gesicht: »Das ist es jetzt, ja?«
Sie antwortete nicht. Ebenso wortlos stand er auf, öffnete den Küchenschrank, nahm einen der Müllsäcke heraus, ging ins Schlafzimmer und packte einige Shirts, Hemden und Unterhosen ein, dazu einen Mantel, für die *scheiß Kälte da draußen*, dachte er, für die *scheiß Kälte hier*. Er hörte sie in der Küche weinen, setzte sich kurz auf das Bett und starrte eine Zeit lang in den Wandspiegel.
Keine Gedanken, jetzt nicht.
Zurück in der Küche sah sie ihn mit verweinten Augen an: »Verstehst du mich?«
Er schulterte den Rucksack und die Mülltüte und ging zur Tür, drehte sich kurz um: »Nein.«
Ihr schossen neue Tränen in die Augen. Er ging hinaus und schloss leise die Tür. Vor sich sah er die Treppen, genau vierundsechzig Stufen, langsam, ganz langsam, dachte er und wusste nicht, warum. Vielleicht, damit sie noch Zeit hatte, ihn zurückzurufen? Er stieg die Treppen hinab, kein Öffnen der Tür war zu hören, nichts, es war totenstill. Dann die Haustür, ein erster Schritt nach draußen, er spürte die Kälte und zog den Mantel an. Die vertraute U-Bahn-Station befand sich auf der anderen Straßenseite, *coming home*, dachte er bitter und ging hinüber. Es gab in dieser Stadt jetzt nur noch einen sicheren Ort für ihn: sein Atelier.

*

Mel saß unbeweglich am Küchentisch. Sie hörte, wie die Tür ins Schloss fiel, dann seine sich entfernenden Schritte im Treppenhaus. Steif stand sie auf und ging zur Kaffeemaschine, eine rote Lampe leuchtete, der Wasserbehälter war leer. Sie entnahm ihn aus dem Gerät und füllte ihn nach, einer mechanischen Handbewegung folgte die nächste; sie sah ihre Tränen in den Behälter tropfen und wischte sich mit dem Handrücken über die Augen, die Schminke hinterließ einen schwarzen Streifen auf der Haut.
Sie dachte an den Tag seiner Abreise, die gleichen Tränen, der gleiche schwarze Streifen auf dem Handrücken. Sie wusste nicht mehr, wie lange sie in dieser Küche gesessen hatte, wie lange sie abwechselnd geweint und dann wieder auf den Tisch gestarrt hatte, unterbrochen von nervösen Blicken zur Tür, die sich aber, wie erwartet, nicht geöffnet hatte; kein Bastien war eingetreten, um ihr zu sagen, dass er es sich anders überlegt hätte, dass er nicht fahren und bei ihr bleiben würde. Sie hatte daran gedacht, dass er genau in diesem Augenblick wahrscheinlich am Flughafen stand, seinen Arm um die Schultern dieser Blonden gelegt hatte und in bester Laune noch etwas Sonnenschutzmittel und Kondome einkaufte. An diesem Tag hatte sie sich geschworen, dass sich alles ändern müsse, einfach alles.
Sie hörte auch jetzt weiter zur Tür, nichts. Der Kaffee schmeckte nicht, sie schüttete ihn in die Spüle. Sie lauschte wieder, es blieb still. Er kam nicht zurück. Wie wenig er sie doch kannte.
Einen Moment lang saß sie angespannt da, trommelte

mit den Fingern auf den Tisch, nahm dann ihr Handy aus der Tasche und tippte eine schnelle Nachricht:
Ich hab es ihm gesagt. Er ist sauer und jetzt weg.
In der Gewissheit, dass die Antwort nicht lange auf sich warten lassen würde, behielt sie das Telefon in der Hand; die SMS kam umgehend:
Gut. Jetzt hast du's hinter dir. Er wird sich schon wieder einkriegen, das ist nur der erste Schock.
Sie schrieb zurück:
Ich fühl mich richtig elend und könnte heulen.
Eine schnelle Retoure:
Schon klar, auch normal. Bleibt's bei heute Abend, bei dir?
Sie zögerte einen Augenblick und blickte wieder auf die Tür zum Treppenhaus:
Ja, sicher. Um 8?
Die sofortige Antwort:
Bin da. Wir schaffen das! Ich liebe dich ... T.
Sie tippte ein *Ich dich auch* in die Tastatur und legte das Handy zur Seite. Ein neues Wischen mit dem Handrücken, ein neuer schwarzer Streifen.
Sie wusste, dass Thomas seit Jahren zu einem Therapeuten ging, und hatte ihn wegen dessen Kontakt angerufen. Er munterte sie dann mit netten Worten auf, das würde schon wieder werden, auch wenn diese Aktion von Bastien, zugegeben, eine wirklich miese Nummer sei. Wahrscheinlich müsse er seine Männlichkeit irgendwie aufmöbeln, das sei normal für Männer in seinem Alter. Sie war etwas überrascht ob dieser mangelnden Loyalität, schließlich war Thomas einer von Bastiens besten Freunden, zudem sein Mäzen. Er schien das am Telefon zu merken und beeilte sich, Bastiens

liebenswerten Charakter noch einmal ins rechte Licht zu rücken; was ihn aber nicht davon abhielt, Mel für denselben Abend ins Kino einzuladen, ein ungarischer Film, es ginge um jemanden, der sich am Ende selbst ausstopfe, der Tipp eines Freundes, vielleicht nicht schlecht. Sie schluckte kurz und nahm an.

Ein Klappern im Treppenhaus, offenbar trug jemand sein Fahrrad die Stufen hoch, sie stellte sich an die Tür und öffnete diese einen Spalt breit, die Stimme verriet einen Nachbarn. Sie setzte sich wieder an den Küchentisch und dachte nach.

Thomas kam ihr vor dem Eingang bereits entgegen, er hätte seinen Therapeuten informiert, und es gäbe für morgen schon einen Termin; aber eines nach dem anderen, zuerst der Film, dann müsse sie alles erzählen. Sie nickte, sah sich um und wunderte sich, das etwas verranzte Programmkino entsprach nicht wirklich den üblichen Vorlieben, die sie von Thomas kannte, auch passte er mit seinem Maßanzug und blank gewienerten Schuhen wohl kaum zu den anderen Besuchern im Foyer; so ging man in feine Restaurants oder in die Oper, aber nicht in ein Kreuzberger Kino. Auf ihre Bemerkung hin lachte er, wenn er jetzt antizyklisch daherkomme, gut, dann sei das so, wer von denen hier eben nach Äußerlichkeiten urteile, müsse das tun, das interessiere ihn nicht.

Die Kassiererin schob das Restgeld über den Tresen, und er steckte es achtlos in sein Portemonnaie, fasziniert nahm Mel die lange Reihe der übereinandergesteckten Kreditkarten, zumeist goldene, wahr. Ein Gefühl beschlich sie, dass sie sich das hier verdient

hatte, zumindest einmal in ihrem Leben mit Aufmerksamkeiten umsorgt zu werden, und wenn es nur um den Kauf einer einfachen Kinokarte ging; und einmal nicht Bastiens übliche Arie von Nöten mit gescheiterten Ideen und Kunstprojekten zu hören, immer abends, zumeist in einer Laune, die jedes Lächeln als mangelnde Solidarität zu diesem Dauer-Leiden auslegte.
Thomas umgriff ihre Schulter, und sie gingen zu den Plätzen, der Film fing sofort mit einer Szene in einem Strafgefangenenlager an. Bereits nach kurzer Zeit war ihr ein Hinsehen nicht mehr möglich, da die Close-ups in schneller Reihenfolge wechselten: ein Landser im Beischlaf mit einem Schwein, ein darauf folgender Schuss in den Kopf, ein Hahn, der auf einem Penis herumpickte; sie spürte Thomas' Hand an ihrer Schulter, ob alles OK sei? Dieser Freund habe eigentlich immer ganz gute Empfehlungen an Filmen, aber zugegeben, das sei schon nicht ohne. Mel nickte tapfer, konnte ihren Ekel aber nicht weiter verbergen, als sich ein Wettfressen von Hundertsechzig-Kilo-Dicken anbahnte, die sich im Anschluss großmundig in die Kamera übergaben; ohne weitere Worte nahm Thomas sie an die Hand und führte sie nach draußen, er müsse sich wirklich entschuldigen, das wäre nun alles andere als ein romantischer Film, schon komisch, wenn auch mit guten Anlagen, schließlich seien es ja alles Anspielungen auf die ungarische Nachkriegszeit, aber wer würde das an einem solchen Abend schon so genau wissen wollen? Am besten, sie würden jetzt einfach etwas essen gehen, im *Victorians* wäre es gemütlich, ganz abgesehen von dem wirklich ozeanischen Essen dort.

»Ozeanisch?«
Sie sah ihn vor sich stehen, sein Anzug, das passende Hemd, die gekonnte Art, mit der er ein Taxi heranwinkte und ihr die Tür aufhielt; so sah man aus, wenn man in ein feines Restaurant gehen wollte. Und eben nicht in ein Kino.
Später am Abend fiel sie ihm um den Hals, einfach so, wie sie sich später sagte, *einfach nur so*, ohne zu zögern. Das Küssen auf dem Bordstein dauerte dann eine ganze Stunde, bis er sie schließlich sanft zum Eingang ihrer Tür drängte, die sie mit bebenden Händen aufschloss. Sie fühlte seine Hand an ihrer Hüfte, als sie die Treppen hochstiegen, um sich im Schlafzimmer wieder in die Arme zu fallen. Einer ihrer wenigen Sätze in dieser Nacht war, dass sie *aber noch die Sache mit Bastien klären müsse*, worin er ihr verständnisvoll beipflichtete.
Der nächste Morgen verlief erstaunlich geordnet, Thomas war noch nachts gegangen, aus Anstand Bastien gegenüber hielt er es für besser, nicht, oder jedenfalls noch nicht, in dessen Bett zu übernachten. Das zu erwartende Gefühl der Verwirrung blieb bei ihr aus, nicht zuletzt, weil ihre erste Stunde beim Therapeuten anstand. Es gab nur ein kurzes Frühstück, sie griff ihren Mantel und rannte los. Im Sprechzimmer hatte sie dann einige Minuten zu warten, bis Dr. Ebert eintrat, ihr jovial lächelnd die Hand reichte, sich einen Stuhl heranzog und sie bat, in einem ausladenden Schwenker Platz zu nehmen. Er war nicht gerade das, was man einen gutaussehenden Mann nennen würde, unter dem legeren Jackett zeigte sich ein deutlicher Bauchansatz, und die rosa-rötliche Gesichtsfarbe ver-

wies möglicherweise auf alkoholische Vorlieben. Mels Blick fiel auf einige Grafiken an der Wand. »Sie sammeln Kunst?«
Er machte eine abwertende Handbewegung, nein, nicht wirklich, das fiele unter *Gelegenheit macht Diebe*, unter seinen Patienten wären überdurchschnittlich viele Künstler, da würde man schon mal das ein oder andere Werk erstehen, mehr aber auch nicht. Sie nickte, dann sei sie ja bei ihm an der richtigen Adresse. Auf sein Fragen hin erzählte sie von Bastien, dass er eben Künstler sei, sie im Übrigen auch, Fotografin.
»Fotografin? Spannend, was fotografieren Sie?«, fragte er ruhig.
»Spuren.«
»Spuren? Sie meinen Fußabdrücke im Sand?«
Das wäre auch eine Möglichkeit, sicher, aber eigentlich käme es ihr auf andere Spuren an, auf solche, die gewisse Ereignisse hinterlassen hätten, eine Demo zum Beispiel, oder Kämpfe, generell Ereignisse mit Menschenmassen. Sie fotografiere eben das, was anschließend zurückbliebe.
»Sehr interessant. Über die Dokumentation Ihrer Fotos erhalte ich also Rückschlüsse auf das Vorangegangene, kann mir zumindest die Frage stellen, was an diesem Ort geschehen ist, der solche Indizien hinterlässt, eine klassische Deduktion.«
»Genau.«
Er schwieg einen Moment lang und blickte sie dann fest an: »Welche Indizien hinterlässt ein Ort, an dem geliebt wurde?«
Die Frage irritierte sie. »Ich weiß nicht. Vielleicht weg-

geworfene Dinge, die zusammengedrückt wurden, Taschentücher, so etwas; Dinge, die vielleicht auf –«

»– eine erhöhte Emotionalität hinweisen?«, stellte er lächelnd fest. »Ich denke schon, dass man einen solchen Ort erlesen könnte. – Dass man dann sehen könnte, wie und auf welche Art geliebt wurde, nicht?«

»Bestimmt. Warum fragen Sie das?«

»Nun, deshalb sind Sie doch hier, nicht? – Die Probleme mit Ihrem Mann, vermute ich.«

»Das habe ich nicht gesagt.«

»Aber es stimmt.«

»Ja.«

Er lächelte sie weiter an und sprach darüber, dass das ja ganz normale Vorgänge seien, es gebe kein zwischenmenschliches Verhältnis ohne Differenzen, ebenso wenig gebe es Autos, die nicht auch ab und an zur Reparatur müssten oder eben auf den Schrottplatz, ab einer gewissen Laufzeit. Und menschliche Laufzeiten seien nun einmal sehr kurz und voller Pannen. Sie solle ihm von ihrer Ehe erzählen, damit er im Bilde sei.

Stockend begann Mel damit, wie sie Bastien kennengelernt hatte, schilderte dann sein Verhältnis zu den Kindern, dass er sich ihrer Meinung nach nicht genügend um sie kümmern würde.

Er unterbrach sie: »Das kommt gleich. Nur die reinen Informationen, bitte.«

Sie fuhr fort und beschrieb ihren gemeinsamen Alltag und den letzten Stand, dass er derzeit auf Reisen sei, *mit einer anderen*. Ebert machte sich eine schnelle Notiz, blickte sie dann wieder fest an. »Und ich vermute, dass Sie damit ein Problem haben?«

»Ja.«
Der feste Blick hielt an: »Glauben Sie, dass er mit dieser *anderen* schläft?«
Sie starrte ihn an. »Was?«
»Was? Nun, ganz einfach – ob er sie fickt. Mit seinem Schwanz. Stöhnen, all das – sich sagen, dass man sich liebt, dass man weiterficken will, die ganze Nacht durch, so etwas. Das meine ich.«
Sie sah schluckend auf die Grafiken an der Wand, Thomas hatte ihr bereits gesagt, dass Ebert manchmal sehr drastisch sein könne. Nur hatte sie es sich nicht *so* drastisch vorgestellt.
»Bin ich Ihnen zu drastisch?«, fragte er.
»Nein. Es ist nur – ich kann mir das nicht vorstellen, dass er so etwas –«
»Aber was glauben Sie denn, weshalb er sich eine weibliche Reisebegleitung ausgesucht hat? Oder sind die beiden wirklich rein freundschaftlich unterwegs, also ohne – ficken zu wollen?«
Wieder schluckte sie, nein, so gut sei er nicht mit ihr befreundet, aber sie wüsste das auch nicht so genau, er habe das immer so heruntergespielt, sie seine *kleine Schwester* genannt und so. Ebert hob die Augenbrauen, seine kleine Schwester, das sei interessant, wirklich sehr interessant. Um seiner nächsten Frage zuvorzukommen, betonte Mel, dass sie Bastien nun wirklich gut kenne und dass man von pädophilen Neigungen bei ihm nicht sprechen könne, was Ebert ein wenig zu enttäuschen schien. Dennoch blieb er hartnäckig und fragte noch einmal, ob sie glauben würde, dass er mit dieser kleinen Schwester Sex habe.

»Ich glaube das – ein bisschen«, sagte sie.
»Aber Sie hoffen es nicht, natürlich, das ist nachvollziehbar.«
Aber man solle in einem Zustand wie diesem immer vom Exzess der menschlichen Agitation ausgehen, das läge in der Natur der Sache, wahrscheinlich hätte er mit ihr auf dieser Reise jetzt durchgehend Sex. »Harten Sex«, fügte er ernst hinzu. »Gut. Wir sollten zuerst das Wesentliche klären. – Was möchten Sie, das ich für Sie tue?«
»Ich dachte, Sie helfen mir, dass ich –«
»Was genau? *Für was* soll ich Ihnen helfen?«
Seine Stimme war professionell-provokativ.
Sie überlegte kurz, die Frage war gut. »Ich bin mir nicht sicher.«
»Natürlich. Wie könnten Sie auch? Sie sind offensichtlich verletzt und suchen nach Erklärungen – für die nächsten Schritte, für Ihr eigenes Verhalten, Ihnen selbst gegenüber, ihm gegenüber. Aber sicher sind Sie sich nur in der Überzeugung, dass Sie jetzt etwas tun müssten. Ja?«
Sie nickte.
»Und da gibt es die folgenden Möglichkeiten: A – Sie beschließen, ihm diese Verletzung zu verzeihen und sich auf seine Wiederkehr zu freuen, ob er nun Sex mit dieser Frau hatte oder nicht, und B – Sie beschließen das Gegenteil. Sie verzeihen nicht. Unter solchen Umständen wäre eine Trennung vielleicht sinnvoll. Möchten Sie sich trennen?«
Sie zuckte zusammen. Das Wort hatte etwas Fremdes, Disharmonisches, Untrainiertes. Das war noch schlim-

mer als *ficken*. Er lächelte sie weiter an, sein Blick blieb kurz auf ihrem Oberschenkel haften, sie übersah das, er blickte wieder hoch: »Diese beiden Möglichkeiten bewirken mein Tun, verstehen Sie? Ich kann Sie zum Ersteren bewegen oder mit Ihnen das Vorgehen in Hinsicht auf eine Trennung besprechen. Sie müssen mich aufstellen. Für das, was Sie wollen.«
Sie schaute ihn verwundert an und sagte, dass ihr das nicht bewusst gewesen sei, dass ein Therapeut quasi als Waffe diene, was ihn zum Lachen brachte.
»Das heißt, ich muss zuerst einmal wissen, ob ich mich trennen will oder nicht?«, sagte sie zögerlich.
»Das wäre gut.«
Wieder ein hohes Lachen, in gewisser Weise ein Quieken, schien es ihr. »Aber ich weiß es nicht.«
»Dann finden wir es heraus. Jetzt. – Bitte.«
Sie erzählte von den vorherigen Verletzungen, die er ihr bereitet hatte, von dieser *scheiß Galeristin*, von den nächtlichen Weinkrämpfen, von ihrer generellen Unzufriedenheit mit ihm, seinem mangelnden Familienbewusstsein, seiner manchmal misanthropischen Art, sie brauchte mehr als fünfzehn Minuten, um alles aufzulisten; als sie endete, schwieg er einen Moment lang bedeutungsvoll, schrieb noch einige Bemerkungen in sein Buch und legte den Stift *sehr* langsam beiseite. »Ich denke, Sie sollten sich von Ihrem Mann trennen.«
Wieder zuckte sie zusammen und sah ihn unverständig an, unbeirrt fuhr er fort: »Im Grunde genommen haben Sie sich bereits von ihm getrennt. Diese Auflistung hört sich bei Ihnen an wie eine Beweisführung vor der Inquisition.«

Das klang beiläufig, so als sei die anstehende Trennung das Normalste der Welt, wie ein Gang zur Stadtverwaltung oder zum Ordnungsamt; der Gedanke behagte ihr nicht.

»Sie mögen diesen Gedanken nicht?«, sagte er. »Wie könnten Sie auch, wir sprechen über eine unangenehme Sache, natürlich. Nun ist es aber meine Aufgabe, eine tiefere Aussage hinter Ihren Worten herauszulösen, Sie verstehen? Wie ein Bildhauer, der überflüssigen Marmor abträgt; seine Figur entsteht durch die Reduzierung des Materials, trägt man in diesem Fall alles ab, was unwahr ist, so erhält man die wahrscheinliche Wahrheit. Ich ziehe nur Rückschlüsse und erhalte die Wahrheit – *Ihre* Wahrheit.«

Das klang überzeugend, es gefiel ihr allerdings immer noch nicht. Trotzdem schien er zufrieden zu sein, die Stunde sei jetzt zwar um, aber so genau würde er das nicht nehmen, man könne sich jederzeit wiedersehen.

»Im Übrigen nennen mich meine Patienten in der Regel beim Vornamen. Josh.«

Er reichte ihr die Hand, die sie lächelnd annahm; *Josh*, von *Joshua*. Und damit man mit der Therapie nicht so viel Zeit verliere, könne man vielleicht an ein baldiges Abendessen denken, vielleicht im *Borchardt* oder im *Margaux* oder *Victorians*. Und sie solle Thomas nachher, wenn er bei ihr wäre, auf jeden Fall von ihm grüßen, ein toller Kerl. Und das mit dem *Victorians* wäre bestimmt eine gute Idee, wiederholte er, lachte noch einmal besonders hoch und schloss hinter ihr die Tür. Etwas wacklig ging sie auf die Straße, zündete sich eine Zigarette an und dachte, dass alles,

einfach alles in ihrem Leben nur noch wahnsinnig war.
Noch ein schwarzer Streifen auf dem Handgelenk.
Sie stand vor dem Spiegel des geöffneten Kleiderschrankes und blickte in ihr verschmiertes Gesicht. Es waren nicht einmal zehn Tage vergangen, und ihr Leben hatte sich vollkommen verändert, für ihren Geschmack ein wenig zu sehr. Auch Debbie und Zoe hatten ihre Stimmung mitbekommen und das ständige Wechseln zwischen Weinen und Lachen bemerkt. Einmal hatte Zoe sogar gefragt, welche Mami denn jetzt die richtige sei. Debbie hatte dazu nur gelächelt, mit ihren zwölf Jahren verstand sie wahrscheinlich schon mehr, als Mel jetzt lieb war. Aber sie taten ihr gut, die Kinder waren die Stütze, die sie brauchte. Alles andere konnte sie getrost unter *Lebenseinbruch der aufregenden Art* verbuchen.
In zwei Stunden würde Thomas kommen, sie beschloss, ein besonders laszives Kleid anzuziehen.

2

Bastien stellte die Mülltüte und den Rucksack auf den Boden und ließ sich auf die Matratze fallen. Manchmal, wenn er in Serien arbeitete, schlief er hier im Atelier und erzählte auch gerne seinen Sammlern davon, von seiner Arbeitswut, wie ein *van goghscher Wahnsinn*, das konnte nicht schaden und erfüllte auch oftmals seinen pekuniären Zweck, bedurfte doch ein Genie jederzeit der Unterstützung selbsternannter Minderer, die Kunstgeschichte war voll davon.

So war auch das Atelier ostentativ spartanisch eingerichtet, nichts sollte vom Wesentlichen ablenken, von den Leinwänden, die in ungeordneten Haufen aneinanderstanden, manche noch unfertig, andere in Folie verpackt und beschriftet. Die Adresse einer inzwischen insolventen New Yorker Galerie prangte auf einem der verpackten Bilder, es stand ganz vorne. An einer Wand ein verschlissenes Sofa mit einem kleinen Beistelltisch, daneben ein Ledersessel, der nur noch mit Fantasie als solcher zu erkennen war, bestanden seine Lehnen doch aus nicht viel mehr als Brandlöchern. An der anderen Wand befand sich ein Kühl-

schrank, gefüllt mit Grundnahrungsmitteln wie Fertigschnitzeln, eingeschweißten Käseecken und seinem Lieblingswein. So beschloss er auch jetzt, eine Flasche aufzumachen und auf sein neues Leben zu trinken, und besonders darauf, dass Mel *sie einfach nicht mehr alle hatte* und dass *sie ihn jetzt einfach mal konnte*. Das erste Glas trank er auf ex und füllte es wieder auf. *Ein Schock*, dachte er, *du stehst jetzt unter Schock, Scheiße. Das ist doch wie im Film.*
Er leerte auch das zweite Glas in einem Schluck, griff sich einen Edding, wankte zur Wand und schrieb in krakeligen Buchstaben auf den Putz:

1 Du wirst sie nicht anrufen.
2 Ein Berg bewegt sich nicht (du).
3 Sie soll vertrocknen.
Den Satz strich er kurz darauf wieder.
3 Du wirst dich nicht entschuldigen.
4 Sie hat sich zu entschuldigen (erst dann rufst du zurück).
5 Du schaust nach vorne.

Genau, es konnte jetzt nicht darum gehen, der Vergangenheit hinterherzuheulen, sofern sie denn eine war; wenn Mel es nicht anders wollte, bitte, dann musste sie jetzt mit allem klarkommen, mit *allem*, zum Beispiel auch damit, dass er sich von jetzt an mit sämtlichen Frauen treffen würde, die er kannte. Daran würde sie einiges zu schlucken haben, dachte er wütend.
Er kramte sein Telefon aus dem Rucksack und tippte Sonias Nummer unter *Favoriten* an, die Mailbox war zu hören. Wahrscheinlich packte sie ihre Koffer aus,

sortierte die mitgebrachten Souvenirs, stand unter der Dusche oder war einfach nur froh, wieder unter ihresgleichen zu sein. Um dann von einer ziemlich langweiligen Asientour mit einem komischen Typen ohne Tischmanieren zu erzählen, wahrscheinlich traf das Letztere zu, er schenkte sich wieder nach.
Auch Kirsten war unter *Favoriten* gespeichert. Es würde sie zwar wundern, dass er sie sofort nach seiner Rückkehr anrief, aber kurz entschlossen drückte er auf ihren Namen, sie meldete sich sofort: »Wieder da? Wie war's?«
In wenigen Sätzen fasste er die Qualität der thailändischen Küste, den Anblick des Meeres und die überall vorzufindenden Palmen vorbildlich zusammen. Kirsten war schließlich eine manisch Reisende und durchaus in der Lage, über so ziemlich jeden Winkel dieser Welt einen tausendseitigen Reiseführer zu verfassen, zudem war sie in mindestens einem Dutzend Reiseportalen aktiv. So fragte sie auch diffizil nach seiner Einschätzung, ob Ko Phi Phi Don denn wirklich so überrannt sei, wie alle es behaupten würden, und überhaupt, ob er denn auch in einem dieser neumodisch-grausamen Hotels dort übernachtet hätte, vierstöckig, mit Pool, so etwas würde gar nicht gehen. Er verneinte und verwies auf den Long Beach, der ja noch eine Ahnung vom Paradies in sich trüge, und eigentlich wäre es nicht so schlimm, wie man behaupten würde. Sie fragte, wie es ihm denn in der Zeit ergangen sei, immerhin wären es ja zwei Wochen gewesen, so ganz allein. Er betonte, dass das herumgehen würde wie nichts, auch wenn man vollkommen auf sich gestellt wäre.

Zwei Wochen seien einfach viel zu kurz, um sich wirklich neu zu sortieren, auch was das Leben in Berlin anbelangen würde.
»Was meinst du?«, fragte sie schnell.
Die anschließende, ebenso kurze Pause verlieh seiner dann folgenden Stimme den gewünschten Effekt; er sei zu dem Schluss gekommen, dass es besser sei, wenn er und Mel nicht mehr zusammen wären; mit etwas Abstand zu den Dingen käme man eben zu einer gewissen Klarheit.
In allem.
Das läge vielleicht an der Weite des Meeres und an der Einsamkeit.
Ihr abruptes Schweigen überraschte ihn nicht sonderlich, wusste er doch um ihre Gefühle für ihn. Sie kannten sich jetzt seit über vier Jahren, unterhielten das, was man eine gelegentliche Liebschaft nannte, und die emotionale Situation beschrieb sich so: Es lag etwas in der Luft, zumindest von ihrer Seite. Er hatte das immer wohlwollend wahrgenommen, schließlich war Kirsten das, was man einen echten Kumpel nennen würde, auch attraktiv, aber er wusste um das Gefährliche der Situation; wären sie sich noch näher gekommen, hätte sie ihn immer vor die Wahl gestellt, Mel oder sie, und sie wäre durchaus zu Gefühlsausbrüchen in der Lage gewesen. Ein unberechenbarer Faktor, der erst jetzt seinen Schrecken verlor, siehe Punkt 5.
»Du willst dich trennen?«, fragte sie leise.
»Absolut. Ich werde mich trennen«, entgegnete er fest.
Und natürlich würde er sich über ihren Besuch freuen,

zum Beispiel morgen Abend, falls sie spontan vorbeikommen könne.
Ein kurzes Husten. Sie sagte, dass der Abend eigentlich ganz gut passen würde, schließlich sähe der darauf folgende Tag noch ganz entspannt aus. Bastien schlug vor, dass sie ihn sich am besten doch ganz freinehmen solle, was sie mit einem Lachen beantwortete, auch daran könne man denken, und alles Weitere dann morgen. Sie verabschiedeten sich, er drückte die Taste. Ein kurzer Schluck direkt aus der Flasche, er hörte Musik im Raum nebenan, Nick Cave, offenbar war Rob im benachbarten Atelier und arbeitete.
Eine sanfte Musik, gut zum Einschlafen, er schloss die Augen.
Das könnte man auch im Weltraum hören, manche Dinge blieben eben gut, auch im 23. Jahrhundert, dachte er, vielleicht wäre Nick Cave eine gute Untermalung zu der sich anbahnenden Schlacht im vierten Quadranten, in der er die Schiffe der *Anderen* in einem Streich erledigen würde, einfach, indem er durch ihre Schutzschilde flöge und dabei eine Serie Torpedos direkt in deren Brücken schicken würde, sie wären pulverisiert, bevor sie ihn und sein kleines, wendiges Schiff überhaupt wahrnehmen könnten, genau. Er legte die Beine hoch und starrte an die Decke.
Aber die Insel gefiel ihm besser.
Die Wrackteile der abgestürzten Maschine hätten die Behaglichkeit eines Wohnzimmers, sie könnten sie mit einigen Ästen und Buschwerk verstärken, so dass sie einen guten Schutz vor den Taifunen abgeben würden.

Dann schließlich müssten sie die Umgebung erkunden, um zu sehen, ob –
Es klopfte laut, er ging zur Tür und öffnete sie einen Spalt breit.
»Mach schon.«
Rob drückte ihm die Tür entgegen: »Wie war's?«
Bastien rieb sich das Gesicht: »Gut. Was sonst?«
»Wie, gut, was sonst?«
Rob sah ihn fragend an, schließlich hatte er Sonia einige Male bei Bastien gesehen. »Du fährst mit diesem Geschoss in die Dreißig-Palmenstrand-Grad-Nummer, und dann war's nur gut?«
Bastien schwieg, Rob trat geradewegs ein, nahm eine weitere Flasche Wein aus dem Kühlschrank, ging zur Küchenzeile und spülte sich eines der dreckigen Gläser sauber, hielt es dann prüfend ins Licht: »Wollte sie nicht?«
Auch ein müder Blick half nichts, die Details blieben Bastien nicht erspart; er berichtete in einigen stockenden Sätzen von einem blonden Haarschopf hinter Kissenbergen und von Mel und seiner Wiederkehr. Rob schwieg noch einen Moment und blickte dann vielsagend zurück: »Scheiße.«
»Sie meint es ernst. Die kann mich mal.«
»Weiß nicht.«
»Soll ich ihr hinterherlaufen?«
»Vielleicht – ja«, sagte Rob bedächtig. In den meisten Fällen würden die Frauen so etwas doch nur inszenieren, nur um wieder eingefangen zu werden, es ginge um eine Art Liebesbeweis, den könnte man schon bringen, besonders nach so einem Ding.

»Was für ein Ding?«
»Zum Beispiel, dass du sie mit der Blonden versetzt hast, zumindest im Kopf.«
Bevor Bastien sich aufregen konnte, wechselte Rob das Thema, riet ihm, eine Weile auf Abstand zu gehen und sich stattdessen um die Arbeit zu kümmern, einfach durchzustarten: »Du wolltest neue Bilder machen, mit einer dicken Farbe, *neue Kommunikationswege* und so etwas – hast du gesagt.«
»Ich habe sie ja auch so gemacht. Zuerst jedenfalls.«
»Und dann?«
»Hab ich's wieder weggemacht.«
Rob schwieg wieder vielsagend, Bastien schenkte sich nach: »Komm, hör auf, es sah einfach scheiße aus, das war's.«
Rob goss sich ein: »Du hast mich einen ganzen Abend damit zugetextet, *Farbe als Kommunikationssubstitut*, die menschliche Sprache braucht einen vollkommen neuen Ausdruck, jenseits von *ausgetrampelten linguistischen Pfaden*, wir müssten mehr in Reminiszenzen denken, unsere Träume zu Bildern machen; wie hast du es genannt? *Auf der Magie des Magenta gehen*, genau, in der traumatischen Farbe erkennt sich alles wieder, die Grenze zur Realität hebt sich auf, alles mündet in grenzenlose Freiheit. Und jetzt so etwas?«
»Es sah einfach scheiße aus.«
»Ja, vielleicht. Du bist aber auch nicht gerade der Geduldigste. Das weißt du selbst.«
Rob war Bastiens bester Freund. Aber wenn ihn manchmal etwas zur Weißglut trieb, dann war es Robs sezierendes Nachhaken, zumeist dort, wo er es am wenigsten

ertragen konnte – bei seinen Schwächen. Die Rettung bestand stets in Robs eigenen offenen Flanken.
»Und die Berge?«, fragte Bastien.
»Was ist mit denen?«
»Die machst du also immer noch? Nach diesen Urlaubsfotos gemalt, oder?«
»Warum nicht? Grobe Striche. Wenn du näher rangehst, wird's abstrakt.«
»Das ist aber bei jedem Bild so, oder? Alle werden abstrakt, wenn ich näher rangehe. Eine Tapete, ein Stück Holz, Baubeton, das wird alles abstrakt, wenn ich nah rangehe.«
»Hier ist es aber gewollt«, bemerkte Rob knapp.
»Sagt dir ein Polier auch, wenn er seinen Baubeton abgießt«, erwiderte Bastien, jetzt wieder munter. »Das ist immer derselbe Berg, oder?«
»Der Piz Badus, ja.«
»Warum?«, fragte Bastien. »Absicht? Zufall? Laborfehler?«
»Weiß nicht, ich fand es genial, immer denselben zu machen. Das hat etwas von einem – Konzept oder so«, antwortete Rob.
Bastien nahm einen langen Schluck aus dem Glas und legte eine genüssliche Kunstpause ein, bevor er fortfuhr: »Stimmt, wir brauchen ja Futter für die Schreiberlinge: *Die Eindringlichkeit der bewussten Inszenierung der Wiederholung der Wiederholung der Wiederholung ist kennzeichnend für U-ROBS neuen Zyklus ›Berg‹. Dem Postulat Gertrude Steins folgend, generiert er auf eine atemberaubende Weise die Vergleichzeitigung einer sichtbar entgleisten Natur. Gerade die bewusste Entnahme des Faktors Zeit in die-*

sen ebenso bewusst gewählten naiven Motiven verrät uns eine korrelative Doppeldeutigkeit zwischen dem Singulären und dem Vielfachen; es verschmilzt geradezu zu einem neuen orgiastischen Ganzen, das Konzept – Berg.«
»Idiot«, entgegnete Rob.
»Kann's dir aufschreiben, wenn du willst. Also, du fandest diesen Piz Badus klasse und hast ihn ein paarmal gemalt. Und jetzt?«
»Was jetzt?«
»Willst du es als Serie ausstellen oder nicht? Wenn ja, dann musst du dir etwas einfallen lassen, das ist auch klar«, sagte Bastien.
»Warum? Ich hänge sie einfach zusammen auf, Franco wird etwas dichten, und gut ist es. Da muss ich mir nichts einfallen lassen, die Sache spricht für sich«, erwiderte Rob.
»Und Cézanne?«, fragte Bastien leise.
»Was ist mit dem?«
»Ich sage, dass du dir etwas einfallen lassen musst, mehr nicht. Weil Cézanne einfach das Gleiche gemacht hat. Mit seinem Mont Sainte-Victoire.«
»Das ist doch eine alte Nummer.« Das leichte Stammeln in Robs Stimme war nicht zu überhören.
»Deshalb wird's ein Verriss, todsicher. Ich glaube auch nicht, dass Franco das ausstellen wird, gerade wegen Cézanne. Und er wird keinen Verriss riskieren, das weißt du.«
»Ich habe dabei überhaupt nicht an Cézanne gedacht«, sagte Rob.
Bastien schüttelte den Kopf. »Liest sich so: *Dass die jüngsten Vertreter der deutschen Postmoderne in ihrer Motiv-*

wahl nicht gerade zimperlich vorgehen, ist allgemein bekannt. Dass man aber selbst vor einem ostentativen Plagiat ersten Ranges nun auch nicht mehr zurückschreckt, beweist gerade einmal wieder neu der Maler U-ROB in seinem unsäglichen Bilderreigen ›Berg‹. Ohne auch nur einen angebrachten Hinweis auf das Originalwerk Paul Cézannes an die Hand zu geben, wird hier geradezu schamlos dessen Serie ›Mont Sainte-Victoire‹ nachempfunden, besser noch: willfährig kopiert. U-ROB, bürgerlich eigentlich Robert Wichmann, beweist damit auf ein Neues, wie unvertraut ihm wohl eigene innovative Ansätze sein mögen; diese Ausstellung ist schlicht ein Jammertal, ein kunstalpiner Absturz ohnegleichen.«

Er schloss mit einem leichten, rhythmischen Trommeln der Finger auf der Tischplatte, was an den Stechschritt eines preußischen Hinrichtungskommandos erinnern mochte; Rob versuchte, seiner Stimme einen festen Klang zu geben, was gründlich misslang: »Ich hab dabei überhaupt nicht an Cézanne gedacht.«

»Und? Nach solch einer Kritik stehst du nicht mehr auf, das weißt du auch.«

»Ist mir doch egal!«

»Quatsch! Die Dinger sind einfach nur für die Tonne, das ist es!«

»An was soll man noch alles denken? Man kann sich auch verrückt machen.«

»Klar machen wir uns verrückt«, lächelte Bastien. »Stimmt. Genau das ist es. Weißt du, man muss nur ein bisschen schlauer sein als die. Einfach keine Hinweise geben, dann können sie auch keine Schublade ziehen und dich reinstecken.«

»Das schaffst du doch auch nicht«, entgegnete Rob.

»Bei dir könnte ich auch zig Schubladen ziehen. Baselitz, vor allem. Oder auch Immendorff. Sag ich ja, wenn man will, kann man sie alle ziehen.«

»Mann, ich hab nichts gegen deine Berge, ich sag nur, dass sie dich dafür guillotinieren werden, mehr nicht –. Wieso Immendorff?«, fragte er langsam.

»Deine Figuren haben so was Comicartiges. Eben wie bei dem.«

»Bin ich so ein Polit-Heini oder was? Vaterland entwurzelt, geteiltes Ländle, jetzt muss die Kunst ran und allen sagen, wie übel es aussieht oder was? Mit Immendorff habe ich *nichts* zu tun, *gar nichts*.«

»Schade eigentlich«, unterbrach Rob ihn. »Absolut schade.«

»Was?«

»Dass es die DDR nicht mehr gibt. Ich meine, wir könnten ansonsten da kurz mal antizyklisch einwandern, kommen geschunden zurück und gießen dann unsere ganzen neu gemachten Erfahrungen von übler Entmenschlichung in unsere Bilder. Man wird fragen, ob der Aufenthalt in der Diktatur unsere Arbeit verändert hat, seelisch natürlich, und wir werden sagen, dass wir jetzt für die Menschenrechte malen, so ungefähr.«

Bastien hob das Glas. »Genau. Und deine Berge haben dann auch nichts mehr mit Cézanne zu tun, du verstehst sie mehr als Wellenbewegungen der deutschen Geschichte, nach jedem Gipfel kommt ein Tal, dann wieder ein Gipfel, dann wieder das Tal, auf Goethe folgt ein Ulbricht, auf Wolf Biermann ein Kohl und eine fette Merkel. Auf und ab und wieder auf und ab, wie in der Geisterbahn, das versteht jeder.«

»Alles fließt«, fügte Rob hinzu. »Ein deutsch-deutsches Panta Rhei.«
»Andere verändern ihr Geburtsdatum, wir verändern einfach den Geburtsort, das ergibt dann eine klasse gepeinigte DDR-Vita. Du bist in Leipzig observiert und eingebunkert worden und ich in –«
»Karl-Marx-Stadt«, sagte Rob.
»Und jetzt endlich kommen wir heraus mit unseren ganzen unterdrückten Gefühlen.«
»Das kann irgendwie auch keiner mehr sehen. Es muss etwas anderes sein, etwas ganz anderes. Etwas, wo die Erfindungshöhe stimmt«, sagte Bastien.
»Die was?«
»Die Erfindungshöhe. Nur zu erfinden, das allein reicht nicht, die Erfindung muss gigantisch sein, darum geht's.«
»So wie das mit der dicken Farbe, ja?«, sagte Rob. »Du willst die Welt gleich mit erfinden. Die ist aber schon da, ich meine, keiner kommt aus dem Nichts.«
»Ach was. Eigentlich hat doch keiner wirklich Ahnung.«
»Wer hat keine Ahnung?«
»Käufer und so. Die am Ende der Nahrungskette. Der ganze Zirkus findet doch nur für die statt. Die, die den ganzen Quatsch bezahlen. Francos komische Russin ist so blöd wie ein toter Esel, die kauft alles, was einen blauen Hintergrund hat. Man muss es einfach schaffen, darum geht es«, sagte Bastien.
»Aber wer schafft es schon? Die wenigsten, zwei von hundert, so ungefähr. Und der Rest?«
»Der geht unter, klar. Ein Ozean voller Untergeher,

bester Humus für die, die es geschafft haben. Ich meine, wenn jeder Erfolg hätte, wären die ja nichts Besonderes mehr, oder? Jeder verdammte Star braucht seine hundert Untergeher als Kontrastmittel, mindestens.«
»OK. Was meinst du, wie viele Bilder macht man so im Leben, insgesamt?«, fragte Rob.
»Wieso?«
»Egal, sag mal.«
»Weiß nicht, vielleicht dreitausend«, antwortete Bastien.
»Dreitausend. Und wie viele Künstler gibt's? Ich denke, so rund eine Million derzeit, weltweit, oder? So, dreitausend Bilder multipliziert mit einer Million macht drei Milliarden Bilder. Drei Milliarden Bilder, die keiner haben will, Tonnen an Kunstschrott.«
»Schlimmer als Atommüll«, fügte Bastien hinzu. »Das könnte man kommunal verbrennen, einmal im Jahr zu Ostern. Alles, was keinen anerkannten musealen Wert hat, muss abgegeben werden und wird öffentlich verbrannt. Oder wird als Rohstoff-Kubus komprimiert in die Erdumlaufbahn geschossen.«
»Ein neuer Mond«, ergänzte Rob.
»Ein Trabant der Enttäuschung.«
»Alles Gescheiterte muss die Erde verlassen.«
»Und umkreist uns auf unserem Weg durchs Universum.«
Rob nickte, klar, der Erfolg wäre die Lösung für einfach alles, mit einer Mille auf dem Konto würde Mel sich die Sache bestimmt noch einmal durch den Kopf gehen lassen. Es ginge nur um Erfolg, das wäre eben das Wichtigste. Die Frage sei nur, *womit*.

»Wir lassen die Bilder einfach in der Verpackung. Als Prinzip. Die Verpackung ist die Kunst, das Bild verweigert sich dem Betrachter«, schlug Bastien vor.
»Gab's schon«, entgegnete Rob.
»Ich weiß.«
»Warum sagst du's dann?«
»War ja nur so. Wenn man es irgendwie – anders hängt?«
»Komm jetzt nicht damit, die Dinger umzudrehen. Gibt's auch.«
»Weiß ich. Superplatt.«
»Das weiß jeder, nur Baselitz nicht. OK, weiter, drehen ist's nicht. Gelb, grün, blau, rot, schwarz, weiß, violett, klein, groß, komprimiert, verrenkt, verzogen, verzettelt, nass, trocken«, listete Rob auf.
»Nass hat was. Das Bild könnte vollkommen fluid sein, besteht eigentlich aus nichts Festem mehr«, sagte Bastien nachdenklich.
»Da bedankt sich Francos Putzfrau. Weiter.«
»Keine Nassbilder?«
»Gab's schon, sagt Francos Putzfrau.«
»Oder einfach nichts machen«, sagte Bastien düster.
»Gute Chancen für die Mega-Gruppenausstellung: *Die Einfallslosigkeit. Deutsche Abgründe bis 2013*. Jeder Schlechte macht mit, es gibt nur dieses eine Kriterium.«
»Hör auf.«
»Ist doch so«, sagte Bastien und starrte auf den Boden. Das Besondere zu finden, darum ging es; manchmal, dachte er, manchmal war er kurz davor, konnte es fast greifen, dieses Besondere, Einzigartige, das sich dann

doch entzog, wie Seife durch die Finger glitschte, immer wieder; und dieses *immer wieder* schien sich langsam wie ein ausgewachsener Fluch auf seine Arbeit zu legen; auf die verzweifelten Telefonate mit dauerhaft abwesenden Galeristen und gelangweilten Kuratoren, auf die langen Stunden, in denen er sich das Hirn zermarterte, wie denn alles weitergehen könne und ob überhaupt. Bei all dem Gerede über Genialität, an die er aus Überzeugung ohnehin nicht glaubte, war sie in seinen Augen doch nur etwas, auf das man sich gesellschaftlich einigte, das aber nichts mit Talent oder Größe zu tun hatte. Und *sein* Talent? Im Grunde glaubte er an sein gut sortiertes Mittelmaß, ein Wort, das ihm Angstschauer verursachte. War er das Mittelmaß? Nicht ganz schlecht, aber auch nicht gut genug? War er mittelgut in einem Genre, das per se nur das Besondere und Einzigartige akzeptierte, weil das in der Natur der Sache lag. Und haperte es bereits schon beim Selbstvertrauen zur eigenen Arbeit, wie sollte solch eine Durchsetzungskraft, gegen alle Kritik und Käufermeinungen dann noch aufzubringen sein? Wenn er nun ehrlich zu sich war, fiel ihm nur eine Beschreibung für seine Situation ein: unüberwindlich. Alles, was in seiner Zukunft notwendig und richtig war, fiel darunter, diese Hürde reichte sicher bis zum Mond. Wer hatte einem jemals geraten, Künstler zu werden, wer hatte einem garantiert, damit sein Auskommen zu haben und glücklich zu sein? Wahrscheinlich war es, wie das meiste in seinem Leben, nur aus einer Laune entstanden, aus einer naiven Überzeugung heraus. Jetzt war das Rad aber nicht mehr an den Anfang zu drehen,

jetzt hieß es *Erfolg oder Gar nichts*, und einmal wieder, dass ihm nur das Bodenlose tief genug war.
»Vielleicht muss man mit sich selbst radikaler sein. Man muss zu weit gehen, genau. Und nicht nur seinen Namen ein bisschen verändern«, fügte er etwas bissig hinzu.
»Das war deine Idee, damals«, entgegnete Rob. »Was hast du mir gesagt? Wichmann klingt wie Wirsing und Jedermann, deutschtümelig und ultrabrav. Wenn es nach dir gegangen wäre, hättest du mir noch eine echte Ratte um den Hals gehängt, eine – was war's? Ein Frettchen, genau, ein Frettchen wolltest du mir umhängen.«
»Süß. Dann hättest du es auch geschafft.«
Bastien schenkte ihm nach. Die Idee mit dem Frettchen war ihm durch *Und dann kam Polly* gekommen, das hatte er Rob aber nicht gesagt, weil er dann hätte zugeben müssen, dass er sich solche Filme ansah. Aber er erinnerte sich an eine Dokumentation, die am selben Abend ausgestrahlt wurde. »Hast du eigentlich mal von diesem Reeperbahn-Killer gehört?«
»Reeperbahn-Killer?«
»Den gab's wirklich. Strater, Strömer, Ströher oder so ähnlich. Hat bei seiner Vernehmung zuerst den Staatsanwalt, dann seine Freundin und zuletzt sich selbst abgeknipst. Er hat von einer Albaner-Gang immer Zettel in den Knast bekommen; auf dem ersten stand der Name des Staatsanwaltes, auf dem zweiten der von seiner Freundin und auf dem letzten sein eigener. Und genauso hat er es dann gemacht. Hart, nicht? Eigentlich willst du weiterleben, tust es aber trotzdem.«

In Bastiens Kopf formten sich einige Gedanken, die in ihm eine unterschwellige Begeisterung auslösten; zumindest einen Zustand, den er dafür hielt. »Was ist, wenn's Kunst wäre?«
»Was? So einen bei der Arbeit zu filmen? Als Killer-Doku? Gibt's schon, *Mann beißt Hund*, vergiss es.«
»Das meine ich nicht.«
»Was denn?«
Bastien wartete einen Moment lang mit der Antwort. »Tod als Kunst.«
»Das Thema gibt's hoch und runter, Altarbilder, Grabsteine, Sensenmänner, apokalyptische Reiter, Requiem –«
»Nein. Den echten Tod als Kunst«, entgegnete Bastien trocken.
»Den echten?«
»Ja.«
»Was denn? Du willst jemanden ausknipsen, dich dann vor die Kamera stellen und sagen: *Das war Kunst.* Oder wie?«, sagte Rob. »Du spinnst. Der liebe Herr Richter wird dich dann anlächeln und ganz einfach sagen: *Nein, mein Herr, es tut mir leid, aber das war keine Kunst, und das war nicht gut, was Sie da getan haben, gar nicht gut, nein, nein, richtig scheußlich sogar, böse, böse, böser Junge.*«
»Und wenn's freiwillig wäre?«, entgegnete Bastien. »Ich meine, wenn *ich* es wäre?«
Rob verzog sehr deutlich das Gesicht. »Was soll der Mist? Wegen Mel oder was?«
»Du würdest es den Leuten schon erklären, ja?«
»Ich? Was?«

»Das, worum es geht: *Tod als Kunstwerk*. Und dass ich als verdammt erster Künstler der Welt so etwas mache. Und zwar mit mir selbst.«

»Ich werde gar nichts erklären, weil du das gar nicht machen wirst. Klar? Außerdem bist du besoffen.«

Bastien suchte kurz nach Stift und Papier und kritzelte ein paar unleserliche Sätze. Rob sah ihm dabei mit einer Mischung aus Mitleid und Sorge zu.

»Hier. Das steht's«, sagte Bastien ruhig.

»Was, verdammt?!«

»Mein Manifest.«

»Man schreibt keine blöden Manifeste mehr. Das ist Kitsch.«

»Hör zu: *Ich treffe diese Entscheidung auf der Basis meines eigenen Konzeptes, das heißt: dieser Tod, mein Tod, ist eine bewusste Installation der bildenden Kunst. Dieses Sterben meines Körpers ist die Kunst an sich, so verstehe ich es. Ebenso halte ich hier fest, dass ich in der ganzen Welt der Erste bin, der das tut; ich bin der Erste, der den bewusst eigen herbeigeführten Tod als Gegenstand der Kunst definiert.*«

Bastien blickte ihn lächelnd an. Sein Kopf sackte kurz nach vorne, und der Stift fiel ihm aus der Hand. Rob spielte an seinem Glas herum, er fragte sich natürlich, ob er ihn in dieser angeschlagenen Verfassung allein lassen könne, ob er für die Nacht nicht besser bei ihm bleiben sollte. Bastien konnte einen wirklichen Borderline-Kandidaten abgeben. Er ging unruhig durch das Atelier, er sei vollkommen bescheuert, an so etwas überhaupt zu denken, es ginge jetzt nur um eines: nach vorne zu schauen und diesen Mist aus dem Kopf zu bekommen. Sein Blick fiel auf Bastiens Computer, der mit angeklebten Zetteln übersät war, so dass nur noch ein Teil des Bildschirmes darunter hervorlugte. Am besten, er würde sich einfach mit Facebook ablenken, oder was auch immer; schließlich ginge es ja um Überraschungen, genau, da müsse er ran, eine echte Überraschung wäre das Einzige, was ihn jetzt auf andere Gedanken bringen könne. Er startete Bastiens Computer und blickte ihn auffordernd an; – wie wäre es gleich jetzt? Woraufhin Bastien seinen Stuhl schwerfällig zum Computer zog, seine Facebook-Adresse eingab und mit dem Zeigefinger die Worte *Wer hat Bock auf Tod als Kunst?* als Statusmeldung eingab. Rob sah kopfschüttelnd auf den Bildschirm. »Du Idiot, ehrlich.«

»Was ist? Das wolltest du doch.«

»Nicht *das*. Idiot.«

Damit schien auch die letzte Chance vertan, Bastien für diese Nacht allein lassen zu können. Er ging hinüber in sein Atelier, nahm sich eine Daunendecke aus dem Schrank, schmiss sie neben Bastiens Lager auf den Boden und zog sich genervt aus.

Bastien starrte noch einen Moment lang auf den unruhig flackernden Bildschirm und konnte nicht anders, als an Mel zu denken. Was würde sie jetzt tun? Bestimmt säße sie in der Küche, würde auf ihr Handy starren und sich überlegen, wie sie sich am besten bei ihm entschuldigen könnte. Morgen würde er sie anrufen, freundlich, harmonisch, vertraut, dann wäre alles wieder gut. Mit dieser Erkenntnis und einem vorerst seligen Gefühl legte er sich hin – genau, dann wäre alles wieder gut.

(*Gut* war in dieser Situation für Bastien allerdings nur eines: dass er nicht sehen konnte, was Mel zur selben Zeit sah, und das war Thomas' schweißnasser Oberkörper, an den sie ihren Kopf schmiegte, während sie ihre Hand auf seinen Oberschenkeln spielerisch hin- und hergleiten ließ.)
Der Schlaf wollte sich nur in kurzen Intervallen einstellen, er wälzte sich hin und her. Die Bilder blitzten zuerst stoßweise auf, verdichteten sich dann zu einem tumultartigen Szenario im nächtlichen Treppenhaus – richtig, die Party, er hatte ja eingeladen, also bitte schön, herein die Damen und Herren, wie langweilig, allein zu sterben, sehen Sie ruhig zu, wie man das anständig macht. Die Menschenmasse schob sich die Treppen hoch, vereinzelte Gestalten liefen hinab, einige stießen lautstark mit anderen aneinander und stürzten hin, grölend stieg die Masse über sie hinweg, das Bersten der Knochen vermengte sich mit dem hellen Klang der Gläser, an einem solchen Tag musste man trinken! Auch die Rückenlage auf der Matratze half jetzt nichts, schon standen alle vor der Tür und prosteten ihm zu; da war Mel, Arm in Arm mit einem grauen Frosch, im Getümmel erkannte er Rob, auch Sonia, sie liefen aufeinander zu und verfehlten sich nur um Haaresbreite; – ein neuer Wirbel der Insektenleiber auf dem Absatz, jemand flog aus dem Fenster, der Beifall klirrte an den Wänden wider, helau, so hatte ein Sterben auszusehen und nicht anders. Da gab es nasse Klapse auf seine Schulter, ein fröhliches Genicke, gut sei das, es endlich einmal allen zu zeigen, wer denn hier der Boss sei, so einfallsreich und lustig

wäre ja noch niemand aus dem Leben geschieden, man sei ja schon so gespannt, und wie er es denn machen würde, mit dem Strick oder doch nur mit der Kneifzange? Auch so eine klassische Kreuzigung wäre fein und imposant, also los dann jetzt, eins und zwei und –. Er sah durch die erwartungsvollen Gesichter nach unten, eine junge Frau stand dort, setzte dann zaghaft ihren Fuß auf die Treppe und stieg höher. Gebannt sah er ihr zu, ihre Bewegungen kamen ihm sonderbar vertraut vor. Sie blickte nach unten auf die Stufen, stieg aber beständig weiter, und seine Aufregung wuchs, er fieberte ihr entgegen, sah, wie sie sich durch die Körper drängte und sich näherte. Erst jetzt nahm er den Schatten in ihrem Rücken wahr, ein unförmiges Gebilde mit einem Gesicht, das ihm ebenfalls vertraut war. Bedrohlich näherte sich ihr die Gestalt, streckte bereits eine klauenartige Hand aus, sie schien es nicht zu merken, lächelte ahnungslos und suchte seinen Blick in der Menge. Steif, wie angekettet, sah er den Schatten heranrücken, nur noch wenige Zentimeter trennten die Hand vom Schopf der Frau; *hilf ihr doch*, raunte Mel in sein Ohr, *hilf ihr doch, sie schafft es nicht*. Der Ruf gurgelte schleppend in seiner Kehle, entlud sich dann in einem Schrei, und Robs Stimme klang deutlich: »Jetzt penn endlich.«
Die Bilder verschwanden abrupt. Er drehte sich herum und zog die zerwühlte Decke wieder hoch. Nervös fragte er sich, was da bald alles die Treppe heraufkommen würde.

*

Am nächsten Tag, irgendwann zwischen 16 und 17 Uhr, konnte er sich schließlich nicht mehr zwischen den verschiedenen Bauch- und Seitenlagen entscheiden und stand auf. In seinem Kopf schienen sich galoppierende Hyänen ein Wettrennen zu liefern. Auch drehte sich das Atelier vor seinen Augen wiederholt um die eigene Achse und die Achse einer weiteren imaginären Achse; vier ASS-Akut halfen ihm für das Erste darüber hinweg, und seine Bilder standen nach einigen Minuten wieder auf dem gewohnten Platz.
Rob war gegangen, seine Daunendecke hatte er vorsorglich liegen gelassen. Bastien blickte dankbar auf den braunen Haufen neben der Matratze, Rob war wirklich sein bester Freund, er hätte ihn gestern nicht so beunruhigen sollen. Der erste Kaffee. Ein sinnloses Öffnen des Kühlschrankes. Der Gang zur Toilette und ein Betrachten zweier Fliegen beim Liebesspiel an der Wand, dann das Rauschen der Spülung, hohl, wie aus einer magischen Tropfsteinhöhle in der Tiefsee. Bevor er sich wieder in den Weiten des Pazifiks verlieren konnte, zog er die Hose schnell wieder hoch.
Er stellte den Computer an und las dann mit einiger Sorge seinen Aufruf auf der Facebook-Seite, es hatte niemand geantwortet. Zum Glück, wie er dachte, da könnten jetzt auch eine Million Todeshungrige seinen Server belagern, so einen Satz leitete man ja gerne weiter. Nein – das Leben war angesagt, jetzt, und dieses Leben bestand aus Mel. Er versuchte dreimal, sie anzurufen, jedes Mal sprang die Mailbox an, das war kein gutes Zeichen, in der Regel nahm sie immer sofort ab, wenn sie seine Nummer sah. Er wartete. Und dachte

daran, dass er ihren Anrufbeantworter noch nie so bewusst wahrgenommen hatte, ihre freundliche, aber distanzierte Stimme wie aus einer anderen Welt, der Welt der Fremden, Unvertrauten, diese Stimme war nicht seine Mel.

Er wartete.

Aus dem Innenhof hörte er das Gelächter der Leute von der Müllabfuhr, richtig, es war Montag, sie kamen immer montags. Und am Donnerstag. Oder Freitag? Morgens? Abends? Nachts? Er schüttelte den Kopf und wartete weiter, sah sich dabei im Spiegel an der Wand. Menschen, die warteten, hatten einen besonderen Gesichtsausdruck, etwas seltsam Abwesendes lag darin, aber auch eine Anspannung, schließlich war der Zustand des Wartens ja einer vor einem zu erwartenden anderen, und man konnte nie wissen, wann dieser andere Zustand eintreten würde, deshalb konnte Warten eine ungemein spannende Angelegenheit sein; wenn man sie als solche begreifen wollte und nicht etwa dachte, dass man *einfach nur auf etwas wartete*.

Ihm fiel ein, dass er seine E-Mails durchsehen könnte, bestimmt hatten sich an die tausend Spams während seiner Abwesenheit angesammelt, oder auch gute und schlechte Nachrichten von seinen Galerien, wahrscheinlich Letzteres; in Situationen wie dieser bekam man ohnehin nur schlechte Nachrichten. – Ein Gedanke an den Briefkasten zu Hause, Mel hatte nichts gesagt, aber es musste ein Riesenstapel an Briefen für ihn bereitliegen, das zumindest war ein Grund, ihr noch einmal auf die Mailbox zu sprechen. Er drückte wieder ihre Nummer, wartete den Spruch ab und sprach

mit entschlossener Stimme, es müssten inzwischen einige Schecks von Bohm & Partner da sein, ebenso ein Beleg der Tantiemen des letzten Buches und einige Museumsanfragen, er würde die gerne abholen kommen, sie solle ihm doch sagen, wann es gehen würde. Die Antwort kam prompt per SMS: *Es ist nur Werbung, ich lasse sie dir per Taxi bringen, wenn du willst. Gruß M.*
Es setzte sich, einige Schweißperlen liefen ihm die Stirn hinab. Er fühlte intuitiv, dass es gut wäre, diesen Tag bereits hinter sich zu haben; ein Tag, an dem er zwangsläufig an die Grenzen seiner Wahrnehmung geraten würde, denn wie konnte man *das* überhaupt begreifen? Dass dort, wo vorher seine gewohnte Welt war, nun ein gähnendes Loch in der Form des Displays seines Handys ihn anstarrte. Ein neues Atemholen, er fuhr sich mit den Händen durch das Gesicht und blickte wieder starr auf den Rechner. Das hier, jetzt, mochte ein bedrohlicher Moment der Nähe zum Wahnsinn sein, es bedurfte wohl nicht mehr viel, um einfach durchzudrehen.
Er musste etwas tun.
Im Google-Suchfeld gab er schnell hintereinander unsinnige Begriffe wie *Thailand, neue Filme, Unglück, Glück, endloses Glück* ein – die Ablenkung gelang in keiner Weise, das gähnende Loch grinste weiter gehässig herüber, mehr noch, es dehnte sich zur Zimmergröße aus, brach durch die Wände des Ateliers, bis auf die Straße; – er blickte wieder auf den Rechner und gab etwas langsamer die Wörter *zu Hause, Wohlfühlen* und *Entspannung* ein, bereits die erste Werbeseite versprach sofortige Hilfe:

Entspannungs-Übungen, um Burnout zu vermeiden

Mit Training für Geist und Körper finden Sie wieder Ihre innere Balance. Wir verraten Ihnen, wie Sie mit ein paar einfachen Entspannungs-Übungen relaxen können und so der völligen Erschöpfung vorbeugen. Termindruck, zu viel Arbeit, Doppelbelastung in Familie und Beruf, vielleicht noch Mobbing im Job. Studien zeigen, dass immer mehr Krankschreibungen auf das Konto Stress und Burnout gehen. Doch es gibt Auswege aus der für den Körper überforderten Situation. Ein paar wirksame Entspannungs-Übungen (Auswahl) nennen wir Ihnen hier: Muskeln an- und entspannen. Legen Sie sich ausgestreckt aufs Bett. Dann spannen Sie Ihren Körper an, so viele Muskeln wie möglich. Halten Sie diesen angespannten Zustand für ca. eine halbe Minute. Lassen Sie dann wieder alle Muskeln locker und entspannen sich. Das tut gut! Eine weitere Entspannungsübung, die auf einem Märchen der Gebrüder Grimm basiert, folgt jetzt: Stehen Sie barfuß und aufrecht. Ihr gesamter Körper bildet eine gerade Linie. Breiten Sie Ihre Arme aus und halten Sie sie mit den Handflächen nach oben ausgestreckt neben Ihrem Körper. Legen Sie Ihren Kopf in den Nacken, schließen Sie die Augen und lösen Sie sich von allen störenden Gedanken. Nun stellen Sie sich vor, dass eine strahlend weiße Wolke über Ihnen schwebt und feinen, goldenen Regen auf Sie herabregnen lässt. Sobald dieser Glitterregen Ihren Körper berührt, wird er zu purer und reiner Energie, die Sie mit Ihrem Körper komplett aufnehmen. Spüren Sie, wie die frische Energie Ihren Körper durchfließt und sich in den Adern ausbreitet. Sobald die Füße beginnen, sanft zu kribbeln, schütteln Sie Ihre Beine nacheinander aus und stellen sich dabei vor, wie alles Negative abgeschüttelt wird. Jeder Körperteil, der kribbelt, wird ausgeschüttelt, bis sich nur noch positive Energie in Ihnen befindet.

Schwachsinn. Weitere Klicks. Die Werbeseiten gaben nichts Neues her, schließlich tippte er das Stichwort *Gewohnheit* ein, alles war besser als dieser grinsende Horror Vacui im Display dort drüben.

Als ***Gewohnheit*** *(auch* ***Usus****, lat. uti »gebrauchen«) wird eine unter gleichartigen Bedingungen entwickelte Reaktionsweise bezeichnet, die durch Wiederholung stereotypisiert wurde und bei gleichartigen Situationsbedingungen wie automatisch nach demselben Reaktionsschema ausgeführt wird, wenn sie nicht bewusst vermieden oder unterdrückt wird. Es gibt Gewohnheiten des Fühlens, Denkens und Verhaltens. Stark ausgeprägte oder starre Denk- und Verhaltensgewohnheiten können für die Kreativität abträglich sein und zu einem eingefahrenen, mehr oder weniger gedankenlosen Reagieren führen. Zudem erfordert gewohnheitsmäßiges Reagieren wegen seines reflexartigen Ablaufs wenig Aufmerksamkeit. Ausgeprägtes gewohnheitsmäßiges Reagieren kann daher zu selektiver Aufmerksamkeit führen und darüber zu gewohnheitsmäßiger Unaufmerksamkeit –*

Er überflog die weiteren Sätze und stoppte bei zwei Zitaten:

»Was man Zuneigung nennt, ist in Wirklichkeit nichts anderes als eine Sympathie der Gewohnheit.«

Das war nicht wirklich zu verstehen.

»Die Gewohnheit ist so mächtig, dass sie uns selbst aus dem Bösen ein Bedürfnis macht.«

Das schon eher.

Es waren die trainierten Dinge des Alltags, die für die Illusion einer immerwährenden Gleichheit des Lebens sorgten, dachte er, die kleinen Bausteine eines Tagesablaufs, die Dinge, die man allein tat oder auch gemeinsam. Man erlebte sich dabei im Verwalten einer kommunalen Zeit, machte sich zum gegenseitigen Zeitzeugen eben dieses Alltags. Das mochte schön klingen, im Kern war es jedoch eine gefährliche Angelegenheit, sorgte das tägliche Miteinander doch für eine Gewohnheit, die sich sehr unkritisch als gut und richtig verstand. Eine anwährende Gewohnheit förderte so die Frustration eines vermeintlichen Stillstandes des Lebens, was sich gerne in Befürchtungen wie *ich werde schon fünfunddreißig, ich werde schon vierzig, ich werde schon fünfundvierzig* ausdrückte. So leistete die Gleichheit des Lebensablaufs dem körperlichen Verfall, dem herannahenden Tod und der zunehmend abnehmenden Lebenslust wohl den besten Vorschub, sein Geist sagte ihm daher klar und deutlich, dass eine jede Veränderung eine gute sei, der Humus, aus dem eines Tages ein besseres, schöneres, aufregenderes Leben erwachsen würde.

Allerdings hinkte dieser Geist dem tieferen Verständnis dessen, was eigentlich passiert war, hinterher; er steckte noch in der Gewohnheit einer dualistischen Reflexion – Fragen, Argumente und Gegenargumente, all das basierte auf den gleichen Fragen, Argumenten und Gegenargumenten von Mel, die es jetzt nicht mehr gab. Sein kognitiver Apparat argumentierte ins Leere und vermisste den trainierten Mitspieler, die Fragen kamen so zurück, wie er sie gestellt hatte. Es gab jetzt nur noch *seine* Fragen und Antworten, und da er diese bereits kannte, blieb eine Erkenntnis zwangsläufig aus. Nicht nur, dass der Schock der Veränderung ihn in die Nähe der Apathie rückte, das plötzliche Umstellen seiner Gewohnheiten ließ ihn sensibler fühlen als zuvor. Hunger, Durst, kleinere Gelüste, all das äußerte sich unmittelbar, die Liebe hingegen zeigte sich erst immer dann, wenn ihr Verlust drohte. Oder sie bereits irreparabel verlorengegangen war, so gesehen kam eine jede Erkenntnis nun zu spät.

Wie hatte das geschehen können, welcher Egozentrik hatte er diese Lage zu verdanken? Das schien das Wort zu sein, welches alles erklärte; denn zählte nicht immer nur das *Eigene*, dieses Nadelöhr der Wahrnehmung, das alles stets und immer nur in der Relation zu einem selbst begriff? So gesehen war der eigene Zustand *alles*, war die Welt; der Fühlende agierte als Demiurg seiner selbst, sein Schicksal war das Schicksal des Seienden, mit ihm entstand alles, mit ihm ging alles unter. Bastiens Geschichte schien nun der beste Beweis dafür zu sein, ein Beleg für einen unmenschlichen Verlust in seiner ganzen Tragik. *Schwachkopf*, dachte er bitter; mit einem Hauch weniger Oberflächlichkeit und einer Spur mehr Sensibilität hätte er jetzt noch der Alte sein können, glücklich mit Mel.

Seine Mel. Er hatte sie damals über eine gemeinsame Freundin kennengelernt, sie lachte unentwegt, und er war fasziniert von ihrem offenen und lebenslustigen Wesen. Später saßen sie noch bis tief in die Nacht an einem bierverklebten Tisch und redeten weiter erhitzt aufeinander ein, die Welt komprimierte sich auf die wenigen Zentimeter, die zwischen ihren Gesichtern noch Platz hatten, bis sie sich schließlich in die Arme fielen.

Sie lebte noch in einer Ehe, unglücklich, wie sie immer

wieder betonte, *er* würde sich nicht um sie kümmern, vor allen Dingen nicht um die gemeinsamen Kinder, sie wüsste, dass sie ihren eigenen Weg zu gehen hatte. Darin hatte er sie dann immer wieder ermuntert, es sei bestimmt nur noch eine Farce, sie hätte etwas Besseres verdient. Dass er damit sich selbst meinte, lag auf der Hand, und schließlich hatte er sein Ziel erreicht; ihr Mann zog aus der gemeinsamen Wohnung aus und er einige Zeit später ein. Dann der erste gemeinsame Urlaub, dann der zweite, mit den Kindern, dann ein Teilen aller Lebensbereiche. Sie schienen schon bald einen gemeinsamen Blutskreislauf gebildet zu haben, ihre Freude war seine, seine Schmerzen waren ihre, alles verstand sich als ein anwährendes Wechselspiel des Auffangens, Gebens, Nehmens, eine Welt im Kokon – eine Liebe wie in märchenhafte Runen gehauen.
Bis zu dem Tag seiner Rückkehr. Ein Zustand X fand ganz einfach sein Ende und wurde durch den Zustand Y ersetzt, der Webfaden eines gemeinsamen Lebens war abgeschnitten: Im Verlust der Zukunft wurde eine jede Vergangenheit bitter.
Er wischte sich über die tränennassen Wangen. Es kam ihm so vor, als sei er weltweit der Einzige, der so viel Seelenschmerz selbstverschuldet zu ertragen hatte und jetzt seine Strafe erlebte – ein tonnenschweres Kreuz, das er wie Sisyphus von einer Wand seines Ateliers bis zur nächsten tragen würde, ein endloser, stiller Trauermarsch. Und das inmitten der Berliner *Fun City*, jeder hatte Spaß, nur er nicht, er war jetzt mit allem allein. Ein weiteres Wischen über nasse Wangen und ein weiteres Zitat auf dem Bildschirm:

»Die Welt ist eine Komödie für jene, die denken, und eine Tragödie für jene, die fühlen.«
Aber wie konnte man wirklich allein sein? Zwischen Menschen und Freunden, in einer Welt, die mehr als sieben Milliarden potentielle Liebeskranke beherbergte, ein Alleinsein schien da lächerlich zu sein, es war keine Frage der physischen Anwesenheit von Menschen, es ging nur um die Anwesenheit von – Liebe. Man war allein, weil man in der Vergangenheit ein noch ungelöstes Problem gehabt hatte, wie zum Beispiel eine unbewältigte Trennung, über die man nicht hinwegkam; oder man war allein, weil man ein grundsätzliches Problem in der Gegenwart hatte, das konnte schlicht das Pech der Unattraktivität sein, eine in den Kinderschuhen steckengebliebene Gefühlswelt, eine allgemeine Liebesunfähigkeit aus genetischen Gründen oder, wie Bastien nun von sich glaubte, eine der Egomanie geschuldete Schicksalhaftigkeit, die ihn zum beginnenden Misanthropen und *Fool on the Hill* machen würde. Für diese letzteren Punkte wurde man in der Regel gemieden und mitleidsvoll angestarrt, ein längeres Alleinsein konnte man schon als eine Form von Krankheit oder Aussätzigkeit begreifen, sie trennte einen von der Mehrheit der anderen, die allesamt zweisam und glücklich waren. Auch deren Trost, dass sich sicher alles ändern würde und er bald die wahre Frau seines Lebens finden würde, käme dann nur hölzern daher; ein überzeugter Single lebte zwangsläufig mit dem Implantat der Unveränderbarkeit, er wusste einfach, dass die Situation ausweglos war und blieb. Und vielleicht war es auch ganz einfach so, dass höhere

Mächte ihre Hand im Spiel hatten – der griechische Held fiel immer noch, von den Olympiern für seine unaufmerksame Blindheit und Ignoranz mit dem härtesten aller Flüche bestraft, dem Alleinsein. So musste das Leben verebben – leise, ungesehen, ungehört, in eine Melancholie geschweißt, die ohnehin niemanden interessierte, war sie doch nur ein seifiger Sud des Eigenen. Merkmale: ein blödseliger Gesichtsausdruck, ein dauerhaftes Öffnen des Kühlschrankes, besonders nachts, die anhaltende Gewissheit, dass alles gut sei, so wie es war.
Der Strand, die Palmen, die Insel im Pazifik. – Wieder da.

*

Kirsten hatte sich etwas früher freigenommen und sich bereits auf den Weg gemacht. Da sie in einem Randgebiet wohnte, wollte sie die Gelegenheit nutzen, um noch einen Kaffee in der Stadt zu trinken; sie liebte das Treiben in den Straßen, die Arbeit und die täglichen Anfahrtswege zur Firma ließen ihr in der Regel keine Zeit dafür. Die letzten Meter von ihrem Lieblingscafé zu Bastiens Atelier konnte sie zu Fuß zurücklegen, bis dahin hatte sie Zeit für ihren sorgsam verwalteten Gefühlshaushalt, der seit gestern einmal wieder aus den Fugen geraten war. Er hatte sie am Tag seiner Ankunft angerufen, das war schlicht unglaublich, noch vor wenigen Tagen hatte sie daran gedacht, sich am nächsten Wochenende bei ihm zu melden, das wäre ein zeitlicher Abstand gewesen, den man nicht als aufdringlich hätte begreifen müssen, eher als an-

gemessen, schließlich waren sie ja kein richtiges Paar. Und genau dort lag das Problem.
Sie hatte ihn vor vier Jahren kennengelernt, als er für ihre Firma, einen IT-Giganten, einige Illustrationen angefertigt hatte. Ihre Marketing-Abteilung wollte Skizzen zum Lifestyle-CI des Konzerns, die einen besonders künstlerischen Touch haben sollten, und da die zuerst angefragten Künstlerstars allesamt abgelehnt hatten (der Nähe zum Kommerz wegen), fiel die Wahl auf Bastien, der sich sofort einverstanden erklärte und auch eine, zumindest aus ihrer Sicht, interessante Arbeit ablieferte. Aber nicht nur das, während der Zusammenarbeit kamen sie ins Gespräch, und sie fühlte sich von seinem kulturellen Wissen, seinem wachen Verstand und nicht zuletzt von seinem Äußeren angezogen; zu dieser Zeit zeigte er sich gerne in komplettem Existentialismus-Schwarz, unrasiert, die ersten drei Knöpfe seines Hemdes waren immer offen. Sie hatte heimlich einige hundert Male dorthin geschaut, um sich vorzustellen, wie er sich dieses Hemd in ihrer Gegenwart ganz vom Leib ziehen würde – eine Vorstellung, die ihren Adrenalin-Spiegel jedes Mal hochschnellen ließ, so dass sie am Ende so verwirrt war, dass sie all seine Zeichnungen kritiklos absegnete und zum Druck freigab. Dass sie dabei einige Anstößigkeiten wie Andeutungen von menschlichen Geschlechtsorganen und Grimassen neben dem Konzern-Logo übersah, sorgte später dafür, dass die geplante Broschüre niemals veröffentlicht wurde und sie sich vom Vorstand einiges anhören musste.
Bastiens Blicke verfingen sich immer öfter im Aus-

schnitt ihrer Bluse, der sich von Tag zu Tag ihrer Zusammenarbeit wie von Zauberhand vergrößerte; so zeichnete er unmerklich eine Vagina nach der anderen in den Blättern. Am Tag 7 dieser langen Nachmittage in der Abteilung *35MC/Marketing* war es dann um beide geschehen, als ihr vor Aufregung ein Kugelschreiber aus der Hand fiel, sie sich suchend niederknien musste und er einen nahezu unverhüllten Einblick auf ihren Körper bekam; als sie mit hochrotem Kopf wieder vor ihm stand und ihre Bluse glattstrich, materialisierte sich im leeren Raum zwischen ihnen wohl ein magnetisch aufgeladenes Energiefeld, das beide unweigerlich zueinanderzog, so dass sie sich nach kurzer Zeit in den Sesseln der angrenzenden Empfangs-Lounge wiederfanden, heillos miteinander verzahnt. Zum Glück war Tag 7 ein arbeitsfreier Samstag, schließlich sah man in US-Firmen einen solch engen Kontakt zwischen Mitarbeitern und Subunternehmern, wie Bastien offiziell bezeichnet wurde, nicht gerne.
In den folgenden Wochen verging kaum ein Tag, ohne dass er sie in ihrer Wohnung in Ahrensfelde besuchte und die Verzahnung ihre Fortsetzungen erfuhr. Seiner Freundin sagte er damals, es handle sich um die sogenannten *Ahrensfelder Grafik-Projekttage*, von einem kleinen unbedeutenden Kunstverein ins Leben gerufen, den er aber aus Überzeugung gerne vor Ort mit unterstütze. Kirsten konnte mit dieser Erklärung leben; mit der Tatsache, dass Bastien mit einer anderen Frau zusammenlebte, allerdings weniger. Aber er machte kein Hehl aus seiner Beziehung, sprach von seiner Freundin nicht wie von einer Aussätzigen und gelobte

ihr nicht den Ahrensfelder Himmel auf Erden; es war vielmehr seine tagträumerische Art, die sie anziehend fand, und ebenfalls genoss sie diese Gänsehaut, die jede seiner Berührungen ihr bescherte. Der Preis bestand in der zwangsläufigen Akzeptanz vieler Kleinigkeiten, dass er stets am Nachmittag kam, da die Abende seiner Freundin vorbehalten waren, dass er sie in seinem Handy unter dem trockenen Kürzel *Kur.* wie *Kurator* gespeichert hatte, dass sie ihn besser nicht anrufen solle, und generell, dass sie einfach spürbar *die Nummer zwei* war.

Irgendwann dann häuften sich seine Absagen, die Besuche verknappten sich, ebenso das begehrliche Strahlen in seinen Augen. Nach einigen weiteren Wochen hatten sie dann den gelegentlichen Zustand eines *call & come* erreicht, etwas, das schon an ihrem Stolz nagte, das sie letztlich aber auch für *dieses Größere* in Kauf nahm, und dieses Größere war wohl nichts anderes als – Liebe. Sie musste sich eingestehen, dass sie Bastien liebte, aus ganzem Herzen. Er war das Original ihrer Liebe, nichts kam dem gleich. Und das Original war nur deshalb das Original, weil es einzigartig war, weder vorher noch nachher fand es noch einmal statt, ein Original schloss ein weiteres aus. Das war für Kirsten eine simple, wenn auch sehr traurige und fatale Erkenntnis. Seine Nähe, das war ein Gut, mit dem er nicht gerade verschwenderisch umging, seine wenigen Besuche waren ihr alles; sie klebte an seinen Lippen, sie konnte nicht von ihm lassen, weder geistig noch körperlich, manchmal musste er sich mit fast physischer Kraft aus ihrer Umklammerung befreien. Sie verfügte über genügend Reflexion, um zu wissen, dass ihr Klammern ihn nur noch weiter forttreiben würde, kein Mann konnte so etwas auf Dauer ertragen. So kam es auch, dass Bastiens Besuche noch spärlicher ausfielen, bis sie sich schließlich nur noch ein- bis zweimal im Vierteljahr sahen.

In langen Stunden dachte sie darüber nach, abends, vor dem Fernseher, im morgendlichen Stau auf der Autobahn und während der ausgedehnten Spaziergänge auf den Feldern. Sie war jetzt fünfunddreißig, jedes weitere Jahr brachte sie der erbarmungslosen Vierziger-Marke näher, irgendwann einmal könnte es zu spät sein, für eine vertraute Langzeitbeziehung, für eine Familie, Kinder, für all das, was sie sich eigentlich wünschte, was sie derzeit für diese Liebe zu Bastien aufgab bzw. nicht wirklich zuließ. Denn es bedeutete zuerst einmal ein Zulassen, ein Eingehen auf einen möglichen anderen, etwas, das ihr zunehmend schwerer fiel. Es schien, als überzöge eine schuppenartige Masse mehr und mehr ihren Körper, so weit, dass sie sich nach einigen Monaten bereits zu einem Panzer ausgehärtet hatte. Und der Panzer besaß durchaus ein Eigenleben, sagte ihr, dass eigentlich doch alles gut sei, dass niemand sonst ihrer Liebe wert sei, dass sie es doch wunderbar habe, so allein, so gemütlich, ohne Verpflichtungen, sie solle genießen, einfach nur endlos das Leben genießen, es gäbe sonst nichts, wirklich nur das *Nichts*, und wenn dieses *Nichts* sie erst einmal in den Krallen hätte, wäre es zu spät, für alles, das müsste sie inzwischen doch wissen.

Dieser Anruf von ihm, wahrscheinlich war das nur

eine Kurzschlussreaktion, ein simpler Streit mit seiner Frau, vielleicht sollte sie nur als Beweis seiner Männlichkeit herhalten, einmal wieder, sie kannte das bei ihm. Und sie kannte ihn wirklich, zumindest hatte er ihr doch genügend Intimitäten aus seinem Leben anvertraut, seine Ängste vor der drohenden Erfolglosigkeit, vor dem finanziellen Knockout (daraufhin hatte sie ihm mehrmals Geld geliehen), seine Sehnsüchte, insbesondere nach Abenteuern und Reisen in die Tropen. Das Letztere konnte sie vollkommen mit ihm teilen, auch in ihr schlummerte diese Lust auf romantische Urwälder, Robinsonaden, endlose Wüsten und neblig-verwunschene Bergtäler am Ende eines Irgendwo; woher sie das hatte, konnte sie nicht sagen, vielleicht sogar von Bastien selbst, aus ihrer beider Anfangszeit, als er noch mit träumenden Augen vor ihr saß und sich in solchen Szenarien verlor.

In der Folge lernte sie das Reisen lieben, sie fuhr zum Tiefsee-Tauchen nach Java, zum Trekking ins Ruwenzori, zum Trailing nach Australien, stets allein, im letzten Fall am Steuer eines starkmotorigen Allrad-Jeeps, mit dem sie das Northern Territory in Rekordzeit durchquerte; wenn sie schon nicht ihr Herz besiegen konnte, dann doch wenigstens eine widerspenstige Natur.

Es war nie zu einer gemeinsamen Reise gekommen, auch wenn sie immer wieder darüber sprachen, Bastien würde es aber niemals über sich bringen, mit einer anderen als seiner Frau zu verreisen, auch wenn diese offenbar nie Lust dazu hatte und das mit den Kindern und ihrer Arbeit belegte. Das Ergebnis bestand darin,

dass auch er allein verreiste, um ihr nach seiner Wiederkehr davon vorzuschwärmen, was zweierlei in ihr auslöste: Ihre Liebe zu ihm stieg um weitere Stufen an, ihr Schmerz, dass er sie nie mitnahm, ebenso.
Die Dämmerung setzte ein, sie bestellte sich eine Weinschorle, nippte leicht am Glas.
Weshalb hatte er sie angerufen? Sie hatte keine Antwort darauf.
Sie nahm ihr Handy aus der Handtasche, es schien ihr besser, seine Stimme vorher zu hören, sie mochte keine bösen Überraschungen für den Abend, wenn er womöglich desinteressiert vor ihr stehen würde und damit klar wäre, dass es ihm wie immer nur *um das eine* ging.
Sein Telefon läutete, keine Antwort. Sie versuchte es noch einmal, schließlich drückte sie auf Stopp.
Sie hatte sich den ganzen Tag über auf ihn gefreut, auf ihre Gänsehaut, auf seine Erzählungen, auf seine Umarmungen; aber nun kam ihr dieses Treffen sinnlos vor, es wäre nur ein weiterer Schnitt durch die Brust, nur eine weitere Wunde, die niemals heilen würde, nur eine weitere verlorene Zeit ihres Lebens, es wäre nicht mehr.
Es gab etwas zu lernen.
Sie rief nach dem Kellner, trank das Glas aus, bezahlte und ging zum Auto zurück. Sie würde wieder nach Hause fahren.
Dem Panzer gefiel das.

*

Mel hörte ihre Mailbox mit versteinertem Gesicht ab. Sein dritter Anruf, der Blödsinn mit den Schecks und den Tantiemen. Wütend schrieb sie die SMS, erwähnte dabei aber nicht den sehr offiziell aussehenden Brief einer Ludwigshafener Kunstvereins-Jury, offenbar hatte er einen Preis bekommen. Nicht jetzt, nicht heute, dachte sie sich, sie hätte seinen Anblick nicht ertragen können, sein fragendes Gesicht, seine vertraute Haltung, wenn er in der Tür stehen würde, sich dann *für nur fünf Minuten* setzen würde, dort, wo er immer saß, dort, wo ihr gemeinsames Leben immer stattfand. Aber nicht heute.

Zwei Knöpfe vor ihrem inneren Auge. Der eine war Bastien; ein Druck würde genügen, um ihm sein mieses Verhalten zu verdeutlichen; er würde das einsehen, sich in den kommenden Wochen weich und warm wie ein Stofftier benehmen, ihr jeden Wunsch von den Lippen ablesen, seine Reue zeigen, wann und wo sie es wollte.

Es bedurfte nur dieses einen Knopfdrucks, nur einmal, und er wäre wieder da.

Alles wäre wieder da.

Auch ihre Angst, sich dort wiederzufinden, wo sie niemals wieder sein wollte, im diffusen Halb-Halb, irgendwo verortet zwischen einer quasi alleinerziehenden Mutter und Künstlerin, in beidem vielleicht nicht gut genug, um wirklich darauf stolz sein zu können. Ein klassischer Tagesablauf sah so aus: Sie stand früh auf, setzte sich dann an den Rechner und arbeitete an ihren Bildern, ebenso gab es Telefonate mit ihrer Galerie und möglichen Förderern zu führen. Sie liebte diese

Vormittage, konnte sie in ihnen doch zumindest einige der notwendigen Weichen stellen, die für ihre Arbeit wichtig waren. Am frühen Nachmittag kamen bereits die Kinder aus der Schule. Zuerst Zoe, später dann Debbie, nicht viel früher war auch Bastien im Badezimmer zu hören, der sich dann zumeist wortkarg und verschlossen an seine erste Kaffeetasse klammerte. Ihr Leben als Künstlerin fand zu dieser Zeit in der Regel ein Ende, das Mittagessen musste zubereitet werden, später folgte das Kümmern um die Hausaufgaben, intime Sorgen von heranwachsenden Mädchen wollten tröstend besprochen werden, bis sich zum frühen Abend hin alles zumindest ein wenig entspannte. Das war dann die Zeit, in der Bastien aus dem Atelier zurückkam, stets in besserer Laune als vorher, hatte er in der Zwischenzeit doch in Ruhe und von all diesen Dingen unbehelligt arbeiten können. Nun waren es seine Ansprachen zu diesem und jenem, mit denen sie es zu tun hatte, und an eine Flucht vor all dem war in der überschaubaren Wohnung nicht zu denken. Die anfänglichen Versuche, sich vor dem Rechner wortlos einzuigeln, schlugen auch immer fehl, da irgendjemand immer etwas von ihr wollte. An echten Freiraum war nicht wirklich zu denken. *Freiraum*, sie dachte bitter daran, hätte es doch eine Wertschätzung ihrer Arbeitszeit vorausgesetzt, die es offenbar nicht gab. Gerade Bastien, als Künstler, müsste wissen, wie wichtig eine solche Zeit für das eigene Vorankommen war. Manchmal stand er aber hinter ihr, frisch geduscht, um fröhlich vom kommenden Wochenende zu plaudern, da es ja einmal wieder einen Haufen Partys abzurocken gäbe; dann wieder wollte er sie spontan verführen, was umso unsinniger war, da Zoe im Zwei-Minuten-Rhythmus hereinkam, weil ihr schlicht langweilig war. Kein Gedanke von ihm daran, dass auch er sich einmal um die beiden kümmern könnte, sei es nur, um mit ihnen einen blöden Disney-Film anzuschauen oder sich wirklich auf sie einzulassen, ganz einfach mit ihnen zu sprechen.

Sie starrte auf den Boden vor sich. Der Mann, nach dem sie sich sehnte, der stand an ihrer Seite und an der der Kinder, der begriff sie auf Augenhöhe. Mehr war es nicht, doch nur das. Wäre das so schwierig gewesen – Bastien? Einmal nicht nur an sich zu denken, sondern an das, was man eine *Familie* nannte, etwas, für das man sich auch mit ganzem Herzen verantwortlich zeigte? Wahrscheinlich hatte er, als Künstler und waschechter Egomane, nie verstanden, wie wichtig ihr das war, mit jemandem zu sein, nicht nur mit Leinwänden, Farben und gleichgesinnten Kumpeln.

Ihre Kunst blieb nicht allzu selten auf der Strecke, zumal die Arbeit nicht ganz unaufwendig war, Hunderte an Fotos wollten gesichtet und bearbeitet werden, die Masse war ein wesentlicher Bestandteil ihrer künstlerischen Philosophie; Spurenbilder lebten von einem immanenten Vergleich, einzelne Bilder waren kaum aussagekräftig genug für das, was sie sagen wollte. Und sie hatte etwas zu sagen; aus einzelnen Spuren und Mustern konnte man auf das Ganze schließen, das Ganze wiederum ließ Rückschlüsse auf das Einzelne zu; sie war fasziniert von diesem Wechselspiel der sich daraus ergebenden Erkenntnisse, denn darum ging es doch in der Kunst, dachte sie, eben eine Erkenntnis durch das Bild zu gewinnen; Bilder fungierten in den Details, die sie zeigten, als Transmitter zu einem Verständnis von Welt, davon war sie überzeugt. Und für diese Überzeugung galt es etwas zu tun, Ausstellungen abzuhalten, an Ausschreibungen teilzunehmen, im Kontaktwerk der abendlichen Vernissagen integriert zu sein, und das nicht zwangsläufig immer im Verbund mit Bastien. Sicher, zu Beginn ihrer Beziehung hatte er sich immer für sie eingesetzt, ihr auch die erste Galerie und einige Sammler (unter anderem auch Thomas) besorgt, aber in der Zwischenzeit war ihr Selbstvertrauen gewachsen, so weit, dass sie es dann hasste, nur als Freundin von Bastien wahrgenommen zu werden und nicht als die eigenständige Künstlerin, als die sie sich fühlte. Aber ein Alleingang stellte sich als schwierig dar, lauteten die meisten Einladungen doch auf Bastiens Namen, und die Einladenden waren in der Regel Bekannte oder auch Freunde von ihm, der *Faktor Bastien* geriet in ihrem Leben mehr und mehr zu einer fesselnden Klammer.

Der zweite Knopf hieß *Thomas*. Mit Thomas gab es eine solche Fessel nicht, auch keinen Schlagschatten auf ihre Kunst, im Gegenteil, er schien ihre Arbeit auch zu mögen und hatte bereits zwei Bilder von ihr gekauft, wenn auch nur kleine. Im Grunde genommen war sie von ihren neuen Gefühlen zu ihm überrascht, kannte sie ihn doch bereits seit vielen Jahren und hatte ihn dementsprechend als *Freund von Bastien* abgespeichert. Ebenso überrascht war sie von der Intensität ihres Zusammenseins: die nun fast stündlichen Anrufe, das

Sprechen über Schicksal, Zukunft und sogar Familie. Sicher, er betrog einen seiner besten Freunde mit ihr, das konnte man nicht gerade als einen charakterlichen Stabhochsprung bezeichnen. Und ein weiterer Punkt war das Geld. Thomas war sich seiner Macht in dieser Hinsicht sehr bewusst und ließ keinen Zweifel daran, dass Bastien von ihm abhängig war; für Mel fühlte sich das befremdlich an, dachte sie doch an ihre andauernden Geldsorgen mit Bastien, aber auch an ihre Zuversicht, selbst wenn die Situation einmal wieder aussichtslos schien.

Dieses Problem würde es mit Thomas absehbar nicht geben, seine Firma, eine *Prepress-Factory* mit dem selbstgestellten Anspruch einer Werbeagentur, lief gut, er beschäftigte an die vierzig Angestellte und hatte seinen Fuß in der Tür einiger DAX-Unternehmen, mit deren Vorstandsvorsitzenden er auf Du und Du verkehrte. Überhaupt war er ein netter Kerl, jederzeit freundlich, zuvorkommend, hilfsbereit, mit bestechenden Manieren; da mochte man ihm nachsehen, dass er seinen Reichtum gerne in der Form von einem Dutzend teurer Autos und mondänen Urlauben in Marbella und Como zur Schau stellte, worüber sich Mel und Bastien früher gerne lustig gemacht hatten. Er entsprach also genau dem Klischee, welches man bei einem Menschen wie ihm erwartete, was ihm allerdings sehr bewusst war. Das wiederum beeindruckte Mel – wenn er zum Beispiel davon sprach, dass der Vorteil eines Klischees darin bestünde, dass man sich nicht besonders anstrengen müsse, ein anderer zu sein als der, der man eben war.

Auch war er sicher kein besonders intelligenter oder kreativer Geist, in regelmäßigen Abständen hatte er Bastien angerufen, um von ihm die ein oder andere Idee zu einer anstehenden Kampagne für Lockendreher, reißfeste Frischhaltefolien oder innovative Kugelschreiber zu ergattern; nicht zu Unrecht, denn Bastien war gut darin, spontan eine Idee aus der Hüfte zu schießen. In dieser Hinsicht war er Thomas vollkommen überlegen, das war auch Mel bewusst, spürte sie doch bereits, dass die Gespräche mit Thomas nicht annähernd das erhitzte und tiefsinnige Niveau erreichten, das sie mit Bastien gewohnt war. Eher hatte sie es nun mit peinlich genauer Berichterstattung zu tun, auch mit Ratschlägen, was denn zu tun sei und was zukünftig das Beste wäre, besonders, was ihr Verhältnis zu Bastien anbelangte – dass ein räumlicher und verbaler Abstand zu ihm jetzt wichtig sei, dass ihre Beziehung im Grunde doch irreparabel verloren sei, dass sie jetzt nach vorne schauen müsse, nicht zuletzt auch wegen der Kinder, die eine richtige Familie bräuchten. Sie wusste, ein solch eingeschlagener Weg bedeutete nichts anderes als die vollkommene Loslösung von Bastien; das trieb ihr regelmäßig Tränen in die Augen, waren da schließlich doch Bilder, die sie nicht so einfach vergessen konnte: die Abende mit Freunden, die Nächte am Küchentisch, die sie immer mit Debatten über Gott und die Welt verbracht hatten, und ihre gemeinsamen Werdegänge in den Wirren des Kunstmarktes. Was Thomas mit wenigen Worten wegwischte, das gehöre jetzt der Vergangenheit an. Worte eines Mannes, der sehr wohl wusste, wie man zu manipulieren hatte, eine Eigenschaft, die er mit seinem *guten Freund Josh* zu teilen schien, auch dieser ließ es sich nicht nehmen, Mel in regelmäßigen Abständen anzurufen, um teilnahmsvoll nach ihrem Zustand zu fragen, um ihr, wie er sagte, Mut zu machen für eine ozeanische Zukunft. Dabei hatte Josh ihr auch von seiner Familie erzählt, dass seine Eltern auch Tiere besonders mochten, so sehr mochten, dass diese frei in ihrem Haus herumlaufen konnten, das betraf die Kaninchen, Meerschweinchen und ungefähr ein Dutzend Katzen, auch eine weiße Ratte sei dabei gewesen. Dann erzählte er ihr ausgiebig, wie er eines Tages seinen Vater gefunden hatte, tot, auf dem Bett, woraufhin Mel abrupt schwieg. Es sei zwar ein sehr klassischer Selbstmord gewesen, mit der bekannten Plastiktüte über dem Kopf, versehen mit einem Loch für den Schlauch zur Gasleitung, aber das Skurrile an der Situation wären wohl die Frauenkleider gewesen, die er trug, ein langes Kleid mit einem Blütenmuster. Ein absonderliches Bild – sein Vater in dem Kleid, mit der Plastiktüte über dem Kopf, die ihn wie eine altägyptische Mumie aussehen ließ; und darum herum seien die Kaninchen und Meerschweinchen um das Bett gerast und hätten sich ein Wettrennen geliefert, so etwas würde man nie vergessen. Er sagte das und lachte wieder hoch, Mel schnürte es die Kehle zu, und sie entschuldigte sich mit den Vorbereitungen für das Mittagessen. Als sie Thomas dann sagte, dass Josh eine ausgewachsene Macke hätte, winkte dieser ab, die Geschichte sei wirklich wahr, Josh wäre erst dreizehn gewesen, so etwas müsse man erst einmal verarbeiten, nicht nur das, Josh

sei heute ein echtes Genie, mit einem Tiefgang, der irgendwie –
»– *ozeanisch* ist?«, fragte sie süffisant.
Thomas war, was man einen bodenständigen Mann nennen mochte, jemand, der mit beiden Beinen im Leben stand, der schnelle Entscheidungen treffen konnte und mit einem Lächeln die Kassiererin im Supermarkt für sich einnehmen und gleichzeitig ein gewinnbringendes Geschäft über sein BlackBerry abwickeln konnte. Sie musste sich eingestehen, dass auch sie ihm nicht so unähnlich war – pragmatisch, zielstrebig, sehr ehrgeizig, mit einem ausgewachsenen Vergnügen an materiellen Dingen der teuren Art; in dieser Hinsicht hatte Thomas wirklich recht, wenn er behauptete, dass Bastien und sie nicht zueinanderpassten; für Bastien bestand die Welt eher aus Ideen und der Lust an deren spinnerter Entwicklung. Aber offenbar auch aus seiner Vorliebe für Frauen, was für Mel derzeit ein echtes K.-o.-Kriterium war, so dass sie nun ohne größeres Zögern den Knopf *Thomas* drückte und sich einen weiteren Milchkaffee eingoss.

*

Ein weiterer Hieb der Axt trennte die Nuss in zwei gleiche Hälften, die Kokosmilch schwappte sofort über den Rand, er fing sie mit den Händen auf und sah auf die Berge in der Ferne. Wenn sie dort oben wären, hätten sie einen guten Blick über die Insel und könnten sicher das dringend benötigte Süßwasser ausmachen – Flüsse, Seen. Sie waren jetzt bereits seit einer Woche hier, und niemand da draußen hatte das große Signalfeuer bemerkt, welches sie Tag und Nacht unterhielten, das war kein gutes Zeichen; wahrscheinlich lag die Insel fernab aller Verkehrsrouten, und sie waren absolut auf sich allein gestellt. Bastien unterbreitete der Runde seinen Vorschlag. Die anderen schauten angespannt, ein Teil der Gruppe gab zu bedenken, dass ein möglicher Suchtrupp sie genau hier, am Absturzort, vermuten würde und nicht im unübersichtlichen Innern der Insel, zudem sei dort mit wilden Tieren zu rechnen. Mila, die neben Bastien saß, pflichtete ihm aber bei, hier am Strand zu bleiben, wäre purer Selbstmord, früher oder später würden sie alle in der Sonne verdursten. Die Gruppe spaltete sich in zwei Lager, Bastien sprach jetzt mit klarer Stimme; wer mitwolle, könne mit ihm gehen, die anderen müssten einfach nur sitzen bleiben. Ohne ein weiteres Wort stand er auf und packte seine wenigen Habseligkeiten zusammen, eine Machete, eine leere Plastikflasche, ein starkes Seil. Er blickte zurück, zwei Dutzend Überlebende schienen seiner Meinung zu sein und machten sich marschbereit. Mila kam auf ihn zu und betonte nochmals, dass er absolut recht hätte, die anderen wären in wenigen Tagen bereits tot. Und nur herumsitzen und darauf warten, dass irgendwann einmal jemand ihre verdörrten Leichen finden würde, das sei nicht ihr Ding. Bastien lächelte sie zufrieden an, Leute wie sie könne er gebrauchen, sie würden das schon schaffen, daraufhin blickte sie ihn vielsagend an. Er sah ihr braunes Haar, das sie zu einem Zopf zusammengebunden hatte, ihr schönes Gesicht und den Lidschlag ihrer Augen, den Schwung ihrer Hüften, ihren Bauchnabel;

darüber hatte sie ihre Bluse leger zusammengeknotet. Schließlich wären sie noch am Leben und hätten all das überlebt, warum sollte jetzt etwas schiefgehen? – Nein, mit etwas Mut würden sie es schon schaffen, sagte er selbstbewusst. Sie sah ihn bewundernd an, sicher, sie hätte keine Zweifel, solange er bei ihr sei. Sie schulterte ihren Rucksack, er legte den Arm um sie. Er schaute ein letztes Mal auf die Brandung und den tropischen Strand, auf die traurigen Wrackteile, die überall herumlagen. Die anderen schlossen auf, und sie gingen im Gänsemarsch los, den Bergen entgegen, die Zurückgebliebenen blickten ihnen lange nach. Schon bald schloss sich das grüne Dach des Urwalds über ihren Köpfen, und aus den Wipfeln der meterdicken, von Lianen überzogenen Bäumen hörten sie ungewohnte Geräusche, das Brüllen und Schreien von Klammeraffen, das Singen bunter Vögel, das Zirpen von Grillen und anderen Insekten. Bastien ging voran und schlug mit der Machete einen Weg durch das dichte Unterholz, Mila folgte ihm auf dem Fuße, es war unerträglich schwülheiß, die Luft schien sich vor ihren Augen in unzähligen Wassertropfen zu materialisieren. Es gefiel ihm, dass sie niemals jammerte oder von ihren sicherlich wunden Füßen berichtete, sie war ein *ganzer Kerl*, er würde sich auf sie verlassen können, jetzt und während der Gefahren, die mit Sicherheit bald auf sie lauern würden. Auch sah er, dass ihre Blicke manchmal auf seine nackten Oberarme gerichtet waren, wahrscheinlich stellte sie sich vor, wie er sie mit diesen bald retten würde; wie er sie aus dem Treibsand ziehen oder auch eine hinterhältige Viper erwürgen würde, so etwas, effektvoll auf jeden Fall. Hinter ihr ging Tom, auch er machte einen entschlossenen Eindruck und grinste Bastien breit an, ein guter Mann, bestimmt wäre er auch für waghalsige Expeditionen ohne die anderen zu haben. So weit war alles gut, und Bastien hieb mit der Machete kräftig in die Zweige vor ihm. Der Weg führte nun stetig aufwärts, sicher würde der Wald sich bald lichten; über ihm kreischte ein Affe, seine Schreie gingen in ein metallisches Klingeln über, müde drückte er die Taste des Handys: »Ja?«

»Was machst du? Alles gut?«, fragte Rob.

Seine Stimme klang besorgt, Bastien versicherte ihm mehrmals, dass er keine Dummheiten machen würde, sich jetzt keine Kugel von unten durchs Knie in das Gehirn schieße, sich auch nicht mit einem Pinsel die Schlagadern aufschneiden würde. Rob schien allerdings nicht zu Späßen aufgelegt zu sein und nahm ihm das Versprechen ab, sich mit dem Wein zurückzuhalten. Am besten sei es, wenn er einfach durcharbeiten würde – vielleicht diese Bilder mit der dicken Farbe malen? Vor allem solle er nicht mehr so einen Mist im Internet schreiben, man wüsste nie, welche Idioten sich dann melden würden; – also, bis dann. Bastien blickte zum Computer hinüber und stand auf.

Er sah seine Eingabe *Wer hat Bock auf Tod als Kunst?* Es war keine Antwort zu sehen, aber die Verbindung war noch nicht hergestellt, wie ein sich drehender Kreis anzeigte; schließlich stoppte dieser, und eine kurze Zeile erschien im Textfeld: *Könnte spannend sein, für die Kunst zu sterben. Wie denn? Schwester.*

Bastien las die Wörter mehrmals, da stand wirklich *Schwester.*
Er schrieb zurück: *Hör mal, Schwester, vergiss es. Ich war besoffen und es war nur ein Spaß. OK? – Bruder.*
Die Antwort kam prompt: *Schade.*
Kurz darauf folgte eine zweite Zeile: *Auch wenn du physisch nichts draufhast, so kommen dir beim Trinken doch gute Ideen. Du solltest dich öfter kognitiv versenken. S.*
Er schrieb zurück: *Wie wär's, wenn wir mal gemeinsam versinken? Was das Physische anbelangt, sehen wir dann ... B.*
Er wartete, es kam keine Antwort. Auch das langsame Auffüllen der Kaffeemaschine mit Wasser und ein zweites Hinsehen auf den Bildschirm änderte nichts daran, keine Antwort. *Was das Physische anbelangt, sehen wir dann*, das war auch selten blöd, ein Satz, der –. In der Sekunde fiel ihm Kirsten und seine Verabredung mit ihr ein; die Uhr zeigte an, dass sie bereits eine Stunde überfällig war. Schnell griff er wieder zum Telefon und drückte ihre Nummer, sie antwortete nicht, und er wunderte sich, Kirsten war eigentlich immer pünktlich, ausnahmslos.
Die Kaffeemaschine gab scheppernde Geräusche von sich, er goss sich eine Tasse ein. Das war er wohl: sein erster Abend als Single.

3

Sie hatte nicht wirklich darüber nachgedacht, warum sie sich im Netz *Schwester* nannte, vielleicht, weil es einfach eine Bezeichnung war, unter der man alles und jedes verstehen konnte. Einen anderen Vornamen als Synonym zu verwenden, empfand sie als peinlich, also blieb sie dabei. In ihrem Zimmer gab es kaum mehr als nur das Allernötigste zum Leben: eine Matratze mit einem Bettlaken auf dem Boden, ein bedrohlich schräg stehender Kleiderschrank vom Sperrmüll, ihr Schreibtisch, darauf das stets geöffnete Notebook nebst Wasserkocher an einer Steckdose, an der Wand lehnte ein kleines Bild, das Motiv erinnerte an einen Comic. Wenn überhaupt, verließ sie dieses Zimmer nur, um in der Dönerbude im Erdgeschoss des Hauses eine Kleinigkeit zu essen, aber auch das war ihr ein Gräuel: der begierige Blick des Verkäufers, wenn er ihr die Falafel durch das Fenster reichte, der Straßenlärm, das Grölen der Halbstarken, die ihr wie üblich schmutzige Wörter zuriefen; sie war nach wenigen Minuten wieder im Treppenhaus und stieg die unzähligen Stufen zu ihrem Zimmer im sechsten Stock hoch. Dann die Zufrieden-

heit, all dem entronnen und wieder in Sicherheit zu sein. Sie wohnte jetzt seit einem halben Jahr hier, ihr Tagesablauf hatte sich seit dem Einzug kaum verändert, bestand er im Wesentlichen doch nur aus zwei Tätigkeiten: Schreiben und Sichten von Videos. In diesem Moment überflog sie noch einmal das Geschriebene und korrigierte hier und da einige Kommata:
Ich fahre mich gesund, der goldene Wein an meiner Seite ist das Wasser im blauen Band. Ich mache mir ein weites Land aus feinem Gedankenstaub, forme es mit leichten Händen, hauche einen Ton hinein und sehe, wie es aufs Neue zerstäubt, aufs Neue gerinnt und blutige Fäden spinnt; mein Land der Menschen aus Gold, mein Wunderland, in dem alles ist, was einmal war und da ist, wenn es morgen will, darüber mache ich mir ein Meer aus Glas, scharf geschnitten mit den kurzen Scherben meiner Tage; sie fallen, nur das Bodenlose scheint ihnen tief genug, ich fahre mich gesund, mit jedem Schluck heile ich das Stück Alltag, verschreibe mir das gründliche Vergessen aller Dinge.
Eine schwarze Tafel, viele Zeichen. Da ist es, ein Ziel, endlich ein Ziel, real und greifbar, daran gibt es nichts zu rütteln. Eine Absicht, eine Tat, so einfach ist das.
Ich zerstöre ihn.
Wenn da nicht das Fragen wäre, wie ich dieser Tat entlaufen kann, nachts, im Hospital, das Herumalbern im Krankenbett, das Armaufstechen am frühen Morgen. Nur so zum Spaß, weil keiner hinguckt. Das Handblut dann, wie es in einer Zeitlupe auf dem Boden aufschlägt, große Tropfen bildet, hochschießt, um dann am Tischbein wieder herabzulaufen. Eine Lache auf dem Boden, in der es sich spiegeln lässt, mit der Tapete, den Leuchtern und den Gesichtern hinter den karier-

ten Fenstern. Da ist ein wohliger Genuss von Existenz, schließlich tut es ja weh, und überhaupt: Ich will etwas spüren – nur irgendetwas spüren.

30 Grad überall. Ich schließe meinen Mantel, es fröstelt mich. Eine lange Halle öffnet sich, geradeaus ist es einfach, nur den Schildern folgen – und dann bläst ein Wind für mich, die Tore öffnen sich, weit und üppig, die Gleise sind geschmiert und scharf, das Wildschwein kommt und donnert durch mich hindurch. Rein da, mitfahren in diesem schwarzen Bauch mit Uniformen. Jeder hier hat ein Ziel, mein Ziel, alle wollen da hin, wir sind eins in diesem fetten schwarzen Feuerbauch.

Strammziehen. Ordnung machen. Ich gebäre mich selbst, stehend. Die Beine sind gespreizt, eine Konzentration, ein tiefer Ruck, und mein Kindskörper bekommt Wehen. Pressen!, rufe ich. Das Pressen hat Erfolg, die Scham färbt sich rot, ich komme aus meinem Leib, jung und unverbraucht, unschuldig. Ich sehe eine neue Welt. Ich definiere Farben, zuerst als Rot, dann als Blau, dann Gelb, dann Grün, immer wieder Grün, die ganze Fülle wartet. Ich mache Formen, es entstehen Tische, Tassen, Stühle, Töne, Menschen, alles versehe ich mit Leben. Auch mein altes Holzpferd darf ich jetzt neu formen, es knarrt und ist verstaubt, meine Mutter ruft mich in die Küche, Essenszeit, Kind, ziehe dir heute etwas Ordentliches an, die Sonne scheint und Vater kommt aus dem Krankenhaus heim. Und noch einmal die Geburt: Pressen!, und heraus komme ich neu, in ein Leben, wo alles heil und gesund ist, geputzt und ohne scharfe Ecken. Die Mutter streicht dir das Höschen glatt, und ein leichter Wind weht über den Rhein. Es ist Essenszeit, Mädchen, zieh dir heute etwas Nettes an, Vater ist gleich da und ist scharf auf dich.

Ich verstecke mich im Sessel, krieche tief in ihn hinein. Eine neue Geburt, ein neuer Tod. Auf diesem Sitz wird jetzt gestorben, meine Damen und Herren. Das muss so sein, es muss ja immer weitergehen, ohne das Neue wird das Alte doch faul. Sehen Sie, hier findet er statt, der Tod der armen Frau, dieser Sitz ist ein Teil des Todes der armen Frau, das Tablett vor mir ist ein Teil des Todes der armen Frau, die Fenster, das Glas, der Vorhang, die Landschaft ist ein Teil des Todes der armen Frau, das Benutzen der Toilette ist während des Halts auf Bahnhöfen nicht gestattet, Don't use lavatory during train stops at stations, das Sterben auf der Toilette ist während des Halts auf Bahnhöfen striktens verboten, bleiben Sie ruhig sitzen, Frau M. Ordnung: Ich bin die Frau im Zug. Sie haben mich sicher schon einmal gesehen, ich sitze immer in den Ecken, nippe an einem Getränk und starre in Ihr Nichts; Sie sind froh, dass es Ihnen nicht wie mir ergangen ist, ich bin Ihr schlechtes Zweites, Ihr Grauen. Sie denken, mein Gott, die arme Frau, und Sie brauchen mich. Sie müssen das sehen, was Sie niemals werden möchten. Damit Sie weiter an Ihr Dasein glauben können, an die Fahrt ins Büro, an Ihr abbezahltes Haus, an Ihre Ehe, den letzten Urlaub am Mittelmeer, an Ihre Kinder, Glück 1, Glück 2, an das Schöne, Sinnvolle Ihrer Existenz. Ich bin all das nicht, ich bin die üble Blaupause Ihres Glücks. Sie schauen weg, Sie sind froh, mir begegnet zu sein. Stopp. Die Sonne brennt auf den Rhein. Frühling. Dann die Loreley. Alles ist deutsch. Ich denke an Kanarien, gefangen im Netz und säuberlich auf Holzpflöcke gespießt. Alle sitzen hintereinander, blicken aus dem Fenster, so klein auf ihren Holzpflöcken. Die Sonne könnte alles zusammenschmelzen: Haut, Haare, Zähne, Brillen und leichtes Baumwollgewebe. Übrig bleibt ein Klumpen Mensch, verdichtet auf einen oder zwei Kubik. Der neue Mensch, rein stofflich, funktionslos und lie-

benswert und kugelrund. Diese Kugel rollt durch den Zug, stößt bei jedem Stopp an die Waggontüren, sie ist fett und könnte platzen. Wir passieren Mainz, Massai-Land. Die Nativen stehen am Rand der Schienen und schauen verwundert auf dieses stählerne Wildschwein, das in ihre Träume fährt. Ich steige aus, und es ist Afrika. Am Horizont raucht ein Vulkan, ich kämpfe mich durch gefährliche Regenwälder bis an seinen Fuß und fange an zu steigen. Das Gestein bricht unter meinen Füßen weg, und heißer Qualm dringt aus Öffnungen im Boden. Die Träger haben Angst vor Dämonen und Berggeistern, ich steige unbeirrt weiter. Der Qualm wird unerträglich und brennt in meiner Lunge. Längst hat mich jeder verlassen, aber ich gehe entschlossen weiter, breche schließlich ganz in die Lava ein. Atomar zerstäubt schaue ich auf die Wunder eines nie gesehenen Mikrokosmos, zähle diese kleinen Bällchen, die sich tanzend um mich balgen, ich schlage auf sie ein, grüne, gelbe, himmelblaue, ich laufe und laufe, immer weiter in der Farbe, jetzt ein Mauve, ein kräftiges Purpur, schon strahlt alles in Magenta. Ich tanze, gehe darauf, jage dann durch den Vulkan, schieße in die Luft und falle als nasser Tropfen auf den Kopf eines Pavians, der mich unwirsch wegwischt. Ein glatter Sonnenstrahl brennt auf Weinberge links und rechts, sie brennen in den Himmel, ich lache in mich hinein, ich bin mir sicher, ich werde alles vergessen können, das blutende Höschen, lieber Paps, der Zug fährt mich gesund.

Ich fahre über meine Haut, sie wirft kleine Bläschen der Angst, tausendfach übersäen sie den Körper, lassen sich von meinen Fingernägeln zerreißen, bis der blanke Knochen sichtbar wird. Ganz ruhig nun schält sich eine neue Haut darum, schmeichelt mit den Formen und spannt alles fest und sicher ein. Ich sitze kerzengerade, die Drähte sind straff gespannt, alles ist an seinem Platz, schließlich habe ich ja Ordnung gemacht. Meinen Frieden, mit euch, Papa, Mama, Dreckschweine, die ihr seid, euer Applaus für mich ist das Klirren der Dinge, dann, wenn auch die letzte all eurer Hoffnungen wie welkes Glas zerbrochen ist, wenn ihr im Schatten eures Mittelmaßes zu Staub zerkocht, ein ewiger Niemand bleibt, zwischen einer voreiligen Geburt und einem völlig uninteressanten Tod.

Sie zögerte und las den letzten Satz noch einmal, löschte ihn schließlich wieder, vielleicht ging das zu weit. Sie überlegte und zündete sich eine weitere Zigarette an, eine von mindestens fünfzig, die sie pro Tag rauchte. Der Rauch stieg vor ihr auf und bildete absurde Gestalten, ein dickbäuchiges Monster, ein Marshmallow-Männchen, einen Baum mit knorrigen Ästen, die sich ihr wie die Arme eines Skeletts entgegenstreckten. – Wünschte sie ihren Eltern wirklich das? Es klang so, ja, es ging zu weit, aber war nicht alles eine Frage des Zuweitgehens? Zumindest alles, was gut, neu und damit radikal sein musste? Sie setzte den Satz kurz entschlossen wieder ein, es gab keinen Grund, sich dafür zu schämen. Wenn sich jemand schämen müsste, dann *sie* – sie, die irgendwo dort, hinter dieser Straße, hinter dieser Stadt, hinter diesem Land, hinter den Hecken ihres Parks, hinter den Mauern ihres Hauses saßen, auf ihren verschissenen Reichtum starrten und penetrant stolz auf das *Erreichte* waren. Das sagte ihr Vater immer – *das Erreichte*, in einem Tonfall, als spreche er von einem Klumpen Gold. In diesem Tonfall sprach er auch, wenn er sie einmal wieder davon überzeugen wollte, dass Lyrik eine brotlose Kunst sei, auch selbst-

verliebt daherkäme, das sei nichts für sie, vor allen Dingen nicht jetzt, so kurz vor dem Staatsexamen. Und natürlich könne sie in keiner Weise davon ausgehen, dass er ihr das mit dieser Hospitanz auch noch finanzieren würde; das Staatsexamen hingegen, ja, natürlich, so viel sie bräuchte, aber nicht *das*. Sie könnte später ja immer noch, so als Hobby, ein wenig schreiben. Außerdem sei sie doch Paps bestes Kind. Als sein Lächeln dann immer breiter wurde, hatte sie einfach zugeschlagen, mit voller Wucht; seine Nase war gebrochen, und ihre Hand tat noch Tage später höllisch weh, aber es war das Beste, was sie jemals in ihrem Leben getan hatte, so viel war ihr klar. Am selben Tag noch hatte sie ihre drei Sachen gepackt und sich in den Zug gesetzt, hatte auf die unzähligen Anrufe ihrer Mutter nicht mehr reagiert und später nur einen Einzeiler per SMS gesendet: *Vergesst mich für immer*.
Danach wurde es stiller, so still, dass sie ihr Handy eines Tages einfach in den Hausmüll schmiss. Es war nicht das Einzige, mit dem sie in ihrem Leben brach, auch ihre Freunde wanderten in diesen Müll des Vergessens, alles wurde zur Frage eines vollkommen gestalteten Zuweitgehens. Es gab nur zwei Dinge, die sie neben ihrer Arbeit tolerierte, ihre Rache und das anonyme Schreiben in einigen Blogs, dann, wenn sie Lust hatte, wieder einmal *Schwester* zu sein. Die Anonymität gab ihr die Freiheit, sich so zu erfinden, wie sie es wollte, wie sie es aus ihren Träumen kannte. In manchen Communities hatte sie sich durch ihre radikalen Kommentare bereits einen Namen gemacht, wahrscheinlich stellte man sie sich als eine verhärmte

Mittfünfzigerin vor, mit einem kantigen Aussehen und stechend schwarzen Augen, Gorgone und Erinnye zugleich.
An diesem Tag stieß sie, als sie wie üblich ihre Lieblings-Stichwörter *Tod, Sterben, Kunst, Literatur* und *Lyrik* eingab, auf einen mehr als naiven Satz, den ein Blogger ihr weitergeleitet hatte: *Wer hat Bock auf Tod als Kunst?* Ein Satz, der von einem der Halbstarken von der Straße unten stammen konnte, es fehlte nur noch ein *ey Mann, ey* dahinter, aber aus irgendeinem Grund interessierte sie diese Frage, auch die Zusammenstellung von *Lust, Tod und Kunst*, das passte nicht zu einem Proleten. Sie tippte einen Satz in das Textfeld der Adresse, die Antwort kam kurze Zeit später: *Hör mal, Schwester, vergiss es. War besoffen und es war nur ein Spaß. OK? – Bruder.* Also doch nur ein Prolet, sie ließ ein *Schade* folgen und, aus einer Laune heraus: *Auch wenn du physisch nichts draufhast, so kommen dir beim Trinken doch gute Ideen. Du solltest dich öfter kognitiv versenken. S.* Seine Antwort überzeugte sie dann nicht sonderlich, und sie wechselte das Programm. Das war vor einigen Tagen.
Am heutigen Tag fragte sie sich, was ihr halber Prolet in der Zwischenzeit getan haben mochte, vielleicht war sein Spaß inzwischen zu etwas Ernsthaftem geworden, die Frage war es wert. Sie schrieb knapp: *Noch am Leben oder endlich erlöst? – Schwester.*
Die Antwort kam schnell: *Noch am Leben. An sich ein bemitleidenswerter Zustand, das ständige Leiden unter der Gravitation und verklebten Mitmenschen, das Leben selbst gibt keine Antwort auf ein Wie. Es ist besser, die Machete zu nehmen und sich einen Weg durch die Blutbahn zu schlagen. B.*

Sie sah lange auf den Satz. Sie würde ihm später antworten.
Ihr Blick fiel auf den Briefumschlag, der ungeöffnet vor ihr lag, von ihrer Mutter, die irgendwie ihre Adresse herausgefunden haben musste. Sie hasste es, ihren eigenen Namen in solch korrekten Buchstaben auf dem Umschlag zu sehen – *Mila.*

*

In Bastiens Leben hatte Tag 5 als Single begonnen. Er hatte das Atelier nicht wirklich verlassen, abgesehen von einigen kurzen Gängen zur Dönerbude in der Parallelstraße. Um auch das nicht täglich machen zu müssen, kaufte er zweimal auf Vorrat ein, dementsprechend durchzog eine deutliche Note an Fett und türkischen Gewürzen das Atelier, was ihm, wie fast alles derzeit, aber vollkommen egal war. Aus Bastiens Sicht mutierten die Wände des Ateliers nun langsam zum Innern einer Grabkammer, in der er allein und ungestört seinen Gedanken nachhängen konnte. Vor allen Dingen setzte ihm die Einsicht zu, dass die Liste seiner Fehler eine lange war. Mels Reaktion mochte hart sein, aber im tiefsten Innern wusste er auch, dass sie mit einigem recht hatte, besonders, was seine Rolle als Familienvater anbelangte. Es war schon durchschaubar gewesen, die eigene Faulheit hinter einer (ohnehin nur kaum vorhandenen) Arbeitsdisziplin zu verschanzen, besonders, da Mel an diesem Punkt nichts vorzumachen war. Und die Darstellung, dass er sich schließlich um den Unterhalt der Familie kümmern müsse, konnte ebenso wenig überzeugen; hätte Mel mehr Zeit

für ihre Arbeit gehabt, so wäre auch von ihr ein Beitrag möglich gewesen. Ganz abgesehen davon, dass seine bisherige Auffassung einer Beziehung wohl schlicht eine spießige war, die nicht so recht zu einem Künstler passen mochte. Das schlechte Gewissen paarte sich nun zunehmend mit ausgewachsenen Minderwertigkeitsgefühlen, und das manchmal so intensiv, dass er vor Erschöpfung den ganzen Nachmittag auf der Matratze verbrachte.
So auch an diesem Tag, als Mel ihn anrief. Als er ihre Nummer auf dem Display seines Handys sah, fing seine Hand unwillkürlich zu zittern an und ein Glücksgefühl durchfuhr ihn – das mochte es endlich sein, das Ende seines Leidens. Er drückte die Taste und sprach mit fester Stimme: »Ja, Mel?«
Sie sprach nicht sofort, er hörte, wie sie kurz atmete, bevor sie ihn fragte, wie es ihm ginge, was er mit *gut natürlich* beantwortete. Und was er denn jetzt machen würde, sie hätte gehört, dass er in das Atelier gezogen sei, und ob das nicht zu kalt sei mit dieser lausigen Heizung dort. Er fragte nach den Kindern, und es folgte eine Berichterstattung der letzten Tage, Debbie habe einen Flirt, vielleicht sei der Junge schon so etwas wie ihr erster Freund, aber jetzt wären beide bei ihrem Vater in Frankfurt.
»Warum?«, fragte Bastien.
Er wunderte sich, wusste er doch, dass Mel das selten zuließ, das Verhältnis zu ihrem Ex war nicht besonders gut, eigentlich sogar katastrophal schlecht. Ihre Stimme zitterte nun ein wenig. »Es ist – ich wollte dir noch etwas sagen.«

»Ja?«
»Sie sind dort, weil –«
Sie stoppte, eine seltsame Ahnung überfiel ihn, und er spürte eine ansteigende Temperatur in seinem Körper. Etwas zu laut fragte er, was denn los sei, woraufhin ihre Stimme wieder fester klang: »Ich wollte dir nur sagen, dass ich einen neuen Freund habe. Du solltest das wissen, ich meine, bevor du es von anderen hörst, ich dachte, das wäre fair.«
Er sog langsam die Luft ein und atmete wieder aus. Vor seinen Augen, so schien es ihm, entstand eine Art Verdichtung.

Sie hatte die Größe eines Golfballes.
Sie sprang im Raum hin und her.
Sie näherte sich bedrohlich seiner Stirn.
Sie drang dort ein.

Er wischte sich mit der Hand über die Eintrittsstelle und spürte den Schweiß auf der Haut.
»Bastien?«, fragte Mel leise.
Ein zweites Wischen, er atmete wieder ein, der Golfball wanderte nun in seinem Kopf herum, setzte sich am oberen Nackenwirbel fest.
»Bastien?«
»Wer?«, fragte er leise.
Sie schwieg zuerst, er hörte sie lange atmen, bevor sie ebenso leise »Thomas« sagte.
Seine Hand zitterte jetzt so stark, dass er nur noch mit Mühe das Handy in der Hand halten konnte, er legte es schließlich vor sich auf den Tisch, nur noch ein

Piepsen des kleinen Lautsprechers war zu hören. Es klang niedlich, wie aus einem Kinderfilm; er drückte das Handy aus, die Stimme verstummte.
In den letzten Tagen hatte er gedacht, dass sein Leben eine absolute Talsohle erreicht hätte, wohl eine etwas voreilige Vermutung. Er legte sich rücklings wieder hin und fiel in eine selbstverordnete Narkose seines Körpers; wie aus der Ferne hörte er das Handy noch mehrmals klingeln, dann verstummte es schließlich.
Zum Abend hin erwartete ihn dann der ungehemmte Schmerz. Die Vorstellung von einem *Mel und Thomas* türmte sich vor ihm auf, sein Begriffsvermögen musste sich erst an die Bilder gewöhnen, die sich nun in rascher Reihenfolge abwechselten; *Mel und Thomas*, sich umarmend, küssend, *Mel und Thomas*, am Küchentisch, lachend (Thomas auf seinem Platz), *Mel und Thomas*, Hand in Hand, mit den Kindern spielend, *Mel und Thomas*, im Bett, sich liebend, nackt, *Mel und Thomas* im Kreise der (seiner) Freunde, *Mel und* – er schlug auf den Tisch, für diese Verletzung gab es keine Worte.
Nur noch ablenken.
Er stellte den Rechner an, wieder drehte sich der Kreis und zeigte die Verbindung an: *Noch am Leben oder endlich erlöst? – Schwester.*
Endlich erlöst. Das war es, nur noch das; endlich erlöst zu sein aus diesem Alptraum ohne Ende, aus diesem Schmerz ohne Worte, er schrieb zurück: *Noch am Leben. An sich ein bemitleidenswerter Zustand, das ständige Leiden unter der Gravitation und verklebten Mitmenschen, das Leben selbst gibt keine Antwort auf ein Wie. Es ist besser, die*

Machete zu nehmen und sich einen Weg durch die Blutbahn zu schlagen. B.

Er stellte den Computer sofort wieder aus, ging zum Kühlschrank, goss sich ein Glas Wein ein und starrte dann eine Stunde lang auf die Flüssigkeit vor ihm. Der Schmerz kam in Intervallen, er kratzte sich am ganzen Körper, rieb sich Hautstellen wund, suchte dann im Badezimmer nach einer Nagelschere, mit deren Spitze er sich leicht in den verletzten Handrücken stach, nur um etwas zu spüren, dachte er, nur etwas spüren; die Beine schienen sich in Pudding zu verwandeln, und er sank in den Sessel, der bereits mit einigen Blutstropfen benetzt war.

Schneid's dir einfach ab – ganz weg, dachte er wirr und sank tiefer in das Leder, alles kleinschneiden, in Häppchen, so lange, bis nichts mehr wehtut, einfach alles weg. Wieder hatte sein Körper Erbarmen und ließ eine dämmrige Trance zu – die Tür zum Geschäft öffnete sich leicht, wie geschmiert, eine helle Türglocke läutete dabei, und die japanische Verkäuferin sah ihm freundlich ins Gesicht, einen guten Tag und was er denn wünsche? Da er nicht sofort antwortete, listete sie in schnellen Worten alles auf, also, sie hätten ganz frische Buri da, ebenfalls Ibodai, Anago, Okoze, Masu, Ishigarei, Kochi, Maguro, Kohada, Kisu, Hamu, Hamachi, Gindarar, Chuturo, Hatahata, Awabi, Toro, Unagi, Mutsu, Meji und Inada, auch einige Tonnen an Ebi und Aoyagi, zudem einige Säcke mit bestem Tairagai, alles in einer super Qualität, bitte sehr. Beeindruckt blickte er auf die farbenfrohen Auslagen mit dem Fisch, schnurgerade in klaren Reihen lagen sie dort, mit dem Kopf in Richtung Osten schauend, der aufgehenden Sonne zugewandt; das sei wirklich überwältigend, sagte er und machte dabei einen Diener, so etwas Schönes hätte er wirklich schon lange nicht mehr gesehen, es sei einfach – atemberaubend. Sie strahlte ihn an, ja, die Schönheit sei nun einmal wichtig beim Essen, am besten, es leuchte einem so richtig ins Gesicht und zucke dabei noch ein wenig, genau, es müsse noch zucken, das sei wichtig – ob er sich denn schon entschieden hätte? Das noch nicht, sagte er, wie könne man auch, bei so einer Auswahl, aber eigentlich sei er ja nur für ein simples Sushi gekommen, so ein ganz normales Sushi, sie wisse schon, ein kleingeschnittenes Stückchen Fisch auf einem Klumpen Reis, so in der Art, das habe sie doch sicher auch? Sie nickte eifrig, natürlich, im Grunde sei das ja alles ein Sushi hier, diese Buri, Ibodai, Anago, Okoze, Masu, Ishigarei, Kochi, Maguro, Kohada, Kisu, Hamu, Hamachi, Gindarar, Chuturo, Hatahata, Awabi, Toro, Unagi, Mutsu, Meji und Inada, damit könne man das schönste Sushi der Welt machen, es frage sich nur, auf welche Art er es denn wolle, als Nigiri- oder Maki-Sushi? Das wisse er eben beim besten Willen nicht, lächelte Bastien, ob es denn einen Unterschied gebe? Aber sicher, zwischen den beiden Arten lägen ja Welten, erklärte sie, so ein Nigiri-Sushi sei das reine Gefühl, lieb und rein wie eine Wasserblume, das Maki hingegen sei der Geist, durchdringend und stolz, am besten, er nehme von beidem etwas, das gleiche einen so fabelhaft aus, sorge für eine innere Balance, das sei wichtig für sein kommendes Leben.

Richtig, da war ja noch etwas – *ein kommendes Leben*, also etwas, das noch nicht da war, weg damit, und überhaupt: Diese Verkäuferin redete zu viel, die kontrollierte Dialogform war also besser:
Bastien: Was meinen Sie damit – *das kommende Leben?*
Fischverkäuferin: Nichts weiter. Jeder hat doch ein kommendes Leben, oder?
Bastien: Natürlich hat das jeder.
Fischverkäuferin: Sehen Sie. Also Nigiri oder Maki?
Bastien: Sie sind so schön. Diese Fische, meine ich.
Fischverkäuferin: Ja.
Bastien: Aber sind sie auch frisch?
Fischverkäuferin: Natürlich nicht. Nichts ist frisch hier.
Bastien: Nichts?
Fischverkäuferin: Nichts.
Bastien: Dann sind sie bestimmt von gestern.
Fischverkäuferin: Von vorgestern.
Bastien: Interessant.

(Pause)

Bastien: Aber sie sind so schön.
Fischverkäuferin: (...)
Bastien: Wirklich schön. Man mag sie gar nicht anfassen oder durcheinanderbringen, Sie wissen schon, diese Ordnung zerstören. Eine wirklich wunderbare Ordnung, so präzise gerade, es erinnert mich an, ich weiß nicht, an –
Fischverkäuferin: Was?
Bastien: An eine Ordnung, ja, richtig, an eine Ordnung. Ein jedes Leben sollte doch solch eine Ordnung

haben, meinen Sie nicht auch? Wie diese toten Fischlein hier, eins neben dem anderen, wie dafür gemacht. Was meinen Sie?
Fischverkäuferin: (...)
Bastien: Doch, doch, sagen Sie nichts, es ist so, wir brauchen alle unsere Ordnung, stellen Sie sich das doch einmal vor: eine Welt im Chaos, es herrscht die Anarchie, jeder gegen jeden, das Recht des dummen Stärkeren als einziges Gesetz, da kommt einer, nimmt Ihnen alles weg, Hof, Frau, Ihren Stolz und die Kinder, und Sie können nichts dagegen machen, das geht doch nicht! Ich sage Ihnen – wir brauchen eine richtige Ordnung. Oder?
Fischverkäuferin: (...)
Bastien: Diese Wegnehmer. Wir schlagen sie zu klump. Immer drauf. Oder?

(Pause)

Bastien (leise): Wir zerquetschen sie. Diese Milben.
Fischverkäuferin: Fisch?

(Sie will nach dem Fisch greifen)

Bastien: Einen Moment, vielleicht warten Sie noch; es ist, ich weiß, es klingt komisch, aber – ich bin mir noch nicht sicher.
Fischverkäuferin: Nicht?
Bastien: Nein. Sie sind einfach so schön. Sehen Sie, es ist so: Gott kam und hat all diese Fische da so fein hingelegt, in sieben Tagen, vielleicht auch in drei Wochen,

so genau nehmen wir das nicht; gut, also, er kam und hat einen Okoze an einen Mutsu gelegt und so weiter, sehen Sie genau hin, die Farben der Fische entsprechen dem Spektrum, die Komplementärfarben liegen sich exakt gegenüber, hier, das Magenta vor dem Grün, man könnte fast weinen, so schön ist es. Aber jetzt das Beste: Wenn Sie sich diese Linie mit den Fischen einfach als eine endlose vorstellen, also wirklich als eine, die niemals, wirklich niemals aufhört, dann passiert – was? Ich sage es Ihnen, sie reicht bis ins Universum, eine Achse der Schönheit, vielleicht strahlt sie bis Pluto, vielleicht aber darüber hinaus in das nächste Sternensystem, Centauri, Andromeda, und wie das alles heißt, noch weiter, bis zu den Orten, für die wir keine Namen haben.

(Pause)

Fischverkäuferin: Wollen Sie jetzt einen Fisch?
Bastien: Ja. Ja, ich möchte einen Fisch! Haben Sie etwa daran gezweifelt?
Fischverkäuferin: (...)
Bastien: Sie haben mir nicht geantwortet.
Fischverkäuferin: Was?
Bastien: Nun, was Sie von dem Universum halten, all das.
Fischverkäuferin: (...)
Bastien: Sehen Sie? So geht es allen. Zu den wirklich wichtigen Dingen im Leben schweigen wir. Sagen Sie, darf ich etwas fragen?
Fischverkäuferin: (...)

Bastien: Diese Fische da, ich meine, so schön sie sind, aber wie macht man das, schneiden Sie sie selbst – so akkurat, im rechten Winkel? Das heißt, Sie legen den Fisch dahin, auf dieses Brett und schneiden ihn sorgsam zurecht, ein Stückchen nach dem anderen, nicht?
Fischverkäuferin: Ja.
Bastien: Wahnsinn.

(Pause)

Bastien: Aber Sie könnten das sicher auch mit anderen Dingen genauso machen, also nicht nur mit Fisch?
Fischverkäuferin: (...)
Bastien: Sagen Sie nichts, sagen Sie nichts! Natürlich könnten Sie das tun, was für eine Frage. Sie könnten zum Beispiel Obst nehmen und es zerteilen, ebenso könnte es Gemüse sein oder ein ausgerollter Teig, Sie sind eine Meisterin, das wäre alles kein Problem für Sie, Materie ist schließlich Materie, nicht?
Könnten Sie das auch mit einem, sagen wir – Schwein machen?
Fischverkäuferin: Ja.
Bastien: Wusste ich es doch, Sie können alles –
Dann sicher auch mit einem Huhn, einem Rind, einem Hund, einem Lamm? Natürlich, *Sie* können das.
Fischverkäuferin: Ja.
Bastien: Interessant.

(Pause)

Bastien (leise): Darf ich Sie noch etwas fragen?
Fischverkäuferin: (...)
Bastien: Wenn ich einmal vorbeikommen würde, nur so, in einer Nacht, wenn wirklich niemand da ist und Sie ganz allein sind; und ich würde mich auf dieses Brett da legen, dann könnten Sie mich doch genau so zerschneiden wie ein Schwein, ein Huhn, ein Rind, einen Hund oder eben einen guten Fisch, nicht?
Fischverkäuferin: (...)
Bastien: Sicher könnten Sie das. Ich wäre auch ganz ruhig dabei (lacht).
Auch denke ich, dass es ja gar nicht so einfach ist, wenn man vom Menschen zum Fisch wird, zum Menschenfisch quasi, und dann auf so ein Klümpchen Reis gelegt wird, rein industriell. Man stellt sich dann endlose Fließbänder in einer fürchterlichen Zukunft vor, da fahren dann die Leiber der Verstorbenen darüber und werden von einer großen Sense schließlich säuberlich in Puzzle-Teile zerlegt, später wird man auf diesen duftenden Reis gebettet und in den besten Restaurants der Stadt feilgeboten, *Mann auf Reis*, das klingt gut, man legt einfach ein dämliches Stück Fleisch, Fisch oder einen überflüssig gewordenen Mann auf einen ebenso dämlichen Klumpen Reis und wickelt's fest. So, und dann kommt es in die Schachtel, ein ansonsten nutzloser Grafiker malt ein japanisches Fantasie-Zeichen drauf, irgend so etwas wie Yin und Yang oder doof und dick oder *I love Hiroshima* oder sonst was – dann haben wir unser Produkt, ein richtiges *Produkt*, das uns die armen Schweine der Zukunft nur so aus den Händen reißen werden, was meinen Sie? Tod

als Kunst, es ist alles schon fertig geschrieben. Und ich wäre der erste Proband, ein Held, möchte man sagen. Aber Sie sagen ja nichts.

(Stille)

Fischverkäuferin: Wollen Sie jetzt einen Fisch?

(Pause)

Bastien: Ja, sicher. Ich nehme den Kleinen hier, das ist ein – Ibodai, stimmt's?
Fischverkäuferin: Nein. Geschnitten?
Bastien: Aber sicher.

(Sie schneidet sorgsam den Fisch, verpackt ihn und reicht ihm das Päckchen)

Fischverkäuferin: Zwanzig Cent.

(Er bezahlt)

Bastien: Danke. Wissen Sie, nur ein Letztes: Sie sind wirklich nett, richtig süß mit ihren kleinen Manga-Messern da. Bis bald dann.
Er schloss die Tür hinter sich und ging, das Publikum verharrte gespannt einen Moment lang, dann fiel der Vorhang, und der Applaus brandete ihm entgegen, schien kein Ende nehmen zu wollen, zufrieden verneigte er sich mehrmals in seinem Sessel. Alles war jetzt gut. Der Wasserfall stürzte sich über viele Meter

vor ihnen in die Tiefe, in der Gischt brach sich das gleißende Sonnenlicht und ließ einen Regenbogen aufleuchten; sie standen vor diesem Naturschauspiel und fielen sich erleichtert in die Arme. Sie hatten Wasser im Überfluss gefunden, das war die Rettung, vorerst. Mila strahlte Bastien an, er hätte recht gehabt, am Strand wären sie nur elend zugrunde gegangen, sagte sie; – was jetzt mit den anderen sei, den Zurückgebliebenen, man müsste ihnen von dem Wasser erzählen. Bastien nickte, natürlich, auch wenn sie ihm nicht geglaubt hätten, aber man könne sie nicht einfach sterben lassen. Es wäre am besten, wenn sie sich aufteilen würden, eine Gruppe ginge zurück zum Strand, um die anderen zu holen, mit den restlichen würde er hier die Gegend erkunden. Sie stimmte ihm wie immer zu, natürlich würde sie hier bei ihm bleiben. Er sah Tom, der etwas abseits stand und das Wasser aus seinen Händen trank; *sein Wasser*, dachte Bastien und beobachtete ihn misstrauisch. Auch wenn er anfangs große Stücke auf Tom gehalten hatte, so änderte sich das jetzt, hatte er doch gesehen, mit welchen Blicken dieser Mila bedacht hatte, wahrscheinlich wartete er nur auf eine Gelegenheit, um sich an sie heranzumachen. Es würde zur Auseinandersetzung zwischen ihnen kommen, das war bereits jetzt klar. Er ballte die Hand zur Faust, ließ sie dann über die Machete gleiten, man würde ihm nichts wegnehmen, *nicht hier*.
Einige aus der Gruppe erklärten sich bereit, zum Strand zurückzugehen, mit den anderen stieg er an der Felswand weiter bergan, es konnte nicht schaden, die Quelle des Flusses zu erkunden, außerdem konnten sie sich

von dort oben einen besseren Eindruck von der Lage machen.
Sie kamen nur langsam voran, überall war der Boden mit losen, glitschigen Gesteinsbrocken durchsetzt, die unter ihren Füßen losbrachen und in die endlose Tiefe unter ihnen stürzten, jeder falsche Tritt konnte jetzt den sicheren Tod bedeuten. Mila ging wie immer dicht hinter ihm, kurz darauf schloss Tom auf, Bastien beäugte ihn sorgsam, noch konnte er nicht einschätzen, was dieser im Schilde führte.
Am Ende des Tages erreichten sie schließlich ein Hochplateau mit einem kleinen See, der den Wasserfall speiste. Bastien sah sich um und bestimmte einen geeigneten Lagerplatz, müde hockten sich alle in das weiche Moos. Es würde in der Nacht absehbar kalt werden, aber er würde Mila mit seinem Körper wärmen und dafür sorgen, dass ihr niemand zu nahe kam. Langsam senkte sich die Dunkelheit über die Wipfel der Baumriesen, ein unwirkliches Licht ließ die Stämme orange leuchten, und erschöpft schliefen sie ein.
Als er am nächsten Morgen aufwachte, galt sein erster Gedanke Mel. Kurz darauf folgte der an Thomas, und er verspürte eine eiskalte Wut. Er dachte einen Moment lang an Taten, die mit *Zerstückeln, Zersägen* oder mit einfachem *Draufschlagen* noch harmlos umschrieben waren. Aber die Trauer und der Schmerz dominierten. Vielleicht war das alles nur eine Erfindung, ein Test? Oder sie meinte es nicht so, oder *nur ein bisschen.*
Aber selbst dieses *bisschen* ließ ihn nur schwer atmen.
Seine Ablenkungen bestanden im Kochen des ersten Kaffees, dem sinnlosen Aufspannen einer Leinwand

(er dachte ohnehin nicht ans Malen) und dem ersten Blick in den Computer.
– *Wo genau in der Blutbahn? Längsschnitt oder quer? Kann dir den Arm halten, zumindest von hier aus. Grüße an den Styx. Schwester.*
Das war eine wirkliche Ablenkung. Er schrieb zurück: *Oder sich einmauern. Requiescat in pace. B.*
Die Antwort: *Amontillado von Poe. Kennt man. Warum mauern und nicht schneiden? S.*
Ohne weiter darüber nachzudenken, schrieb er: *Arbeite auf dem Bau. Mauern, Steine schleppen und so. Da wird nicht geschnitten, mache eben das, was ich kann. B.*
Prompt die Antwort: *Finde ich geil. Hast du so richtige Worker-Hände, mit Rissen drin, abgebrochenen Fingernägeln, so etwas?*
– *Klar.*
– *Und du schleppst echt Steine?*
– *Auch das. Manchmal geht's aber auch um das Denken, Logistik, Verantwortung, so etwas. Nicht nur schleppen.*
– *Leute, die denken, finde ich scheiße. Mach's gut. Schwester.*
Er beeilte sich, den nächsten Satz zu schreiben: *Ich muss bestimmt bald wieder Steine schleppen. Gerade gestern hat mir der Boss noch gesagt, dass ich das wieder machen muss, jeden verdammten Tag lang. Tausende.*
Die Antwort dauerte einen Moment: *OK. Ich mag ja Typen vom Bau.*
– *Wie stellst du sie dir vor?*
– *Weiß nicht. Denke, dass ihr euch ziemlich übel benehmt, dass ihr alles zerbrecht, so aus Versehen – ein Glas, einen Stuhl, meine Hand –, und dass ihr immer etwas zu erzählen habt; dass einer vom Kran geknallt ist und sich den Hals ge-*

brochen hat oder so, oder welche Schlampe man zuletzt vergewaltigt hat, Typen vom Bau fackeln ja nicht lange.
Er musste den Satz zweimal lesen. – *Du denkst, dass wir Schlampen vergewaltigen?*
– Die wollen's doch so.
– Aber weißt du, Vergewaltigung ist eigentlich ja nichts Freiwilliges. Man kann nicht freiwillig vergewaltigt werden, zumindest nennt man's dann nicht mehr so. Allein schon deshalb ist es schwierig.
– Und wie nennt man es dann?
– One-Night-Stand, Seitensprung, Verhältnis. So etwas eben. Aber nicht Vergewaltigung.
– Wie öde.
Nach einem Moment kam ihr nächster Satz: *Das wird mir jetzt zu langweilig. Vergewaltigen fand ich besser.*
Die hatte wirklich eine Macke, dachte er. Aber dann wäre der nächste Satz auch nicht weiter schlimm: *Ich könnte dich ja zerstückeln, zumindest theoretisch. Ich meine, nachdem ich dich brutal vergewaltigt habe.*
– Erzähl's mal.
– Was?
Sie schrieb: *Das mit dem Zerstückeln. Wie fängt's an?*
Bastien kam in Form: *OK, also, ich locke dich mit einer blöden Geschichte irgendwohin, am besten in so eine fiese stillgelegte Klinik, wir brechen da von hinten ein und dann falle ich über dich her; zuerst polier ich dir so richtig das Gesicht, die Fresse, meine ich, und dann trete ich dir mehrmals in den Bauch. Wo findest du's besser, in der Klinik oder vor der Klinik?*
– Drinnen.
– Also drinnen. In so einem Warteraum und ich reiß dir die Klamotten runter.

– Ich will's im Keller haben.
– Auch gut. Im Leichenkeller. Und da erst reiß ich dir die Klamotten herunter. Du schreist wie verrückt und wehrst dich, aber das hat alles keinen Sinn, weil ich einfach tausendmal stärker bin als du, also no chance. Das tut richtig weh, oh Mann, richtig weh.
– Weiter.
– So, du bist fast bewusstlos vor Schmerzen, aber noch nicht ganz, auf jeden Fall finde ich dann irgendeine Axt oder so was in dem Keller –
– Was soll eine Axt in einer Klinik? Das ist blöd.
– Gut, dann liegen da überall diese Chirurgenmesser herum.
– Die liegen nicht herum. Du findest sie in einer Schublade.
– Genau. Ich nehme dann das längste von allen heraus und komme zurück. Du bist dermaßen blau geschlagen, dass du dich nicht mehr rühren kannst, keinen Zentimeter, keine Gegenwehr, nichts geht mehr. So, und dann schneide ich dir bei vollem Bewusstsein zuerst die Arme und die Beine ab und zuletzt den Kopf.
– Das ist grob. Du könntest mit den Fingern anfangen.
Er stockte. Das war vollkommen krank.
Sie schrieb: *Die Finger.*
– Mann, bist du krank.
– Was ist mit den Fingern?
– Schon gut. Also schneide ich dir zuerst alle Finger und Zehen ab und dann erst die Arme und Beine. So ungefähr?
– OK.
– Für den Kopf brauch ich natürlich ein Hackebeil, das finde ich auch in einer Schublade, zusammen mit einer Säge. Also, zuerst die Säge, dann das Hackebeil. Dann ist der Kopf ab.
– Gut.

– Irgendwo bei den Leichen finde ich dann auch einen blauen Plastiksack für den Kopf.
– Einen schwarzen.
– Einen schwarzen Plastiksack, da stopf ich dich dann rein, anschließend binde ich ihn oben zu.
– Mit meinem Haar.
– Exakt, das hab ich dir vorher vom Kopf gerissen. So, dann hab ich den Sack fertig und überlege, wohin damit. Am besten in den Müll oder in die Kanalisation.
– Du kannst ihn am Kirchturm hochziehen, zu den Glocken, ganz nach oben.
– Super Idee, der Sack als Glocke, genau, den Engeln am nächsten. Und ich singe ein Ave Maria.
– Von Schubert. Für einen Bauarbeiter nicht schlecht. Ich bleibe da oben hängen, ja?
– Für die nächsten hundert Jahre. Dann erst fällt der Kirchturm um. Abriss.
– Warum?
– Weil man darunter den Eingang zur Hölle freilegen muss. Die Kirche wurde genau dort gebaut, blöder Zufall. Ich meine, es hätte ja auch etwas anderes sein können. Auf jeden Fall muss die Kirche und der Turm abgerissen werden, damit die Menschen besser in die Hölle gelangen können.
– Und der Sack?
– Fällt direkt in die Hölle runter, genau ins Zentrum.
– Gut. Und die blöden Menschen fallen hinterher.
– So einfach ist das nicht, weil ja zuerst jeder über diesen schwarzen Fluss muss, weißt schon, der fließt aufwärts und ist voller Käfer.
Die Antwort dauerte jetzt einen Moment: *Wie bei Dante. Gut. Weiter.*

Er überlegte kurz, schrieb dann: *Hat seinen Preis.*
– Welchen?
– Wie heißt du wirklich?
– Schwester.
– Ich meine – wirklich.
– Leck mich. Geht's jetzt weiter?
– OK. Was machst du, wenn du nicht gerade eine Leiche bist?
– Kann dir egal sein. Geht's weiter?
– Weißt du, weshalb ich da eigentlich diese Steine schleppe, woran wir da bauen?
– Und?
– Eine Riesen-Schleuderbahn für tote Seelen. Diese Seelen müssen genau sechsmal durcheinandergeschleudert werden, sonst stimmt die Konsistenz nicht. Erst wenn's so ein richtiger Seelenbrei geworden ist, ist es fertig.
– Für was?
– Na, für den Seelenozean, was sonst. Es gibt da so ein riesiges Abflussrohr, da rauscht der ganze Seelenbrei dann in das Auffangbecken; der Pegel steigt und steigt und irgendwann ist es ein Ozean, so weit du gucken kannst, nur Seelen.
– Und wo hört der Ozean auf?
– Am Land der Goldmenschen, die haben alle so einen Anzug aus echtem Gold an, OK? Weil jeder sich für so verdammt toll hält.
– Und die ersticken dran.
– Qualvoll, immer wieder neu, jeden Tag. Aber sie werden immer wieder in diesem Ding neu geboren, die absolute Hölle. Auf der anderen Seite ist das Spiegelland, das ist auch fies. Da besteht alles aus kleinen Bruchspiegeln, das Land, das Wasser, der Himmel, die Häuser, selbst die Leute. Und weil sich alles

in allem spiegelt, weiß keiner mehr so richtig, dass er überhaupt da ist. Existent ist, meine ich.
– Logisch. Dann frisst sich alles gegenseitig auf.
– Genau.
– Und warum sind es kleine Spiegel?
– Ganz einfach, weil's vorher mal ein einziger großer war; der ist zusammengebrochen.
– Warum?
– Weil der eine Spiegel unbedingt etwas sehen wollte, sich selbst vor allen Dingen.
– Bescheuert.
– Sag ich dir.
– Und was dann?
– Dann hat es sich ins All geschossen und kreist jetzt in der Erdumlaufbahn, wir nennen das Sterne.
– Weiter.
Er überlegte kurz: *Wie wär's mal mit etwas Romantischem, eine Liebesgeschichte?*
– Finde ich affig.
– Oder ein Märchen?
– Kannst es ja versuchen.
– Da gibt's einen Jäger, der hat Hunde, ein ganzes Dutzend. Gut, mit diesen Hunden zieht der Jäger jetzt los, um gute Beute zu machen. Schließlich kommt er zu einem See in der Mitte eines Waldes. Er watet etwas ins Wasser und sieht dann plötzlich eine wunderschöne nackte Frau am Ufer, die im See badet. Neugierig geht er näher heran und beobachtet die Frau. Diese entdeckt ihn aber und ist vollkommen sauer über den Voyeur. Was der Jäger nicht weiß, es ist die Göttin der Jagd und des Waldes, die da vor ihm steht. Also, bespritzt sie ihn mit dem Wasser des Sees. Schnell rennt er davon, läuft und läuft,

bis er zu einem stillen Tümpel kommt; da sieht er in seinem Spiegelbild, dass er sich in einen verdammten Hirsch verwandelt hat. Schließlich haben ihn aber auch die Hunde erreicht; sie erkennen ihren Herrn nicht mehr in ihm und zerreißen ihn auf der Stelle in Stücke. Und?

– Das ist die Geschichte von Aktaion.

– OK. Du weißt echt Bescheid, nicht?

Die schnelle Antwort: *Wie findest du das, du wachst morgen früh auf und bist eine Zitrone, randvoll mit Blut gefüllt; dann nimmst du ein großes Küchenmesser und schneidest dich einmal der Länge nach selbst auf und drückst dich aus.*

– Bin ich jetzt ja auch, voller Blut.

– Aber du bist keine Zitrone.

– Weiß nicht, vielleicht bin ich eine Zitrone, wenn ich will. Ich kann alles sein, was ich will.

– Du bist vielleicht auch eine Schweinehälfte am Haken und fährst zur nächsten Station, weißt schon, dort, wo man in kleine Teile zerlegt wird. Und freust dich auf die Fahrt und die Aussicht. Wie im Zug.

– Zerstückeln hatten wir schon.

– Ich glaube, wir sollten blinde Priester werden.

– Und was machen wir dann?

– Wir schlachten Mondkälber. Mit Mondstaub drauf. Und wir legen Feuer in der ganzen Stadt und verbrennen alles, einfach alles, was da ist.

– Und die Mauern werden fallen hin. Genau, den ganzen Mist, bis nichts mehr übrig bleibt, alles verdampft ist.

– Es gibt absolut keine Überlebenden.

– Wir brauchen nur uns.

– Die Antwort dauerte einen Moment: Wie ist das, wenn ich blind werde?

– *Weil dir irgendein mieser Ork die Augen geklaut hat?*
– *Ich bin freiwillig blind geworden.*
Er wartete ein paar Sekunden: *Weil du nichts mehr sehen willst?*
– *Ja.*
– *Und du willst auch nichts mehr spüren, oder?*
– *Ja.*
– *Wie siehst du eigentlich aus?*
– *Schwarz.*
– *Und wo wohnst du?*
Es kam keine Antwort, schnell schrieb er weiter: *Schreibst du öfter?*
– *Manchmal. Hör auf damit.*
– *Womit?*
– *Mit dem Ausfragen.*
– *Mache ich doch gar nicht.*
– *Doch. Ausfragen ist wie ficken wollen.*
– *Was?*
– *Wie ficken. Ich will nicht, dass einer in mich reinkann.*
– *Liegt dran, wer's ist, oder?*
– *Wenn einer in mich reinkommt, ist es aus.*
– *Wenn einer nett ist?*
– *Besonders dann.*
– *Verstehe.*
Nach einer kurzen Pause fügte er hinzu: *Dich interessiert auch nicht, wer ich bin?*
Er hätte ein klares Nein erwartet, aber sie schrieb: *Das weiß ich noch nicht.*
Immerhin. Jetzt konnte er mehr wagen: *Wollen wir uns mal treffen?*
– *Nur in der Hölle.*

– Dann eben da. Wann?
Eine Weile verging. Als er schon aufstehen wollte, schrieb sie: *Ich mache jetzt Schluss. War ganz OK mit dir, mach's gut.*
Er schrieb ein *du auch* in das Textfeld und beendete das Programm. – Ein bitteres Lächeln, das hier war nur Spielerei in einem Computer, die Realität des Schmerzes blieb. Sein Blick fiel auf die Wand:

1 Du wirst sie nicht anrufen.
2 Ein Berg bewegt sich nicht (du).
3 Du wirst dich nicht entschuldigen.
4 Sie hat sich zu entschuldigen (erst dann rufst du zurück).
5 Du schaust nach vorne.

Das war jetzt wohl hinfällig, Mel dachte nicht daran, sich zu entschuldigen, wahrscheinlich dachte sie *gar* nicht mehr an ihn.
Sondern an Thomas.
Er sollte jetzt einfach hinüberfahren, ihm im Treppenhaus auflauern und ihm einen Tritt in die Magengrube verpassen. Er würde ihn dann an den Haaren raus auf den Gehweg schleifen und ihm sagen, dass er hier nichts, einfach *gar nichts* zu suchen hätte und dass er im Übrigen froh sein konne, dass er ihn überhaupt am Leben ließe.
Er sprang auf und trat mit dem Fuß in die Luft, dann noch einmal, schließlich der Tritt gegen die Wand, der Knöchel tat sofort höllisch weh. Er setzte sich wieder und rieb sich den Fuß, der bereits anschwoll. Die Idee mit dem Hausflur war nicht schlecht; er könnte sich

hineinschleichen (schließlich hatte er den Schlüssel ja noch) und sich im hinteren Halbdunkel postieren. Wenn Thomas dann klingelte und Mel oben das Licht anmachen würde, könnte er nach vorne treten und ohne viel Federlesens zuschlagen, direkt in den Magen oder auch tiefer. Der Vorteil der Überraschung läge ganz auf seiner Seite; trotzdem, die Sache musste wasserdicht sein, wenn nicht *er* Thomas, sondern dieser *ihm* eins verpassen würde, wäre das eine nicht mehr gutzumachende Peinlichkeit vor Mel. Nein, Thomas durfte von Anfang an nicht den Hauch einer Chance haben. Er überlegte weiter und dachte an Fallstricke, einen Baseballschläger oder auch an die psychologische Bedrohung mit einem *sehr* großen Küchenmesser.
Das Problem lag allerdings ganz woanders: Er wusste, dass er keinen guten Schläger abgab; auch wenn er sich in seiner Jugend ab und an geprügelt hatte, so hatte er im Nahkampf doch Hemmungen. Vielleicht war er eher der Typ des Präzisions-Killers (ein sauberer Schuss aus der Distanz), aber dafür war das Treppenhaus einfach zu klein.
Er brauchte einfach nur Verstärkung, wozu hatte man Freunde?
Kurzerhand wählte er Robs Nummer – aber klar, das sei harter Tobak, ganz schön mies, die Sache mit Thomas. Auf Bastiens Frage, woher er das denn gewusst habe, hielt er sich bedeckt, na ja, Bastien hätte sich nur im Atelier verkrochen und nichts mitgekriegt, aber die beiden wären schon überall aufgetaucht, im *Riva's*, im *Cherry* und im *Dry*, das hätte man einfach nicht übersehen können. Mel hätte es allen auch ganz locker er-

zählt, so als wenn sie von einem tollen Urlaub sprechen würde; – ihm, Rob, natürlich nicht, was ja klar sei. Bastiens Adrenalin schoss wieder nach oben, das *Dry* war seine Stammkneipe, da aufzutauchen war einfach nur dreist, worin Rob ihm beipflichtete, genau, das sei ja ihrer aller Wohnzimmer, geknutscht hätten sie da auch. Das sorgte für eine weitere Dosis Adrenalin; Bastien berichtete ihm von seiner Idee mit dem Hinterhalt im Treppenhaus – mit zwei, drei Leuten hätte man den Typen ganz schnell am Wickel, auf jeden Fall würde er nicht zulassen, dass der sich oben noch einmal in seinem Bett breitmachen würde. Rob zögerte kurz, schließlich kaufte Thomas ab und zu auch einige seiner Bilder, aber kurzerhand sagte er zu. Allerdings wären weitere Konspiranten wohl sinnvoll, Bastien wüsste ja von Thomas' Training im Boxclub; spontan würde er da an Sven, Kevin, Bernd oder Erik denken, zumindest die beiden Ersten hätten schon was drauf, der fette Kevin wäre mal Türsteher gewesen, er könne ihn anrufen. Bastien stimmte zu, er würde es bei den anderen dreien versuchen. Und das Ganze müsse natürlich gut geplant sein, das könne man heute Abend im Atelier bereden.

»Um acht«, betätigte Rob und legte auf.

Zügig wählte Bastien die Nummern von Sven und Bernd, erreichte aber nur deren Mailbox. Bei Erik hatte er mehr Glück, dieser war bereits über seine Situation im Bilde, diesem Thomas müsse man einfach die Grenzen aufzeigen. Bastien sagte, dass es genau darum ginge, und erzählte von dem Hinterhalt; Erik schien zögerlich – klar, wenn er ihn *so* fragen würde (so direkt

und ohne Ausweg, meinte er wohl), dann sei er natürlich dabei, *friends will be friends*, er müsse nur bedenken, dass Thomas ein ganz schön kräftiger Kerl sei und er, Erik, nicht gerade ein Schlägertyp. Bastien erwähnte Kevin, der Junge habe es schon drauf, und Rob sei auch dabei, was Erik sehr zu erleichtern schien, mit der Mannschaft sähe das schon anders aus, also dann bis später.
Bastien legte das Handy beiseite, ging zum Fenster und schaute in den Hinterhof, so musste sich Cäsar in Gallien gefühlt haben oder Wellington in Waterloo (an Bonaparte mochte er jetzt nicht denken), bestimmt fühlte sich ein jeder General so am Vorabend der Schlacht.

*

Mila schaute kurz aus dem Fenster und rieb sich die Schläfen, das andauernde Starren in das Notebook verursachte ihr Kopfschmerzen, abgesehen von den dreißig Zigaretten, die sie heute schon geraucht hatte. Sie blickte auf den Bildschirm:
Eine Riesen-Schleuderbahn für tote Seelen. Diese Seelen müssen genau sechsmal durcheinandergeschleudert werden, sonst stimmt die Konsistenz nicht. Erst wenn's so ein richtiger Seelenbrei geworden ist, ist es fertig.
Dieser Typ hatte ein Problem, ganz klar. Aber sie erinnerte sich an ihre Aufregung bei jedem seiner Sätze, an die Spannung, was als Nächstes kommen würde. Sie fragte sich, wie er wohl aussehen würde, wahrscheinlich war er einer, der keine Freunde hatte und sich deshalb all dieses Zeugs vorstellte. Sie rieb sich

wieder die Schläfen, dann ihre Handknöchel. Seit diesem Schlag in das Gesicht ihres Vaters schmerzten sie ständig, er musste immer das letzte Wort haben, das passte zu ihm. Sie ergänzte ihren Text:

Ordnung machen. Ich bin mit dem Zug gefahren, 700 Kilometer, und jetzt bin ich hier. Alles hier ist sinnlos, ich habe hier nichts zu tun, ein guter Zustand – eigentlich. Ordnung machen, das ist gut. Gott weiß, wie man das macht. 001-21200010, Gottes Nummer in New York. Ich rufe ihn an und frage, wie man Ordnung macht, ich frage ihn, was mit mir passiert ist, er wird es wissen. Gott hat eine Penthouse-Suite an der Fifth Avenue und einen graumelierten Butler, der ihm jedes Mal das Telefon bringt, wenn ich ihn anrufe. Sorgsam putzt er sich mit einer Serviette dann immer den Frühstücksmund, bevor er spricht. Das ist immer das Gleiche, wir haben einen guten Draht zueinander. Nach diesen Telefonaten ging es mir einfach immer besser, Gott ist ein guter Mann. Es dauert lange, bis er diesmal den Hörer abnimmt, ebenso, bis eine Antwort kommt: »It's not me«, er hat heute wohl nur keine Lust. »Who are you?«, als ob er das nicht genau wüsste – ich beschimpfe ihn als einen arroganten Heuchler, im besten Potato-Englisch, er legt auf.

Es sind schöne Fotos, Paps war im Fotografieren nie schlecht, auch die Farben sind angenehm. Ich umgreife seine Schultern, es ist alles Glück, wir sind in Glückland, Teil 1. Hinter uns der Pazifik mit einer Insel und einem Leuchtturm, the Oregon coast line. Mehr nach links, nach rechts, gut so, ja so. So ein Foto ist aufregend, meine kleine Hand greift in seine, er wird es mir später tausendmal sagen, das mit der Insel, mit dem Leuchtturm, mit dem Meer. Glück, Teil 2, Teil 3, Teil 4; dann sind da Paps Bilder aus New York, Gott und ich, an der Fifth

Avenue, wir umarmen uns herzlich; dann noch ein Bild, an einem Teich, die Karpfen hängen mit dem Kopf nach unten an einem Holzgerüst. Sie zappeln, während man sie der Länge nach aufschneidet. Ihre Augen erstarren in Unglauben, sie nehmen den Bruch ihres Bewusstseins wahr, ihr Entsetzen ist ohne Worte. Der Boden unter ihnen nimmt ihr Blut und ihre Eingeweide auf und vermengt es mit Schlamm und klumpiger Erde. Erdfische sind sie jetzt. Paps hat mir die Augen zugehalten und mir dabei an die kleinen Brüste gefasst. Es war irgendwo auch da, in Glückland. – Ordnung, ich brauche Ordnung.

Sie sah wieder hinaus. Eine Nachricht von diesem *Bruder* wäre jetzt wirklich schön.

*

Kirsten stand an der Glasfront ihres Büros und blickte auf den Firmenparkplatz hinab; der Vertriebschef parkte seinen Jaguar, öffnete die Fahrertür und stieg betont locker aus, er musste ja damit rechnen, dass man ihm von oben zusah. Sie hatte einmal ein Verhältnis mit ihm gehabt, ein halbes Jahr lang. Eigentlich war er ganz nett, hatte stets gute Laune und einen gewissen Humor. Allerdings natürlich auch eine Frau und zwei Kinder, eben der Prototyp ihres Durchschnittsliebhabers.

An einem solch normalen Tag wie heute wäre eigentlich alles machbar, zum Beispiel könnte sie ihr Schild vor der Tür von *Marketing* in *Liebhaberin* ändern, oder besser noch in *Mätresse*, dann hätte alles seine bezifferte Ordnung und das Versteckspiel ein würdiges Ende. Sie würde nur noch in Ehrlichkeiten leben und so etwas wie lügen, heucheln und herumdrucksen wäre ganz einfach verboten. Vielleicht musste sie wirklich etwas in ihrem Leben ändern, wenn sie nicht als ausgepresste Zitrone weggelegt werden wollte. Aber auch das waren Gedanken, die man eben an einem ganz normalen Tag hatte, wie immer, geändert hatte sich dabei nie etwas.

Der Vertriebschef begrüßte auf dem Weg einen Mann, der ebenfalls aus dem Auto stieg; elegant gekleidet, mit kurzen graumelierten Haaren, einer aus der Realisation, *Prepress*, soviel sie wusste. Sie gingen lachend auf den Eingang zu, beide sahen kurz zu ihrer Glasfront hoch. Wahrscheinlich bedeutete das Arbeit, einer aus der Realisation bedeutete immer Arbeit.

*

Mel stand am Fenster und blickte auf die Straße hinunter. Unverhofft hatte sie Zeit, Thomas war spontan zu einem neuen IT-Kunden gefahren, außerhalb von Berlin, am Abend wäre er aber wieder da, ein wirklich fetter Brocken sei das.

Auf dem Bügelbrett vor ihr lagen einige seiner Sachen, eine Hose, ein paar Hemden. Natürlich müsse sie so etwas nicht für ihn machen, bügeln, das sei ja unterirdisch und ganz sicher nicht ihr Niveau, hatte er gesagt, ihr wiederholtes Angebot dann aber doch bereitwillig angenommen. Sie fuhr mit der Hand leicht über den Stoff, eine gute Qualität, ganz sicher würde er Wert auf so etwas wie eine Bügelfalte und gerade Kragenränder legen. Akkurat eben. Wie auch der Wochenplan, den er ihr jüngst vorgelegt hatte – das mache

schon Sinn, dann könne man sich besser abstimmen und hätte so auch mehr Zeit füreinander, das sei eben effektiv. Sie hatte darauf genickt, natürlich, das war überzeugend, was auch sonst? Wie immer hatte er die Logik auf seiner Seite, und einem Widerspruch hätte die Begründung gefehlt. Also wusste sie bereits jetzt, was und für welchen Zweck es einzukaufen galt und zu welcher Uhrzeit sich sein neuer Schlüssel im Schloss herumdrehen würde. Der Wochenplan berücksichtigte auch ein Haushaltsgeld, er wolle mit seiner Anwesenheit ja nicht für Kosten sorgen. Sie müsse einfach einmal durchrechnen, was sie für all dieses Zeugs wie Waschpulver, Spülmittel und so benötige, das gebe er ihr dann. Sie hatte sich gerade noch die Frage verkneifen können, ob er eine Quittung dafür haben wolle.
Trotzdem. Danach hatte sie sich gesehnt, nach einem kompakten Leben mit Hand und Fuß und klaren Ansagen, schließlich sorgte diese Planung jetzt auch dafür, dass sie die Zeit für ihre Kunst kalkulieren konnte, auch in dieser Hinsicht war alles – effektiv. Ein Leben ohne Fehler, geschmiert, ohne Ecken und Kanten; auch das morgendliche Aufstehen fiel ihr jetzt leichter, da die nächtlichen Diskussionen mit Bastien ausblieben.
Sie schaltete das Bügeleisen an und fuhr damit über ein Hosenbein. *Bastien.* Sie fragte sich mit einiger Sorge, wie es ihm ging. In diesem lausig kalten Atelier konnte man sich eigentlich nur erkälten, er war anfällig dafür. Im Schrank des Schlafzimmers lagen noch seine Pullover, es wäre sicher richtig, ihm die zu schicken. Oder sie ihm zu bringen? Und ihn dabei zu umarmen, seine

Nähe zu spüren, all das Vertraute wiederzuhaben. Warum dachte sie das? Es war vorbei, aus, endgültig, sie lebte jetzt das Leben, das sie gewollt hatte.
Sie rieb sich durch das Gesicht und spürte die Nässe auf der Haut, *richtig, das Leben, das ich gewollt habe.*
Gedankenverloren blickte sie wieder aus dem Fenster. Etwas überrascht sah sie Rob unten auf der Straße. Neben ihm stand jemand, den sie nicht kannte; die beiden redeten offenbar über etwas, das mit dem Haus zu tun haben musste. Das erstaunte sie, Rob war zigmal hier in ihrer Wohnung gewesen, er kannte sich eigentlich aus. Warum kam er nicht hoch und sprach mit ihr? Besonders Rob. Sie dachte daran, wie nah sie sich über all die Jahre gewesen waren, sie hätte jetzt gern mit ihm gesprochen, ihn einfach nur – berührt. Sie fühlte sich bereits wie eine Ausgestoßene, allein mit Thomas, alle anderen würden ganz sicher zu Bastien halten. Aus diesem Grund war sie letztens ins *Dry* gegangen, um zumindest einigen dort zu zeigen, dass sie kein Monster war, dass sie immer noch dabei war, zu der Runde zählte. Nur eben nicht mehr mit Bastien. Hätte Thomas sie an diesem Abend nicht dauerhaft küssen wollen, wäre das wohl auch gelungen, aber die meisten hatten sie dann ganz einfach geschnitten.
Wieder übermannte sie der Schmerz, und sie stellte das Bügeleisen ab. Dieses Hosenbein konnte sie jetzt mal, dachte sie und ging hinüber in die Küche. Einer der Magnete am Kühlschrank war abgefallen, und Zoes Zettel lag auf dem Boden, *Mami, ich hab dich lieb*; zitternd setzte sie sich auf einen Stuhl, der Schrei wollte nicht wirklich gelingen. Was war das eigentlich? Im

Kern bestand Mels Schmerz darin, dass sie diesen mit sich selbst ausmachen musste. Es gab nicht das gewohnte Reflektieren mit Bastien am Küchentisch, was jetzt am besten zu tun sei, diese Entscheidung hatte sie allein treffen müssen. Die damit einhergehende Unsicherheit kam dem Gefühl des Verlassenseins gleich, so dass sich ein vergleichbarer Schmerz wie bei Bastien entwickeln konnte. Da sie ihre Entscheidung als eine zwangsläufige Reaktion auf sein Verhalten begriff, hielt *sie* sich nun für die Betrogene, an diesem Punkt spielte auch Thomas nur eine zweitrangige Rolle. Wäre Bastien besser mit ihr umgegangen, befände sie sich jetzt nicht in dieser zerrissenen Situation, und alles wäre gut, dachte sie; auch wenn sie zugeben musste, dass das paradox war. In ihrem Empfinden agierte sie nun gegen den Rest der Welt, die ihr gehässig vorwarf, dass sie einfach nur etwas Glück wollte, das tat weh. Es waren nicht nur die täglichen Entscheidungen, die sie mit Bastien gemeinsam traf, sie hatten sich ebenso gegenseitig geformt, als Menschen und als Künstler. Als sie ihn kennenlernte, hatte sie noch gemalt, zumeist Stillleben oder Akte, auf die sie auch recht stolz war. Erst in den abendlichen Diskussionen mit Bastien hatte sich langsam so etwas wie ein Konzept ihres Tuns herauskristallisiert; er legte immer wieder den Finger in ihre künstlerischen Wunden und riet ihr, das Medium zu wechseln, um ihrer eigentlichen Leidenschaft, der Spurensuche in der Masse, näher zu kommen. Also wurde sie Fotografin, inzwischen mit einigem Erfolg. Im Grunde basierte ihre künstlerische Entwicklung auch weiterhin auf den Auseinandersetzun-

gen mit ihm – sie gab einen ersten Gedanken vor, der seinen konzeptionellen Schliff im anschließenden Gespräch erhielt. In gewisser Weise handelte sie jetzt genau so, sie gab etwas vor, und nun war Bastien dran; seine Reaktion war ihr wichtiger, als sie zugeben mochte, und nicht zuletzt auch seine Nähe.
Etwas später an diesem Tag würde sie die gebügelten Sachen sauber zusammenlegen, Zoes Zettel wieder am Kühlschrank befestigen, die Spül- und die Waschmaschine anstellen, um dann wieder aus dem Fenster zu schauen und auf Thomas zu warten. So wie geplant.

4

Erik war wie immer pünktlich, er umarmte Bastien mit einem kräftigen Druck.
»Junge, grüß dich.«
Er nannte all seine Freunde *Junge*, das mochte ein Rudiment aus seiner Kindheit sein oder auch eine Verniedlichung seines Erwachsenenlebens, beides lief auf das Gleiche hinaus. Als *Jungs* hatten sie zusammenzustehen, im *Wir* seien sie stark, da könne die Welt machen, was sie wolle. Erik kleidete sich gerne etwas martialisch - ein breiter Gürtel war mit metallenen Grimassen-Köpfen bestückt, die Lederhose saß eng auf den Schenkeln, darüber trug er einen schwarzen, ebenso ledernen Mantel, der deutlich an den Matrix-Style erinnerte, und seine lange Mähne hatte er zu einem Zopf nach hinten gebunden. In diesem Look wirkte er durchaus bedrohlich.
Erik war Single. Und ein unglücklicher dazu, deshalb hatte er immer Zeit für andere und konnte stets pünktlich sein. Vor acht Jahren hatte er ein schmales Kuvert (mit einem dreizeiligen Abschiedsbrief darin) neben seinem leeren Bett gefunden, das den Beginn

seines anhaltenden Unglücks markieren sollte. Wer behaupten mochte, dass Zeit alle Wunden heilt, der wurde in Eriks Person eines Besseren belehrt; die Zeit heilte hier gar nichts, der Liebeskummer blieb sein ständiger Begleiter, jahrein, jahraus, was dafür sorgte, dass keine neue Frau sich in die Stapfen dieser unerreichbaren Vorgängerin traute. So glaubte Erik, er sei einfach vollkommen unfähig, wenn nicht sogar unwürdig, eine Beziehung zu führen, im Grunde habe er alles an Liebe gehabt, zumindest einmal in seinem Leben, dafür könne er sogar dankbar sein. Da half auch kein Zureden mehr.

Er trat ins Atelier ein und schaute Bastien grimmig an, spätestens jetzt sah der Ledermantel nach einem echten Van Helsing aus: »So eine Ratte.«

Bevor Bastien antworten konnte, öffnete sich die Tür, und Rob und Kevin kamen herein, was Bastien mit großer Erleichterung wahrnahm, mit diesem Kerl an ihrer Seite würde die Sache schon geradeaus laufen. Er klopfte Kevin begeistert auf die breite Schulter, einfach super, dass er dabei sei, dieser grinste, er solle doch erst einmal erzählen, was los sei.

Ein allgemeines Umarmen, ein Verteilen der Weingläser, und Bastien erzählte in knappen Sätzen, was seit seiner Rückkehr alles passiert war. Er ließ nicht aus, dass er so etwas bereits in Thailand geahnt hatte und allein schon deshalb Sonia in keiner Weise angerührt habe, ganz abgesehen von diesem dämlichen Durchfall, der ihn in den zwei Wochen außer Gefecht gesetzt hatte.

»Erst *die* Scheiße und dann die nächste«, sagte Rob und sorgte für allgemeines Gelächter.

Bastien schenkte reichlich nach, und jeder stimmte ihm zu, das sei absolut inakzeptabel, so etwas mache man einfach nicht.
»Da muss man zusammenhalten«, sagte Erik und prostete den *Jungs* zu, dem Typen müsse man die Grenzen aufzeigen, wenn so etwas erst einmal einreiße, gäbe es kein Halten mehr, nein, absolut inakzeptabel.
»Der sieht kein Land mehr«, sagte Rob düster. »Nur noch von unten.«
Er fügte hinzu, dass es einfach so etwas wie eine feindliche Übernahme sei und dass darauf in manchen Ländern die Höchststrafe stehen würde: der Tod. Erik wurde lauter, vollkommen klar, hier hätte man das Problem des Über-Zivilisierten, sozialer Strafvollzug und so ein Quatsch, besser einfach die Rübe ab, was für weiteres Gelächter sorgte. Bastien fragte Kevin, wie er denn in seinen besten Zeiten da vorgegangen wäre, woraufhin dieser abwinkte, das sei einfach schon zu lange her, wie in einem anderen Leben, wenn man ihn fragen würde. »Das war einfach nur eine üble Zeit. Dauerhaft diese Schlägereien. Richtig übel.«
»Wo warst du –«
»Türsteher? Im *Crowd*, ziemlich heftig. Dann noch woanders.«
Alle nickten bewundernd, der Vorhof vom *Crowd* war berühmt für seine Eskapaden, manche Prügel-Profis kamen seinerzeit nur deshalb dahin, was auch der Grund für die Schließung vor einigen Jahren war.
»Ihr Jungs müsst echte Profis sein. Für mich wäre das ja nichts, wirklich – irre«, sagte Erik.
»Für mich auch nicht«, entgegnete Kevin leise.

»Und was machst du jetzt?«, fragte Bastien. Ihn beschlich das ungute Gefühl, dass dieser Tiger seine Zähne verloren hatte und nicht mehr der fleischige Rammbock und Garant für den Erfolg des Unternehmens war.
»Hier und da kellnern, meistens bei den Indern in Pankow.«
Das klang nach Gandhi und Nächstenliebe, Bastien sah bereits alle Felle davonschwimmen, auch Rob schaute etwas unsicher drein, schien Bastien mit einem Seitenblick aber signalisieren zu wollen, dass man *den* eben nur wieder aktivieren müsse – einfach nur dran glauben, hieß das, dieser Mann sei eine Waffe. Er forderte ihn auf, nun von seinem Plan zu berichten, und Bastien ließ einige dramatische Sekunden verstreichen, bevor er begann: »Also, wenn ich weiß, wann sie ihn erwartet, geht's los. Wir positionieren uns so eine halbe Stunde vorher im Flur, wenn er dann reinkommt, greifen wir uns den Typen und ziehen die Sache durch. Klar?«
Einen Moment lang schwiegen alle.
»Und was genau meinst du mit *die Sache durchziehen*?«, fragte Erik und blickte vor Bastien auf den Boden.
»Also, der kriegt von mir zu hören, dass die Sache so nicht läuft, erstens, zweitens: dass er sich mit seinem dämlichen Hintern sofort aus meinem Haus zu bewegen hat, drittens: dass die Nummer mit Mel ab sofort ein Ende hat, noch *ein* Anruf, *eine* SMS, *eine* E-Mail oder sonst was, und er lernt mich kennen, aber so richtig«, sagte Bastien und fragte sich, ob er ihn zudem noch auffordern sollte, die Stadt umgehend zu verlassen, so wie an dieser schönen Stelle in *Pulp Fiction*.

»Der lernt *uns* kennen, meinst du«, sagte Erik.
»Schon klar. So stelle ich mir das vor. Und dann kleben wir ihm noch eine und schmeißen ihn raus. Simpel.«
»Und wer genau klebt ihm eine?«, fragte Kevin.
»Könnt ihr gerne machen, ist mir egal. Ja, stimmt, vielleicht ihr, dann merkt er mal, dass so eine Nummer hier nicht läuft, bei – niemandem«, sagte Bastien.
Kevin schüttelte den Kopf. »OK, du klebst ihm eine, gut. Aber jetzt sagen wir mal, der Typ bricht sich was, die Nase oder irgendeinen Wirbel, dann bist du dran, kann richtig teuer werden, das weißt du, nicht?«
Er erzählte von einem Kollegen seinerzeit, der so einem vorlauten Baby-Pfeffersack nur ein paar Finger gebrochen hätte, daraufhin hätte dessen Dad mindestens fünf Anwälte auf ihn angesetzt, und am Ende wäre dieser Kollege froh gewesen, dass er mit nur zwei Jahren davongekommen wäre, so schnell könne es gehen.
Bastien überlegte fieberhaft, wie die Stimmung zu drehen sei, und fragte Kevin, wie *er* es denn machen würde; dieser überlegte kurz und mahnte dann an, dass er mit diesem Typen doch zuerst einmal sprechen könne.
»Sprechen?«, fragte Bastien ungläubig.
Sprechen, genau, das sei auf jeden Fall mit dem geringsten Risiko für alle Beteiligten verbunden, Gewalt sei auch nicht immer die Lösung, also, wenn er ihn nach seiner Meinung fragen würde, er solle ihn anrufen, sich mit ihm verabreden und ihn zur Rede stellen; und wenn *das* dann nichts bringen würde, könne man ja immer noch sehen. Rob, der Bastiens verzwei-

felten Blick wahrnahm, schlug vor, dass man es schon so wie geplant machen könne, aber eben ohne Gewalt, man würde den Typen einfach nur zur Rede stellen. Kevin winkte ab, nein, das wäre ja irgendwie duckmäuserisch, man müsse sich das nur vorstellen, da stünden vier Schläger vor einem und würden nur mit dir reden wollen? Nein, das Reden sei eine Sache zwischen *zwei* Männern, auf Augenhöhe eben; und überhaupt sei so eine Überzahl nicht gerade die feine Englische, im *Dry* könne man wohl kaum damit angeben, dass sie zu viert einen Einzelnen getackert hätten, also, zuerst müsste Bastien selbst ran, von Mann zu Mann, ganz vernünftig reden. Wahrscheinlich hätte sich das Problem dann schon gelöst.
Das Gespräch wechselte nun zu einer Grundsatzdiskussion, und auch der Weinvorrat im Kühlschrank ging dem sicheren Ende entgegen, was die Stimmung etwas dämpfte. Schließlich sagten Erik und Kevin, dass morgen ja ein harter Tag anstünde, und standen auf. Mit der Planung könne man aber jederzeit weitermachen; wenn er den Typen getroffen hätte, würde man weitersehen. Erik umarmte ihn lange in der Tür.
»Junge, und du rufst an?«
Ein aufmunterndes Stoßen an die Brust, und die beiden gingen. Rob sah Bastiens Blick. »Stimmt, das war nichts.«
»Ziehen wir's alleine durch?«
»Weiß nicht.«
Er schwieg kurz. »Ich meine, der Dicke hatte zumindest damit recht, dass es ja nicht nur dieser Typ war, der hat nur zugegriffen, eigentlich ist Mel dein Problem, und nicht der.«

»Soll ich *Mel* verprügeln?«
»Quatsch. Aber hast du mal nachgedacht? Dieser ganze Aufwand, das ist doch alles nur, weil du sie eigentlich wiederhaben willst, aber *willst du das wirklich*? Ich meine, die hat dich nach Strich und Faden verarscht, wo bleibt dein Stolz? In sechs Monaten gibt es eine andere, und dann ist Mel offline, nur noch Vergangenheit. Später will sie dich wieder, ganz sicher. Und bis dahin schaust du dich mal auf dem Markt um, ganz offen, ohne Versteckspiel, das kann sie doch ruhig mitkriegen, gut. Und du hast eine super Zeit, was willst du mehr?«
Bastien dachte, dass das die einzig schlauen Worte waren, die er heute Abend gehört hatte, und bedankte sich bei Rob, dieser winkte ab, er solle es einfach so machen und nicht weiter nachdenken. Im Übrigen könnten sie am Donnerstag zum *Frazer* gehen, da gäbe es eine Vernissage, irgendetwas mit Gelee, da würde einer die Bude mit diesem Zeugs zupumpen. Bastien versprach, mitzukommen, und sie verabschiedeten sich, auch von Rob gab es den aufmunternden Stoß, er solle nicht zu schlecht über die anderen denken, die wären auch nicht mehr die Jüngsten, früher hätte man mit denen noch ganz andere Sachen machen können, aber na ja.
Er ging, und Bastien öffnete die Fenster, die Luft starrte vor Nikotin und Weinsäure.
Eine Pause –. Von all dem.
Er setzte sich an den Computer und sah nach, *Schwester* hatte nicht geschrieben. Hatte er das etwa erwartet? Oder gehofft?

Er konnte sich vorstellen, dass *Schwester* mit der Treppenhaus-Idee kein Problem hätte, wahrscheinlich würde sie Thomas auf der Stelle und mit bloßen Händen erwürgen. Irgendetwas sagte ihm, dass diese Korrespondenz noch sehr wichtig sein würde. Und überhaupt schien dieser Abend voller Erkenntnisse zu sein, auch Rob hatte recht, er musste hier raus, zurück ins Leben, zumindest den Versuch wagen. Am Donnerstag. Allein schon bei diesem Gedanken verspürte er eine Aufregung wie vor einer Weltreise.

Über seinem Kopf bewegte sich die Luft, er blickte hoch und sah ein schwarzes Ding, das einen ungeordneten Kreis durch sein Atelier drehte, wohl ein Vogel. Doch dann erkannte er das Flattern, es war eine Fledermaus. In wahnwitzigem Tempo raste sie durch den Raum, eckte hier und dort an, korrigierte die Flugbahn, schoss dann aufs Neue durch den Raum. Bastien starrte auf das Schauspiel, ihm war etwas mulmig zumute, eine verdammte Fledermaus, das war irgendwie unheimlich, so etwas kannte man eigentlich nur aus schlechten Dracula-Filmen. Er nahm einen Besen zur Hand und versuchte, das Tier in Richtung der offenen Fenster zu drängen, was aber nicht half; unbeirrt raste sie in Kreisen durch die Luft, knallte gegen einen Pfeiler, dann gegen den nächsten. Er setzte sich wieder und sah dem Treiben zu, es kam ihm fast gehässig vor. Er saß hier, verdammt alleine, der Wein war aus, und jetzt noch dieses Viech da oben, das hatte etwas Teuflisches, so als hätte Satan selbst die Hand im Spiel und würde sich nun genüsslich in Person dieses schwarzen Dings da oben offenbaren, gleich kämen bestimmt auch noch ein paar Ratten oder Wölfe herein. Er überlegte einen Moment lang, ob er nicht besser hinüber in Robs Atelier gehen sollte. Dann aber schien die Fledermaus den Bogen raus zu haben, prallte einmal gegen den Fensterrahmen, um dann beim zweiten Anlauf wieder nach draußen zu fliegen. Schnell schloss er die Fenster dicht, setzte sich erschöpft in seinen Sessel und starrte lange und müde in den Raum. Trennungen waren wirklich anstrengend.

Am nächsten Morgen saßen sie verfroren am Feuer, die Nacht war bitterkalt gewesen. Langsam stieg die Sonne höher, ihr Licht stach durch das Grün des Urwaldes und brach sich auf den taunassen Blättern in allen Spektralfarben. In der Ferne konnten sie herannahende Gewitterwolken ausmachen, und Bastien trieb die Gruppe zur Eile an, in den höher gelegenen Regionen fanden sie sicher eine besser geeignete Zuflucht als hier im Wald.

Wieder ging er voran und führte die Gruppe bergan. Ihr Weg leitete sie anfangs durch Unterholz und mannshohes Gras, dann wich die dichte Vegetation einer Hochmoorlandschaft, sie konnten sich jetzt nur noch fortbewegen, indem sie von Grasbusch zu Grasbusch sprangen, ein zermürbendes Unterfangen. Nachdem sie das Moor durchquert hatten, mussten sie erschöpft eine Pause einlegen, ihre Kleidung war bis zu den Hüften mit schwarzem Schlamm bedeckt, ein süßer Geruch von Fäulnis umgab sie in dieser irreal anmutenden Umgebung. Bastien beobachtete Tom, der in Milas Nähe stand und sie schamlos anlächelte. Auch Mila lächelte kurz, beschäftigte sich dann aber wieder mit dem Reinigen ihrer Kleidung. Er mahnte die anderen zum Weitergehen und stieg weiter bergan. Vor ihnen öffnete sich ein weiterer Wald, nur bestand er diesmal nicht aus den bekannten Baumriesen, sondern aus meterhohen Senecien, ganze Wälder aus Blumen erstreckten sich über die Hänge und Schluchten. Insekten umschwärmten die herunterhängenden Knospen, die Luft vibrierte von ihrem Summen; alles hier schien größer zu sein als gewohnt, Bastien musste an *Gullivers Reisen* denken, staunend schaute er auf einen Regenwurm vor seinen Füßen, der den Durchmesser eines Wasserschlauchs hatte. Ab und an ertönte ein Kreischen aus den Blütenkelchen, auch hier schien es Affen zu geben, er konnte nur hoffen, dass zumindest die in ihrer normalen Größe verblieben waren. Auch die anderen nahmen diese märchenhafte Umgebung staunend wahr und blickten immer wieder hoch auf die farbenfrohen Blüten und Insekten über ihren Köpfen.

Schon bald verengte sich ihr Weg durch eine Klamm, sie mussten jetzt klettern. Immer wieder rutschte jemand aus, so auch Mila, als sich plötzlich ein Felsbrocken unter ihren Füßen löste; sie stürzte einen Meter hinab, bevor Tom sie schließlich auffangen konnte, gerade noch rechtzeitig, unter ihnen gähnte eine Kluft. Zitternd kam sie wieder auf die Beine, Tom grinste sie an und sagte, dass es besser sei, wenn sie in seiner Nähe bliebe, aber Bastien war sofort zur Stelle und baute sich vor Tom auf, dieser blickte scheu zur Seite und ließ Mila wieder nach vorne gehen.

Sie gingen noch einige Meter und entdeckten dann ein

seltsam gleichmäßiges Gebilde zu ihrer Rechten, offensichtlich war es ein sehr großes Gebäude. Vorsichtig näherten sie sich ihm, Bastien deutete den anderen an, in Deckung zu gehen, und nutzte die Deckung der Blumenstämme, um schließlich an die ersten Wände des Gebäudes zu gelangen. Es handelte sich um einen sehr alten Tempel, die aufeinandergeschichteten Steine wiesen hieroglyphenartige Verzierungen, zumeist Tiere und Fabelwesen, auf. Er ging vorsichtig weiter und entdeckte einen Eingang, der zu einer Art Atrium im Innern des Gebäudes führte; niemand schien dort zu sein, verrottete Tonscherben auf dem Boden verrieten, dass der Tempel schon lange verlassen sein musste. Er winkte den anderen zu, die nun zu ihm aufschlossen; Mila fragte, was das sei, und Bastien konnte nur Vermutungen anstellen, wahrscheinlich war diese Insel in der Frühzeit einmal bewohnt gewesen. Er wies auf einen reich verzierten Hochaltar an der Frontseite des Atriums; primitive Menschen wären zu so etwas nicht in der Lage. Sie gingen weiter und studierten die angrenzenden Räume, einige waren so groß wie Hallen, durchgehend mit Fresken versehen, die immer wieder die gleiche Geschichte zu erzählen schienen; langhaarige Menschen, wohl die Einwohner, begrüßten seltsam aussehende Wesen mit übergroßen Köpfen. Sie stellten ihnen Geschenke hin und beugten sich vor ihnen auf den Boden. Aus den Mündern der Wesen schienen Sterne zu kommen, zumindest konnte man die gekreuzten Linien vor ihren Köpfen so deuten, wahrscheinlich bezogen sich diese Symbole auf eine den Eingeborenen fremde Sprache. Helme, dachte Bas-

tien, als er die großen Köpfe sah; wahrscheinlich waren Spanier, Portugiesen oder ein anderes Seefahrervolk an dieser Küste gelandet und hatte einen bleibenden Eindruck bei den Eingeborenen hinterlassen. Ihn verwunderte nur, dass es keine Bilder von Karavellen oder anderen Schiffen gab, stattdessen immer wieder Sterne. Sie gingen wieder ins Freie zur Rückseite des Tempels und entdeckten weitere Gebäude, eine ganze Stadt. Grüne Patina hatte die kupfernen Dächer überzogen, überall rankten sich Lianen an den Wänden hoch. Sie gingen weiter zu einem besonders schönen Gebäude mit pagodenähnlichem Dach, das an die Felsen der Schlucht gebaut war. Auch dieses verfügte über einen Eingang, der zu einem Atrium führte, nur wurde dieser von zwei überdimensionalen Statuen aus Basalt flankiert. Die Figuren standen aufrecht und erinnerten an ägyptische Pharaonenbilder, mit Blicken, die stolz nach vorne, in eine imaginäre Weite, gerichtet waren. Mila fragte, wer die wohl gewesen sein mochten, Bastien vermutete Abbilder von alten Herrschern, Königen, was auch immer, aber eines schien klar, es musste an diesem verlassenen Ende der Welt eine bedeutende Kultur gegeben haben.
Ein Gang führte in Richtung der Felswand, die einen bis dahin unsichtbaren Spalt freigab. Auf dem Boden lagen einige verstreute Fackeln, Bastien rieb zwei Steine aneinander und entzündete einen Stumpf. Nun trauten sie ihren Augen kaum, am Ende des Spaltes öffnete sich eine gigantische Höhle, übersät mit Stalagmiten und Stalaktiten, an manchen Stellen waren diese zusammengewachsen und bildeten lange Säulenreihen,

die am Ende der Höhle ins Nichts zu führen schien. In der Mitte der Höhle befand sich ein See; sie gingen vorsichtig näher und sahen auf das glitzernde Wasser. Der Boden leuchtete seltsam golden, wahrscheinlich war er mit Edelsteinen bedeckt. Mila wollte in das Wasser greifen, aber Bastien hielt ihre Hand im letzten Moment zurück, blitzschnell hatten sich Piranhas von der Seite genähert und schossen durch das Wasser. Die anderen standen im Hintergrund und blickten staunend in die Höhle, Bastien warnte sie, nicht zu weit zu gehen, man könne nicht wissen, was alles in den dunklen Nischen hinter den Säulen lauerte. Er sollte recht behalten, urplötzlich stieg ein Schwarm Fledermäuse in die Luft und kreiste um ihre Köpfe, einige schrien, und sie rannten zurück zur Spalte. Durch einen gezielten Schlag mit der Fackel setzte Bastien eine Fledermaus außer Gefecht, dann eine weitere, schließlich erreichten sie wieder das Atrium. Draußen verdunkelten die Gewitterwolken den Himmel, und sie beschlossen, die Nacht unter dem schützenden Dach zu verbringen. So entzündeten sie ein Feuer, und Bastien bestimmte die ersten Wachen. Aus den Augenwinkeln sah er, wie Tom wieder mit Mila sprach, der Kerl nutzte offenbar jede Gelegenheit. Schnell entschlossen ging er zu den beiden und zog Tom am Ärmel aus dem Gebäude; draußen stellte er sich vor ihm hin, hinter ihm schlugen die Blitze in die Bergkuppen. Tom blickte ihn verschlagen an – nicht nur er hätte ein Recht auf Mila, sagte er, ebenso wenig auf den Führungsanspruch in der Gruppe. Bastien quittierte diese Frechheit, indem er ihn am Kragen griff;

Tom versuchte, ihm einen Schlag zu verpassen, dem Bastien aber geschickt auswich; mit einer Drehung seines Körpers trat er dann mit dem Fuß gegen seine Brust, er stürzte einige Meter nach hinten und blieb stöhnend liegen. Bastien ging zu ihm, packte ihn wieder am Kragen und sagte ihm, dass die Sache so nicht laufen würde, erstens, zweitens: dass er sich mit seinem dämlichen Hintern sofort aus seinem Haus zu bewegen hätte, drittens: dass die Nummer mit Mel ab sofort ein Ende hätte, noch *ein* Anruf, *eine* SMS, *eine* E-Mail oder sonst was, und er würde ihn kennenlernen, aber so richtig.
Er versetzte ihm zudem eine knappe Ohrfeige, und so viel zu seinem Führungsanspruch, er sei eben nur ein Weichei. Tom bat um Gnade, die Bastien ihm schließlich voller Abscheu gewährte, er könne in einem der anderen Häuser übernachten, aber morgen hätte er sich auf Distanz zu halten. Er ließ ihn am Boden liegen und stieg wieder die Treppen hoch. Mel öffnete oben die Wohnungstür und bemerkte die Blutspuren auf seinen Handknöcheln; sie sah ihn fragend an, er habe nur etwas Dreck beseitigen müssen, so die knappe Antwort. Sie gab ihm einen Kuss auf den Mund, das hätte er genau richtig gemacht.
Er wurde früh wach, zu früh für seinen Geschmack, und machte sich den ersten Kaffee. Im Kühlschrank war gähnende Leere, insbesondere war kein Wein mehr da, das bedeutete einen zermürbenden Gang zum Supermarkt. Ein Blick auf Punkt 5 an der Wand erinnerte ihn an Robs Worte vom Vorabend, sich *auf dem Markt umzuschauen*, das könne sie ruhig mitkriegen, ge-

nau, er musste etwas tun. Ein Blick in den Computer zeigte ihm, dass *Schwester* immer noch nichts geschrieben hatte. Ein weiterer Blick galt dem geschlossenen Fenster, hinter dem es seltsam hell strahlte. Er öffnete es und schaute auf das Weiß vor ihm; in der Nacht hatte es geschneit, und die Welt war unter einer Lage dicker Schneeflocken begraben. Er mochte das, es sah immer nach Foto-Positiv-Abzügen aus, aus Hell wurde ein Dunkel und umgekehrt. Ganz wie sein Leben derzeit, dachte er, alles schien sich in sein Gegenteil zu verkehren. Ein seltsames Gefühl, das ihn auch daran erinnerte, dass Weihnachten vor der Tür stand. Und damit der Heiligabend, den sie immer im Kreis von Freunden verbracht hatten. Er fragte sich, was für einen Negativ-Heiligabend er in diesem Jahr erleben würde.

Ein weiterer Kaffee, noch ein Blick in den Computer, nichts. Also das Telefon.

Die Kontaktliste.

Nach einigem Überlegen beschloss er, mit Sonia anzufangen. Es klingelte lange, bis sie sich schließlich meldete. Das sei ja unglaublich, sagte sie, genau in diesem Augenblick hätte sie an ihn gedacht, wie Telepathie sei das, wirklich unglaublich. Wie es ihr ginge, fragte Bastien, und sie antwortete überschwänglich, total super, außer natürlich, dass es hier so saukalt sei, da würde sie Thailand wirklich vermissen. Er konnte ihr natürlich nichts von Mel erzählen, hatte er ihr seine Ehe vorher doch als äußerst brüchig und kaum noch existent beschrieben, also berichtete er, dass er jetzt ins Atelier gezogen sei, sie wüsste ja, zu Hause herrsche schon eine ziemlich stickige Atmosphäre, da wäre es hier doch besser und freier. Und generell denke er daran, jetzt ein neues Leben zu beginnen. Es wäre wirklich an der Zeit gewesen, diesen Cut zu machen. Sie stimmte zu, wenn die Liebe vorbei sei, bliebe eben nur dieser Körper übrig, so ein Gemisch aus Haut und Wölbungen, Knochen, Haaren, nichts Tolles eigentlich, nein, man müsse schon lieben, sonst hätte es keinen Sinn. Bastien dachte kurz an *ihre* Wölbungen und nahm den Körper in Schutz, sicher, das Gefühl sei das Wichtigste, aber es gäbe ja auch noch Begierde, und die wäre nun einmal durch den Körper gesteuert, das Äußere sorge, so gesehen, also korrelativ für ein Inneres. Sie musste einen Moment lang überlegen, war dann aber skeptisch, nein, das wäre davon unabhängig, man würde schon das Wesen als solches lieben, diese Aura eben, Chakren, diese Dinger, von denen die alten Inder immer gesprochen hätten, das sei etwas sehr Greifbares, man dürfe das nicht mit einer einfachen Körperlichkeit verwechseln. Da Bastien nun nicht mehr wusste, über was sie sich eigentlich unterhielten, fragte er nach ihren Plänen für die nächsten Tage, was mit dem *Dry* sei? Das sei eine tolle Idee, sagte sie, im *Dry* wäre sie auch noch nie gewesen, aber leider, leider sei sie schon verabredet, nicht nur heute, im Prinzip eigentlich schon die ganze Woche; OK, sie hätte es ja eigentlich noch nicht sagen wollen, aber bei ihm mache sie jetzt eine Ausnahme. Sofort nach ihrer Ankunft hätte sie Acun wieder getroffen, er wisse ja, der Banker aus Istanbul, von dem sie ihm erzählt hatte. Bastien nickte düster, richtig, sie hatte ihm von einem *reichen alten Sack*

erzählt, der sie dauerhaft anbaggern würde und ihr damit fürchterlich auf die Nerven ging. Kurz und gut, sie wäre jetzt mit ihm zusammen, das sei zwar irgendwie ungewohnt, aber bestimmt eine richtige Entscheidung, eine Sache des Herzens eben; von daher müsse sie mit Verabredungen jetzt etwas sparsam umgehen, zumal Acun auch sehr eifersüchtig sei. Natürlich verstünde er das, sagte Bastien, auch wenn er dann durchklingen ließ, dass dieser Banker ja schon weit über die Sechzig sei und ob sie das, wie solle er sagen, wirklich erfüllen würde? Das sei schon OK, sagte sie, er würde sich wirklich rührend um sie kümmern, ihr jeden Wunsch von den Augen ablesen, schon bevor sie überhaupt daran gedacht hätte, nein, das wäre schon gut, allein schon seine perfekten Manieren. Sie wären vorgestern auf einem Empfang in der türkischen Botschaft gewesen, das hätte er mal sehen sollen, unglaublich galant alles, Smoking, Abendgarderobe, irre. Sie würde demnächst auch umziehen, in die Innenstadt, Acun hätte ihr dort eine zauberhafte kleine Wohnung gekauft, ein Penthouse im achten Stock, mit Blick über ganz Mitte. Er müsse sie dort unbedingt einmal besuchen kommen, der Ausblick sei wirklich umwerfend. Bastien versprach, sie Anfang des Jahres wieder anzurufen, und wünschte ihr viel Glück. Ein Druck auf die Taste des Telefons.
Ihm fiel Valerie ein. Bevor er geflogen war, hatte sie ihn angerufen, was denn mal mit einem Wein wäre, man hätte sich ja schon hundert Ewigkeiten nicht mehr gesehen, sie würde auch gerne mal wieder unter Leute gehen (sie war seit einem Jahr alleinerziehend). Er

wählte ihre Nummer, ein freudiges *Hallo!* klang sofort an sein Ohr; sie schien sich wirklich über seinen Anruf zu freuen, fragte nach der Reise und ob alles bestens sei, sie müssten sich ganz schnell sehen. Er berichtete kurz von Thailand, von seiner Trennung, was sie mit bedauernden Kommentaren bedachte. Er meinte, einen leichten Unterton in ihrer Stimme zu vernehmen, interessiert und etwas weniger bedauernd, als sie vorgab. Er schlug einige Abende vor, an denen sie etwas machen könnten, zum Beispiel ins Kino gehen. Absolut, das sollten sie tun, sie müsse nur überlegen, wie sie das mit dem Kleinen hinbekäme, sie würde sich sofort wieder melden.

Valerie war kompliziert, nicht zuletzt wegen ihres Sohnes, Kim, sechs Jahre alt, den er für ein notorisches Folterinstrument hielt. Es schien, als mache es ihm eine ganz besondere Freude, immer dann in wütende Schreikrämpfe zu verfallen, wenn seine Mutter telefonierte oder sich ausnahmsweise in irgendeiner Form um andere Menschen als ihn kümmerte. Sie hatte den Kleinen einige Male zu seinen Vernissagen mitgebracht, was jedes Mal in ein Such-das-Kind-Chaos mündete, in das alle Besucher mit eingebunden wurden. Und sie neigte dazu, fast nur noch von Kim und seinen süßen Taten zu berichten. Dass diese, besonders gegenüber anderen Kindern, öfter auch handgreiflich ausfielen, übersah sie dabei gerne. So drehte sich ihr Leben selten um ihre eigenen Belange, auch nicht um einen möglichen neuen Lebensgefährten, ein solcher hätte sich erst einmal gegen Kim durchsetzen müssen, was schlicht nicht vorstellbar war.

Sie rief einige Minuten später wieder an und sagte, dass es wirklich mit dem Teufel zugehe, aber ihre Mutter wäre die ganze Woche über in Westdeutschland, da sei nichts zu machen. Und der letzte Babysitter hätte den ganzen Abend lang Joints geraucht, und das in Kims Zimmer. Als sie dann zurückkam, wäre der Kleine richtig high gewesen, das würde sie sich nie verzeihen. Aber was wäre denn nachmittags? Sie könnten dann zu dritt etwas unternehmen. Bastien stellte sich vor, wie er und Valerie auf dem Spielplatz säßen, Klein-Kim ihn am Ärmel zupfend zur Schaukel ziehen würde oder wie er ihm später auf dem Weihnachtsmarkt eine Zuckerwatte kaufen würde. Des Weiteren malte er sich in aller Kürze aus, wie ein Zusammenleben mit Valerie zu verlaufen hatte; morgens das frühe Aufstehen, um Kim in den Kindergarten zu bringen, mittags dann das Abholen, nachmittags das klassische Bespaßungsprogramm mit Eisenbahnklötze aufbauen, ein *Pirates-of-the-Caribbean*-Puzzle legen oder die neue Hüpfburg aufblasen, abends dann die Gutenachtgeschichte vorlesen, nicht unter einer halben Stunde lang, gegen später endlich der zufriedene Blick von Valerie, wie toll er das denn machen würde und dass das Leben mit ihm wirklich wundervoll sei.
»Bastien?«, fragte sie nach ein paar Sekunden, und er entschuldigte sich, der Schnee da draußen sähe einfach wunderschön aus, zum Wegschmelzen. Sie lachte, er sei wirklich der größte Träumer, den sie kennen würde, einfach unglaublich. Sie könnten ja am Wochenende an die Spree bei Köpenick fahren, da gäbe es so einen neuen Vergnügungspark, sogar mit einer

kindgerechten Achterbahn, das könnte lustig werden. Er brachte ihr schonend bei, dass Achterbahnfahren derzeit so überhaupt nicht sein Ding sei, wegen einiger Magenprobleme, sie wüsste schon, damit sollte man ja vorsichtig sein; außerdem müsse er tagsüber richtig ranklotzen, er arbeite gerade an einer neuen Serie, da bräuchte er das Tageslicht. Das mit dem Tageslicht sah sie ein, aber sie würde sich auf jeden Fall freuen, wenn er sich ganz bald wieder melden würde, es gäbe ja auch nicht nur Vergnügungsparks, sie könnten ja auch mal alle zusammen malen. Die Vorstellung, dass Kim mit Farbe um sich spritzend in seinem Atelier herumschreien würde, versetzte Bastien nahezu in Panik. Er versprach, darüber nachzudenken, und legte erleichtert auf.

Ein neuer Blick auf die Kontaktliste. Kirsten. Er fragte sich, weshalb sie letztens nicht gekommen war, und drückte ihre Nummer, nach einigem Klingeln hörte er ihre knappe Stimme: »Ich melde mich gleich.« Dann kam sofort der Freiton. Erstaunt blickte er auf das Telefon, *gut, dann nicht*, schien das Display ihm zuzuraunen, *ist nicht dein Tag heute, oder?*

Noch einmal ein kurzes Antippen der Cs, Ds, Gs, Rs und Ws; kurz dachte er an Jeanne, Robs ehemalige Freundin, verwarf die Idee aber wieder; bei ihrem letzten Treffen hatte sie davon gesprochen, ihn gerne zur Zeit ihres Eisprungs wiederzusehen, weil das ja *produktiv* sei; auch das hatte seinerzeit einen Schweißausbruch verursacht. Wenn da im Anschluss nicht dieses Mitleid gewesen wäre und das Gefühl, sich wie ein Elefant im Porzellanladen der Emotionen zu benehmen.

Die anfängliche Lust auf das Telefonieren nahm jetzt rapide ab, mehr noch, er fragte sich, weshalb er diesen Schwachsinn überhaupt betrieb, verbarg sich hinter all diesen Namen doch ohnehin nur das immergleiche Schema, *Mensch sucht Mensch*, dazu bedurfte es Energie und Aufwand, also eine blödsinnige Wadenbeißerei in allen Medien, versehen mit den üblichen *nice talks* über die Kims, Acuns und andere Dinge, die ihn interessierten wie einen Sack Stroh, verbunden mit der Erkenntnis, dass man sich den ganzen Aufwand auch hätte sparen können. Mit einem bitteren bis schlechten Gefühl in der Magengegend bediente er das Suchfeld des Browsers:

*Eine **Lüge** ist eine Aussage, von der der Sender (Lügner) weiß oder vermutet, dass sie unwahr ist, und die mit der Absicht geäußert wird, dass der oder die Empfänger sie trotzdem glauben soll. Eine solche Kommunikation, auch einer nur subjektiven Unwahrheit, hat das Ziel, im Gegenüber einen falschen Eindruck hervorzurufen oder aufrechtzuerhalten.*

Das schlechte Gefühl wurde noch schlechter; eine weitere Eingabe mit der Hoffnung auf etwas Trost:

*Der **Wahrheit** werden verschiedene Bedeutungen zugeschrieben, wie Übereinstimmung mit der Wirklichkeit, einer Tatsache oder einem Sachverhalt, aber auch einer Absicht oder einem bestimmten Sinn bzw. einer normativ als richtig ausgezeichneten Auffassung oder den eigenen Erkenntnissen, Erfahrungen und Überzeugungen. Wahrheit bezeichnet generell eine Übereinstimmungs- bzw. Angleichungsbeziehung zwischen dem Wissen eines erkennenden Subjekts und einem Seienden, auf das sich dieses Wissen bezieht.*

Das war kein Trost, im Gegenteil. Er legte das Telefon weg – weit weg, wie er anfangs dachte.

*

Der Vertriebschef hatte sie bereits am vorherigen Tag vorgestellt, Kirsten Degen, Thomas Deger.
Thomas lächelte sie ausgiebig an, die Ähnlichkeit der Namen, das sei schon amüsant, wenn man eines Tages heiraten würde, hätte man ja kaum etwas zu verändern, scherzte er, was Kirsten ebenfalls mit einem hellen Blick quittierte; und überhaupt, man habe sich doch schon mal gesehen, ihr Gesicht käme ihm so bekannt vor. Aber auch nach einigem Rätseln kam er nicht darauf, anyway, jetzt ginge es ja auch um etwas, leider, bei weitem Profaneres, die Prospekte eben.
Heute saßen sie wieder beisammen und gingen noch einmal die Daten durch, Thomas wirkte sehr konzentriert, Kirsten mochte so etwas. Wenn sie etwas nicht ausstehen konnte, waren es fahrige Männer, die sofort nach ihren Beinen schielten, denen man dann immer alles dreimal erklären musste, weil sie gerade dabei waren, sie vor ihrem inneren Auge sorgsam auszuziehen. Deger aber tat das nicht, nur ab und zu ließ er einen Blick durch den Raum schweifen, so, als stelle er sich den fertigen Prospekt bereits in seiner ganzen Schönheit vor und stehe gerade persönlich in der Druckerei und würde Blatt für Blatt sorgsam von Hand heften. Das Volumen wurde besprochen, eine enorme Auflage, ebenso die Lieferbedingungen und der finanzielle Rahmen, das klang in diesem Metier einfach besser als Bezahlung. Da sei man ja ein ganzes Stück weitergekom-

men, nicht zuletzt auch dank ihrer klar formulierten Anforderungen, sehr professionell sei das, sagte er und stand auf. Nicht mit jedem Kunden könne man so klar reden, viele wären sich ja nicht annähernd über ihr Wollen im Klaren. Sie nickte freundlich, sie hätte diese Dinge schon im Griff; – das würde er in keiner Sekunde bezweifeln, erwiderte er, so jemanden wie sie könnte er auch gebrauchen, gute Leute seien eben rar. Ob sie denn schon lange hier arbeite? Das Gespräch schwappte ein wenig hin und her, und sie empfand ihn als recht sympathisch, er vermied blöde Sprüche, wenn er auch nicht gerade über einen wirklich geistreichen Witz verfügte. Irgendwann geriet er ins Schwärmen über das Reisen, allein schon aus beruflichen Gründen müsse er das oft machen, aber leider nicht in die Länder, die ihn wirklich interessieren würden, zum Beispiel Syrien, Jordanien, Irak, er hätte wirklich ein Faible für die vorderasiatische Kultur, das läge wohl an diesen Märchen-Comics, so wie *Sindbad*, die er als kleiner Junge immer gelesen habe, das hätte ihn wirklich geprägt. Irgendwie würden diese Geschichten ja immer damit anfangen, dass die Helden auf einer verlassenen Insel stranden würden, die sich dann als mordsgefährlich erweisen würde, all das würde er eben mit diesen Ländern in Verbindung bringen, noch von damals, aber klar, die Wirklichkeit sähe da wohl anders aus. Kirsten sagte, dass sie es wirklich ungewöhnlich finden würde, dass jemand aus dem Prepress-Bereich so ein Interesse an Geschichten und Fantasien hätte, in der Regel sei man dort doch eher nüchtern aufgestellt. Das wäre auch so, bestätigte Thomas, sicher, aber er sei nun mal etwas anders. Sicher auch der Grund dafür, dass er Kunst sammle, man könne das durchaus als eine Reminiszenz an diese Märchen begreifen, man trüge diese Fantasien bestimmt in sich, hätte früher aber die Zeit verpasst, es zu einem Beruf zu machen, aus welchem Grund auch immer; und dann würde man eben alles vergessen, verdrängen, sich nur noch dem Geldverdienen hingeben. Das sei schon irgendwie traurig, wenn man sich das mit Geld kaufen würde, was man vielleicht selbst viel lieber getan hätte, aber das wäre bei vielen Sammlern so. Bevor sie antworten konnte, klingelte ihr Handy, und sie sah Bastiens Namen auf dem Display, etwas unentschlossen ließ sie es einige Male klingeln und sprach nur knapp hinein *ich melde mich gleich*, um mit einem Lächeln zu Thomas wieder die Taste zu drücken. Nur ein Freund, das könne warten. Sie reise im Übrigen auch sehr gerne, einmal hätte sie das Northern Territory durchquert, mit einem Jeep, ein anderes Mal, das hätte ihm bestimmt auch gefallen, wäre sie die Paris-Dakar-Strecke gefahren, fast nur Wüste. Er sah sie beeindruckt an, toll, solch selbstbewusste Frauen fände er ja bemerkenswert, wirklich. Im Übrigen sei sie auch schon mal in Syrien und Jordanien gewesen, fuhr sie fort, ganz interessant, da solle er auf jeden Fall einmal hin, aber das Allerbeste sei bestimmt der Jemen, da wäre die Vergangenheit auch heute noch lebendig. Thomas' Augen leuchteten, am liebsten würde er sich gleich jetzt in den Flieger setzen; – dann würde sie ihm viel Spaß wünschen, sie armes Wesen müsse hier leider am Schreibtisch sitzen und die Berge anderer Natur abarbeiten; woraufhin beide bedauerten, dass man doch mit dem Fluch der Geburt leben müsse, arbeiten, immer nur arbeiten, sonst nichts, keine Abenteuer in Wüsten oder auf gefährlichen Inseln, man sei schon arm dran. So wie jetzt, da ginge es eher darum, diese Prospekte auf die Reise zu bringen, deshalb müsse er auch los. Aber es sei wirklich anregend gewesen, mit ihr einmal über andere Dinge zu reden, er würde sich freuen, wenn sie das bald mal wiederholen könnten, vielleicht bei einem Essen im *Victorian's*? Sie versprach, darüber nachzudenken, und brachte ihn zur Tür, er winkte ihr später noch vom Parkplatz aus zu und setzte sich in seinen Wagen, einen nagelneuen Hummer. Für ein solches Auto brauchte man eben nur noch die passende Wüste.

Während sie wieder in ihr Büro ging, ärgerte sie sich ein wenig über den Satz zu den *abzuarbeitenden Bergen*, zwei Sekunden später hätte sie wohl eine Einladung gehabt; aber gut, wahrscheinlich war auch dieser Thomas ein verheirateter Thomas mit zwei Kindern und einem abzubezahlenden Reihenhaus, warum sollte es jetzt anders sein? Sie beeilte sich, Bastien anzurufen, die Leitung war besetzt. Nach ein paar Minuten versuchte sie es wieder, diesmal meldete er sich: »Das war aber *richtig abgewürgt* eben. Und überhaupt, was war denn letztens? Du bist nicht gekommen.«

Sie merkte, dass sie sich noch keine Ausrede hatte einfallen lassen, von daher blieb ihr jetzt nur die Wahrheit. Sie wäre schon auf dem Weg zu ihm gewesen, hätte dann aber so einen sentimentalen Anfall bekommen. Ihr Blick fiel auf die aufgeschlagene *Morgenpost* vor ihr, die Besprechung eines Theaterstückes, eines Ravenhill. Ihr Vorschlag, das Stück anzusehen, verfehlte seine Wirkung nicht, er sagte, dass er diese Seite an ihr ja noch gar nicht wahrgenommen hätte, seit wann sie sich denn für das Theater interessieren würde? Er müsse manchmal eben genauer hinschauen, entgegnete sie etwas spitz, und nicht nur an die eigenen Umdrehungen denken – was denn jetzt mit dem Stück sei? Das würde gut passen, übermorgen, sagte Bastien, sie könnten im Anschluss noch auf eine Vernissage gehen, irgendetwas mit Gelee. Sie verabredeten sich im Foyer der Schaubühne, alles weitere wie Thailand, Trennung etc. könne man ja dann berichten, ob noch etwas wäre? – Natürlich würde sie sich auf ihn freuen, sicher.

Sie legte auf. Er klang so sonderbar gefühlsbetont, das war ungewöhnlich; vielleicht machte ihm die Trennung von seiner Frau mehr zu schaffen, als er zugeben wollte, vielleicht aber sah er sie nun auch in einem anderen Licht. Eigentlich hätte sie jetzt vor Glück geschrien, aber etwas anderes rührte sich ebenso in ihr – Gedanken an diesen Thomas Deger. Es war das erste Mal seit der Zeit mit Bastien, dass sie jemand wirklich bewegt hatte.

Was für ein Vormittag.

*

Thomas fuhr den Wagen sehr vorsichtig vom Parkplatz, einerseits weil er ihn erst seit einem Tag besaß, andererseits weil er, gelinde gesagt, verwirrt war – wer war diese Kirsten Degen? Er konnte später Bloch, den

Vertriebschef, unter einem Vorwand anrufen und ein paar Fragen zu ihr einbauen, man müsse ja wissen, mit wem man denn zusammenarbeite, so ungefähr. Das war riskant, diese US-Firmen hatten Empfindlichkeiten, was das anbelangte. Ihm hatte ihre Art gefallen, wie sie von ihrer Tour mit dem Jeep erzählt hatte; er konnte sie sich gut vorstellen, wie sie mutterseelenallein, braungebrannt und in zerrissenen Jeans am Steuer saß und durch die australische Wüste fuhr – was für eine Frau. Mit der konnte man bestimmt so ziemlich alles machen, eine Weltumseglung, ein Survival im Busch, einfach aussteigen, einfach weg von dem ganzen Business-Trott, der ihm besonders jetzt zur Weihnachtszeit auf die Nerven ging. Er konnte nicht sagen, weshalb er ihr diese Dinge mit den Märchen und der Kunst erzählt hatte, er hatte ihr einfach auf Anhieb vertraut. Das war etwas Besonderes und musste erst einmal verdaut werden. *Bei einer Heirat müsse man den Namen ja kaum verändern?* – Unglaublich.

Das Autotelefon zeigte einen Anruf an, er sah Mels Namen und drückte schnell auf die Tastatur. »Liebe, ist alles gut?«

»Klar«, sagte sie. »Bist du noch draußen?«

»Eben gerade. Super gelaufen, ein Riesending. Passend zu Weihnachten. Was machst du?«

»Nicht viel. Gleich kommen die Kinder, noch etwas kochen. Dann die Hausaufgaben, du weißt schon. Wann kommst du?«

»So um sieben, denke ich, ich muss jetzt noch in die Firma und diese Sache hier auf den Weg bringen, das dauert etwas, dann bin ich da.«

»Ich freue mich auf dich. Das mit dem Wochenende steht?«
»Was meinst du?«
Er hörte sie laut einatmen: »Wer von uns macht denn hier die Pläne? Wir wollten raus, mit den Kindern, weißt du das nicht mehr?«
»Doch. Klar. An was denkst du?«
»Ich überleg's mir. Aber raus aus der Stadt. Das können wir ja nachher besprechen.«
»Ich bin um sieben da.«
»Thomas?«
»Ja?«
»Ist alles OK bei dir?«
»Sicher, warum?«
»Ich weiß nicht, du klingst so kurz angebunden, ja, kurz.«
»Es ist alles OK, wirklich, ich bin nur gerade seit zwei Minuten fertig und habe jetzt einen Haufen Arbeit vor mir, das ist alles. Und diese Kiste hier fährt sich irgendwie anders, ich weiß nicht.«
»Wirklich?«
»Ja. Hör mal – ich liebe ich. Und freue mich riesig auf nachher.«
»Ich mich auch. Thomas?«
»Ja?«
»Ich liebe dich.«
»Ich dich auch. Bis nachher.«
Er drückte wieder auf die Tastatur. Mel war ein wunderbarer Mensch. Sie war anders als diese Leichtgewichte, mit denen er sich so lange abgegeben hatte. In all diesen Jahren, in denen er sie immer begehrt hatte, aus

weiter Entfernung, als die Frau eines Freundes. Wahrscheinlich hatte sie ihn auch immer nur als das wahrgenommen, als einen Freund. Das war jetzt anders, eine Nische hatte sich aufgetan, mit der er niemals gerechnet hatte, auf die er niemals hätte hoffen können; das war ein Wendepunkt in seinem Leben, ein Glück, das er kaum fassen konnte. Auch seine Bedenken, ob sie denn wirklich über Bastien hinweg sei, hatte sie in ihren Antworten schmelzen lassen wie Butter in der Sonne; sie hätte sich entschieden, dieser Mann habe ihr Vertrauen missbraucht, das wäre vorbei, ein für alle Mal, es gebe jetzt nur noch ihn, Thomas. Und die Kinder natürlich. Sie wären jetzt eine Familie mit allem Drum und Dran, so, wie es mit Bastien niemals möglich gewesen wäre.
Im Grunde war er kein Familienmensch. Eine Firma zu leiten, zu delegieren, Verträge auszuhandeln, das war eine Sache, der Umgang mit Kindern eine andere, ein bis dato unbekanntes Territorium der kleinen Verletzungen hier und da. Aber die Liebe zu ihr war ohne eine Liebe zu den Kindern faktisch nicht vorstellbar, die drei waren eine in sich geschlossene Einheit, so verstand es Mel, und so verstand sie auch den Mann an ihrer Seite. So weit, so gut, aber wollte er das wirklich? Musste er sich doch eingestehen, dass die anfängliche Aufregung für Mel bereits anfing, sich zu legen, jetzt, wo sie offensichtlich begann, ihn als ihren Lebensgefährten oder sogar Mann zu definieren, kurz: Er hatte bekommen, was er immer wollte, seine Fahne wehte deutlich sichtbar über der eingenommenen Festung und über Bastiens vollkommener Niederlage.

Eine Ampel.
Er stoppte. Sicher, einige Male hatte er dessen endlose Fachsimpeleien kaum noch ertragen können, ebenso das manchmal ostentative Anbiedern, wenn es darum ging, einmal wieder eines dieser kitschbunten Bilder zu kaufen, aber dennoch verband sie immer eine Freundschaft, im Grunde auch eine ehrliche, wenn man die Maßstäbe Authentizität und Sympathie anlegte. Weniger gefallen hatten ihm zwei Dinge, die Bastien im Gegensatz zu ihm immer besaß, das eine war Mel, das andere – Freiheit; die Freiheit, als Künstler jederzeit alles tun und lassen zu können, was man wollte, gab es doch nicht eine Firma, die einen in jeder Minute in Anspruch nahm und an den Dingen hinderte, die man am liebsten tun würde, denken, träumen, reisen, eine Affäre nach der anderen zu haben. Vielleicht war es das, Bastien war jemand, der sein Glück nicht zu schätzen wusste.
Er setzte den Blinker und fuhr auf den Autobahnzubringer, gab dann Gas, die Tachonadel stieg steil an. Er stellte sich kurz vor, dass das hier jetzt nicht der Berliner Ring wäre, sondern eine australische Buschlandschaft, karg, heiß und verlassen. Der Staub würde aufwirbeln und sich im blauen Himmel verlieren, dann ein Schalten in den nächsten Gang, neuer Staub, eine Fontäne aus Erde und Sand hinter ihnen. *Sie* säße neben ihm, in diesen zerrissenen Jeans, würde seinen Arm umgreifen, ihn aufmuntern, noch etwas schneller zu fahren, mitten durch das ausgetrocknete Flussbett hindurch, dann geradeaus mit Vollgas, immer schneller. In diesen wenigen Minuten heute hatte diese Kirs-

ten ihm gezeigt, wer er eigentlich sein wollte. Es war wohl gesünder, diese Art von Gedanken zu ignorieren.

*

Die Tür zum Kinderzimmer ist nur angelehnt. Ich schalte die kleine Stehlampe zur Rechten an, sie besteht aus einem orangefarbenen Plastik-Teddybären, noch aus den 80ern, ich lächle über ihn, wie klein ich doch war. Ein Blick in das Zimmer sagt mir, dass es nicht gut ist, hier zu sein, ich sollte nicht herkommen – warum bin ich hier? Noch ein Stückchen weniger Familie, noch mehr namenlose Erinnerungen. Es ist an der Zeit, das alles wegzuschneiden, aus der Erinnerung zu schneiden, dafür habe ich ein Extra-Messer. Ich schneide Erinnerung, ich schneide kleine E-Stücke, eins nach dem anderen, lege sie aneinander, brav, wie ich bin, geht doch alles weiter: das Fensterkreuz dort, das Bild mit Papa, ganz nackt, die kaputte Lampe in der Diele, ich sehe es und nehme wahr, schließe die Augen und nehme sie wieder wahr: das Fensterkreuz dort, das Bild mit Papa, ganz nackt, die kaputte Lampe in der Diele, auch wenn ich sie jetzt vergessen will, sie bleiben da: das Fensterkreuz dort, und ich mit Papa, ganz nackt, mein Kopf in seinen Hüften, die großen Hände in meinem Haar, die kaputte Lampe in der Diele. Es ist nicht zu vergessen, sie bleiben, kleine E-Stücke, brav aneinander, ein Stück der armen Frau, ein Stück der armen Frau, Stücke der armen Frau, ein langer Spalt im Spiegel, wieder öffne ich die Augen, ich kann nichts vergessen, auch das nicht, was nicht mehr ist.
Er kommt jeden Abend in dieses Zimmer. Steht dann lang am Fenster und betrachtet den Mond. Vielleicht hält er auch Zwiesprache mit einer Spinne; die beißt ihn und bohrt eins ihrer Beine in seine Brust, was ihm denn einfallen würde, natürlich

mache man das nicht, das wäre ja was, wie könne man nur, so etwas Dummes, die eigene Tochter ficken, na hören Se mal, was ist denn das? Sie ist doch noch viel zu jung, das arme Ding, so in zwei, drei Jahren sähe das doch ganz anders aus –

Sie stoppte und blickte lange auf ihre schmalen Finger auf der Tastatur, sie hatte eigenartig dünne Finger, wie sie dachte, wie von einem Insekt, einem Schneider oder einer anderen Spinne. Wahrscheinlich vererbt, von ihrer Oma, denn ihre Oma war ja so ein dünnes Insekt. Sie konnte sich noch erinnern, wie sie durch das Haus stolzierte, wie ihr Vater ihr hinterherrannte und ihr jeden Wunsch von den Lippen ablas, sie erinnerte sich an seine Angst, an die Schweißperlen auf seiner Stirn, genau, ihre Oma war ein Insekt. Ist es ehrenwert, von einem Insekt abzustammen? Oder doch besser von einem Reptil? Eine gute Frage, sie könnte sie an *Bruder* senden, dem würde dazu bestimmt etwas einfallen.

Ich steige den Berg an, unter meinen Füßen bricht loses Geröll in die Tiefe; ich steige weiter, immer höher, die Luft wird dünn, gleich bin ich oben. Der Atem rasselt, ein paar Schritte noch, dann sehe ich das Meer, das Blau, die Ferne, unter mir der Abhang, steil und tief, nur ein Schritt, zwei vielleicht, drei, ich stehe. Der Felsen wölbt sich rund, einige Möwen sitzen da und starren mich an, sie suchen nach meinen Flügeln, ich habe keine – nein, das steht fest, ich habe keine. Der Felsen kommt näher, ich gehe in die Knie, ziehe mich heran, an sein Ende, stehe dann aufrecht, vor mir nur das dumme Blau. Ein leichtes Bewegen der Muskeln, ein Ziehen an den Sehnen, nur ein kurzes Wollen, dann wäre ich jetzt dort, im endlosen Blau. Nur ein leichtes Bewegen. Nur noch das.

Sie blickte kurz aus dem Fenster. Draußen lag Schnee, das war ihr noch gar nicht aufgefallen, schön. Und uninteressant.
Ich springe.

*

Kirsten, die wie immer sehr pünktlich war, sah Bastien gehetzt über die Straße kommen. Irgendwie schien er dünner geworden zu sein, das mochte im scharfen Licht der Straßenlaternen aber auch nur so aussehen. Gut. Es stand ihm. Jetzt öffnete er die Tür zum Foyer und blickte sich suchend um, auch das stand ihm, es hätte der Werbung für ein Parfum entsprungen sein können – *unrasierter, gutaussehender Mann stolpert in der Pariser Oper zufällig über eine dahergehende Dame im Abendkleid und sieht ihrem Duft nach; sie blickt sich lächelnd um und lässt ein Tuch fallen, nachher fallen beide übereinander her*, so etwas in der Art.
Sie beobachtete ihn.
Während Bastien die Tür zum Foyer öffnete, ließ er seinen Blick suchend über die Umherstehenden gleiten, es war schon einige Zeit her, dass er Kirsten getroffen hatte. Schließlich nahm er sie aus den Augenwinkeln seitlich an der Kasse wahr, tat aber so, als suche er weiter, er musste sich erst an ihren vertrauten Anblick gewöhnen; wie immer war sie gut gekleidet, eben modern aus seiner Sicht, auch hatte sie eine neue Frisur, das braune Haar lag jetzt als Pony in ihrer Stirn, das machte sie jünger. Er fragte sich, wie sie ihn begrüßen würde, herzlich oder doch eher reserviert; er fasste sich und ging auf sie zu, sie umarmten sich.

»Hab schon die Karten. Es geht auch nur anderthalb Stunden«, sagte sie, als ob sie sich jetzt schon für das Stück entschuldigen müsste. Bastien zückte sein Portemonnaie, sie winkte ab, die IT-Branche würde ja boomen, sie könne ihn ja wie früher als Subunternehmer einladen, woraufhin er verlegen grinste, gut, sorry, und dann sei er auch noch zu spät. Wie zur Bestätigung winkte die Platzdame ihnen zu, es wurde Zeit. Schnell gingen sie hinein, glücklicherweise hatten sie Plätze am Rand, so dass sie sich verstohlen hinsetzen konnten. Die Schauspieler standen schon auf der Bühne.

Nachdem das allgemeine Räuspern sich gelegt hatte, begannen sie; es ging um eine Szene aus den Vorbesprechungen zu einem Film. Ein Regisseur ging unruhig umher und erklärte einer Schauspielerin den beabsichtigten Film, ebenso ihre Rolle und die anderen Charaktere. Offensichtlich sollte es eine Liebesgeschichte vor dem Rahmen des internationalen Terrorismus werden, Bastien befürchtete das Schlimmste. Die Schauspielerin schwieg die ganze Zeit über, während der Regisseur ihr enthusiastisch ihre Rolle erklärte, ihre Liebesbeziehung zu einem Terroristen und ihren Konflikt zwischen Moral und Begierde; er überschlug sich förmlich in den Ausführungen der einzelnen Handlungen, wirbelte mit Händen und Armen, sprang über ein Bett, um in einer Flugrolle auf dem Boden zu landen, es fehlte auch nicht am theatertypischen Geschrei. Bastien rutschte etwas nervös auf seinem Platz hin und her, natürlich verstand sich das Stück als Ironie, das war bereits nach zehn Minuten klar, aber an dieser Erkenntnis änderte sich auch nach weiteren zehn Minuten nichts, und seine Langeweile steigerte sich. Ein Blick zu Kirsten zeigte ihm, dass es ihr anders erging, gebannt verfolgte sie das Geschehen, was er zunehmend lächerlich fand. Nachdem er nun das Atelier seit über einer Woche so gut wie gar nicht verlassen hatte, hätte er sich diesen Ausflug in die Welt der Menschen anders vorgestellt – fahle Gesichter vor beschlagenen Scheiben in der Bahn, Winterjacken mit nassen Pelzaufsätzen, Wasserlachen auf dem Boden, es gab nichts, das ihn auch nur annähernd auf andere Gedanken hätte bringen können. Und diese Gedanken waren hartnäckig und kreisten notorisch um Mel.

Seine Blase sandte ungemütliche Signale aus, auch begann man auf der Bühne nun mehr als sinnlos von Osama bin Laden zu sprechen; er entschuldigte sich kurz bei Kirsten und ging geduckt zum Ausgang, öffnete leise die Tür und stand wieder im leeren Foyer. Die Toilette lag rechter Hand am Ende eines Ganges, er konnte sich kurz darauf erleichtern. An der Tür war ein Klospruch zu lesen:

Kennst du Toilettentennis?

Schau links Schau rechts Schau links Schau rechts

Es funktionierte, ihm wurde schnell schwindlig. Um dem Ganzen ein Ende zu bereiten, drückte er die Spülung, es rauschte lang, verebbte schließlich. Er setzte sich auf die Klobrille und rieb sich das Gesicht; wie anders wäre seine Laune jetzt, wenn Mel mit ihm dort zwischen den Zuschauern sitzen würde; dann wäre auch die Qualität des Stückes egal, der Schneematsch ebenso und die U-Bahn ein heiterer Ort, alles wäre gut, gäbe es nicht diesen dauerhaften Schmerz, der alles Erlebte sofort zu grauen Schatten mutieren ließ. Er war inzwischen so weit, dass er die Stadien des Schmerzes in einer Art inneren Excel-Liste verorten konnte:

1 – das erste Erkennen, dass die Welt nicht mehr in Ordnung ist.
2 – die trotzige Arroganz, dass alles gar nicht so schlimm werden wird.
3 – das erste Aufkeimen des Schmerzes (zumeist abends, allein) und die Ahnung, dass man mit Nr. 2 vollkommen falschlag.
4 – das zweite Erkennen, dass an dieser Welt rein gar nichts mehr in Ordnung ist.
5 – das Eskalieren des Schmerzes in Form einer anhaltenden Vibration.
6 – die spürbare Erkenntnis, dass selbst dieser Schmerz immer noch multiplizierbar und steigerbar ist.
7 – der erschöpfte Einklang mit der Summe aller Schmerzen.
8 – ein dumpfes Gewöhnen an diesen so erreichten Meister-Schmerz, der nun von Dauer ist.
9 – das postemotionale Einpendeln des Schmerzes in einen Zustand des vollkommenen seelischen Unglücks.

Völlig unnötig drückte er noch einmal die Spülung, hörte wieder das Rauschen unter sich und wurde dabei eigenartig ruhig. Wir wollen lieben, dachte er, und geliebt werden, wahrscheinlich nur eine Doktrin der Natur, die gnadenlos auf ihr Bestehen bedacht ist; Lie-

be als eine simple Vorstufe zur Paarung, ein Anreiz zur notwendigen Garantie des Fortbestands der Gattung; wer nicht liebte, wurde schlicht ausgeschieden, ganz einfach weggespült in die Kanalisation der unfähigen Herzen. Aber es ging um mehr, um die Überwindung der ungefüllten Zeit, so dass man den unsäglichen Zustand der Leere gar nicht erst erleben musste. Denn nur die Liebe verlieh einem Leben die nötige Fülle an Glück, Sicherheit und Zufriedenheit, darin unterschied sich eine solche Existenz von einem rein körperlichen Dasein.
Ein wenig Leere wäre ja gut, dachte er, sehr hilfreich in seiner Situation; aber noch war er nicht so weit, dass die Abwesenheit des Lebens zum Inhalt eines neuen werden könnte. Dann, wenn das Atelier eines Tages zu seinem Grab würde. Oder Orte wie dieser hier, Orte eines systematischen Entleerens.
Dieses Ding Liebe war wie ein Organ, man trug es schlafend mit sich herum, ab und an wachte es auf und kam zur Anwendung. *Hauptsache lieben* – wen, das konnte man getrost als zweitrangig begreifen. Liebte man jemanden, oder liebte man die Liebe, war also diese *Liebe* im Grunde nichts anderes als ein rein egozentrischer Zustand, der rein der eigenen Erhöhung diente? Oder nur ein zu billigender Zugriff auf das Wesen eines anderen Menschen, den man damit zur Verlängerung des eigenen Selbst machte?
Alles eine Frage der Macht. Zu lieben, das hieß nichts anderes, als einem anderen Menschen diese Macht über einen zu verleihen, ihn damit zum Meister des Schmerzes zu machen. Und das, obwohl diese Liebe

niemals sinnvoll ausfiel, sie kam dort vor, wo nichts passte, nichts sinnvoll war, nichts von langer Dauer war, *sie kam einfach nur vor*. So wie die dauerhafte freie Wahl den modernen Menschen ausmachte, ging es doch nicht darum, die Liebe zwischenmenschlich zu entwickeln, man fand sie inflationär vor und hatte immer die freie Wahl, etwas an einem Menschenstück bot sich in den Kontaktlisten der Handys immer an, es war nur die Frage, ob man es auch ernsthaft (und wie lange) haben wollte. Alles schien überall jederzeit möglich, ebenso reichhaltig fiel das Angebot aus, an Begegnungsstätten und Gelegenheiten mangelte es nicht, und moralische Hürden waren in der Vorzeit erfolgreich ausgemerzt worden; das Soziotop westliche Großstadt bot jede erdenkliche Kurzweil, alles hatte jederzeit vom Typ her passgenau zu sein, man arrangierte sich in Sachen Liebe nicht gerne oder gar nicht, war das *Ich* doch bereits schon vorher zu einer absolut innermedialen Heiligkeit avanciert, das man durch den jeweils anderen erfüllt und beklatscht sehen wollte. Wer eine solche Wahl hatte, für den gab es keine Qual, eher nur die Genugtuung seiner selbst. Was vermisste man, was galt es noch zu finden, wenn man doch alles besaß? – Wohlstand, Sicherheit an allen Ecken, fern aller Kriege dieser Welt, Freiheit, so viel man davon wollte, ein immer länger werdendes Leben in immer schöneren Körpern, gerne im neurotischen Zustand und als bekennendes Ego-Schwein. Wo also lag das Problem, wenn es überhaupt eines gab?
Schau nach rechts.
Vielleicht, eines Tages, in der Leere, die die Wählbar-

keit hinterlassen würde. Weil erst die Zeit einen wirklich lieben ließ. Und mit einem Menschen braucht man diese Zeit.
Schau nach links.
Vielleicht eine gute Idee für eine sich anbahnende Marktlücke, die *Soul Pharmacy*, in der es alles geben konnte, was der aufgeriebene Städter so brauchte; das Dragee zum Verlieben, die Lutschpastille zum Entlieben, ein Es-wird-besser-Pflaster, der klassische Glücks-Drops und, für schwere Fälle, die tragbare Happy-Infusion mit Tropf und Reservekanister; so ausgerüstet dürfte es keine natürlichen Feinde mehr geben.
Schau nach rechts.
Aber jetzt war er hier. Im Theater. Mit Kirsten. Er grinste in den Spiegel und tippte sich an die Zähne. *Du Tier.*
Links, rechts. Gut.
Die Garderobenfrau sah ihn verständnisvoll an, als er an ihr vorbeiging, was ihn zu einem weiteren Grinsen verleitete.
»Irgendwie künstlich, nicht?«, sagte sie mit einem Blick auf den Theaterraum, was Bastien bestätigte, klar, das Stück sei der reinste Terror; vorsichtig öffnete er dann wieder die Tür, trat ins Dunkel und setzte sich neben Kirsten. Sie blickte ihn fragend an, was er mit einem *Sorry* und einem Fingerzeig auf seinen Magen beantwortete. Sie fragte, ob sie dann nicht besser gehen sollten, was er mit einem Kopfschütteln verneinte; die letzte Szene schien ohnehin dem Ende nahe, der Protagonist des Regisseurs erklärte der schweigenden Darstellerin gerade, wie sie ihren Liebsten aus Guantanamo

raushauen solle, bewaffnet mit einer hochkalibrigen Uzi und im modischen Feldjäger-Look gekleidet; die Worte *Zack!* und *Bäng!* wiederholten sich im Staccato, der Schauspieler lief zu artistischer Hochform auf und bedeckte die Bühne mit Sprüngen und weiteren Flugrollen, nach einigen letzten Sätzen verdunkelte sich die Bühne. Der Applaus fiel etwas spärlich aus, der Weg war somit frei für den zweiten Teil des Abends. Kirsten bedauerte dann, dass er das meiste gar nicht gesehen hätte, im Mittelteil wäre es schon ganz gut gewesen, auch lustig, besonders, als bin Laden dazugekommen sei und den beiden die Erlaubnis zum gemeinsamen Selbstmord gegeben hätte, schon skurril-überzogen, eine echte Verarschung der Filmindustrie.
»Aber eine, die man auch so erwarten würde«, entgegnete Bastien. »Wenn ich jetzt ein absoluter Idiot wäre, und ein anderer Idiot würde mir sagen, dass ich eine Verarschung der idiotischen Filmindustrie schreiben sollte, dann würde ich genau das schreiben.«
Sie sah ihn etwas vorsichtig von der Seite an und schwieg, was Bastien an seinen heutigen Vorsatz erinnerte, einfach einmal Spaß zu haben und alles Negative beiseitezulassen; schnell fügte er hinzu, dass Ravenhill ja eigentlich ein guter Autor sei, zum Beispiel *Shoppen & Ficken* wäre ja richtig gut gewesen. Im Übrigen könnten sie auch mal öfter ins Theater gehen, mit ihr würde das Spaß machen, ganz sicher. Und überhaupt, er hätte sie schon vermisst in den letzten Monaten – wie lange wäre das schon her, ihr letztes Treffen? Er überlegte, und sie hütete sich davor, ihm die genaue Zeit zu nennen, und schob stattdessen eine Hand un-

ter seinen Mantel, kalt sei es, und er müsse jetzt erst einmal von seiner Trennung erzählen, woraufhin sie nach draußen gingen. Kirsten winkte einem Taxi, im Fond berichtete sie von ihren Überstunden, dem launischen Vorstand, dem andauernden Druck aus den USA, die würden sich da wohl so kleine europäische Robotermännchen vorstellen, die man nur ab und zu mal aufziehen müsse, zum Teil sei das richtig menschenverachtend, so etwas eben. Das Taxi bog dann in die Leipziger Straße ein, die Galerie befand sich in Mitte.

Nach einigen Minuten, in denen er ihr in knappen Worten noch einmal von seiner Trennung erzählt hatte, stoppten sie schließlich, und er legte seinen Arm um ihre Schultern, das sei wirklich schön mit ihr heute, jetzt also ran an den Speck. *Frazer* war eine von rund einem Dutzend Galerien, die sich in dem Gebäude befanden; die Vernissagen fanden simultan statt, so dass bereits im Innenhof ein reges Gedränge herrschte. Hornbrillen mit dicken Bügeln schienen in Mode zu sein; jemand trug einen Stahlhelm mit aufmontierter Taschenlampe, eine Gruppe Kunststudenten fiel durch ihre nackten Hinterteile auf; wie immer balgte man sich um die wertvolle Ressource Aufmerksamkeit.

Rob kam ihnen bereits im Treppenhaus entgegen, und Bastien fiel ein, dass dieser Kirsten noch gar nicht kannte, hatte er sie schließlich in den letzten Jahren in Ahrensfelde unter Verschluss gehalten und sie aus Rücksicht auf Mel nirgendwo mit hingenommen. Rob versuchte, Kirsten im Irgendwo-schon-mal-Gesehen zu orten, was nicht ganz gelang, auf jeden Fall sagte

dieser leicht bewundernde Blick: Wo hast du die denn schon wieder her? Auch Kirsten schien interessiert, war sie doch noch nie einem Freund Bastiens begegnet, das war absolutes Neuland.
Gemeinsam stiegen sie die Treppen hoch, stoppten dann in einer Galerie in der ersten Etage. Es bahnte sich eine Performance an, und man rief zu einer totalen *Ruhe bitte* auf. Etwas zäh ebbte das Geplapper ab, bis nur noch hier und da gehüstelt wurde, auch das legte sich, und man konnte nun in der gewünschten Stille auf das Szenario in der Mitte des Raumes schauen. In einer durchsichtigen Plexiglasröhre stand eine nackte Frau, eine Asiatin (die Künstlerin) in unbewegter Pose. Die Arme lagen eng am Körper an, die Beine standen kerzengerade, der Kopf war gesenkt, ihre Haltung mutete indisch oder auch biblisch an; ihr Körper schien in der Erwartung von etwas Großem zu verharren, das zwangläufig und mit einem Paukenschlag eintreten musste, es fragte sich nur, wann.
Ein leises Knacken, alle horchten auf, der erwartete Moment, dass etwas passieren würde, schien sich zu nähern, dann herrschte jedoch wieder Stille. Weitere Minuten vergingen. Man schaute an die Decke, rieb sich die Hände, blickte sich mit zunehmender Nervosität um, gab es in den anderen Galerien doch noch einiges zu sehen und war man nicht zuletzt hier, um reichlich gesehen zu werden. Schließlich schien die Künstlerin Erbarmen zu haben, ein weiteres Knacken ertönte, noch eins, dann ein sehr lautes; der Deckel der Röhre öffnete sich wie von Zauberhand, und Hunderte, wohl eher an die tausend weiße Mäuse fielen kopf-

unter in die Röhre und belagerten den Körper der Frau. Nun erklärte sich auch der Sinn der Matratze, auf der sie stand, immerhin betrug die Fallhöhe für die armen Tiere an die vier Meter. Blitzschnell krochen sie nun am Innern der Röhre auf und ab und sorgten für einiges Geschrei. Immer noch fielen Mäuse von der Decke, die Künstlerin war jetzt kaum mehr zwischen ihnen zu erkennen, sie schien aber weiterhin still und starr dort zu stehen, obwohl die Tiere jeden Zentimeter ihres Körpers bedeckten und flink über sie hinwegkrabbelten; die Röhre war bis zu einer Höhe von einem Meter völlig mit ihnen angefüllt. Von oben wurde ein Spot gesetzt, der das Szenario in ein tiefes Blau, dann wieder in ein helles Orange tauchte; nach einem lauten japanischen Gongschlag erfolgte das Schwarzlicht, das aus den weißen Mäusen nun eine Art visuelle Mini-Aliens machte, was zahlreiche Besucher aus der Galerie trieb, auch Bastien, Rob und Kirsten schlossen sich an. Im Stimmengewirr hielt ein Paar fest, dass diese Interpretation des Fukushima-Traumas ja mehr als eigenwillig sei, sie habe damit wohl auf die Seelen der toten Erdbebenopfer angespielt, aber es sei ja schon überzogen, wenn dafür dann Mäuse sterben würden, man hätte genau sehen können, dass viele der zuerst gefallenen Tiere von den anderen zerquetscht worden seien, das sei schon irgendwie fies. Bastiens Mitleid mit den Mäusen hielt sich in Grenzen, und er fragte Rob, wann denn nun diese Gelee-Sache steigen würde. Am Eingang der nächsten Galerie trafen sie Jess, einen von Robs Kommilitonen aus seiner *UdK*-Zeit, der ziemlich aufgelöst wirkte; heute sei ja mal wieder richtig etwas

los, solche Performance-Tage wären einfach wieder in und absolut geil, überhaupt sei das viel näher am Menschen als diese komische Konzeptkunst, er denke jetzt daran, auch in dieser Richtung zu arbeiten. In dem schwarzen Kubus, der vor ihnen im Raum stand, würde ein Künstler sitzen, und das schon seit drei Tagen, er hätte das von ihm selbst gehört, aber unter absoluter Geheimhaltung. Kirsten fragte, weshalb das geheim sei, Jess gab zur Antwort, dass das eben die Performance ausmache; die Besucher sähen nur diesen schwarzen Kubus, aber keiner wüsste, dass jemand drin sei, nur der Galerist und er. Wenn man es sagen würde, wäre ja das ganze Geheimnis um den Kubus verloren. Sie schien sich damit nicht zufriedengeben zu wollen, es sei doch vollkommen schwachsinnig, wenn jemand als lebendes Kunstwerk in diesem Ding da säße, und keiner wüsste es, denn eben dieses Wissen würde das Verstehen doch überhaupt erst voraussetzen. Im Gegenteil, sagte Jess, es ginge ja darum, dass das Wissen um eine Sache bewusst ausgeschaltet werden solle, erst so könne man feststellen, ob möglicherweise transzendentale Kräfte zwischen dem versteckten Künstler und dem ahnungslosen Besucher freigesetzt werden würden, zum Beispiel wäre es doch sehr interessant, ob man diesen Kubus anders wahrnehmen würde, wenn man dieses Wissen über seinen vermeintlichen Inhalt hätte.
»Vermeintlich?«, fragte Kirsten. »Ich dachte, der ist da drin?«
Jess lächelte, genau, da könne sie sehen, dass die Wahrnehmung eben nicht so einfach funktionieren würde,

zumindest theoretisch hätte sie ihm ja gar nicht glauben müssen; es wäre doch viel sinniger, sich einfach auf die eigenen Ahnungen und Gefühle zu verlassen als auf die Aussagen anderer. So gesehen könne man die Aktion auch durchaus politisch verstehen, als eine bittere Ironie an die Leichtgläubigkeit der Menschen, allesamt Schafe auf den Weiden eines Stalin, eines Hitler, eines Saddam und sonst wem. Das Verhängnis läge doch immer zuerst in einem selbst, das sei hier die Lehre. Kirsten sah misstrauisch auf den Kubus und dann zu Jess, von transzendental könne bei diesem Krach um sie herum nicht wirklich die Rede sein, und dieses Ding sähe auch nach nichts aus, ob jetzt einer drinsäße oder auch nicht. Aber wie lange hätte er das noch vor? Eben so lange, bis jemand mit ihm kommunizieren würde, natürlich nonverbal, dann sei die Aktion erfolgreich abgeschlossen, das könne aber noch Tage dauern.

»Und die vergessen ihn darin auch nicht?«, fragte Kirsten. »Ich meine, wenn der Galerist gegen einen Baum fährt oder so etwas. Kann er denn alleine raus?«

Natürlich könne er das nicht, der Kubus sei ja fest auf dem Boden verschraubt, sagte Jess, aber ein bisschen gefährlich wäre das schon, richtig, zumal der Galerist wirklich borderline sei, der hätte sich einmal vollkommen nackt in so einen Streuselkuchen in einer Bäckerei geschmissen und onaniert, nur so, und wäre manchmal schon auf Crystal, nein, eigentlich immer. Einmal hätte er auch nur einen leeren Raum ausgestellt und dann um acht abrupt das Licht ausgemacht, alle hätten vollkommen im Dunkeln gestanden, wären dann später übereinander gefallen und sich fast totgetrampelt, das habe richtig Ärger gegeben, aber so mache man sich eben einen Namen in der Szene.

Bevor Kirsten den Gedanken an die Rettung des Künstlers, der in ihren Augen vollkommen abgehärmt und in barer Verzweiflung dort ausharrte, vertiefen konnte, gingen sie weiter. Auch Jess kam mit, Kirstens skeptische Antworten schienen ihn zu beeindrucken. Die Ausstellungen in den anderen Räumen dieser Ebene fielen nicht weiter spektakulär aus, kleine Eisenstangen, die auf ihrem Angelpunkt wie schwerelos umhertanzten, großformatige Comic-Zeichnungen mit hektischen, wirren Strichknäuel, die Bastien recht gut gefielen, hier und da bemalte Scherbenhaufen, auch mehrfach präparierte Tiere, die sich aus Rehen, Widdern und Füchsen zusammensetzten, bei einem war sogar ein Teil eines Tigers zu sehen, was Kirsten einfach nur abstoßend fand; Bastien stimmte ihr mit einem Blick auf die Namen der Künstler zu, teilweise kannte er sie, und er mochte keinen von ihnen, waren sie doch erfolgreicher als er.

Sie stiegen die zweite Treppe hoch, es hatte sich bereits eine große Anzahl an Schaulustigen vor der Galerie versammelt, die jetzt aus rundum geschlossenen Glasscheiben bestand. Das Innere war randvoll mit einer roten Substanz gefüllt, die Marmelade sein mochte, Bastien konnte hier und da ein Blubbern und feine Bläschen erkennen. Es mussten Tonnen an Marmelade sein, die in diese Räume gefüllt oder besser gepumpt worden waren; seitlich war ein Schlauch zu sehen, aus dem unaufhörlich Ströme an Marmelade flossen. –

Magma, sagte Jess, Lava, die eines Tages austreten würde, wenn die bekloppten Menschen mit dem Klima so weitermachen würden, irgendwann sähe dann alles nur noch so aus wie hier, verbrannt, alles Leben vernichtet, die nackte Hölle eben.
Bastien dachte, dass ihm dieser Jess mit seinem Geschwafel langsam auf die Nerven ging, als ihm jemand auf die Schulter tippte; Bernd, der sich nach dem Ausgang des Treffens in Hinsicht auf Thomas-Verprügeln erkundigte (was verriet, dass er in sicherer Entfernung seine Mailbox abgehört hatte). Mit einem Blick auf Kirsten zog Bastien ihn schnell zur Seite, ja, das wäre ganz konstruktiv gewesen, aber er solle jetzt besser nicht davon sprechen, sonst wüssten es ja gleich alle, und das Überraschungsmoment wäre weg, was Bernd natürlich verstand. Fragend schaute er auf die Marmelade, das sei ja eine schräge Sache, also irgendwie würde er dem nicht trauen. Dieses Zeugs, diese Marmelade, hätte in einer solchen Masse ein großes Verdrängungsvolumen, und diese dünnen Glasscheiben würden dem nie und nimmer standhalten. Bevor Bastien den anderen erklären konnte, dass Bernd eine Junior-Professur für Physik an der Technischen Uni innehatte, fuhr dieser fort, dass wahrscheinlich auch der Boden, nur gemauert, kein Stahlbeton, irgendwann unter der Marmeladenlast zusammenbrechen würde, das sei nur eine Frage von Stunden, wenn überhaupt. Diese Leute hätten wohl kaum bedacht, dass das Zeug bei der Wärme in den Räumen ja auch gäre, sein Volumen also beständig erhöhen würde. Rob und Jess warfen ein, dass die Galerie das ja wohl sicher mit eingeplant hätte, was

zu einer ausgiebigen Diskussion mit Bernd führte. Kirsten zog es indes vor, sich in sicherer Entfernung abzusetzen, Bastien folgte ihr und besorgte von einem nahe gelegenen Stand zwei Gläser Wein. Sicher, es sei viel passiert, Mel gehöre jetzt eben der Vergangenheit an, wahrscheinlich hätte sie nur nach haarspalterischen Gründen gesucht, um ihre neue Affäre dingfest zu machen, da hätte sich seine Reise eben angeboten. Kirsten bemerkte, dass er ihr das mit dieser Affäre ja noch gar nicht erzählt habe, was Bastien dann genauestens nachholte; seine Abwesenheit in Thailand, das wäre eben eine Einladung zum Zugriff gewesen, für einen Freund, der in Wirklichkeit eben keiner war, wie man jetzt sehen könne. Kirsten stimmte zu, klar, das wäre echt mies von diesem, wie wäre noch mal sein –

»Thomas. Ist aber auch egal, den Typen kriege ich noch«, sagte Bastien.

»Und was macht der beruflich?«, fragte sie.

»Bald gar nichts mehr«, lautete Bastiens Antwort, er würde da eben als Mann denken, ein Verrat könne nicht einfach so hingenommen werden, was sie mit einem *Spinner* quittierte; man sei hier nicht im Film, er könne doch darüberstehen, woraufhin er schwieg. Sie legte ihm wieder, sehr leicht, die Hand an die Brust, sie könne schon verstehen, dass das eine schlimme Situation sei, die Frau mit dem Freund, das sei schon unterirdisch, damit könne es niemandem gutgehen. Sie habe sich einmal in solch einer Situation eine Liste geschrieben, mit Punkten, Verhaltensregeln, es wären so fünf, sechs gewesen, das würde wirklich helfen. In diesem Moment mochte er Kirsten wirklich, sie bewies

Größe, indem sie ihm jetzt keine Vorwürfe zu damals machte, schließlich hätte sie über seinen Kummer ja auch so etwas wie Schadenfreude verbreiten können, das hätte er ihr nicht einmal übelnehmen können.
»Hab jetzt bloß kein schlechtes Gewissen«, lächelte sie. »Und ich mach dir schon nicht die Hölle heiß, keine Angst.«
Das könne sie aber ruhig, betonte Bastien, und Angst hätte er nun wirklich nicht, im Gegenteil, sie müssten sich viel öfter sehen. Er spürte ein Kribbeln am Unterarm. »Wir können auch gleich noch zu mir ins Atelier«, fügte er dann leise hinzu.
Sie strich ihm wiederholt über den Mantel, etwas fester als zuvor, die bekannte Gänsehaut überzog jetzt ihren ganzen Körper, und ihre Gedanken jagten schnell. Es gab eine instinktive Nische der Vorsicht; nach einem *Ja* würde seine gerade gewonnene Achtung vor ihr wieder sinken. Also kam ein unsicheres *Nein* über ihre Lippen und die Begründung, dass morgen ja ein harter Tag bevorstünde. Was stimmte. Um neun der Termin beim Drucker. Mit Thomas Deger. Und den wollte sie auf keinen Fall übernächtigt erleben.
Bastien blickte sie enttäuscht an, das sei wirklich schade, es gäbe ja noch so einiges zu sagen; er legte seinen Arm um ihre Schultern. Da habe er recht, aber nicht mehr heute, sagte sie. »Bringst du mich noch?«
Etwas zögerlich nahm er ihren Arm, und sie gingen durch das Gedränge die Treppen hinunter. Es kamen weitere Besucher herein, es hatte wieder zu schneien begonnen, ein schneidender Wind trieb die Schneeflocken durch den Innenhof. Er drückte sie eng an

sich. »Wie kommst du zurück?«, fragte er in traurigem Tonfall, den sie noch unsicherer als zuvor überhörte: »Mit dem Taxi zum Alex. Die S-Bahn geht ja noch. Wir sehen uns?«
Er nickte, klar, schon ganz bald. Er könne zum Beispiel morgen Abend, sie könnten ja –
»Lass uns nächste Woche sagen, ja? Viel Spaß, und grüß deine Freunde da oben.«
Sie löste sich aus seinem Arm und ging zur Straße. Er sah ihr weiter nach, schließlich, kurz vor der Straße, drehte sie sich um und winkte ihm zu. Er hob die Hand, und ein eigenartiges Glücksgefühl durchströmte ihn; sie hieß Kirsten, dachte er, KIRSTEN, *Bastien und Kirsten*, das klang gut; die Namen großer Liebespaare klangen immer gut – Hero und Leander, Abaelard und Heloise, Philemon und Baucis, Samson und Delilah, Troilus und Cressida, Burton und Taylor; gleich am Montag würde er sie anrufen und dann nach Ahrensfelde fahren, so wie früher; eine Beziehung braucht Geschichte, so sagte man doch.
Von oben war plötzlich ein dumpfer Knall zu hören, dazu Geschrei und helle Stimmen. Besucher kamen aufgelöst die Treppen heruntergerannt, es musste etwas passiert sein. Die Antwort folgte quasi auf dem Fuße, rote Soße, die sich in zähen Lachen über die Treppe ergoss und nach unten strömte; in ihr versuchten Hunderte Personen in einer Mixtur aus Verzweiflung und Lächerlichkeit rutschend ihren Weg nach draußen zu finden. Die Luft roch nach Fäulnis, und man sah zu, möglichst weit von dieser stinkenden Brühe wegzukommen. Bastien blickte besorgt in die

marmeladenbesudelte Menge, die mit ihren rotverkleisterten Gesichtern einem Vampir-Film entsprungen sein könnte. Schließlich sah er Rob und Bernd und erreichte die beiden, vollkommen außer Atem; das Ding, dieser Glasraum, sei einfach in sich zusammengebrochen, von jetzt auf gleich, und die ganze Sauerei wäre da rausgespritzt; nur gut, dass das Glas nicht auch noch durch die Gegend geflogen sei, keuchte Rob, und überhaupt, wo er denn geblieben wäre, er hätte ihn überall gesucht und schon fast gedacht, dass er in dem Dreck ersoffen sei. Im Innenhof standen jetzt die Leidensgenossen dicht gedrängt, die Stimmung wechselte zwischen Wut und Belustigung, das Letztere nicht zu Unrecht, denn die Besudelten sahen im Schnee nun aus wie Geteerte und Gefederte, hatten sich doch dicke Schneeflocken auf Köpfe und Schultern gelegt. Rob, dem sein klebriger Überzug auf die Nerven ging, wollte schnellstens nach Hause. Er schmiss seine tropfende Jacke in den Hof, und Bastien teilte brüderlich eine Hälfte seines Mantels mit ihm; Schulter an Schulter machten sie sich auf den Weg, in der Ferne waren schon die ersten Polizeisirenen zu hören.

Die Straßen waren überall in Schnee getaucht, die Autos hinterließen dunkle Furchen in dem ansonsten makellosen Weiß, und das gelbe Licht der Straßenlaternen ließ es sanft schimmern. Rob bemerkte, dass ja bald Weihnachten sei, was er denn so vorhabe? Bastien sagte, dass er sich darüber noch keine Gedanken gemacht hätte. Dieses Jahr gäbe es wohl keines, fügte er leise hinzu.

»Du kannst auch immer zu uns kommen, das weißt du«, sagte Rob. Und wer denn diese Kirsten gewesen sei? Bastien sah keinen Grund, ihm die Geschichte jetzt noch zu verheimlichen, und erzählte ausgiebig von seiner Liaison mit ihr; die Stelle mit dem Ahrensfelder Kunstverein gefiel Rob besonders gut. Und Mel hätte nie etwas gemerkt? Bastien verneinte, er wäre aber auch nie ein Risiko eingegangen, und Kirsten sei ohnehin ein verschwiegener Mensch, also kein Problem. Vielleicht hätte das manchmal sogar seine Beziehung mit Mel gerettet, das sei gar nicht so abwegig.

»Ich weiß«, sagte Rob.

»Was weißt du?«

»Nichts, nur so. Das lief ja auch schon vorher nicht so gut mit euch beiden. Mit Mel und dir, meine ich.«

Bastien wusste nicht, wie er den Satz deuten sollte, aber vor ihnen lag schon der Eingang zur U-Bahn, sie stiegen die Treppen herab, der Zug stand abfahrbereit. Robs Hose hatte sich nun zu einer zähen Kruste verhärtet, die bei jedem seiner Schritte knackte und bei den Umherstehenden für spöttische Blicke sorgte. Bastien hängte ihm seinen Mantel um, er hätte es ja nicht so weit bis zum Atelier, Rob sah ihn dankbar an. »Wir halten zusammen, ja? Frauen sind auch nicht alles.«

Bastien bemerkte, dass es eigentlich richtig schade sei, dass *Lieb-Rob* in diesem hässlichen Mannskörper stecke, ansonsten würden sie das Mega-Paar abgeben, aber was solle man sagen? – Dumm gelaufen, schon bei der Geburt. Seine Haltestelle näherte sich, sie verabschiedeten sich, man könne ja am nächsten Morgen frühstücken gehen, mit etwas guter Marmelade und so;

unter Gelächter stieg Bastien aus und machte sich auf den Weg ins Atelier.
Rob hatte noch einige Stationen vor sich, er schlug Bastiens Mantel über die Beine und kratzte hier und da einige verkrustete Stellen ab.
Bastiens Mantel. Der Mantel seines besten Freundes. Er war jetzt der Einzige in dem Waggon und blickte auf die Reihen der leeren Sitze. Vielleicht war es sogar die gleiche Bahn, die Mel vor einem Jahr genommen hatte, als sie ihn in seiner Wohnung besuchte.
Genau vor einem Jahr, kurz vor Weihnachten.
Etwas verkrustete Marmelade bröckelte vom Mantel ab und fiel auf den Boden, er wischte sie mit den Füßen weg. Dann weitere Stückchen, er schob auch diese weit weg, unter die Sitze, unsichtbar jetzt.
So wie er sie vorher besucht hatte, drei-, viermal. Immer im Abstand von einer Woche. Immer dann, wenn Bastien etwas vorhatte, immer dann, wenn er nach Ahrensfelde musste, wie Mel ihm erzählte, zu irgendeiner Kunstaktion dort. Sie hatte ihm das ohnehin nicht geglaubt und vermutete dort eine Liebschaft – zu Recht, wie er jetzt wusste.
Der Gedanke, dass er als Kompensation zu Bastiens Affäre dienen sollte, kam ihm zu der Zeit noch nicht, erst viel später sprach Mel von ihrer Vermutung und dass sie sich das nicht bieten lassen wolle. Ohne viele Worte zu machen, hatte sie ihn dann zu sich gezogen und ihn lange auf den Mund geküsst. In diesem Moment mochte bei Rob all das ausgesetzt haben, worauf er ansonsten so viel Wert legte: Loyalität, Ehrlichkeit, er dachte nicht weiter nach und verbrachte die nächs-

ten Stunden in ihrem Bett. In *Bastiens Bett.* Der Gedanke daran verursachte ihm selbst jetzt noch ein stechendes Gefühl in der Magengegend. Vielleicht lag es damals auch an Mels wilder Entschlossenheit, sie schien keine Sekunde an ihrem Tun zu zweifeln, küsste ihn immer wieder leidenschaftlich, riss ihm dann das Hemd unaufgeknöpft vom Körper. So nah hatte er sie noch nie erlebt, es war ihm, als läge eine ganz andere, fremde Mel in seinen Armen und nicht die vertraute Freundin seines Freundes.

Er schwor sich, dass das auf jeden Fall nur ein fürchterlicher Ausrutscher gewesen war, und hoffte inständig, dass Mel ihren Mund halten würde; was sie auch tat.

Allerdings schwelte bereits ein anderes Feuer in ihm: Er begehrte sie. Wenn er an ihren ersten Abend dachte, überzog eine Gänsehaut seinen Körper. Auch ihr ginge es so, wie sie sagte, wenn sie an ihn denken würde, hätte sie gleich diese Gänsehaut, überall, das sei wirklich einzigartig. Sosehr er sich nun auch wehrte, er musste sich eingestehen, dass er dieser Kraft nichts entgegenzusetzen hatte; so fuhr er auch an den nächsten freien Abenden zu ihr und stellte sein schlechtes Gewissen auf Leerlauf. Zweimal, dreimal, viermal. Und immer diese Gänsehaut.

Später schien Bastiens Interesse an den Kunstaktivitäten in Ahrensfelde nachzulassen, so dass er beständiger zu Hause war, woraufhin dann Mel die Initiative ergriff und zu Rob kam. Vielleicht lag es an der Unmenge von Bastiens Bildern in seiner Wohnung, dass es bei diesem einen Besuch blieb; er konnte sich noch

erinnern, wie sie lange vor den Gemälden stand. An diesem Abend sprachen sie auch nur, darüber, dass er es niemals erfahren dürfe. Und dass es jetzt ein Ende haben müsse.
Rob lehnte sich zurück, seine Hose knarrte leise. Jetzt aber war die Situation eine andere, Mel und Bastien waren kein Paar mehr, ob sie aus Rücksicht auf seine Freundschaft zu ihm auch weiterhin schweigen würde, war vollkommen ungewiss. Während einer der jetzt zu erwartenden Streits mit Bastien könnte sie die Nerven verlieren und es ihm an den Kopf werfen, wie man so sagte, wohl wissend, wie weh ihm das tun würde. Und dann stünde er, Rob, in einer Reihe mit diesem Thomas, nicht besser und nicht schlechter, nur ein Freund der miesen Sorte. Ein ehemaliger Freund dann.
Er atmete tief aus. Wie würde sich das für Bastien anfühlen? Dass ein Freund wusste, wie sich die eigene Freundin anfühlte, welche Laute sie von sich gab, ihre intimen Bewegungen, wie unglaublich verletzend wäre das?
Er atmete wieder tief aus, das schlechte Gewissen stach tief; er durfte es einfach niemals erfahren, wirklich niemals. Und dafür gab es nur eine Garantie, Mel und Bastien mussten wieder zusammenkommen, koste es, was es wolle; und deshalb musste dieser Thomas aus dem Weg.
Rob dachte angestrengt nach. Die Frage war nur, wie das anzustellen war.

5

Bis zum Atelier waren es nur ein paar hundert Meter, und Bastien stapfte zügig durch den Schnee. Der Wind blies ihm frontal ins Gesicht, und einen Moment lang bereute er, Rob seinen Mantel gegeben zu haben. Aber dieser hatte ihn heute nötiger als er, seinem besten Freund gab man eben auch das letzte Hemd. Er hielt sich die Arme schützend um den Oberkörper und ging weiter, durch die Straßen fegten jetzt eisige Böen und wirbelten den Schnee hoch, eine apokalyptische Endzeitstimmung. Er blieb einen Moment lang in einem Hauseingang stehen, ging dann neugierig weiter in den geschützten Hinterhof. Irgendwo hier befand sich das Café, in das er und Thomas nach dessen Atelierbesuchen oft gegangen waren, meistens sehr redselig und in bester Laune. Für Thomas waren diese Atelierbesuche immer eine Abwechslung in seinem Geschäftsleben, für Bastien verhießen sie immer das dringend benötigte Kleingeld jenseits der schmalen Einkünfte aus seinen Galerien. Aber manchmal trieben diese Nachmittage auch Blüten der anderen Art, so Bastiens neues Faible für ökonomische Strukturen. Thomas zeigte allerdings ein ostentatives Desinteresse an seinen Fragen zu den Methoden der Marktforschung – nach welchen Kriterien die Probanden ausgesucht würden und wie die Verwertbarkeit ihrer Antworten in der Regel aussehe; es käme ja nur darauf an, auf was man dieses Prinzip anwenden würde, zum Beispiel auf die Kunst, das hätte noch keiner gemacht. Thomas sah ihn skeptisch an, Marketing und Kunst, das wäre schon irgendwie mies, die Kunst hätte so etwas ja wohl nicht nötig. Genau deshalb, entgegnete Bastien, man würde es eben *mies* finden, wenn die Kunst sich solcher Dinge bedienen würde, und genau darin läge die Neuerung. Man müsse sich nur vorstellen, dass man diese Probanden nach ihren Lieblingsfarben, ihren Lieblingsmotiven und stilistischen Vorlieben befragen würde, am Ende hätte man doch die Angaben für das erfolgreiche Bild schlechthin. Das könne man dann malen und ausstellen, eine echte Provokation. Es würde eben diesen dummen Glauben torpedieren, dass Kunst stets vom Genie des Künstlers abhängig sei. Er ließ eine dramatische Pause verstreichen, bevor er fortfuhr: »Die Kunst versteht sich doch als bedeutungsgenerierend; sie findet also nicht über eine besondere physische Wertschätzung, zum Beispiel von besonderer Materialität, statt, sondern eher über Definition; welcher Gegenstand Kunst sein kann, was wir generell als Kunst begreifen und akzeptieren, hängt mit einer vorherigen Definition zusammen. Ein Glas Wasser auf dem Schreibtisch ist erst einmal nur ein Glas Wasser, steht dieses aber im Museum, so ist es etwas ganz anderes; die Kunst nimmt sich diese demiurgische Freiheit, und das ist auch gut so, die Kunst versklavt sich also nicht der Materialität, sondern begreift sich selbst als sinngebend. Heißt: der Zugang zur Kunst kann über zwei Wege funktionieren – zum einen über den der Definition eines Gegenstandes oder einer Handlung als Kunst, und zum anderen über eine kunstimmanente Form, die wir als Hinweis und Symbol für eine Aussage begreifen, die zum Teil auch in der menschlichen Kulturpsyche verankert ist: ein Querbalken bedeutet uns ein Stopp, eine Wellenlinie eine Leichtigkeit, die Farbe Rot markiert Gefahr. Die Voraussetzung für diese bildliche Sprache ist die Kenntnis des Empfängers, der Symbolgehalt eines Transmitters liegt also immer in seiner eigenen Decodierfähigkeit, ein Symbol ist also immer eine zweisame Angelegenheit. – Klar?«

Thomas nickte. »Und was hat das mit –«

»Es hat eine Menge damit zu tun. Also, ganz von vorne, wenn wir bislang von Kunst sprechen, dann immer von einer Idee, die uns in der Gestalt des Bildes begegnet, unmittelbar, so gesehen verbleibt die Kunst immer noch im Denken des Steinzeitmenschen; wenn wir reden, hauen wir mit gedachten Keulen drauf, daran hat sich nicht wirklich etwas geändert. Aber eine künstlerische Idee ist nichts anderes als eine Komprimierung von komplexen Zusammenhängen, die dann wieder zu einem bildhaften Ereignis werden, wenn man so will. Jetzt gehe ich aber her und wende das Wort genauso unmittelbar an. Die Wörter, hier die Befragungen der Probanden, dienen einerseits natürlich der Kommunikation und Information, verstehen sich andererseits aber auch als Kunst per se, diese Idee eben, der Weg zur Erlangung von Kunst ist bereits das avisierte Ergebnis. Die Kunst findet in ihrer eigenen Dokumentation wieder zurück zu sich.«

Thomas sah ihn lange und ungläubig an. »Fehlt da nicht das Persönliche an der Sache?«

»Ach was. Wenn Jeff Koons seine Figuren als Hunderter-Serien bauen lässt, ist das auch nicht persönlich. Davon hat man sich doch schon längst verabschiedet. Außerdem geht's darum, Kunst zu *denken* und nicht zwangsläufig zu *machen*.«

Der letzte Satz saß. Thomas, mit seiner recht konventionellen Auffassung von Kunst, hatte nun offenbar ein ungutes Gefühl, wenn er an Bastiens zukünftige Malerei (also eher Fragebögen) in seiner Sammlung dachte. Er behielt das aber für sich, zumal Bastien ohnehin nicht zu stoppen war – wie er denn jetzt auf so etwas käme? Mit einer einfachen Business-Kurve hätte das nichts mehr zu tun. Bastien winkte ab, da könne man doch bestimmt etwas machen, vielleicht einige Formeln erfinden, so etwas in der Art.

»Du hast es gerade wirklich mit dem Rationalen«, sagte Thomas. »Der Gedanke ist ja gut. Aber hängt man sich den Gedanken an die Wand?«

Mit dieser nüchternen Feststellung sollte er später recht behalten, da Bastiens Ausstellung zu dem Thema ein totaler Flop wurde, auch wenn er weiterhin eigensinnig an der Idee festhielt. Es läge eben daran, dass die Betrachter noch nicht weit genug seien, sagte er gerne zu Kollegen, die ihn dann stets mitleidig ansahen. Alles bräuchte eben seine Zeit und Kunst via Marktfor-

schung würde schon noch kommen, darauf würde er wetten. Auch dazu nickte man mitleidig und gab zu bedenken, dass der Künstler sich damit aber quasi selbst überflüssig mache. Genau darin läge ja der Bruch mit den verkrusteten Auffassungen der Vergangenheit, entgegnete Bastien, das sei ja das eigentlich Geniale an der Sache, eben sich selbst abzuschaffen. Besonders darauf konnte nun wirklich niemand mehr nicken.
Der Tag mit Thomas im Café endete damit, dass Mel hinzukam und auch sie sich sämtliche Theorien zu Analyse und Kunst anhören musste. Thomas riet Bastien dann, sich voll und ganz damit zu beschäftigen, er hingegen könne ja mit Mel auf die Rolle gehen, woraufhin sie alle lachten.
An diesem Tag.
Der Wind hatte nachgelassen, er ging wieder auf die Straße, erreichte das Atelier und stieg, Atemwolken von sich gebend, nach oben.
Ein erster Griff in den Kühlschrank, ein Glas Wein, er trank es schnell aus und blickte sich um. Es tat gut, wieder hier zu sein, die vertraute Umgebung flößte ihm Selbstvertrauen ein; die U-Bahn hatte ihn angestrengt, die Menschen, das Theater, die Galerien, die Straße, hier fühlte er sich in Sicherheit und inzwischen sogar geborgen.
Er stellte den Computer an und sah nicht ohne Aufregung, dass *Schwester* ihm geschrieben hatte: *Ist es ehrenwert, von einem Insekt abzustammen? Oder doch besser von einem Reptil?*
Die Frage war eine echte Herausforderung. Er goss sich ein weiteres Glas Wein ein und schrieb: *Ich für mei-*

nen Teil fühle mich dem Lurch verwandter als der Heuschrecke, ist er doch individueller. Das soll aber nichts heißen, manche Leute gehen in der Masse erst auf; ist ja auch gut so, das, was der eine nicht denkt, kann eben der andere. Oder?
Die Antwort kam kurz darauf: *Zusammen denken?*
– Alles zusammen machen.
Eine kurze Zeit verstrich. Dann schrieb sie: *Wollen wir zusammen springen?*
– Wohin?
– Runterspringen. Einfach weg sein.
– Wo runter?
– Von einem Berg. Wir sind vorher da hochgegangen und springen jetzt runter. Tausend Meter. Ins Meer.
Er schrieb: *OK, du willst dich also nicht alleine abknipsen?*
– Du doch auch nicht. Hast du doch geschrieben.
– Stimmt. Ich war aber besoffen. Du jetzt auch?
– Nein.
Er musste einen Moment lang überlegen, dieses *Einfach weg sein* klang nicht nur nach Spaß. Er schrieb: *Und warum? Probleme?*
– Wer hat die nicht?
– Das ist keine Antwort.
Wieder verging eine Zeit, bevor sie schrieb: *Du willst also nicht springen?*
– Nein, antwortete er und schrieb: *Wir können uns doch mal treffen und darüber reden, oder?*
– Nerv jetzt nicht mit so einem Therapiegequatsche.
Er schrieb: *Ich bin fett, habe eine Nickelbrille, einen roten Kopf, rieche nach Currywurst mit Pommes, in meinem Zimmer, aus dem ich nie herausgehe, liegt ein Meter verklebter Staub und ich dusche aus Prinzip nicht.*

Die Antwort kam prompt: *Und ich bin magersüchtig, seit der letzten Chemo fehlen mir die Haare, ich rauche fünfzig am Tag und aus meinem Zimmer gehe ich auch nie raus. Auch aus Prinzip.*
– *Ich wohne in Berlin*, schrieb er.
– *Ich auch.*
– *Also treffen wir uns?*
– *Nein.*
– *Was ist das für ein Berg?*
– *Irgendeiner. Am Meer.*
– *Südsee?*
– *Kann sein. Warum?*
– *Na ja, man müsste ja erst dorthin fliegen. Bis dahin könnte man sich immer noch überlegen, ob man's macht oder nicht, Berlin–Frankfurt–Singapur–Sydney–Tahiti, das dauert.*
– *Man kann auch hier einen nehmen. Dann geht's fix.*
– *Hier gibt's die nicht. Und ein Meer auch nicht.*
– *Dann eben ein Hochhaus. Oder eine Kirche.*
Er überlegte wieder. Wenn er morgen in der Zeitung lesen würde, dass sich eine junge Frau von einem Kirchturm gestürzt hätte, wäre es mit seiner Seelenruhe für die nächsten hundert Jahre vorbei. Er schrieb: *Das machst du nicht, einfach, weil's ziemlich blöd ist. Wer so gut schreiben kann wie du, springt nicht irgendwo runter, der hat Besseres zu tun. OK.?*
Wieder eine längere Pause. Sie schrieb: *Findest du wirklich, dass ich schreiben kann?*
– *Absolut.*
– *Oder sagst du das jetzt nur aus Höflichkeit und so 'n Quatsch?*
– *Nein. Du kannst schreiben. Ob's dir gefällt oder nicht.*

– *Danke*, schrieb sie nach einem Moment.
– *Willst du mir nicht sagen, was eigentlich los ist? Wäre nicht so schlimm, oder?*
– *Doch. Du würdest es sowieso nicht verstehen.*
– *Aber deinen Berg verstehe ich doch. Ich hab auch einen.*
– *Wo?*
– *Südsee.*
– *Dann viel Spaß da. Ich höre jetzt auf.*
Er blickte lange auf den Bildschirm und stellte sich ihr Gesicht vor, ihre Figur, ihr Zimmer. Bestimmt war sie ein zierlicher Typ, sehr scheu und melancholisch. Bestimmt war sie – toll.
Ein weiterer Satz erschien: *Doch. Wir können uns mal treffen.*
In diesem Moment spürte er etwas, von dem er glaubte, dass es verlorengegangen sei: eine wunderbare Aufregung, eine Zärtlichkeit, er fühlte – Glück.
Er tippte ein *Freue mich* in die Tastatur, lehnte sich zurück und versuchte, diesen wunderbaren Zustand zu halten, einzufangen, ihn möglichst bis zur letzten Sekunde auszukosten. Aber die erste Skepsis setzte ein paar Minuten später ein: war sein *Freue mich* authentisch, vom Herzen kommend?
Nicht ohne Misstrauen unterzog er sich einer kurzen Selbstprüfung. Freute er sich wirklich, oder wollte er sich nur freuen?
Doch.
Er freute sich wirklich ein bisschen.

Mila strahlte ihn an, sie hätte wunderbar geschlafen, an seiner Seite fühle man sich so – sicher. Sie möchte ihm nur dafür danken. Er strich ihr kurz durch das Haar, das sei ja wohl eine Selbstverständlichkeit; er sah ihr zierliches Gesicht vor seinem und war glücklich. Die Sonne stand schon hoch. Sie hatten lange geschlafen, die Strapazen des letzten Tages forderten ihren Tribut. Sein Blick wanderte über die Anwesenden, es waren vierzehn Personen, die dort saßen und darauf warteten, wie es nun weitergehen sollte. Er würde gleich eine Ansprache halten. Tom war nirgendwo zu sehen, das beunruhigte ihn, obwohl er ihm ja ausdrücklich gesagt hatte, dass er sich der Gruppe fernhalten sollte. Aber diesem Typen war alles zuzutrauen. Auch Mila schien das zu denken und rieb ihm die verletzte Hand – ob sie weitergehen würden, den Berg hinauf? Natürlich, bemerkte er kurz und erklärte den anderen dann seinen Plan; sie würden bis in die oberen Regionen gehen, so dass sie von dort aus die Insel überblicken könnten. Erst dann wären sie sich im Klaren, mit was sie es hier zu tun hätten. Ein sicheres Gefühl sagte ihm, dass diese Insel fernab der bekannten Welt lag, dass sie endlose Meilen vom nächsten Festland entfernt waren. Er wusste, dass er diesen Menschen Hoffnung geben musste, dass sie in Bewegung zu bleiben hatten, dass sie nicht der Apathie verfallen durften; also mahnte er zum Aufbruch. Schon bald hatten sie die Stadt hinter sich gelassen und folgten einem Weg, der in die Berggipfel zu führen schien. An seinen Seiten standen steinerne Stelen, die reich mit Bildern verziert waren. Mila studierte einige von ihnen, hier könne man eine Heuschrecke erkennen, dort einen Salamander oder eine Echse, deren Beine hingegen seien menschlich. Eine Verwandlung, sagte Bastien, aus irgendeinem Grunde wären diese Menschen zu Insekten und Reptilien geworden. In der Abgeschiedenheit dieser Insel mochten sich Dinge ereignet haben, von denen man besser nichts wissen möchte. Er beschloss, die vor ihnen liegenden Bergkämme genauestens im Auge zu behalten.

Als er zurückblickte, sah er Tom, der ihnen im gebührenden Abstand folgte. Er zog das Bein hinterher, offenbar hatte Bastien ihm gestern mehr zugesetzt, als er angenommen hatte. Schon bald stieg der Weg steil an, einige raue Treppen waren in den Stein gehauen, und sie kamen gut vorwärts. Vor sich sahen sie nun eine weite Hochebene, offenbar waren sie hier, abgesehen von den dahinterliegenden schneebedeckten Gipfeln, auf dem höchsten Punkt der Insel angelangt. Am anderen Ende der Ebene konnten sie ein beständiges Glitzern ausmachen, Wasser. Das konnten sie jetzt gut gebrauchen, aber Bastien hielt sie an, am Rande des Plateaus zu wandern, von dort aus hatte man schließlich die Aussicht über die Insel.

Vor ihnen fielen die Felsen auf über eintausend Meter steil ab. Sie hielten einen vorsichtigen Abstand zum schroffen Abgrund und blickten in die blaue Weite des Meeres. Nur Meer, so weit das Auge reichte. Von Festland war keine Spur zu sehen, einige senkten enttäuscht den Kopf oder schauten verzweifelt in die anderen Richtungen. Denn von diesem Platz aus konnten sie die Insel in drei Himmelsrichtungen überblicken, sie war größer als angenommen, ihre Ausdehnung betrug sicherlich mehr als dreißig Kilometer in der Länge.

Bastien stimmte das zuversichtlich; auf einer großen Insel konnten sie mit besseren Lebensbedingungen rechnen.
Sie gingen am Abhang entlang, eine Brutstelle für unzählige Seevögel. Möwen, Kormorane und Seeschwalben umkreisten sie und gaben kreischende Geräusche von sich. Sie näherten sich nun dem Ort, wo sie zuvor das Glitzern gesehen hatten – es war ein kreisrunder Krater in der Ebene. Der Durchmesser dieses riesigen Loches mochte bestimmt an die zweihundert Meter betragen, in seinem Innern schien sich das Sonnenlicht an irgendetwas zu brechen und sorgte so für ein unwirkliches Gleißen. Bastien trat langsam an den Rand des Kraters, er achtete dabei auf jeden seiner Schritte. Seine anfängliche Vermutung, dass es sich hier um eine Caldera vulkanischen Ursprungs handelte, bestätigte sich nicht. Die Wände des Kraters muteten seltsam glatt an, so, als hätte ein riesiger Kolben das Gestein auseinandergetrieben. Er kniff die Augen zusammen, um mehr zu erkennen. Etwas sehr Großes lag auf dem Grund, kreisrund, und es schien klar, dass es dieses *Etwas* gewesen war, das den Krater verursacht hatte. Es musste hier eingeschlagen haben, vor langer Zeit, die Wände des Kraters wiesen bereits deutliche Zeichen der Erosion auf. Es war schwer, klare Umrisse auszumachen. Die glatte Oberfläche reflektierte das Sonnenlicht wie ein Spiegel, Bastien rieb sich die Augen und entfernte sich vorsichtig.
Sie ließen sich in einiger Entfernung am Boden nieder, Bastien sah die fragenden Blicke, aber er musste sich eingestehen, dass er diesmal keine Antwort hatte. Die-

ses *Ding* da unten war nichts, was durch Eingeborene erklärt werden konnte, hier waren merkwürdige Kräfte am Werk. Einige schlugen vor, die Ebene am besten sofort zu verlassen, schließlich hätten sie ja nun gesehen, dass kein Festland in der Nähe sei. Andere, auch Tom, wollten eher der Frage nach dem Krater auf den Grund gehen. Zuerst einmal, schlug er vor, müsse man die Sache analysieren und feststellen, um was es sich wirklich handle. Vielleicht sollte man auch den Krater vermessen, um so eine Flugbahn des Objektes kalkulieren zu können, damit könne man dann arbeiten. Bastien unterbrach ihn ungeduldig, davon habe man nicht wirklich etwas, Flugbahn hin oder her, es sei ohnehin klar, dass dieses Ding aus dem Weltraum kam, wie sonst hätte es ein solches Loch verursachen können? Die anderen stimmten ihm zu, man müsse eben nur wissen, was es sei. Aber Tom sprach weiter. Wenn man das Unwahrscheinliche in allen Überlegungen abziehen würde, bliebe nur das Wahrscheinliche und damit die Wahrheit über – es sei aller Voraussicht nach ein Meteor. Aber auch hier widersprach Bastien ihm; – das, was er dort unten gesehen hatte, wäre viel zu glatt und zu künstlich, als dass es ein Felsbrocken hätte sein können. Er blickte vielsagend in die Runde, einige schauten ihn ungläubig an. Tom schüttelte energisch mit dem Kopf, es gäbe keine UFOs, das sei einfach nur Blödsinn. Bastien überlegte einen Moment lang, ob er ihn einfach in den Schlund werfen sollte, damit dieser Tom sich sein eigenes Bild machen könne, hielt sich aber zurück und schwieg. Heute konnten sie nichts mehr unternehmen, die Sonne stand schon tief über

der Ebene. Ihm war ohnehin klar, was sie zu tun hatten; die Antwort lag auf dem Boden des Kraters, jemand musste dort hinunterklettern.
Ein dramatisches Bild.
Es würde sicher eine gute Zeichnung abgeben.

*

Rob vermied es, bereits vormittags an Bastiens Ateliertür zu klopfen, auch wenn ihm, wie jetzt, danach war. Vor ihm standen einige unfertige Bilder mit dem skizzierten Piz Badus, aber seine Gedanken drehten sich nicht um sie, er brauchte einen Plan, das hatte Vorrang. Mit einem Bleistift schrieb er den Namen *Thomas* auf ein Stück Papier, zog dann einige Linien zu einer Reihe von Frage- und Ausrufezeichen. Er dachte kurz an das Finanzamt, Thomas hatte seine Bilder bei Bastien immer schwarz gekauft. Der Gedanke war unsinnig, das würde nur bei Bastien landen, dieser Typ war bestimmt abgesichert. Beruflich konnte er ihm ebenfalls kaum schaden, auch im Freundeskreis nicht, da Thomas nicht zu ihrer *Dry*-Clique zählte. Eine Drohung? Gewalt? Wohl kaum. Aber ein anonymer Brief an Mel, in dem er Thomas mit irgendetwas anschwärzte oder sich sogar selbst als Frau oder Geliebte ausgeben würde. Das hätte was, die Reichweite allerdings wäre überschaubar. Aber die Zielsetzung *Thomas und Geliebte* war ganz brauchbar. Er dachte weiter nach. Was wäre, wenn Thomas wirklich eine Geliebte hätte, von der Mel nichts wusste? Thomas müsste jemand Besonderes kennenlernen. Er griff nach seinem Handy und ging den Adressspeicher durch, dann die SMS der letzten

Wochen. Jeanne wäre ganz okay, aber fest liiert, oder Nadja, Bette. Aber niemand von denen konnte sich mit Mel messen. Er scrollte die SMS auf dem Display weiter herunter, es erschien eine von Bastien, noch aus Thailand: *Bester, ist super hier, besonders die Ausblicke (...).* Schon klar, wie er das gemeint hatte.
Die Idee folgte auf dem Fuße. – Sonia. Es musste diese Sonia sein, natürlich.
Er stand auf und ging etwas aufgeregt herum. In gewisser Weise wäre das ja auch logisch, *Thailand gibt, Thailand nimmt,* dachte er; jetzt wäre eben dieser Thomas an der Reihe. Er schaute wieder in den Adressspeicher, Sonia hatte ihm während eines Atelierbesuches bei Bastien einmal ihre Nummer gegeben. Er fand sie schließlich unter C – *Caetano, Sonia.* Das war bestimmt kein echter Name, aber für diesen Zweck ein nützlicher, fuhr dieser Thomas doch immer gerne in die italienischen Berge. Die würde er jetzt bekommen, dachte Rob belustigt und drückte ihre Nummer. Nach einer Weile hörte er ihre Stimme; sie wusste sofort, wer er war, was ihn etwas verwunderte. Wie es denn mit der Malerei laufe, sie hätte seine Bilder ja immer toll gefunden; leider hätte sie ja so wenig Zeit, sonst würde sie einmal wieder ins Atelier kommen und eine Leinwand beschmieren. Sie lachte, viel mehr wäre es ja nicht gewesen. Rob widersprach sofort, soweit er das beurteilen könne, hätte sie wirklich Talent, aber das gälte es eben zu pflegen. Bastien hätte ihr das auch immer gesagt, stimmte sie zu, aber sie hätte einfach etwas mehr Betreuung nötig gehabt, wahrscheinlich nur das. Aber sie könne ja nicht verlangen, dass so ein Profi seine

Zeit dafür hergeben würde, sie müsse schon selbst sehen, wie sie das hinbekäme. Sie erzählte dann von ihren unzähligen Versuchen, zumindest ein paar Zeichnungen auf die Reihe zu bekommen, die meisten seien wohl gescheitert. Aber wie es ihm denn gehen würde? Rob nutzte die Gelegenheit, zu Wort zu kommen, er habe da ein Problem, bei dem er ihre Hilfe gebrauchen könnte. Um was es denn ginge, fragte sie etwas skeptisch, und Rob sagte, dass er das nicht so gerne am Telefon bereden möchte, aber es drehe sich um Bastien. Er verneinte dann ihre Frage, ob etwas passiert sei, es gäbe da nur ein kleineres Problem und er könnte ihre Hilfe wirklich gut gebrauchen. Vielleicht könne man sich auf einen Kaffee irgendwo treffen? Sie schlug spontan ein Treffen in einer Stunde vor, natürlich, das sei ja schließlich Ehrensache. Also im *Aedes*, sie freue sich.

Im *Aedes* wartete er dann eine halbe Stunde, bis sich Sonia völlig außer Atem ihm gegenüber hinsetzte, da wäre noch so ein Telefonat gewesen, etwas der anderen Art, aber egal, schön, dass er da sei, sie würde einen Prosecco nehmen. Während Rob beim Kellner bestellte, sah er, wie die Blicke einiger Gäste auf ihr hafteten, kein Wunder, das blonde Haar lag in Wellen auf ihren Schultern, sie trug einen schneeweißen Ledermantel, der mit silbernen Nieten bestickt war, ihre langen Beine steckten in kniehohen Stiefeln. Er sah ihr schönes Gesicht, ihren Hals, der von einem einfachen schwarzen Ring geschmückt war, auch der Ansatz ihrer Brüste war im tiefen Ausschnitt des Mantels unverhohlen sichtbar. In diesem Moment konnte er Bastien wirklich verstehen,

für wen, wenn nicht für eine solche Frau, würde man so ein hirnverbranntes Risiko auf sich nehmen?
Er erzählte zuerst von Bastiens Heimkehr und den dann folgenden Ereignissen, er vergaß nicht zu erwähnen, dass dieser sich kaum noch aus dem Atelier herauswagen würde, dass ihn die Sache also schon ziemlich mitnehme, so weit die Situation. Sie sah ihn etwas ungläubig an, schließlich hatte Bastien ihr von den Problemen mit seiner Frau erzählt und dass seine Ehe nur noch ein Scherbenhaufen sei, all das. Rob reagierte gekonnt: »Weißt du, manchmal denkt man das, klar. Aber wenn es zur Realität wird, sieht die Welt eben anders aus. Ich meine, die wirklich tiefen Gefühle sind ja nicht jeden Tag präsent, was nicht heißt, dass sie nicht existieren, oder?«
Sonia stimmte ihm zu, natürlich, wer würde das nicht kennen? Es hätte so überzeugend geklungen. »Aber es wäre ja auch blöd, einer Frau zu erzählen, dass man eine andere viel besser findet, nicht? Und dann noch mit der in den Urlaub zu fahren«, sagte sie.
»Ach, das war schon ehrlich. Natürlich wollte er mit dir fahren, warum auch nicht?«, sagte Rob.
Sie lächelte weiter, es sei ja nicht so, dass sie das nicht kennen würde, diese Reise-Angebote, diese Wochenenden irgendwo dahin, wo es schön sei, die Ausflüge mit einer Jacht nach sonst wohin. Meistens aber habe sie die Männerherzen gebrochen und nicht umgekehrt. Rob sah sie bewundernd an, Thomas tat ihm jetzt schon leid.
»Also, was kann ich tun?«, fragte sie.
Rob zögerte und fixierte den Ring um ihren Hals –

»Ich dachte an eine Lösung, wie man diesen Thomas außer Gefecht setzt. Du weißt schon, dann könnten Bastien und Mel wieder zusammenkommen. Das würden sie auch, denke ich.«
Sie schien nachzudenken. »Klar. Du meinst, wenn der Anlass für eine Trennung nicht mehr da ist, muss es die Trennung nicht mehr zwangsläufig geben, nicht?«
»Genau.«
»Dann musst du seine Schwachstellen suchen, ich meine, die von diesem Thomas; und dann ist er weg vom Fenster.«
»Richtig.«
»Hat er Schwachstellen?«, fragte sie, offensichtlich amüsierte sie diese Konspiration. Rob musste zugeben, dass er Thomas nicht gut genug kannte, um das zu wissen, aber im Grunde hätte doch jeder Mann eine Schwachstelle irgendwo.
Sie nickte. »Absolut. Alle. Ich sag dir was, du musst ihn einfach nur mit einer anderen verkuppeln, das geht. Mit so einer, die ihm total den Kopf verdreht.«
Rob ließ einen Moment verstreichen, bevor er sagte, dass das sicher eine elegante Lösung wäre, zumal dieser Thomas dann selbst daran schuld sei.
»Sag mal, weiß du, an wen du mich erinnerst?«, fragte sie.
»An wen denn? Hoffentlich ein Guter?«
»Na, wie heißt der noch? Aus den *Drei Musketieren*, dieser Freund von –«
»D'Artagnan?«
»Ja. Und sein Freund?«
»Aramis, Athos, Porthos.«
»– Porthos, genau, du erinnerst mich an diesen Por-

thos. Das ist so ein echter Freund, so eine gute Seele, der alles für diesen d'Artagnan tut. So einer bist du. Das finde ich richtig toll von dir.«

Sie blickte ihn sehr direkt an. »Aber wie machen wir's? Wir brauchen eine, in die er sich total verknallt, die muss auch jünger als diese Mel sein.«

»Warum?«

»Glaub mir einfach, für eine Frau ist das wichtig. Das ist der Todesstoß.«

»Und an welches Alter denkst du?«

»So Anfang dreißig.«

»So wie du, ja?«

Sie nickte und überlegte weiter. Es gäbe da einige Professionelle, die sie kennen würde, aber dafür bräuchte man natürlich Geld. »Hast du Geld?«, fragte sie.

»Wie viel?«

»Denke, mit fünf-, sechstausend kommen wir hin. Für die erste Woche. Dann noch mal dasselbe, bis der geknackt ist.«

Rob sagte, dass das Finanzielle eigentlich kein Problem sei, aber ob er jetzt unbedingt eine Nutte anheuern möchte, da sei er sich nicht so sicher, das hätte oft ja auch etwas mit Mädchenhandel und solchen Dingen zu tun. Nein, eine Professionelle wäre irgendwie unmoralisch. Sie musterte ihn und verglich ihn im Geiste wieder mit Porthos: »Gut. Was bleibt dann übrig? Fällt dir jemand ein?«, fragte sie.

Rob dachte kurz daran, wie Sonia mit Thomas Hand in Hand in diesem Café sitzen würde, wie dieser ihr mit großen Gesten seine Kunstsammlung zeigen würde, wie sie ihn verliebt anlächeln würde, besonders der

letzte Gedanke gefiel ihm immer weniger. »Nicht wirklich. Ich dachte ja, du hättest vielleicht eine Idee. So als Frau, meine ich. Vielleicht eine – Freundin?«
Klar, der Gedanke sei ja auch richtig, es wäre auch vollkommen lieb von ihm, dass er den Rat bei ihr suchen würde. Es sei nur so, dass sie nicht so viel Freundinnen in dieser Stadt hätte, und die würden einfach nicht in Frage kommen.
»Oder soll ich es machen?«
Rob schluckte kurz. Da war sie, die große Chance, gut gedacht, ein echter Coup, schlau eingefädelt, grandios in der Umsetzung. Es bedurfte nur noch eines Nickens mit dem Kopf, und Bastien wäre bald aus dieser Hölle erlöst.
Er sah, wie sie sich mit der Hand durch die blonde Mähne strich und dabei ihren Oberkörper nach vorne beugte, wie sie ihn dabei anlächelte und geduldig auf seine Antwort wartete; das Licht der Nachmittagssonne fiel auf ihr Haar, ließ es samtig glänzen.
Eine Art Tintenfisch saß in seinem Hals fest, er musste einige Male schlucken.
»Nein. Du bist viel zu schade für so etwas.«
»Ich würd's aber machen. Für ein paar Tage oder so.«
»Nein.«
Seine Stimme klang jetzt fest. Er würde einfach nicht wollen, dass sie das täte, weil –
»Weil was?«
Er schwieg, sie musterte ihn wieder. »Weil ich dir etwas wert bin?«
»Ich –«
»Das ist ein wirklich schönes Kompliment, weißt du

das? Ehrlich, ich dachte am Anfang, dass du das eigentlich vorhattest, dass ich das machen soll –«

»Absolut nicht, nein. Ich wollte nur deinen Rat.«

»Das ist total lieb.« Sie stockte. »Weißt du was? Ich frag mal so ein bisschen herum, bei den Freundinnen, irgendeine finden wir, auch ohne Kohle. Die meisten von denen haben sowieso genug davon, wegen ihrer Typen, aber Spaß haben die nicht, deshalb, das wird schon klappen, OK?«

Sie legte ihre Hand auf seine, sie sei jetzt richtig froh, man würde solche Menschen wie ihn wirklich selten treffen, Leute mit Anstand eben. Und an was er denn jetzt arbeiten würde? Das sei doch viel spannender. Er erzählte ihr von seinem Piz Badus, von den Wiederholungen des Motivs als Grundkonzept, sie war begeistert, das sei ja klasse, einfach schon, weil es ja doch immer irgendwelche Unterschiede geben würde, und die könne man dann als Entwicklung sehen. Genau darauf käme es ihm an, sagte er, im Prinzip sei das für ihn wie eine großangelegte Versuchsanordnung; das eigentliche Bild bestünde eben im sichtbaren Unterschied zum nächsten. Aber wie er das denn hinbekommen würde? Diese Gleichheit des Motivs? Ganz einfach, lächelte er, er hätte da ein Gerät, mit dem ließe sich so ein Foto ganz einfach auf die Leinwand projizieren, das könne er ihr gerne einmal zeigen.

»Das heißt, du könntest auch ein Foto *von mir* auf eine Leinwand – Dingsda, übertragen?«

»Kein Problem. Du brauchst nur das Foto.«

»Das ist super. Weil ich das eben nicht kann, dieses Abzeichnen, weißt du. Und dann könnte ich es malen?«

»Genau.«
Sie brauchte ihre nächste Frage gar nicht erst zu stellen, da Rob ihr bereits anbot, dass sie das in seinem Atelier machen könne. Das wäre natürlich super, sagte sie, sie hätte ja ohnehin noch ein paar Utensilien bei Bastien, die würde sie dann einfach zu ihm bringen, und wann es denn gehen würde?
»Immer«, sagte Rob. »Das Material habe ich aber da. Komm einfach mit deinem Foto vorbei, dann machen wir das schon. Was ist es denn, ein Passbild, Portrait, so etwas?«
Sie würde da eher an einen Akt denken, sagte sie, ein Fotograf hätte mal einige von ihr gemacht, die seien ganz gut geworden, also, die zu malen, das wäre schon klasse. Und sie würde ihn ganz bald anrufen – aber natürlich nur, wenn sie ihn nicht störe? Er entgegnete, dass es zurzeit richtig gut passen würde, da er ohnehin nur Leinwände grundiere, also kein Problem. Sie standen auf, und sie umarmte ihn; wenn ein Tag so anfangen würde, wäre das ein echtes Geschenk, und für diesen Thomas würden sie schon eine Passende finden, auf jeden Fall. Und es täte ihr auch leid für Bastien, aber sie hätte sich so etwas schon gedacht.
»Warum?«, fragte Rob.
»Weiß nicht. Er war in Thailand immer so unentspannt.«
Er brachte sie zur Tür, dort umarmte sie ihn noch einmal, also bis bald, sie würde sich total freuen. Rob sah ihr nach und zündete sich eine Zigarette an, was er zu dieser Tageszeit selten tat. Er war noch nie so froh gewesen, auf der ganzen Linie versagt zu haben.

*

Sonia zog den Mantel fester um ihre Schultern, er war zwar schön, aber im winterlichen Berlin nicht gerade praktisch. Acun hatte ihn ihr geschenkt. Eigentlich schenkte er ihr jeden Tag etwas, eine Tasche (von denen sie jetzt ungefähr vierzig besaß), irgendwelchen Schmuck oder irgendwelche Schuhe, sie konnte das Zeug langsam nicht mehr sehen. Auch nicht mehr seinen gönnerischen Blick dabei. Einmal hatte er ihr einen kleinen Hund mitgebracht, damit sie während seiner Abwesenheit nicht so alleine sei; sie hatte es gerade noch geschafft, ihn davon zu überzeugen, dass sie eine schwere Allergie gegen Tierfell habe. Der kleine Hund tat ihr leid.
Die meisten Männer, die sie vorher hatte, waren doppelt so alt wie sie; zwei Vorstandsvorsitzende, einige Manager, einmal ein Modezar, jetzt ein Banker. Die Geschenke kamen gewöhnlich, nachdem das erste Vertrauen geschlossen war, zuerst eine Kette, ein Ring, dann ein gemeinsamer Urlaub, zuletzt das Auto und die Wohnung, immer in dieser Reihenfolge. Sie war sich durchaus bewusst, dass man das berechnend nennen und sie auch als Halbprofessionelle bezeichnen könnte; wenn sie mit ihrem nagelneuen Cayenne irgendwo vorfuhr, blieb so etwas kaum aus. Sie hatte sich daran gewöhnt, auch an die vermeintlich wissenden Blicke von Gästen in teuren Restaurants und Bars, all das nahm sie wahr und vergaß es so schnell wie möglich wieder. Sofern ihr das an den Abenden möglich war, die sie allein zubrachte, und das waren nicht wenige. Hinauszugehen, in eine Kneipe, das war nahezu unmöglich, also verbrachte sie die meiste Zeit

vor dem Telefon. Die Anrufe kamen manchmal stündlich, nicht viel mehr als inszenierte Kontrollanrufe, die durchschaubar waren. Sie beherrschte inzwischen ein Repertoire an Antworten, die auf nahezu alle Fragen anwendbar waren, so dass sich diese Telefonate selten in die Länge zogen. Vielleicht mit Ausnahme der Gespräche mit ihrer Mutter. Ein- bis zweimal die Woche rief sie sie an und berichtete ihr von einem neuen Job in der Modebranche (den es nicht gab), von ihren Freunden hier in Berlin (die es auch nicht gab), von dem geplanten Urlaub, und da sei natürlich noch X, ein neuer Mensch in ihrem Leben, sehr bescheiden, aber großzügig, wann immer es denn ginge. Ihre Mutter mochte bescheidene Menschen, das wusste sie, kam sie doch schließlich aus Verhältnissen, die man in der Regel *sehr bescheiden* nannte: ein Reihenhaus im Westen Oranienburgs, ein kleiner Garten, vor der Tür ein gebrauchter Passat mit gestickten Kopfkissen auf den hinteren Sitzen. Ihr Vater, ein Kfz-Meister, war nun Rentner, ihre Mutter war nie etwas anderes als eine Hausfrau gewesen. Dass beide auf ihr Erreichtes stolz waren, änderte nicht viel an dem anwährenden Geldmangel, der seit der Arbeitslosigkeit ihres Vaters wie ein Damoklesschwert über dem Haus hing; ein Einsparen hier, eine weitere schlechte Laune da, die Angst vor dem Nichts begleitete sie seit ihrer Jugend, und es war wohl normal, dass sie diese mit nach Berlin nahm. In der Gegenwart von Geld gab es keine Angst.
Sie kreuzte jetzt die Friedrichstraße und blickte auf die gegenüberliegenden Häuserfassaden. Dort oben

würde sie bald wohnen. Ein Blick über Mitte, sogar noch darüber hinaus. Mittags würde Acun dann kommen, ebenso später am Abend, wenn er nicht wieder auf einer seiner Geschäftsreisen in Istanbul war. Soviel sie wusste, unterhielt er dort nicht weniger als fünf Kinder, ein Sohn war bereits in ihrem Alter. Das mochte auch der Grund sein, weshalb er immer alleine dort hinfuhr, was ihr ganz recht war, denn diese Zeit bedeutete ein Quantum mehr an Freiheit. Seine Anrufe fanden dann nicht mehr stündlich statt, sondern nur noch dreimal täglich, so wie im Moment, sie konnte sogar so etwas Verrücktes machen, wie diesen Rob in einem Café zu treffen. Der sich eben sogar recht gut benommen hatte, der mitgefühlt hatte. Anders als Acun, der zwar wusste, dass sie auf ein bestimmtes Auftreten Wert legte und sich in Restaurants deshalb besonders förmlich gab, ohne aber zu verstehen, was sie damit meinte; nein, es ging ihr nicht um diese Etikette, es ging ihr um das Dahinter, um die so gezeigte Aufmerksamkeit, um das Gefühl, das man ihr entgegenbrachte, also nur darum, eine Heimat zu haben, einen inneren Ort, an dem man verankert war, ohne sich gleich als Besitz fühlen zu müssen, als ein Besitz, der eine jede authentische Liebe bereits im Keim erstickte. Wer sie haben wollte, hatte sie eben dadurch bereits verloren.

Nicht so bei Rob. Sie mochte ihn auf Anhieb, schon damals, als sie Bastien besuchte. Er hatte ihr einmal aus Spaß mit einem Diener die Tür aufgehalten und ihr einen seiner Malerkittel zugeworfen, später dann noch eine Flasche Wein vorbeigebracht. Er sah einen direkt an und schien keine Hintergedanken zu haben, das gefiel ihr am meisten. Selbst bei längerem Nachdenken fiel ihr niemand ein, der nicht irgendwelche Hintergedanken hegte, auch Bastien. Seinen Vorschlag, mit ihr nach Thailand zu fahren, empfand sie als sehr durchsichtig; da sie seinerzeit aber beziehungsfrei war und somit Zeit hatte, sprach nichts dagegen. Sie hätte sich während der Reise nur etwas mehr geistigen Austausch gewünscht, aber Bastien hatte wohl anderes im Sinn. Sehr dumm, wie sie damals dachte, mit ein paar eloquenten Gesprächen hätte er ihre Lust ganz einfach wecken können, und sie hätte sich nicht hinter Bücher- und Kissenbergen vor seiner Anmache verstecken müssen. Eine Lust fand man nicht einfach vor, man hatte sie zu entwickeln, *lieber Herr Bastien.*

Rob machte einen anderen Eindruck, ihm schien wirklich am Glück seines Freundes zu liegen, diese Fürsorge rührte sie. Auch hatte er nicht dauerhaft gelächelt, eben, im Café.

Immer dieses Lächeln.

Die meisten Männer lächelten auch dann noch, wenn sie ihnen das Herz brach, wie man so sagte, wenn sie einfach genug hatte von diesem Sonia-Einkauf-Day, wenn es mal wieder reichte. Sie lächelten sie an, als könnten sie damit noch etwas ändern, vor allen Dingen ihre Unfähigkeit, sie wirklich glücklich zu machen. Auf diesen Gedanken kamen die wenigsten; die eigene Unfähigkeit gab es nicht, und eine Vorstellung von Glück manifestierte sich stets in Dingen, je teurer die Dinge, je größer das Glück, das man meinte zu geben.

Das klang nach einer Formel, vielleicht war es auch eine.
Sie freute sich auf Rob.

*

Die Bilder waren nicht besonders scharf und auch von groben Pixeln durchsetzt; manchmal zogen sich horizontale Streifen hindurch. Dennoch schienen sie brauchbar zu sein, die Umgebung und die Personen waren eindeutig zu erkennen. In diesem Moment sah sie ihre Mutter, die einmal quer durch das Bild lief, ein anderes Mal die Haushälterin, dann sich selbst. Zu der Zeit musste sie um die dreizehn Jahre alt gewesen sein, eine zierliche kleine Mila.
Sie ging auf Zoom und vergrößerte den Ausschnitt, jetzt war der ganze Raum zu sehen: das Wohnzimmer mit dem anschließenden Essbereich und ein Teil des Wintergartens.
Gleich würde er kommen.
Nein, vorher würde noch Jo, der Hund, durch das Bild laufen. Am Tisch würde er kurz stehen bleiben, ein wenig schnuppern und dann mit wedelndem Schwanz weiterlaufen, wahrscheinlich, weil er ihn gesehen hatte. Und ein Windhauch würde die Pflanze im Wintergarten ein wenig bewegen.
Sie hatte dieses Video ungezählte Male angesehen, ebenso die anderen, es waren genau sechzig.
Manchmal hatte sie die Kassetten sehr schnell wechseln müssen, denn sie hätte peinliche Fragen über sich ergehen lassen müssen, wenn man sie erwischt hätte. Allerdings wäre man wohl kaum auf den Gedanken

gekommen, dass sie auf dem Wohnzimmerschrank eine Kamera installiert hatte, gut versteckt in einem antiken Segelschiff-Modell, der *HMS Victory*.

Die *Victory* war ein Jahr lang ihr Auge gewesen.

Sie sah, wie er an den Tisch trat. Hinter ihm lief Jo, er tätschelte ihm kurz über den Kopf. Der Brief, den er öffnete, schien kein sehr erfreulicher zu sein, seine Mimik wechselte zwischen Wut und deutlicher Sorge. Er steckte ihn sich in die Jackentasche und ging wieder aus dem Bild. Eine kurze Zeit später kam er zurück und rief etwas in den Nebenraum hinüber, wohl zu ihrer Mutter; wahrscheinlich ließ er wieder seine schlechte Laune an ihr aus. Dann ein Cut, die Kassette war zu Ende. Sie ging in das Menü und klickte auf die nächste Kassette, der nächste Tag, sie hatten Besuch von Kunststudenten. Einer von vielen, er hatte sich immer als ein großzügiger Förderer ausgegeben; bei den jungen, natürlich, dachte sie, bei denen, die zu ihm aufsahen, so etwas mochte er. Einer der Studenten, der extra aus Berlin angereist war, hatte ein kleines Bild dabei, das an Comic-Zeichnungen erinnerte, jetzt ihr Bild, sie blickte kurz zur Wand hinüber, wo es jetzt stand. Es war das einzige Bild, das sie vor zwei Jahren von zu Hause mitgenommen hatte; vielleicht, weil sie sich so daran gewöhnt hatte, vielleicht, weil es von diesem Studenten war.

Sie sah, wie er ihm einige Geldscheine zusteckte. Der Student redete viel und erklärte ihm wohl, worum es in dem Bild ging. Er schien ganz sympathisch und intelligent zu sein; bei einem anderen Besuch war sie ihm einmal begegnet, er hatte sie angelächelt und ge-

sagt, dass er ihr einmal eine Grafik mitbringen würde, was er später vergessen hatte. Aber dafür hatte sie ja jetzt sein Bild.
Eine kurze Zeit später verließen alle den Raum, und es passierte nichts weiter, nur Jo lief wieder zu seinem Wassernapf. Eine weitere Kassette, diesmal gab er der Haushälterin Geld, seine Hand an ihrer Taille war deutlich zu sehen. Allein schon mit diesen Bildern könnte sie ihm Ärger machen.
Auf der Kassette 27 war sie selbst zu sehen, sie saß am Tisch über ihren Schularbeiten. Eigentlich machte sie die immer in ihrem Zimmer, aber seitdem sie die Kamera installiert hatte, wollte sie ihm möglichst viele Gelegenheit bieten, in das Wohnzimmer zu kommen. Sie sah sich etwas aufgeregt direkt in die Kamera schauen, dann zur Seite, er kam in das Bild. Es ging so zu wie immer, zuerst stellte er diese belanglosen väterlichen Fragen, wie es denn in der Schule gewesen wäre, wann sie wieder zum Reiten gehen würde und dass es der Mami bestimmt bald wieder besserginge, das mit dem Sanatorium sei ja nur für eine kurze Zeit. Wie immer legte er auch diesmal seine Hand auf ihre Schulter, kurz darauf beide. Dann begann er, langsam durch ihr Haar zu streichen, während sie stocksteif dasaß und keinen Ton von sich gab. Sie sah, wie sich sein Mund während der ganzen Zeit bewegte, man mochte an einen Zauberer denken, der beruhigend auf sein Kaninchen einredete. Er hatte ihr gesagt, dass Kinder manchmal dazu neigen würden, sich Dinge einzubilden, dass sie dann nicht mehr wirklich zwischen der Realität und ihrer Fantasie unterscheiden könnten.

Sie dürfe diesen Fehler natürlich nicht machen, denn sie wüsste ja, dass er es immer gut mit ihr meinen würde. Außerdem wäre es ja auch manchmal so einsam, seitdem Mami nicht mehr da wäre, und er könnte nicht so gut allein sein, dann wäre es doch schön, wenn sie zusammenhalten würden; durch dick und dünn würden sie gehen, so wie immer, das würde sie doch auch schön finden? Natürlich würde sie das schön finden, und das alles sei ihr Geheimnis, das wüsste sie ja auch. Gleich würde die Stelle kommen, wo er sie von hinten umgreifen würde, sehr langsam, und immer lächelnd. Sie klickte auf PAUSE, das Bild stand still. An dieser Stelle klickte sie immer auf PAUSE oder STOP, denn das, was dann kam, konnte sie nicht mehr anschauen, sie hatte erst zweimal den Mut dazu gehabt und hatte Tage gebraucht, um diese Bilder wieder aus ihrem Kopf zu bekommen. Sie klickte wahllos auf einige weitere Kassetten, Nr. 35, Nr. 40, 41, 42, allein schon auf diesen war er dreimal mit ihr zu sehen – richtig, er war ja allein mit ihr zu dieser Zeit.
Die Kassetten waren unter ihrem Schreibtisch verstaut, sorgsam beschriftet, mit Datum und Ortsangabe; Köln-Niehl stand da, in ihrer alten Kinderschrift. Eigentlich war sie stolz auf sich, nicht jede Dreizehnjährige wäre auf die Idee mit der Videokamera gekommen. Um eines Tages seinem verlogenen Leben einen richtigen Tritt zu geben.
Jetzt war sie groß genug für diesen – Tritt.
Auf der Kassette 45 war wieder der Kunststudent zu sehen, diesmal allein. Er schien auf ihn zu warten, und, da er sich unbeobachtet wähnte, bohrte er ungeniert

in der Nase. Auf dem Tisch hatte er einige Grafiken ausgebreitet, sie sah, wie er die farbigen von unten nach oben legte, wohl, um sie zuerst zu zeigen. Dann schien er sich es anders zu überlegen und legte wieder einige Kohlezeichnungen obenauf. Dieser Vorgang wiederholte sich ein paarmal, es hatte etwas von Slapstick. Mit jedem Wechsel der Blätter empfand sie ihn sympathischer, er war offenbar ein ausgemacht liebenswerter Chaot. Wahrscheinlich wusste er nicht, mit wem er es zu tun hatte.

Sie drückte auf EJECT, und die Disc fuhr aus dem Notebook. Sie legte sie vorsichtig in die Hülle zurück und wischte mit dem Ärmel etwas Dreck ab. Nur 10 x 10 Zentimeter. So ein kleines Ding reichte schon, um das Leben eines Menschen zu zerstören. Wenn er denn nur ein Mensch wäre, aber nein, er war ein Insekt, das machte es einfacher.

Für ihre Geschichte brauchte sie noch drei, vier Tage, jeder wüsste dann, warum sie es getan hatte. Dazu die Kassetten und ihren Brief an ihn in Kopie, das war das ganze Paket. Überschaubar. Sie beschloss, mit dem Brief schon heute zu beginnen, sie hatte so gute Laune.

*

Der Film zeigte einen Sonnenuntergang im Zeitraffer. Der rote Ball beschrieb einen zügigen Halbkreis und versank schließlich im orange leuchtenden Wüstensand; dort war jetzt eine Karawane zu sehen, die auf den Betrachter zumarschierte, dazu lief traditionelle Musik, und das Logo des Reiseveranstalters blendete sich wie von Zauberhand ein. Thomas klickte kurz hintereinander SERVICE, OFFERS, CONTACT an und wechselte dann die Seite. Jetzt stand eine Fantasie-Moschee im Mittelpunkt des Bildes, einige Animationen von fliegenden Teppichen führten durch das Menü der Homepage. Wie bei fast allen Anbietern lag der Schwerpunkt auf Jordanien, und die Bilder sahen verführerisch aus; gelbweißer Wüstensand, schroffe Berge, Einheimische im Kaftan, die Welt des alten Orients schien einen ganz plastisch anzuspringen, wenn auch hier und da einige verräterische Autos und Strommasten zu sehen waren.

Ein Anbieter hatte sich auf Luxushotels in Amman spezialisiert, die Seite prangte mit Darstellungen von Pools, Palmen und glamourösen Empfangshallen, die Zimmer konnten offenbar mit den Gemächern des Omayyadenpalastes mithalten, *ein Traum in Seide und Gold*, so die immer wiederkehrende Headline. Das würde Mel als Silvesterreise sicher gefallen, ein Hotel, bestens vernetzt mit der Außenwelt und somit mit Debbie und Zoe, ein Hotel, in dem man alles konnte, aber nichts musste, vor allen Dingen nicht denken. Man war dort, um sich zu lieben, sie beide allein, nur für sich und für diese neue Liebe, die damit ihr erstes offizielles Statement hätte.

Die Pools schienen sehr belebt zu sein; attraktive Menschen standen an der Bar, tranken Cocktails, einige dunkelhäutige Schönheiten lagen auf Sonnenliegen und lächelten in die Kamera. Thomas lächelte zurück, er mochte kitschige Werbungen, empfand er sie doch ehrlicher als Werbung, die so tat, als sei sie keine mehr. In Jordanien schien man, was das anbelangte, äußerst ehrlich zu sein. Auf einer zentral abgebildeten Sonnenliege räkelte sich ein Model mit einer untypischen Frisur, ihr schwarzes Haar war wellig, und sie trug einen gerade geschnittenen Pony. Er dachte an einen Jeep, ein ausgetrocknetes Flussbett im Northern Territory und an zerschlissene Jeans; darüber eine braungebrannte Hand am Schaltknüppel. Ihr würde dieses Hotel ganz sicher nicht gefallen, wahrscheinlich würde sie sich solche Sites gar nicht erst anschauen – und sie würde ganz sicher nicht in dieses softe Jordanien fahren.

Nach einem kurzen Zögern gab er Kirstens Namen bei Google ein, die Informationen waren spärlich, ihr Name fiel dreimal im Zusammenhang mit ihrem Arbeitgeber, auch die Rubrik *Bilder* ergab keine Treffer. Warum auch, dachte er, sie war ja keine Schauspielerin oder Künstlerin. Obwohl er Mels Präsenz im Netz bereits kannte, gab er jetzt ihren Namen ein: Melanie Richter. Google führte gleich zwanzig Seiten auf, auf allen ging es um ihre Fotografie, Kunst-Rankings, Ausstellungsverweise, sogar einige Auktionen; die Rubrik *Bilder* zeigte sie von ihrer besten Seite, gut gekleidet, manchmal mit Bastien auf dessen Vernissagen, zumeist etwas blöde in die Kamera lächelnd. Auf einem Bild küssten sich die beiden innig; im Hintergrund konnte Thomas sich selbst ausmachen, wenn auch unscharf; er klickte das Bild schnell weg und starrte einen Moment lang auf die Einrichtung seines Büros. An den Abend konnte er sich noch gut erinnern, es war bei Franco, Bastiens Galeristen. Er hatte damals bestimmt ein halbes Dutzend Bilder gekauft, allesamt Großfor-

mate, obwohl er sie nicht für besonders gute Arbeiten hielt. Es war inzwischen für alle Beteiligten, für Bastien und seinen Galeristen, eine Art von Gewohnheit, dass er jedes Mal Bilder kaufte, ohne Ausnahme. Wie immer war es Mels Gegenwart, die ihn dazu angehalten hatte – ihr stolzer Blick, wenn sie ihm eine von Bastiens neuen Arbeiten erklärte, wenn sie mit ihm lachte, wenn sie ihm über den Rücken strich, er konnte dann nicht anders, als diese Bilder zu kaufen. Es schien bislang auch niemandem aufgefallen zu sein, dass er sämtliche Arbeiten im Depot lagerte, in seiner Wohnung hätte er so etwas Buntes nicht ertragen können; dort hingen nur zwei kleine Schwarzweißfotos von Mel.
Auch diese Bilder waren auf der Google-Seite zu sehen, dazu der Vermerk *Courtesy Collection Deger*, wahrscheinlich kam das von Mel, sie war sehr genau in solchen Dingen. Wie in allen Dingen, sie wollte jüngst von ihm wissen, wann er sich zum ersten Mal in sie verliebt hatte, nur die Jahreszahl (vor fünf Jahren) reichte ihr dabei nicht. Dann ging es um eine neu erschienene Biographie August Sanders, sie schien enttäuscht zu sein, dass er dazu nicht wirklich etwas sagen konnte; – nein, sie schien enttäuscht zu sein, dass er kein Verlangen nach intensiven Debatten über die rheinländische Fotografie des 20. Jahrhunderts hatte, auch mangelte es ihm an Kenntnis. Es stand ihr quer über das Gesicht geschrieben: *mit Bastien hätte sie das gekonnt*, mit Bastien hätte sie die Nacht durchgeredet, mit Bastien wäre sie von einem Thema auf das andere gekommen, so als würde man von einem Grasbüschel zum nächsten

springen, ein Wort gäbe das andere, am Ende läge man sich dann verbal ermattet in den Armen.
Er gab wieder Kirstens Namen ein und sah diesmal ebenso bei Facebook nach, auch dort fand er keinen Eintrag oder ein Foto.
Ihm fiel der Prospekt ein, der in wenigen Tagen fertig sein musste, er könnte für das Sichten der Andrucke einen Termin mit ihr vereinbaren; das wäre zwar ungewöhnlich, aber doch machbar, man würde ihn eben für besonders gewissenhaft halten. Und dann? Den Pool in Amman sollte er wohl besser verschweigen. Kurzerhand gab er *Jemen Touristik* ein, das Angebot fiel wie erwartet minimal aus, zudem gab es eine Reisewarnung des Auswärtigen Amtes. Ein Anbieter musste zugeben, dass er über keine verbindlichen Informationen verfügte, ein anderer schien einen zu ägyptischen Badeorten weiterleiten zu wollen. Nach einigem Suchen fand er dann eine sogenannte *Taleb Group*, deren Seite mit angenehmen Bildern von Wüstenlandschaften bestückt war; auch schien Sanaa ein pittoresker Ort zu sein, uralte Hochbauten überragten einen malerischen Bazar, nirgendwo war ein Auto oder ein Strommast zu sehen. Das war es wohl, was sie, Kirsten, meinte – *da sähe es noch so aus wie im Märchen.* Die Taleb Group hatte ebenso ein Palasthotel im Angebot, auch offerierte man mehrtägige Wüstenexkursionen sowie Tauchfahrten zum Roten Meer, alles in allem klang es bei weitem aufregender als dieser Pool in Jordanien.
Die nächste Stunde verbrachte er damit, verschiedene Airlines zu vergleichen und entschied sich schließlich für eine schnelle Verbindung über Saudi-Arabien;

ebenso erhielt die Taleb Group den Zuschlag für ein All-inclusive-Paket mit einer dreitägigen Fahrt durch das Wadi Hadramaut. Er klickte auf VERBINDLICHE BUCHUNG und lehnte sich zufrieden zurück – das würde ein echtes Abenteuer werden.

Damit sollte er recht behalten. Denn schließlich brachte man sich nicht mit jeder Buchung in Lebensgefahr.

6

Die Tage waren jetzt schneidend kalt. Da Bastiens Heizung seit mindestens einer Dekade nicht mehr gewartet worden war, verdiente sie kaum noch diese Bezeichnung, und er wehrte sich mit einem Überzug aus drei Pullovern gegen die ständige Kälte. Mels anhaltende Kommentarlosigkeit versetzte ihm weitere gefühlte Minusgrade, kein Wort darüber, wie es ihr und den Kindern ging, keine Frage, wie er es hier aushielt, der Schmerz erreichte eine neue, ungeahnte Qualität. Schließlich ließ er bei Amy, einer ihrer besten Freundinnen, durchblicken, dass er einen mittelschweren Fahrradunfall gehabt hatte und wahrscheinlich für einige Zeit ins Krankenhaus müsse. Es sei eben noch nicht klar, ob die Wirbelsäule bleibende Schäden davongetragen hätte oder ob das mit einer Operation noch zu beheben sei, das müsse man abwarten, aber die Ärzte seien nicht wirklich optimistisch. Was solle er sagen? Im Grunde hätte er ein wirklich gutes Leben geführt und könne sich jetzt nicht beklagen, selbst wenn er den Rest seiner Tage im Rollstuhl verbringen müsste. Amy war entsetzt, zuerst diese blöde Trennung

und *dann das*, im Moment schlüge ihn wirklich das Schicksal. – Ob er denn Schmerzen habe und ob man helfen könne? Bastien sagte, dass es schon irgendwie ginge, er könne sich eben kaum bewegen, was natürlich ein Problem sei. Für den Einkauf, die Fahrten zu den Ärzten, da sei eben niemand, und es wäre wohl am besten, wenn er die Operation auf der Station abwarten würde. Zumindest hätte er dort etwas zu essen. Amy war so betroffen, dass sie eine ganze Minute lang schwieg. Er senkte die Stimme nun auf Grabesniveau, sie solle nur Mel nichts davon erzählen, sie würde sich bestimmt Sorgen machen. Spätestens jetzt war es um Amy geschehen, sie weinte hemmungslos in den Hörer, natürlich, das würde sie ihm versprechen. Nachdem sie ihm einige weitere Male ihre Hilfe anbot, verabschiedete er sich mit einem schwachen *Mach's gut.*
Nun hieß es warten.
Wie er vermutet hatte, rief Mel nach einer Stunde an, was denn passiert sei, sie hätte gehört, dass er einen Unfall gehabt hätte. Er schilderte seine viel zu schnelle Fahrt mit dem Fahrrad, sogar über eine rote Ampel, und das auch noch auf der breiten Skalitzer, bis er dann frontal auf diesen Bus geknallt sei; nun ja, das Fahrrad sei hin, und seitdem mache seine Wirbelsäule, was sie wolle, das Bewegen falle ihm sehr, sehr schwer.
»Also war es deine Schuld?«, fragte sie.
Es wäre wohl die allgemeine Situation, antwortete er, die Trennung, das neue Leben, er sei einfach durcheinander gewesen und nicht konzentriert genug gefahren. Er ließ bewusst einige Sekunden des Schweigens verstreichen, sie fragte ihn, ob Rob sich denn um ihn

kümmern würde? Es ginge so, der hätte eine Menge mit seiner neuen Bildserie zu tun und sei jetzt bald auch verreist, wegen Heiligabend, sagte er und wartete wieder. Die Antwort kam etwas zögerlich, ob sie denn etwas tun könne, ob er etwas brauchen würde? Er verneinte schnell, er käme schon halbwegs klar, auch trotz der Schmerzen; und essen müsse er ja nicht unbedingt.

Eine neue Pause. Sie sprach dann sehr entschlossen, am frühen Abend sei sie da, mit dem Einkauf und Schmerzmitteln, auf jeden Fall solle er sich nicht von der Stelle rühren.

Nun galt es, scharf nachzudenken und keine Fehler zu machen. Als Erstes fiel ihm das unversehrte Fahrrad im Treppenhaus ein, das zweite Problem bestand in der Halskrause, die er besorgen musste. Auch hatte man ja eigentlich Schürfwunden an den Beinen oder Armen. Und der Kühlschrank war voll, es gab also keinen Grund für einen nötigen Einkauf. Die Energie, die er jetzt entwickelte, erstaunte ihn selbst; sämtliche Käseecken und Schnitzel landeten in einer Mülltüte, die er grob zuknotete und sich auf den Rücken lud. Er rannte durch das Treppenhaus; mit einem Schwung landete die Tüte in der Mülltonne, ebenso schnell griff er zum Fahrrad und fuhr los, die nächste Apotheke war am Ende der Straße. Zum Glück hatte man dort ein Sortiment an Halskrausen, Mullbinden und große Profi-Pflaster, er packte alles in seinen Rucksack, raste zurück und versteckte das Fahrrad hinter den Mülltonnen. Mel würde wohl kaum hinter den Tonnen herumspionieren wollen, trotzdem bog er das vordere

Schutzblech nach oben. – Etwas zu weit, mit einem knackenden Geräusch löste sich auch die Gabel vom Gestänge, und er hielt den Vorderreifen samt Schutzblech in der Hand. Es sah mitleiderregend aus, wie sein geliebtes Fahrrad jetzt nur noch durch zwei Bremskabel zusammengehalten wurde, aber für Trauer war keine Zeit. Er stellte das Fahrrad jetzt deutlich sichtbar vor die Mülltonnen und rannte die Treppen hoch. Oben verstaute er sorgsam alle Zeugnisse der letzten Tage hinter dem Sessel – Weinflaschen, volle Aschenbecher etc. Nun ging es an die Verbände, drei würden reichen, an beiden Armen und am rechten Knie. Nachdem ein Dutzend Mullbinden verbraucht waren, beherrschte er allmählich die Kunst des Verbindens. Etwas verdünnte Acrylfarbe gab den Stellen ihren letzten Schliff, und ein Blick in den Spiegel stellte ihn zufrieden: Er gab ein Bild des Jammers ab. Die Halskrause legte er sich schon einmal probehalber um, so wie damals, als er eine Nackenstarre wegen einer Vollbremsung mit dem Auto hatte; natürlich wusste Mel nicht, dass auch diese nur vorgetäuscht war, da ein Ausflug mit den Kindern in den Zoo bevorstand.

*

Mel beeilte sich nicht. Schließlich sollte er ja noch etwas Zeit haben, um sich die Verbände anzulegen; vielleicht hatte er sogar noch die Halskrause von damals, als er diesen Beinahe-Crash mit dem Auto vorgetäuscht hatte. Sie ärgerte sich etwas, er hätte sich diesmal wirklich etwas anderes einfallen lassen können, vor allen Dingen fragte sie sich, für wie naiv er sie hielt. Sie

packte zwei Salate aus dem Kühlschrank ein, dazu das Wasser – Dinge, die er nicht mochte und ganz sicher nicht essen würde. Bei den Weinflaschen zögerte sie (Thomas hatte sie mitgebracht), aber dann nahm sie auch diese mit.
Sie schickte Thomas eine SMS, *Ich liebe dich!*, und bestellte das Taxi.
Natürlich war sie aufgeregt.
Der Taxifahrer gab sich anfangs schweigsam und nickte wortlos zu der Adresse, die sie ihm mitteilte; als dann im Radio eine Sendung zur Astronomie begann, wurde er zunehmend lebendiger und kommentierte das Gesagte in seiner tiefen Baritonstimme: »Wahnsinn.«
Der Sprecher in *Universum heute* fuhr fort, die Milchstraße zu beschreiben – *den Namen Milchstraßensystem trägt unser Sternsystem nach der Milchstraße, die als freiäugige Innenansicht des Systems von der Erde aus wie ein quer über das Firmament gesetzter milchiger Pinselstrich erscheint. Dass dieses weißliche Band sich in Wirklichkeit aus ca. 100 bis 300 Milliarden von Sternen zusammensetzt, wurde erst 1609 von Galileo Galilei erkannt, der die Erscheinung als Erster durch ein Fernrohr betrachtete.*
»Wahnsinn.«
Schon im Altertum war die Milchstraße als heller, schmaler Streifen am Nachthimmel bekannt. Ihr altgriechischer Name galaxias – von dem auch der heutige Fachausdruck »Galaxis« stammt – ist von dem Wort gala, also Milch, abgeleitet. Wie dem deutschen Wort »Milchstraße« liegt also auch dem altgriechischen Begriff das »milchige« Aussehen zugrunde. Das Milchstraßensystem besteht aus etwa 100 bis 300 Milliarden Sternen und großen Mengen instellarer Materie, die nochmals

600 Millionen bis einige Milliarden Sonnenmassen ausmacht, die Anzahl der Sterne und damit auch die Gesamtmasse unserer Galaxis kann auf Basis von Berechnungen und Beobachtungen aber nur geschätzt werden. Die Masse dieses inneren Bereichs der Galaxis wird mit ungefähr ca. 180 Milliarden Sonnenmassen veranschlagt. Ihre Ausdehnung in der galaktischen Ebene beträgt etwa 100 000 Lichtjahre, die Dicke der Milchstraßen-Scheibe etwa 3000 Lichtjahre und die der zentralen Ausbauchung etwa 16 000 Lichtjahre.

Die Sendung wurde durch einen Verkehrshinweis unterbrochen, und er drehte den Ton leiser, von diesem Universum könne man sich doch eine Menge abgucken, das mit den Planeten und diesen Schwarzen Löchern, das zeige doch, wie es da oben wirklich aussähe, nichts sei da geordnet oder garantiert, man müsse eben nur hingucken, genau hingucken.

»Das ist aber schon geordnet, alles verläuft in Umlaufbahnen um Sonnen«, bemerkte Mel kurz. Er schüttelte energisch den Kopf, nein, immer wieder würden diese Dinger aneinanderkrachen, Asteroiden, Kometen, all das, es gäbe ja diese Crashs, wie eine Karambolage auf der Autobahn; im Grunde regiere doch nur der Zufall, wer wisse schon, wann welcher Stern oder Meteorit an den anderen knalle? Das sei das pure Chaos, und keiner könne beantworten, ob das eben Absicht oder Zufall sei.

»Absicht? Von wem?«

Das sei ja das Spannende, fuhr er fort, vielleicht stecke hinter diesen ganzen Karambolagen ja doch ein System, ein Wille, vom lieben Gott, Allah oder sonst wem. Und wenn nicht, dann wäre es eben Zufall, dass ein

Stern zu einer bestimmten Zeit genau auf einen anderen treffen würde; der geriete dann eben aus seiner Umlaufbahn und treffe wieder auf einen anderen und so weiter, das sei ja das Chaos, oder eben das System, am Ende wären es doch nur zwei unterschiedliche Worte für ein und dasselbe. Man müsse nur in den Himmel schauen, da könne man alles sehen, was hier, auf der Erde, genauso gelten würde.

»Na ja –«

»Doch, ganz sicher. Ist immer das gleiche Prinzip. Wir wissen nur nicht, warum es das Prinzip gibt. Aber sonst ist alles klar.«

Die Sendung begann wieder, er drehte den Ton lauter und bog in die Straße, an deren Ende Bastiens Atelier lag. Mel stieg aus und blickte einen Moment lang am Gebäude hoch, ein vertrauter Anblick. Etwas zögerlich zündete sie sich eine Zigarette an – *man müsse nur in den Himmel schauen, da könne man alles sehen, was hier, auf der Erde, genauso gelten würde*; ein Unsinn, dachte sie, so wie das meiste Unsinn war, Bastiens fingierter Unfall, Venus, Erde, Mars und Jupiter, Thomas' teure Weinflaschen in ihrer Tasche, die Tatsache, dass sie hier jetzt überhaupt stand. Der Unsinn schien sich wie eine rasselnde Blechdosenschnur durch das Leben aller zu ziehen, es klapperte an allen Enden, immer lauter, ohne einen erkennbaren Sinn; der einzige Gehalt zeigte sich in der schleifenartigen Wiederholung dieses blinden, atemlosen Spiels, das sich Anfang und Ende zugleich war, das sich in der einfachen Anwesenheit einer gnadenlosen Oberflächlichkeit gänzlich genügte. Deshalb der Unsinn, deshalb Venus, Erde, Mars, Jupiter und Thomas' Weinflaschen für Bastien. Sie sah wieder am Gebäude hoch. Der vierte Stock, neunzig Stufen. Sie zerdrückte die Zigarette auf dem Asphalt, blickte lächelnd auf Bastiens demoliertes Fahrrad an den Mülltonnen am Eingang und ging hinein. Oben angelangt, dauerte es eine Weile, bis er öffnete.

»Du bist also mit vierzig auf den Bus geknallt, so schnell?«, fragte sie besonders ungläubig.

»So ungefähr«, sagte er. »Komm rein.«

Er sah ihr hinterher, als sie eintrat, zum Kühlschrank ging und den Salat dort verstaute; sie sah gut aus. *Sehr* gut, dachte er und nahm ihre vertrauten Bewegungen wahr. Auch wehmütig – wie hatte er das jemals nicht zu schätzen gewusst, wie hatte er *das hier* zulassen können? Er musste sich zusammenreißen, sie schien das zu merken: »Hast du noch Schmerzen?«

»Habe Tabletten genommen, es geht.«

Sie sah sich kurz um. »Ist es nicht zu kalt hier, so auf die Dauer?«

»Es geht schon.«

»Und die Halskrause passt noch?«

»Wieso – noch?«

»Es hätte ja sein können, dass es die vom letzten Mal ist«, sagte sie.

Er erkannte die leichte Ironie in ihrem Satz nicht und erzählte vom Krankenhaus, von den unterschwelligen Andeutungen der Ärzte und wie er sich schließlich durchgesetzt hätte, damit er nicht dortbleiben musste. Der Bericht fiel derart detailliert aus, dass Mel sich einen Moment lang fragte, ob an seiner Geschichte vielleicht doch etwas dran sein könnte; dagegen sprach allerdings der Geruch von Acrylfarbe, den sie an den Verbänden riechen konnte, auch hätte eine Krankenschwester nicht gerade Büroklammern für die Mullbinden verwendet und diese auf links gewickelt. Er stockte schließlich in seinen Erzählungen, als sie ungefragt eine Flasche Wein öffnete und ihm ein Glas reichte. »Ich hoffe, der Arzt hat dir das nicht verboten?«

Sie tranken und schwiegen.

»Wie geht es dir?«, fragte sie dann leise. »Ich meine nicht den Unfall.«

Er legte ein Bein hoch und verzog dabei etwas die Miene. »Ganz gut. Ich mache hier eben mein Ding. Vorbereitungen und so.«

»Das ist gut.«

Sie schwiegen wieder.

Er sah, wie sie den Stiel ihres Glases mit den Augen fixierte.

Sie sah, wie er sie aus den Augenwinkeln heraus musterte.

Im Treppenhaus machte jemand das Licht an.

Ein Auto fuhr auf den Hinterhof.

Im Treppenhaus hustete jemand.

»Wir führen jetzt beide ein anderes Leben. Jeder muss sich daran gewöhnen«, sagte sie.

»Ich führe kein anderes Leben. Nur du.«

Sie blickte wieder lang auf den Stiel des Glases, sah ihn dann herausfordernd an. »Nein. Ich kenne dich doch. Wenn auch noch nicht jetzt, so wirst du bald ganz anders leben. Mit dieser Blonden oder sonst wem.«

Er zwang sich, nicht zu antworten; es ging hier um *Größe* und Disziplin.

»Oder?«, fragte sie.
»Es gibt keine anderen Frauen, das weißt du auch.«
»Weiß ich das? Nach dem, was ich alles höre?«
Eine einfache Taktik. Je mehr sie ihm unterstellte, umso besser konnte ihre Geschichte mit Thomas in den Hintergrund rücken. Er ging darüber hinweg: »Noch mal, da ist nichts. Und du weißt das. Im Gegensatz zu dir, oder?«
Der Rand des Glases wies eine feine Ziselierung auf, etwas altertümlich, aber doch schön. Sie erinnerte sich, dass sie damals drei dieser Gläser auf dem Flohmarkt gekauft hatten.
»Bist du glücklich?«, fragte er.
Sie nickte mehrmals hintereinander. Diesen Flohmarkt gab es immer samstags, am Ebertplatz. Die Kinder waren dabei gewesen, und sie hatten ihnen irgendeinen bunten Kleinkram gekauft. Eine Plastikmaus für Zoe, die damals fast noch ein Baby war, ein Stofftier für Debbie, etwas in der Art.
»Dann sollte ich dir jetzt alles Gute wünschen, nicht? Alles Gute für dein neues Leben mit – Thomas. Für die nächsten langen Jahre«, sagte er langsam und sah ihren verwunderten Blick dabei.
»Obwohl ich nicht in deiner Haut stecken möchte«, fügte er hinzu.
»Warum?«, fragte sie.
»Du weißt schon, was ich meine.«
Das saß offenbar, sie blickte jetzt starr auf das Glas. Bestimmt, dachte er, würde sie jetzt an ihre endlosen Nächte am Küchentisch denken, Nächte, die es so mit *diesem Typen* nicht gab, nicht geben konnte. Vielleicht

würden sie auch die Abende vor dem Fernseher verbringen, das würde eher zu ihm passen, zu diesem *netten Kerl*, der er war. Nett und ein Kontroll-Freak ohne Tiefgang, das würde auch Mel inzwischen wissen. Sie bewegte das Glas hin und her, er betrachtete ihre Hand dabei; der Ring an ihrem Finger, mit einem eingelassenen roten Stein darin, die bläulichen Adern, die sich unter der Haut abzeichneten. Die Falten an den Knöcheln.
»Aber ich liebe ihn«, sagte sie.
Er zuckte kurz zusammen. Sie sah das. »Ich weiß, was das für dich bedeutet«, sagte sie.
»Aber ich kann es nicht ändern, verstehst du? Ich kann es nicht ändern!«
»Und wenn du es ändern könntest, würdest du es tun?«, fragte er leise.
»Es ist doch ein – Gefühl. Ein besonderes Gefühl. Wie oft hat man das im Leben, dreimal, viermal? Auf jeden Fall nicht sehr oft, deshalb hat es seinen Wert und ist besonders. Das sagt einem doch etwas, auch über sich selbst. Und keiner kann so etwas ändern.«
»Hast du es versucht?«
Sie sagte nichts, schüttelte anstatt dessen wieder mit dem Kopf.
Die Ziselierung war wirklich sehr schön. Die Linien zogen sich in Wellenform um das Glas herum, in regelmäßigen Abständen reichten einige bis an den Stiel hinunter; sie fuhr mit den Fingern leicht darüber. Es war ein sonniger Herbsttag gewesen, sie hatten das Auto unter einem Baum geparkt, und als sie zurückkamen, war es von Blättern bedeckt. Zoe hatte versucht, sie wegzupusten.

Sie hatten gelacht.
Und die Gläser und den bunten Kleinkram nach hinten gelegt, zwischen die Kindersitze. Die beiden hatten alles während der Fahrt festgehalten, wie einen Schatz, sie konnte sie im Rückspiegel sehen, diese glücklichen Kindergesichter und die in Papier gepackten Dinge. Auf Debbies Anorak hatte sich eines der Blätter verfangen, aber sie hatte nur Augen für das neue Stofftier gehabt.
»Aber wenn du es ändern könntest, würdest du es tun?«, wiederholte er die Frage.
»Ich weiß es nicht«, sagte sie. Nach einer Pause fügte sie ein *Ja, vielleicht* hinzu.
Wieder ihre Knöchel, die Finger, wie sie über den Glasrand fuhren, vertraute Finger, die jeden Zentimeter seines Körpers kannten; Finger, die gestreichelt hatten, Knochen, Adern, Falten, die er gespürt hatte.
Der rote Stein hatte einen Kratzer an der Seite.
Eigentlich hatte sie immer diesen Ring getragen, schon als er sie kennengelernt hatte, so ein großer Ring fiel eben auf, mit seinem doppelten Kreis erinnerte er an Saturn. Den hätte sie ganz einfach vom Secondhand, hatte sie ihm gesagt, da würde man immer etwas Besonderes finden, so etwas wie diesen Ring eben.
Er hatte jetzt einen Kratzer.
Was hieß dieses *Ja, vielleicht*, bedeutete es ein *Es ist nicht zu spät?*
»Es ist also nur ein – Moment?«, sagte er leise und spürte eine Prise von dem, was man ein neues Selbstvertrauen nennen mochte.
»Ich glaube schon, ja. Es ist anders als mit dir, ganz anders«, sagte sie.

»Anders? Ist er etwa schlecht im Bett?«
»Er ist gut im Bett.«
»In seinem Alter? Hätte ich ihm gar nicht zugetraut.«
»Spinner.«
»Warum Spinner? Ich halte doch nur fest, dass die Potenz im Alter nachlässt. Ab Mitte vierzig. Das ist erwiesen. Besonders bei diesen Bürotypen, immer nur sitzen und so, das verklemmt die Adern.«
»Er ist nicht nur im Büro.«
»Stimmt, es gibt ja noch die Autos. Habt ihr es schon mal im Ferrari gemacht? Gibt's einen gefühlten Unterschied zum Maserati?«
»Hör auf.«
»Maserati-Fahrer sollen besonders unter Impotenz leiden. Sagt man.«
»Er nicht.«
»Dann ist der Maserati nicht echt.«
»Sag mal –«
»Oder zu eng. Man eckt ja überall an und hat keinen Platz für die Beine. Und mit den Gelenken wird's im Alter auch nicht besser, Arthritis, Rheuma, all das. Und dann Alzheimer. Da sollte man so ein Ding doch besser in der Garage lassen.«
»Schau dich mal an, dann weißt du, wer hier ein Problem mit den Knochen hat.«
»Das kam aus der Aktivität heraus, Sport, wenn man so will.«
»Ach, hör auf. Und seine blöden Autos interessieren mich nicht.«
»Blöd?«
»Ja, blöd.«

»Interessant.«
»Was ist interessant?«
»Na, dass du sie blöd findest. Es sind ja jetzt so quasi – deine.«
»Quatsch. Das trennt er sehr genau.«
»Ich weiß.«
»Warum sagst du es dann?«
»Nur so. Hätte ja sein können, dass er sich geändert hat.«
»Nein.«
»Was – nein?«
»Er hat sich nicht geändert. Er ist absolut genau, richtig penetrant-genau, eben perfekt mit allem. So wie auch alles geplant ist, wird und soll.«
»Das war er immer.«
»Ich weiß. Aber damals hat er *mich* noch nicht geplant, in der Agenda oder als Business-Plan, so etwas.«
»Klingt anstrengend.«
»Sei nicht sarkastisch. Das ist nicht lustig.«
»Sollte es nach den ersten Wochen aber doch noch sein, oder? Lustig, meine ich, lebenslustig. Weil man doch frisch verliebt ist, wie du sagst.«
»Das bin ich auch.«
»Wie ist das, wenn man in einen Taschenrechner verliebt ist? Stelle ich mir komisch vor, wenn diese bunten Knöpfe mir sagen, was ich alles kann, darf und will – und wann. Habt ihr Termine? Gibt's eine Stechuhr?«
»Lass das.«
»Der Typ hat Angst, das ist alles. Alle, die so fix planen, haben Angst; und mit dem Planen haben sie das im

Griff, denken sie jedenfalls. Hat er denn seine Portugiesin für dich aufgegeben oder läuft die noch nebenbei?«
»Was für eine Portugiesin?«
»Können auch zwei oder drei sein. Die trifft er immer in Charlottenburg, in so einer Bar. – Und sagt dir dann bestimmt, dass er noch so viel Unerledigtes zu tun hätte, oder?«
»Jetzt wirst du richtig fies. Ich kann auch gehen, wenn du das willst –«
»Schon gut. Es stimmt aber.«
»Nein.«
»Zumindest stimmte es.«
»Jetzt bist du nicht besser als –«
»Als er? Richtig, Freunde verrät man nicht, das hatte ich ganz vergessen.«
»Darum ging es nicht. Und das wollte er auch nicht.«
»Der Arme.«
»Weißt du, ich kann nicht erwarten, dass du das verstehst, ich verstehe es ja selbst kaum. Es ist einfach dieses – Gefühl, was soll ich denn machen? – So, als wenn man eine vertrocknete Blume wieder begießen würde; all das, was ich mir immer gewünscht habe, die Familie zu leben, mit allem, was dazugehört, das geht jetzt mit ihm, verstehst du? Im Gegensatz zu dir.«
»Ich war immer für euch da.«
»Nein.«
»Doch.«
»Du verstehst mich nicht. Nicht einmal jetzt.«
»Was verstehe ich denn nicht? Es liegt eh in der Vergangenheit, und solange du keine Zukunft aufmachst,

ist es völlig egal, was ich verstehe oder eben nicht, dann ist's nur museal, mehr nicht.«
»Du verstehst mich also nicht?«
»Du fragst, ob ich jetzt verstehen kann, dass ich dich damals nicht verstanden habe?«
»Nein. – Ob du meine Reaktion *auf dich* verstanden hast.«
»Genau. Darauf, dass ich dich früher nie verstanden habe, das meinst du?«
»Daran ist eigentlich nichts Kompliziertes. Ich möchte nur wissen, ob du mich jetzt begreifst. – Dass alles eine Reaktion ist, auf etwas, das vorher mit uns, durch uns, hätte stattfinden müssen.«
»Also eine Reaktion auf etwas, das es vorher nicht gab?«
»Ich –«
»Was?«
»Das ist es ja. Mit *ihm* ist es alles so deutlich, klar, mit uns immer so wie, ja – wie in irgendwelchen Fallstricken oder Schlingpflanzen, wir springen da so lange herum, bis sich jeder mit dem Unverständnis des anderen stranguliert hat, so ungefähr, man weiß nicht mehr, worum es eigentlich geht.«
»Das Wesen der Kommunikation ist autoreferentiell, sie dient in erster Linie sich selbst.«
»Du und deine Sprüche. Daran hat sich nichts geändert.«
»Wieso? Indem man miteinander sinnlos kommuniziert, beweist man *Sein*, man ist sich nah, das zählt doch. Sinnlose Worte sind wie Wohnzimmereinrichtungen, da gibt's eine Sitzecke, die nie benutzt wird, ein Sofa, auf dem man nur auf einer Seite sitzt, herum-

stehende Vasen, ein Bücherregal mit Lexika, in denen man nie nachschlägt, so etwas. Aber ohne all das wäre es kein gemütliches Wohnzimmer, man braucht es eben irgendwie doch. So wie das Reden.«

»Das ist Unsinn.«

»Das meiste ist Unsinn. Bei allen. Und alles wird vom Unsinn zusammengehalten.«

»*Wir* reden nur Unsinn, wirklich.«

»Nur Thomas nicht, der ist besser, oder wie war das eben – *so deutlich, so klar*. Dann stimmt ja alles.«

»Nein. Ich sehe schon, was da nicht stimmt.«

»Da stimmt also einiges nicht, und trotzdem machst du weiter?«

»Ich muss.«

»Man muss gar nichts.«

»Willst du mich nicht verstehen? Ich kann das nicht stoppen, es muss sich von selbst lösen, nicht von außen. Ich kann nicht einfach sagen, *aus, Schluss, das war's*. Das geht nicht.«

»Und warum nicht?«

»Weil ich es dann immer mit mir herumtragen würde, es wäre nie aus.«

»Also möchtest du eigentlich, dass es vorbei ist?«

»Ich weiß es nicht.«

»Warum denn – wenn es dir so guttut, wie du sagst?«

»Ich weiß es einfach nicht.«

»So etwas weiß man.«

»Nein, nicht immer.«

»Doch.«

»Aber dass du mich vorher loswerden wolltest, wusstest du genau.«

»Ich wollte dich doch nicht loswerden, was redest du da?«
»Und wie nennt man das dann? Entfernen, subtrahieren, eliminieren, wegspülen – loswerden klingt daneben doch gar nicht so schlecht.«
»Das stimmt nicht.«
»Doch.«
»Ich war verletzt.«
»Ich auch.«
»Nein. Du bist jetzt verletzt. Ich war es vorher.«
»Also geht's darum, wer der Erste ist? Ich war ganz sicher *vor dir* verletzt. Weil du nicht mitwolltest. Dann habe ich es getan, und du hast die Beleidigte gespielt. Sonst nichts.«
»Ich war nicht beleidigt. Ich war *verletzt*.«
»So wie ich. Vorher und nachher.«
»Nein. Du warst nur nachher verletzt. Du wolltest gar nicht, dass ich mitkomme, gib's einfach zu. Wegen der Nutte.«
»Sie ist keine Nutte. Und außerdem auch kein alter Freund. Weißt du eigentlich, was du mir angetan hast?«
»Du mir auch.«
»Und was erwartest du von mir?«, fragte er.
»Ich kann nichts erwarten. Vielleicht nur, dass du mich nicht ganz aufgibst. Vielleicht auch, dass du mein – Freund bist. Gerade jetzt. Und an meiner Seite stehst, mir einfach die Zeit gibst. Kennst du diese Stelle bei Musil? Dass die eigentliche Entscheidung erst nach der Entscheidung kommt?«
»Nein.«

»Aber es stimmt.«
»Und was stellst du dir unter *Freund* vor?«
»Es ist – ich habe manchmal richtig Angst vor ihm. Er bestimmt einfach alles, den nächsten Schritt, den übernächsten, den in hundert Jahren. Alles läuft so, wie er es für richtig hält. Und da ist sonst niemand, mit dem ich –«
»Darüber reden kann? Mit *mir* willst du darüber reden?«
»Du bist der Einzige. Du verstehst das.«
»Ich verstehe das?«
»Ja.«
»Wir sind jetzt also Verschwörer und Verbündete?«
»So meine ich das nicht.«
So meinte sie es schon, dachte er; es war ein *Warmhalten*, aber genau darin mochte eine Chance für ihn liegen, der Weg der Größe schien erste Früchte zu tragen. Natürlich könnten sie Freunde sein, sagte er. Auch wäre das eine Sache der Ehre, und er würde sie sicher nicht mit ihrem Problem allein lassen, sie könne auf ihn zählen. Vielleicht sei es sogar gut, dass sie einmal diese Erfahrung machen würde, allein schon, um neu wertzuschätzen, was sie seinerzeit aneinander hatten. Und diese Erfahrung könne eine Art Läuterung sein, am Ende wäre es vielleicht für sie beide gut. Er könne ihr eben nur alles Gute wünschen und würde natürlich an ihrer Seite stehen, aber das ginge nur, wenn sie ihn auch teilhaben ließe. Der Abstand, so wie bisher, würde nur dafür sorgen, dass sie noch weiter auseinanderdriften würden. Irgendwann wäre dann ein irreparabler Punkt erreicht, und sie hätten sich für

alle Zeiten verloren. Der letzte Satz trieb ihr einige Tränen in die Augen, sie wolle das auf keinen Fall und sie würde ihn ab jetzt über alles informieren, er dürfe sie nur nicht aufgeben, das müsse er versprechen. Sie wischte die Tränen nervös ab. Es sei ja auch so, dass sie ihn sehr vermissen würde, die Intensität, einfach alles.
»Ich freue mich doch, wenn ich dich teilhaben lassen kann, wirklich, wir können jeden Tag telefonieren und uns auch mal sehen.«
»Mal?«
»Er ist eben eifersüchtig, weil er auch so viel zu tun hat, da bleibt nicht viel Zeit, die will er natürlich mit mir haben. Allein schon heute, das ging nur, weil du diesen Unfall hattest.«
»Ich möchte aber meine Zeit nicht nach der von diesem Typen ausrichten.«
»Das muss ja auch nicht so sein. Nur ein wenig Rücksicht wäre gut. Wirklich, nur das. Vertrau mir einfach.«
»Und du vermisst mich wirklich?«, fragte er betont langsam.
Schon die ganze Zeit über, sagte sie und legte ihre Hand auf seinen Bauch; sie würde ihn wirklich vermissen, auf jeden Fall. Sie schob ihre Hand hin und her, absolut jede Berührung würde sie vermissen, jeden Zentimeter seines Körpers. Eigentlich müsste er das wissen, sagte sie und legte den Kopf auf seine Brust, er müsse ihr jetzt einfach nur Zeit geben, das sei alles. Er spürte ihre Zunge jetzt an seinem Hals, er zog sie näher an sich und fuhr mit den Händen über ihre Brust, sehr langsam.
Der Moment stand still.

»Wie lange?«, fragte er leise.
»Ich weiß es nicht. Aber er hat jetzt so eine Reise für uns gebucht, das macht es bestimmt einfacher, er ist doch gar nicht so ein Typ dafür.«
Er nahm seine Hände abrupt zurück. »Was für eine Reise?«
»Nach Arabien. Über Silvester.«
»Arabien? Und wo?«
»Jemen, glaube ich, ja, Jemen.«
»Du fährst in den Jemen? Mit mir hättest du das nie –«
»Ich weiß, was du denkst. Es ist nur – ich komme da nicht raus, ich kann nicht einfach absagen.«
»Weißt du, wie viel Reisen ich mit dir machen wollte? – *In den Jemen?* Du hättest mich ausgelacht!«
»Aber du hättest auch nicht so ein Mords-zehn-Sterne-Hotel mit allem Drum und Dran gebucht. Das ist richtig schön da. Mit einer ganz unabhängigen Infrastruktur, ich bin da einfach gut zu erreichen, für die Kinder. Und auch für dich«, fügte sie lächelnd hinzu.
Seine Disziplin zerbröckelte zusehends – sie machte eine Reise. »Ist das jetzt die Rache für Thailand?«, fragte er bitter.
Bevor sie antworten konnte, klingelte ihr Handy. Sie sah auf das Display, stand auf und ging schnell zum Eingang des Ateliers, draußen hörte er sie aufgeregt telefonieren. Nach einer Weile kam sie zurück. »Ich muss jetzt los, es tut mir leid.«
»Was ist?«
Sie zögerte kurz. »Er hat etwas gekocht, und das Essen steht gleich auf dem Tisch. Ich hab gesagt, dass ich um acht wieder zurück bin. Es ist fünf nach.«

»Du sagst mir gerade, dass *du* eine Reise machst, und willst dann einfach weg?«
Sie blickte erstaunt. »Man könnte fast denken, dass dir diese Reise mehr ausmacht als unsere Trennung.«
»Weil ich das nicht verstehen kann. Du wusstest, wie sehr ich das immer wollte, mit dir, aber nie –«
Sie stockte. »Ich habe es dir doch erklärt. Außerdem, wenn man verliebt ist – ich muss jetzt los, wirklich. Aber wir telefonieren morgen, ja?«
Er schwieg und sah, wie sie schnell ihre Sachen zusammenpackte und das Glas vorsichtig auf den Tisch stellte, dabei lächelte sie ihn an.
Ein Nicken zurück von ihm, abwesend (die *Reise*).
Sie ging hinaus und schloss leise die Tür hinter sich. Er hörte, dass sie noch einen Moment auf dem Treppenabsatz verharrte, bevor sie hinunterging.
Eine Reise.
Er riss sich die Halskrause und die Verbände ab und warf sie wütend vor die Spüle. Ein Hungergefühl machte sich bemerkbar, und er öffnete den Kühlschrank, der Blick auf die Salatpackungen tat ihm fast physisch weh. Der Computer bot keine Ablenkung, *Schwester* hatte nicht geschrieben. Er klickte auf den nächstbesten Fernsehkanal und versenkte sich tief in den Sessel – nur nicht daran denken. *Eine Reise.*
Es lief ein Bericht über Kenia. Ein Unkraut war über einen asiatischen Importeur in das Land gekommen und durchsetzte jetzt die heimische Vegetation; wenn niemand das Unkraut stoppen würde, gäbe es bald keine Nahrung mehr für wildlebende Tiere, so die düstere Prognose des Sprechers. Schon vor einigen Jahren

hätte Parthenium ganze Inseln im Südpazifik unbewohnbar gemacht, diese Bedrohung sei universal und in keiner Weise zu unterschätzen, diese Art von Pflanze würde einfach alles andere erbarmungslos überwuchern. Ein Wissenschaftler war beim Ausrupfen der Killerpflanze zu sehen, dahinter ging die Sonne blutrot über der afrikanischen Steppe unter. Ein letzter Blick auf dieses Szenario, dann ließ er sich langsam an seinem Seil hinunter, einige von den Schlingpflanzen um ihn herum waren aggressiv und schlangen sich sofort um seine Handgelenke; mit einiger Mühe konnte er sich befreien und kletterte weiter hinab. Von oben rief Mila ihm zu, ob alles in Ordnung sei, er schrie zurück, dass es alles klar sei. Er stieg Meter um Meter weiter hinab, mit den Armen hielt er sich fest am Seil, mit den Füßen stützte er sich am glatten Gestein der Wand ab. Schon bald drang das Sonnenlicht nur noch schwach in den Krater, und die Umrisse der Öffnung über ihm waren nur noch schemenhaft zu erkennen. Irgendwo dort oben stand Mila, schaute wahrscheinlich gebannt zu ihm hinunter und zählte jeden Meter des Seiles, das sie mit den anderen abließ. Schließlich gab es einen Ruck, und das Seil blieb straff hängen. Er prüfte die Schlingpflanzen um ihn herum, sie schienen stabil genug, um ihn zu tragen. Nach einem waghalsigen Sprung klammerte er sich an einigen dickeren Stämmen fest und kletterte weiter hinab. Die Pflanzen erwiesen sich allerdings als glitschig, und immer wieder versuchten einige Triebe, ihn zu umschlingen und an sich zu ziehen, sie schoben sich über seinen Bauch, seine Brust und wickelten sich saugend um seinen

Hals; aber er riss sie von seinem Körper und stieg, so schnell er konnte, weiter abwärts.
Das Gleißen unter ihm tauchte die Kraterwände in ein unwirkliches Licht, und die Pflanzen warfen skurrile Schattenbilder an die Wände. Wenn es je eine Hölle gegeben hatte, dann musste sie so aussehen, dachte er, setzte seine Füße auf das leuchtende Objekt und strich sich einige Reste der Pflanzen vom Körper. Es war geschafft.
Er sah nach oben, die Krateröffnung zeigte sich jetzt als ein heller Kreis. Das Tageslicht verlor sich irgendwo in der Tiefe, reflektierte aber zu seinen Füßen auf der Oberfläche des Objektes, auf dem er stand. Vorsichtig strich er mit den Fingern darüber, das Material fühlte sich seltsam weich und samtig an, ähnlich einer teuren Schreibtischunterlage. Er wunderte sich, auf welche Weise konnte es dann derart strahlen? Er ging nun langsam in Richtung der Mitte des Kraters, das Objekt wölbte sich dort etwas nach oben. Als er einmal etwas fester auftrat, gab die Oberfläche kein Geräusch von sich, auch das war ihm ein Rätsel. Nach ungefähr hundert Metern erreichte er schließlich die Wölbung in der Mitte des Objektes. Es schien sich um eine Öffnung zu handeln. Sie war kreisrund und wies an ihren Rändern nietenähnliche Köpfe auf, die offenbar zur Verstärkung der Luke dienten. Diese selbst war mit einer transparenten Fläche, ähnlich einem Glas, versehen; neugierig ging Bastien näher heran und versuchte, dort etwas zu erkennen. Offenbar verschloss die Luke den Zugang zu dem Objekt, aber er konnte einen spiralförmigen Gang ausmachen, der in das In-

nere zu führen schien. Jedoch war nirgendwo ein Öffnungsmechanismus oder Vergleichbares zu entdecken. Er suchte mit den Fingern entlang des Randes alles ab, dort war nichts; wieder spähte er durch das Glas in das Innere und konnte einige weitere Einzelheiten ausmachen, der Gang war durch Stufen unterbrochen, die ungewöhnlich steil ausfielen, auch erinnerte die Beschaffenheit des Materials dort mehr an die Innereien eines Organismus als an eine metallene Konstruktion, er hatte so etwas noch nie zuvor gesehen. Eines war klar, dieses Objekt stammte nicht von Menschenhand. Wie lange war es her, dass *sie* hier gelandet oder sogar abgestürzt waren? Waren diese Wesen gestorben, oder lebten sie noch immer? Er kniete sich hin und strich wieder über die Oberfläche des Objektes, es fühlte sich angenehm an. *Was war das?*

Er sah sich mehrmals um und spähte in die schattigen Nischen hinter den Schlingpflanzen, aber auch nach längerem Hinsehen konnte er nichts entdecken. Schließlich sah er wieder auf die Luke und traute seinen Augen kaum, die glasartige Fläche war jetzt völlig verschwunden, nichts versperrte ihm jetzt noch den Weg in das Innere des Objektes.

Er tastete sich vorsichtig mit den Händen an den Wänden des Ganges entlang, ähnlich wie die Oberfläche fühlten auch sie sich weich und samtig an, nur waren sie warm. Ebenso leuchteten sie ein wenig, so dass der Weg vor ihm deutlich sichtbar war, der Gang führte in immer größer werdenden Spiralkreisen nach unten. An einigen Stellen wiesen die Wände unregelmäßige Einbuchtungen auf, auch das verstärkte seinen Ein-

druck, dass das Objekt einem Organismus nachempfunden war – er kam sich vor wie im Innern einer Speiseröhre. Nach einigen weiteren Metern verbreiterte sich der Gang beständig und mündete in eine Vielzahl größerer Räume, die durch kreisrunde Öffnungen miteinander verbunden waren. Alle waren vollkommen leer, er sah nichts, das auf die Anwesenheit von Lebewesen hinwies; nirgendwo ließen sich Möbel, Gerätschaften oder andere Dinge feststellen, die einzig sichtbare Materie bestand aus der Struktur des Objektes selbst. Es schien ihm, dass die Helligkeit der Räume sich stetig veränderte, sie nahm zu und ab, vergleichbar dem Pulschlag eines Menschen. Ganz automatisch glich er seinen eigenen Atem dem Rhythmus des Lichtes an, dabei verspürte er ein Wohlgefühl. Nach einer Weile merkte er, dass sich andererseits das Licht nun *seinem* Atmen anglich. Oder bildete er sich das nur ein?
Neugierig ging er weiter, vor ihm öffnete sich nun ein besonders großer Raum, dessen Wände eine sich wiederholende Struktur aufwiesen, ähnlich einer feinmaschigen Membran. Er sah sich staunend um, der Raum, oder besser die Halle, war *schön*, ein vollkommenes Kunstwerk, meisterhaft in seinen Proportionen und in seinen gewölbeähnlichen Rundungen beeindruckend wie eine Kathedrale. Wieder atmete er kraftvoll ein und aus, auch hier schien sich das Licht sofort seinem Atem anzupassen. In der Mitte der Halle fiel ihm nun eine leichte Erhöhung auf, er ging näher heran und sah sie sich an. Auf den ersten Blick schien sie keinen weiteren Sinn zu haben; sie glich einer kleinen

Plattform in der Höhe eines Sessels, wie bei einem solchen wies sie eine leichte Vertiefung in ihrer Mitte auf sowie zwei Wölbungen an ihren Rändern, die an Lehnen erinnerten. Er setzte sich langsam hin, sofort verspürte er eine Intensität des Wohlgefühls, es war jetzt eher – Glück. In diesem Moment wurde ihm alles klar, das hier war wirklich ein Sessel, dieser war eins mit dem ganzen Objekt; und dieses Objekt war nicht nur ein Objekt, es war ein lebendes Wesen, das die Osmose mit einem anderen Wesen suchte, mit einem Lebewesen, das genau in diesem Sessel Platz nahm, um mit ihm zu sein. Er fühlte, wie die Plattform sich seinen Körpermaßen anpasste, wie sich langsam eine Lehne für seinen Rücken herausformte, wie das Glücksgefühl in ihm stetig wuchs; so als würde das Wesen mit ihm auf diese Art kommunizieren wollen, als wolle es sich anschmiegen, ihn – umarmen. Selig ließ er es gewähren, strich seinerseits über die Seiten des Sessels und vergaß alles um sich herum. Er mochte nicht sagen, ob es ein Traum oder eine Halluzination war, die ihm diese Bilder vor Augen führten; er sah fremdartige Leute in diesen Räumen, vielleicht ein Dutzend, wie sie aufgeregt den Gang aufwärts liefen und nach draußen in den Krater stiegen. Dann sah er weitere Bilder, die Personen standen in der Mitte von unzähligen Insulanern, mit denen sie gemeinsam aus irdenen Bechern tranken und tanzten, die Atmosphäre schien festlich und ausgelassen zu sein, was sich in den nächsten Bildern änderte. Die Eingeborenen schlugen urplötzlich mit Keulen auf sie ein, einer nach dem anderen ging zu Boden.

Es waren grauenhafte Bilder, und Bastien rieb sich die Augen. Wie lange hatte er in diesem Halbschlaf zugebracht, was war das für ein Traum? Er spürte den Sessel um sich herum, er fühlte sich jetzt wie samtenes Leder an. Das war kein Traum, sondern eine Kommunikation, man hatte ihm zeigen wollen, was geschehen war, und das hieß, dass die Einheimischen nach der Landung alle umgebracht hatten. Er dachte sorgenvoll an Mila, die oben am Kraterrand auf ihn wartete, und stand auf, sah dann, dass der Sessel sich ein wenig zurückbildete, er schien zu – warten.

»Wer bist du?«, rief Bastien laut in die Halle, es kam keine Antwort.

Aber im Grunde wusste er alles: Dieses Wesen benötigte ihn, brauchte die Zweisamkeit, damit es wieder hochfliegen konnte, hinaus aus dem Krater, zurück in den Weltraum. Er strich wieder über die Lehne des Sessels, der sich ihm zuneigte. Alles hier war *Liebe*, alles hier *wartete auf seine Liebe*, dieses Wesen *war die Liebe*. Und sie wollte fliegen, wieder – mit ihm.

Aber er dachte auch an Mila.

»Ich komme zurück«, sagte er leise und umfasste die Lehne fest mit beiden Händen.

Noch einmal fühlte er die Wärme, es fiel ihm schwer, loszulassen. Schließlich löste er sich und blickte ein letztes Mal auf den Sessel, der ihm traurig nachzusehen schien.

Er durchquerte wieder die anderen Räume und stieg den spiralförmigen Gang empor, oben angelangt, beeilte er sich, zur Kraterwand zu laufen. Er griff nach den Schlingpflanzen und zog sich wieder Meter um Meter an der Wand empor, entdeckte das Seil, das noch an derselben Stelle hing, und erreichte schließlich den Kraterrand. Bereits von dort rief er nach Mila, aber es kam keine Antwort, das beunruhigte ihn noch mehr. Er fiel keuchend vor Anstrengung ins Gras, in der Lunge verspürte er einen stechenden Schmerz, und er rang nach Atem, schließlich öffnete er die Augen. Vor ihm bot sich ein Bild des Grauens.

Der Boden war mit den Leichen seiner Leute übersät. Sie wiesen große Wunden auf, von Macheten oder Äxten beigebracht. Die Tränen liefen ihm über das Gesicht, als er auf die Leichen sah, manche waren bestialisch verstümmelt, einige sogar angenagt, ihre Augen blickten starr in den Himmel. Wie betäubt lief er durch die Toten und suchte nach Mila, sie war nirgendwo zu sehen.

Diese Eingeborenen waren alles andere als vergessen. Wahrscheinlich waren sie ihnen die ganze Zeit über gefolgt und hatten nur den richtigen Moment abgewartet: dass er in den Krater stieg und nicht zur Stelle war.

Er studierte noch einmal die Gesichter der Toten. Neben dem von Mila konnte er auch das von Tom nicht ausmachen, sie schienen ihn ebenfalls verschleppt zu haben. Vor sich sah er nun deutliche Spuren von sechzig oder siebzig Fußabdrücken. An einem Strauch flatterte ein weißes Stück Stoff, es stammte von Milas Bluse; er verspürte jetzt eine kalte Wut und umgriff seine Machete, diese Kerle würden ihn kennenlernen. Die Spuren wiesen den Weg zurück, in Richtung des Urwalds. Mit wenigen Griffen hatte er wieder das Seil

geschultert und lief los, spätestens am nächsten Tag würde er sie erreicht haben.
»Bastien?«
Und dann –
»Hallo, Bastien?«
Er murmelte ein *Ja?* in das Handy und wollte es schon wieder weglegen, dann merkte er, dass das Per Frings' Stimme war. Sofort stand er aus dem Sessel auf und stammelte, möglichst diszipliniert: »Per, Mensch, toll, dass du anrufst. Ich hatte geschlafen.«
»Schon gut. Wie geht es dir, mein Lieber, was macht das Projekt?«
Frings war einer von Bastiens Sammlern, er lebte in Köln und hatte ihm seinerzeit einen Vorschuss für ein Projekt überwiesen. Über den Inhalt hatte Bastien sich vorerst noch, wie er sagte, in Schweigen gehüllt – es gab kein Projekt, dieses Geld brauchte er für seine Thailand-Reise. »Das macht sich. Ich hab da ein paar Drähte, das sieht gut aus, für dein Geld brauche ich nur noch –«
»Sehr gut, Bastien, das freut mich für dich«, unterbrach Frings ihn leise. »Nimm dir ruhig noch etwas Zeit. Wir hatten bis zum Jahresende gesagt, das sind ja noch ein paar Tage.«
Bastien schwieg kurz und dachte daran, wo um alles in der Welt er binnen einer Woche das Geld herbekommen sollte.
»Du schaffst das doch sicher?«
»Ich –«
»Ansonsten musst du einfach mit mir sprechen«, sagte Frings wieder sehr leise. »Wir haben solche Dinge doch immer vernünftig geregelt. Oder, Bastien?«

»Natürlich, Per.«
»Sehr gut«, sagte Frings. »Dann verlasse ich mich auf dich.«
»Wie geht's Monika?«, versuchte Bastien abzulenken.
»Nun, es geht. Sie hat jetzt Milas Adresse herausgefunden, in Berlin übrigens, und ihr ein paar Briefe geschickt. Es gab keine Antwort.«
»Keine Antwort? Das ist hart, wirklich. Ich meine, zumindest eine Antwort könnte sie schicken, das wäre schon fair«, sagte Bastien.
Frings schwieg. Bastien kannte diese Pausen während der Gespräche mit ihm, aber sie irritierten ihn immer noch. Schließlich kam die Antwort: »Was ist schon fair im Leben? Die Menschheit besteht aus aneinandergereihten Egoismen, man verfolgt rein die eigenen Interessen. Jeder weiß das.«
»Berlin, sagst du? Soll ich mich mal kümmern?«, fragte Bastien.
»Nein. Es regelt sich, du wirst damit nichts zu tun haben«, sagte Frings bestimmt. »Aber bei der Gelegenheit wäre es interessant, deine neuen Arbeiten zu sehen. Du warst doch sicher produktiv?«
»Klar.«
»Und auch die Entwürfe des neuen Projektes?«
»Ja, klar.«
»Sehr gut. Dein Fleiß gefällt mir. Ich könnte es mir bald ansehen. Im Januar, nach Neujahr.«
»Du willst kommen?«
»Sicher. Berlin ist doch immer eine Reise wert.«
Bastien wurde abwechselnd heiß und kalt, nicht nur, weil er keinerlei neue Arbeiten vorzulegen hatte, ge-

schweige denn das geliehene Geld, sondern vor allen Dingen auch wegen Frings selbst. Dessen Fragen zu den Konzepten seiner Arbeit gingen stets derart in die Tiefe, dass er Tage der Vorbereitung dafür brauchte, um auch nur einigermaßen gut auszusehen.

»Aber erwarte bitte nicht zu viel, du wirst bestimmt auch noch andere Dinge hier zu erledigen haben. Du willst sie treffen, nehme ich an?«, sagte er.

»Wenn sie keinen Kontakt mit uns wünscht, dann müssen wir das respektieren. Aber wir werden sehen, was unsere kleine Lady denn möchte. – Und, mein Lieber, wie geht's Mel?«

Bastien stockte, mit Mel sähe es im Moment schwierig aus. In kurzen Sätzen erzählte er dann das Notwendigste zu seiner Trennung, die väterliche Antwort kam wieder nach einer längeren Pause: »Du solltest nicht kapitulieren. Es hört sich danach an, dass sie gerade eine Phase durchlebt, in der Sicherheit eine besondere Rolle spielt. Zu Ungunsten der Aufregung deiner Gegenwart, sie wird das früher oder später feststellen. Aber du darfst nicht den Respekt vor ihr verlieren. Dann wärst du es schließlich, der es beendet, nicht sie. Denk darüber nach. Du willst dir später ja schließlich nichts vorwerfen. Man hat immer die Wahl«, sagte Frings lapidar.

Sie verabschiedeten sich, Bastien dachte sofort nach, Frings war ein wichtiger Sammler, er hatte seine Bilder schon zu Studentenzeiten gekauft, immer regelmäßig, immer cash, nicht selten war er dafür nach Köln gefahren. Allerdings war er einer von der sehr korrekten Sorte, es war nicht damit zu rechnen, dass er das ge-

liehene Geld in Form von Bildern erstatten konnte, nicht bei dem. Er überlegte unkonzentriert weiter, bei wem er sich nun wiederum Geld leihen konnte.
Offensichtlich lebte Mila Frings jetzt in Berlin. Er hatte dieses Mädchen immer faszinierend gefunden, ihre dunklen, großen Augen, mit denen sie ihn anblickte während seiner Besuche in Frings' Haus. Er hatte damals immer das Gefühl, dass sie etwas ganz Besonderes war, obwohl sie kaum ein Wort miteinander gewechselt hatten; sie mochte zu der Zeit dreizehn, vierzehn Jahre alt gewesen sein, heute also fünfundzwanzig oder sechsundzwanzig. – Und sie lebte jetzt in Berlin. Er empfand eine Aufregung bei dem Gedanken. Insgeheim hatte er damals einige Portraits von ihr gemacht und sie nie vergessen.
Er konnte Kirsten wegen des Geldes fragen, sie hatte ihm schon einmal geholfen. – Aber vielleicht war es gerade deshalb keine gute Idee?
Er wählte ihre Nummer und schrieb eine SMS: *Vielleicht morgen Abend auf einen Wein im Dry?* Die Antwort kam sofort: *Klar. Um 8? Freu mich.* Er schrieb zurück: *Freu mich auch.* Es verging eine kurze Zeit, dann zeigte sein Handy eine weitere SMS von ihr an: *Du, es tut mir leid, ich kann doch nicht, sei mir nicht böse. K.*
Er setzte sich wieder in den Sessel, fuhr mit der Hand über das weiche Leder und dachte an dunkle, große Augen.
Mila.

7

Auch wenn Mel sich bei ihren Freundinnen inzwischen heimlich über Thomas' doktrinäre Art beklagte, konnte sie doch nicht umhin, diese zu genießen. Die Dichte der täglichen Anweisungen zu diesem und jenem hatte etwas Bequemes, sie hatte nicht zu denken und zu agieren, er nahm ihr das mit einem schlichten *follow me* großzügig ab; wie es schien, auch ohne eine Rechnung zu stellen, was das Pekuniäre wie ihre laufenden Kosten anbelangte. Natürlich war diese Bequemheit paradox, da sie auf der anderen Seite ihre Freiheit und Selbstbestimmung vermisste. Das veranlasste sie, diese Situation als einen temporären *Urlaub von sich selbst* zu deklarieren. Mit Bastien hätte es einen solchen Urlaub nie gegeben, er hatte sie immer gefordert, zumeist zum Denken und zum Reden. Sicher, sie hatte das immer als anstrengend empfunden, besonders ihren damaligen Wettlauf von Selbstbestimmung gegen Selbstbestimmung, Freiraum gegen Freiraum, mit dem Ergebnis der puren Erschöpfung. Vielleicht, so dachte sie, sei es nun einmal ein *weibliches Recht*, sich als schwach zu begrei-

fen. *Moderne Frau* hin, *moderne Frau* her, alles zu seiner Zeit.
Sie strich den Bettbezug glatt, entfernte hier und da einige Fussel und ging in die Küche. »Wie war dein Tag?«
»Ganz OK«, antwortete Thomas und winkte mit einem Holzlöffel. Er hob einen Deckel an und schaute prüfend in den Topf. Sie umarmte von hinten seine Brust und schmiegte ihren Kopf an seinen Rücken. »Ich habe dich vermisst.«
Er drehte sich um und küsste sie. »Ich dich auch. Wie geht's ihm?«
»Er ist gegen einen Bus gefahren.«
»Wirklich? Und –«
»Es ist nichts, nur ein paar Schürfwunden.«
»Gut«, sagte Thomas. »Bei ihm weiß man ja nie so genau, was los ist. Ihr habt euch verstanden?«
»Er braucht noch eine Weile, klar. Aber dann sind wir Freunde. Er will das auch«, sagte sie.
So etwas würde schon länger dauern, sagte er, manchmal Jahre. Wahrscheinlich wäre es eher eine Taktik, um sie nicht zu verlieren, Bastien könne da schon sehr einfallsreich sein. »Und natürlich will er, dass du ihm auf den Leim gehst.«
»Auf den Leim?«
»Was denkst du denn? Ich kenne ihn. Abgesehen davon wird er wohl nicht gerade gut über mich gesprochen haben.«
»Wir haben nicht über dich geredet«, sagte sie leise.
»Keine Andeutung, irgendwas?«
»Nein.«

Er schaute wieder in den Topf. »Es ist deine Entscheidung.«
»Was für eine Entscheidung?«
»Ihn zu treffen. – Umgang mit ihm zu haben. Das liegt bei dir.«
Das Rühren der Kelle im Topf hinterließ einen metallenen Klang, schnell, hart, rhythmisch. Sie sah nicht auf. »Wir kennen uns so lange. Bastien ist doch –«
»Ich weiß, wie lange ihr euch kennt«, sagte Thomas. »Aber manchmal muss man einen Strich unter die Vergangenheit ziehen, einfach, damit die Gegenwart eine gute sein kann.«
»Was meinst du damit?«, fragte sie.
»Das, was ich gesagt habe. Wenn du die Gegenwart mit solchen Treffen torpedierst, wird's schwer werden.«
»Aber ich habe doch nur –«
Er lächelte – genau, es sei ja eigentlich nichts. So ein Treffen sei ja normal, alte Bande eben, das müsse er akzeptieren. Auch wenn es nicht gerade leichtfalle.
Das Rühren der Kelle wurde noch lauter, und sie schwieg.
»Ich hoffe nur, dass er nicht noch mehr – *Unfälle* hat«, sagte er nach einer Pause.
»Er hatte wirklich einen.«
Er hielt die Kelle jetzt ruhig. Die Sauce hätte er in diesem Jamie-Oliver-Buch gefunden, er wäre richtig gespannt darauf, gestoßene Oliven und Kapern mit Tomaten, das sei schon speziell. Mel sah ihn nicht an, ganz bestimmt sei das toll, bei so viel Arbeit.
»Dabei fällt mir ein, am Samstagabend habe ich ein Geschäftsessen mit diesen IT-Leuten«, sagte er.

»Am Samstag?«, fragte sie.
»Das ist bei den Amis nicht unüblich.«
»Und unser Ausflug?«
»Welcher Ausflug?«
Sie stockte kurz. »Der mit den Kindern. Du hast ihn wieder vergessen.«
Sicher, der Ausflug, das habe er aber nicht vergessen, er wäre nur davon ausgegangen, dass das tagsüber sei. Mel kramte mit gesenktem Kopf und ruckartigen Handbewegungen in ihrer Tasche. »Ist es auch. Aber das ist doch irgendwie – ungemütlich.«
»Was?«
»Mit so einem Termin im Nacken. Ich dachte, wir beide würden dann noch etwas Schönes machen. Mit den Kindern essen oder so.«
»Abends?«
Er nahm den Topf vom Herd und füllte zwei Teller mit Nudeln und Sauce auf. Sie schwiegen und aßen. Er sah sie aus den Augenwinkeln an, sie sortierte die Olivenstückchen aus der Sauce. Nach einigen Bissen legte er die Gabel aus der Hand. »Gut, ich werde das absagen, ja? Ihr habt euch drauf gefreut, und wir fahren da hin.«
»Aber das musst du nicht –«
»Doch. Ich werde das absagen. Punkt.«
Er deutete mit einer Handbewegung an, dass die Frage für ihn beendet sei. »Bestellen wir etwas vom Italiener?«, fügte er dann mit einem Blick auf ihren Teller hinzu, an dessen Rand sich die Oliven häuften.
Sie lachte, Quatsch, das Essen wäre doch ganz OK, er solle nicht so selbstkritisch sein. »Weißt du, ich glau-

be, es wird bestimmt toll am Samstag. Einfach einmal Zeit zu haben – für uns, als Familie. Ich freue mich so.«

»Sicher wird es gut«, sagte er. »Wohin soll's denn gehen, ein Ponyhof oder so etwas?« Er grinste breit, Mels anfängliches Lächeln verschwand, sie blickte zur Seite.

»Die beiden sind keine Babys mehr.«

»Ich dachte ja nur –«

»Debbie hat schon das, was man einen ersten Freund nennen könnte.«

»Ich weiß.«

»Warum sprichst du dann von – Ponyhöfen?«

Nervös schob sie ihren Teller beiseite und nestelte eine Zigarette aus der Schachtel. Das Entzünden des Feuerzeugs hallte unnatürlich laut von der Küchenwand wider, sie legte es langsam zurück auf den Tisch. Er schwieg ebenfalls, aus den Augenwinkeln heraus sah sie ihn essen, den Blick starr auf die Gabel gerichtet. Eine Olive fiel herunter, er schob sie schnell weg, legte das Besteck beiseite und sah sie an: »Ich werde das auch noch lernen, OK?«

»*Auch noch?*«

»Man braucht doch Erfahrung, oder? Man wird ja nicht als Vater geboren.«

Sie dachte kurz daran, wie Thomas sich über Bastiens Rolle als Ziehvater ausgelassen hatte, Begriffe wie *unfähig, infantil, faul, unverantwortlich* waren noch die harmlosesten gewesen, allesamt mit einem entrüsteten Unterton versehen. Auch die folgenden Worte klangen so:

»Es ist ja nicht das Einzige, um das ich mich zu kümmern habe.«

»Ich weiß, die Firma.«
»Ja, auch. Aber einfach alles hier. Nicht nur die Kinder.«
»Was meinst du?«
»Dich, zum Beispiel. Ich kümmere mich doch um dich. Das ist ja auch etwas.«
»Ich komme schon klar«, sagte sie und spürte das Zucken ihrer Mundwinkel, drehte den Kopf zur Seite. Er sah sie direkt an: *»Du kommst klar?* Mit was denn genau? Weil die Leute so scharf auf deine Bilder sind?« Das Zucken ging in ein beständiges Zittern über, die Worte *Ich habe schon Bilder verkauft* kamen nicht mehr über ihre Lippen, sie drückte die Zigarette mehrmals im Aschenbecher aus. Er stellte ihn auf die andere Seite des Tisches. »Du rauchst zu viel.« Sie nickte. Seine Stimme kam jetzt ruhig und sanft herüber: »Sieh mal, ich meine das doch nicht – blöd, abwertend. Das mit den Kindern ist nur nicht immer einfach. Es geht ja auch um dich, oder? Ich denke, man müsste das alles einmal kanalisieren, in die richtige Gegend lenken, so etwas. Mehr nicht.«
»Was?«
»Du sitzt da jeden Morgen vor dem Rechner, setzt ein Bild nach dem anderen zusammen und weißt, dass du dir die Produktionskosten des Labors sowieso nicht leisten kannst. Wie wäre es damit, zuerst einmal die vorhandenen zu verkaufen, etwas an Marketing zu denken?«
Er zog die Augenbrauen auffordernd in die Höhe, fügte dann hinzu, dass sie einfach begreifen müsse, dass er das eben auch sehe, seine Verantwortung ihr gegen-

über, besonders jetzt, in ihrer – Hilflosigkeit. Das beginne mit der Miete, den Versicherungen und ende bei den ganzen Kosten für die Kinder, das könne sie gar nicht stemmen. Zumindest *noch* nicht.

»Ich habe dich nicht gebeten, das zu tun«, sagte sie leise.

»Es war ohne Alternative, das weißt du auch. Dein Ex hat nicht einmal danach gefragt.« Er nahm ihre Hand. »Und ich mag warmes Wasser beim Duschen.«

»Ich schaffe das, ganz bald.«

Er drückte die Hand fester: »Das musst du nicht. Ich bin bei dir, verstehst du? Ich möchte nur, dass du einfach zu mir stehst, in allem. Bastien muss nicht besucht werden, und wenn ich diese Mädchen für kleiner halte, als sie eigentlich sind, ist das doch eher – süß, nicht? Wir werden jetzt super Tage haben, nur wir beide, einfach mit der Zeit, die wir brauchen.«

Er fügte ein *Ich liebe dich* hinzu und küsste sie auf den Mund: »Wir sind da die ganze Zeit erreichbar. Und jeden Tag gibt es Flüge.«

»Ich weiß. Es ist ja auch nur so ein Gefühl. So weit weg zu sein von den beiden.«

Er sei so gespannt auf die Wüste, diese Wadis, das müsse unglaublich sein, und überhaupt – den ersten Januar bei fünfunddreißig Grad zu erleben. Wenn es zu heiß wäre, könnten sie auch ein paar Tage am Roten Meer einlegen, kein Problem.

»Ich liebe dich«, wiederholte er.

»Ich dich auch.«

Sie löste sich aus seiner Umarmung, es sei schon spät. Und morgen stünde wieder ein volles Programm an.

Sie ging hinüber ins Bad, setzte sich sofort auf den Toilettendeckel und vergrub das Gesicht in den Händen. Ein Make-up-Fläschchen fiel auf den Boden und zersprang, ihr Fuß schob es achtlos beiseite. Zwischen den Fingern lugte sie zur Tür, die ihr unnatürlich gebogen und rund vorkam, die Klinke prangte in der Mitte, riesig, sie wurde größer, wuchs ihr entgegen. Aber es blieb ruhig, niemand drückte dieses Ding herunter. Noch nicht.
Sie sammelte die Scherben vom Boden auf und schnitt sich dabei in die Fingerkuppen. Sie verspürte keinen Schmerz, nichts, nur eine schmale Taubheit, in den Fingern, am ganzen Körper.
Ich bin das nicht.
Ein Biss auf die Lippe. Auch dort kein Schmerz, nur ein Kribbeln, aber es hallte in ihr, ein hohler Ton; ein Holzstück, im Metall gerührt, er könnte es jetzt auch an diese Tür schlagen. Sie biss sich noch einmal auf die Lippen und stand vorsichtig auf.
Thomas räumte die Teller ab, spülte sie und putzte den Tisch, stellte dann das Frühstücksgeschirr für den nächsten Tag bereit und legte die Servietten aus.
Er nahm das Telefon aus der Jackentasche und schaute auf die letzten SMS: *Es würde mich freuen, wenn wir unsere Reiseberichte am Samstagabend mit einem guten Essen vertiefen könnten. Um 8 im Victorian's? Schöne Grüße von Thomas Deger*, stand dort zu lesen. Die Antwort: *Bin gespannt auf diese Vertiefung. Also bis Samstag, Degen grüßt Deger.* Er hatte noch *Fahre übrigens am 26ten in den Jemen* geschrieben, was sie mit einem *Alle Achtung!* beantwortet hatte. Jetzt tippte er *Mir ist am Samstag etwas dazwi-*

schengekommen. Würde auch Sonntagabend gehen? in das Handy. Die Antwort ließ einige Minuten auf sich warten: *Leider nicht, da bin ich über Weihnachten schon bei meinen Eltern. Schade. Gute Reise, KD.*

Er schaute lange auf das Display. Die darauf folgenden Weihnachtstage würde er mit Mel verbringen, danach stand schon die Reise an. Das hieß, dass er sie von jetzt an über zwei Wochen nicht würde sehen können, eine Ewigkeit. Er schrieb: *Werde dort ziemlich von der Außenwelt abgeschnitten sein, die Verbindungen sind mittelalterlich. Vorher nichts zu machen? TD.* Die Antwort kam sofort: *Habe auch gehört, dass man da schon Mut braucht, wirklich bewundernswert! Bin in Gedanken aber dabei und stelle mir eine rote Sonne über der Wüste vor, dazu ein Lagerfeuer, den Jeep und ein paar Kamele, mehr braucht man doch nicht, oder? KD.* Er tippte *Genau, sonst nichts!* in das Telefon. Es vergingen einige Minuten, er hörte Mel nebenan aus der Dusche kommen und ins Schlafzimmer gehen. Dann kam die nächste SMS: *Oder man sieht sich die Sonne im Jemen gemeinsam an?*

Er legte das Handy zur Seite und strich wieder die Servietten glatt. Darauf konnte es jetzt keine Antwort mehr geben.

*

Kirsten las ihren eigenen Satz noch einmal: *Oder man sieht sich die Sonne im Jemen gemeinsam an?* Es war wohl die Enttäuschung über den abgesagten Abend, zumal sie ihrerseits dafür Bastien abgesagt hatte, oder sie war, wie sie dachte, einmal wieder nur – zu blöd.

Sie blickte weiter auf das Telefon, es kam keine Antwort. Sie wartete weiter. Wenn er jetzt darüber nachdenken musste, wäre eine Zusage ohnehin unwahrscheinlich. Ihr fiel ein, dass sie gar nicht wusste, ob er diese Reise allein antrat, er hatte zwar immer nur von sich gesprochen, aber das taten alle. Vielleicht war seine Frau dabei oder seine zwei, drei Kinder; – wohl kaum, in solch ein Land fuhr man nicht mit Familie. Aber fuhr man wirklich allein? – Nein.

Sie überlegte, ob sie Bastien anrufen sollte – dass sie am Samstag nun doch könne. Aber das Hin und Her begann sie zu ermüden, es war wohl am besten, einfach in der Wohnung zu bleiben und sich eine von den neu gekauften Fernsehserien anzusehen.

Sie stand auf und legte eine *Twenty-Four*-DVD in den Player. Jack Bauer warnte gerade am Telefon einen FBI-Agenten vor einer Bombe, die mit Sicherheit gleich detonieren würde; dieser lächelte ungläubig in die Kamera und flog in der nächsten Sekunde auch schon in die Luft. Hätte er doch besser Jack geglaubt, sagte die Szene. Hätte sie doch besser an ihre Erfahrungen geglaubt, sagte sich Kirsten. Der Panzer war ganz ihrer Meinung; immer diese kleinen, dummen Versuche, etwas verändern zu wollen, wie naiv. Schicksal sei Schicksal, das ändere man nicht einfach so, und durch ein Anbiedern schon lange nicht. Das wahre Glück bestünde doch eher darin, sich seinem Schicksal zu ergeben, einfach zu akzeptieren, dass diese Welt unverrückbare Regeln habe. Im Grunde gebe es doch nur einen selbst; würde man sich nicht wahrnehmen, gäbe es den anderen doch auch nicht. Das hieße doch, dass es sich mit diesen kleinlichen Gefühlen wie Liebe und

solch einem Quatsch genauso verhalte: Sie selbst sei der Maßstab aller Dinge, ihre Liebe dürfe nur ihr gehören, wenn sie das erst begriffen habe, gäbe es auch kein Leiden mehr, keine Leute, die sie immer wieder verletzen würden, diese Verbrecher, Schweine.
»Ich bin nicht verletzt«, sagte sie leise. Einige Tränen liefen ihr über das Gesicht. Sie wischte sie nicht weg, sah, wie sie auf die Kissen vor ihr tropften.
Sehr gut, sagte der Panzer, das sei schon mal der richtige Weg. Niemand könne sie verletzen, solange er da sei. Auf diese Weise würde sie durch die Jahre kommen, zwar allein, dafür aber ohne Schmerz, im Alter würde es ohnehin besser werden. Und sie sollte es denen wirklich heimzahlen, mit diesem Bastien könne man anfangen, danach wäre dann der Deger dran, *Degen und Deger*, so ein Schwachsinn, alle hätten die ganze Zeit über nur an sich gedacht, was mit ihr wäre, hätte doch niemanden gekümmert. Also, wie würde man das anstellen? Man könnte sie in einen abgelegenen Wald locken, sie dort verführen, um ihnen dann die Genitalien abzuschneiden, so etwas. Wie wäre das mit dem Schwanz-Abschneiden?
Jack Bauer blickte auf die Mündung der Pistole vor ihm, der Terrorist grinste ihn spöttisch an – ob er noch etwas zu sagen hätte, jetzt, wo er zu Allah ginge. Mit einem Fußtritt setzte Jack den Mann außer Gefecht und hielt ihm im nächsten Moment die Waffe an den Kopf, *er* würde zu Allah gehen, wenn er nicht sofort ausspucken würde, wo Renee sei. Der Mann stöhnte und weigerte sich, Jack griff sich eine seiner Hände

und spreizte die Finger. Wieder weigerte sich der Terrorist, und Jack brach ihm den ersten Finger, dann den zweiten, der Mann schrie, Jack knickte ihm den dritten Finger auch um, und der Widerstand war gebrochen. Man würde Renee in einem Keller an der La Brea Avenue, Ecke Florence, gefangen halten, dort sei auch die Bombe. Verächtlich stieß Jack den Mann von sich und griff zum Handy: *alle Einheiten zur La Brea, Ecke Florence*, er drehte sich noch einmal um und blickte auf den stöhnenden Terroristen vor ihm, dieser Mann hatte seinen Partner auf dem Gewissen; er hob die Waffe und drückte kurzerhand ab, der Körper fiel dumpf auf den Boden. So hatte man mit Terroristen umzugehen und nicht anders.
Genau, sagte der Panzer, sie müsse sich endlich einmal durchsetzen und es ihnen zeigen; Auge um Auge, Zahn um Zahn, also, worauf warte sie?
Sie blickte weiter auf das Geschehen im Fernseher vor ihr, stieß sich dann mit den Fingern in den Bauch; – *Aua*, sagte der Panzer spöttisch und riet ihr, heute noch zwei, drei Folgen anzusehen, man könne dann auch viel besser einschlafen. Wieder stieß sie sich in den Bauch, dann noch einmal.
Vielleicht hätte sie eines Tages den Mut, es richtig zu machen.

*

»Wie geht's dir?«, fragte Mel am nächsten Morgen: »War's nicht zu kalt im Atelier?«
»Es geht«, antwortete Bastien, klemmte sich das Handy zwischen Schulter und Ohr und verrührte das Spiegel-

ei in einer Pfanne. »Ich hoffe, dein Abendessen war *delikat*?«
»Hör auf, du weißt genau, dass er nicht kochen kann. Was machst du über Weihnachten?«
»Ich weiß es noch nicht. Aber du machst bestimmt wieder ein Essen?«
Er konnte die Bitterkeit in seiner Stimme nicht recht unterdrücken. Sie überhörte das und sagte, dass es in diesem Jahr ganz klein ausfallen würde, es kämen nur Amy und Josh dazu. »Außerdem fliegen wir zwei Tage später schon.«
»Und die Kinder hast du organisiert?«
Sie sagte, dass sie Debbie und Zoe zu ihrer Mutter bringen würde, was er mit einem *Schon wieder?* quittierte. Deshalb würde sie auch heute noch diesen Ausflug mit ihnen machen, damit sie einen ganzen Tag zusammen wären. Und dann wären sie zehn Tage weg, da seien gerade fünfunddreißig Grad.
»Schön für dich«, sagte er.
»Bist du denn zu erreichen?«, fragte sie.
Sie hätte schon Angst. Und auch vor dem Land, das sei ganz schön – fremd und eigentlich kein normales Reiseland; sie wüsste auch nicht, weshalb er darauf gekommen sei, vorher habe er nie vom Jemen gesprochen, da ging es noch um Jordanien oder auch um die Malediven. Darauf hätte sie eigentlich viel mehr Lust; auf die Malediven, so ganz bequem am Meer liegen, das wär's gewesen. »Er will auch so einen Jeep mieten und in die Wüste fahren.«
»Schön.«
»In ein Wadi.«

»Da geht's ab. Viel Spaß.«
»Mach dich ruhig lustig. Ich muss da durch«, sagte sie leiser.
»Weiß er das eigentlich?«, fragte Bastien.
»Was?«
»Dass du ihn loswerden willst?«
Er solle das jetzt bloß nicht missverstehen, sie sei schon verliebt, aber es wäre alles so neu, sie müsse das besser kennenlernen, dann erst käme die Entscheidung.
»So wie bei Musil«, sagte er.
»Vielleicht, ja. Wollen wir über Weihnachten mal telefonieren?«
»Wenn du willst, können wir telefonieren, klar.«
Sie würde sich auf jeden Fall zwischendurch melden, und er solle aufpassen, dass er nicht wieder irgendwo gegen fahren würde.
Das mache er, sagte er und verabschiedete sich mit einem knappen *Tschüs*, denn in der Zwischenzeit war eine SMS gekommen, er las die Sätze auf dem Display: *Es tut mir sehr leid wegen der Absage, hoffe, du bist nicht böse. Kirsten.* Er schrieb zurück: *Schon OK. Was machst du morgen Abend?* Die Antwort kam umgehend, *Heiligabend? Bin während der Tage bei meinen Eltern. Aber was ist mit Silvester? – Auch gut*, schrieb er, *dann sehen wir uns Silvester.* Sie antwortete mit einem *Machen wir! Umarmung K.*
Er aß das Spiegelei direkt aus der Pfanne, dazu etwas von Mels Salat und die Reste aus einer Ketchup-Flasche. Ein erneuter Gang in den weihnachtlich überfüllten Supermarkt würde ihm wohl nicht erspart blei-

ben. Ebenfalls benötigte er neue Pinsel und Farben; und vor allem eine Idee für die neue Serie. Frings' Besuch lag ihm wie ein Stein im Magen, vielleicht wäre es einfacher, wenn er sich mit einer Spontanreise absetzen würde, aber auch dafür benötigte er eben das, was er nicht hatte – Geld.

Er stellte die Pfanne in die Spüle und stellte den Rechner an. Vor dem Gang nach draußen wäre jetzt etwas Ablenkung gut.

Bist du schon gesprungen? – Bruder, schrieb er.

Sie schrieb sofort zurück: *Ja.*

– Und wie war's?

– Toll. Im Steilflug runter. Der Aufschlag war besonders schön, ich bin richtig zerspritzt.

– Wow. Fühlt man sich dann erleichtert?

– Schon. Alle Last fällt einem von den Schultern. Solltest du auch mal machen.

– Willst du denn noch mal?

– Immer, sterben ist super.

– Was machst du denn morgen Abend?

– Da bringe ich drei Könige um; das ist ein scheiß Tag, ich mache da gar nichts.

– Du bleibst allein?

– Ja. Ich hasse Familienrituale.

– Ich gehöre aber nicht zur Familie, oder?

– Trotzdem.

– Was macht das Schreiben?

– Läuft gut. Bin fast fertig.

– Worum geht's denn?

– Um einen Typen, der andauernd ein Kind fickt.

– OK. Und sonst?

– Um eine, die das weiß und ihm dann einen Brief schreibt, in dem sie ihm droht, das ganze Material an die Presse zu schicken.
– Material?
– Ein Video von ihm gibt's auch noch.
– Gut. Aber warum sollte ihn das mit der Presse schocken?
– Weil er, wie man so sagt, ein angesehener Bürger ist.
– Sie droht ihm nur mit der Presse oder tut sie's wirklich?
– Das kommt drauf an.
– ?
– Sie sagt ihm, dass sie darauf verzichten wird, wenn er sich freiwillig umbringt.
Er fragte sich, ob man sich so etwas wirklich ausdenken könne oder ob sie das aus der Zeitung hatte, und schrieb: *Aber wer würde sich schon freiwillig umbringen? Dann doch lieber die schlechte Presse.*
– Nicht bei ihm. Der gute Ruf ist alles.
– Könnte ihn ja fragen, ob er das dann auch für die Kunst macht.
– Bestimmt. Er ist Sammler.
Das klang seltsam real. Er schrieb: *Gute Story. Wo hast du die her?*
– Von der Straße, schrieb sie.
– Kann ich's mal lesen?
– Die Geschichte oder den Brief?
– Beides.
– Ich kopiere dir jetzt ein Stück aus dem Brief, schrieb sie, dann folgte der Text:
»Wie konntest du davon ausgehen, dass es nichts mit mir macht, dass es mich nicht psychisch umbringen wird? Nein, du konntest nicht davon ausgehen, du hast

dieses Risiko bewusst in Kauf genommen, dein kleines Mädchen durfte ruhig zerstört werden. Dein Drang war dir wichtiger als das, dein Drang, deine Geilheit, war dir wichtiger als mein Leben. Wenn du mich zerstört hättest, wäre da bestimmt auch irgendeine Erklärung gewesen, dass du das ja nicht wolltest und wie schlimm es denn wäre, so etwas. Du hast immer Erklärungen für alles. – Vielleicht wolltest du sie ja auch, diese Zerstörung? Aber ich habe dir diesen Gefallen nicht getan, ich lebe, und jetzt werde ich es sein, die dich zerstört. Denk über meinen Vorschlag nach, und du wirst sehen, dass es nicht der schlechteste ist. Wenn Staatsanwälte und Journalisten erst mit dir fertig sind, wirst du es ohnehin tun.«

Bastien dachte wieder, dass das sehr real klang, er schrieb etwas hilflos: *Gut getextet. Aber der Brief ist Teil der Geschichte?*

– Nein, die sind voneinander unabhängig. Die Geschichte ist nur für mich, der Brief ist für alle.

– Aber der Typ ist doch fiktiv?

Die Antwort ließ eine Zeit lang auf sich warten: *Wenn man so will, ja. Oder auch nicht. Magst du es?*

– Ich sag doch, dass du super schreiben kannst. Kann ich auch den Rest lesen?

– In ein paar Tagen.

– Auch gut. Und dann reden wir darüber, ja?

– OK.

– Nächste Woche?

– OK.

Er schrieb seine Adresse in das Textfeld.

– Ist das Kreuzberg?, schrieb sie.

– Ja. Komm vorbei. Wann?
– Schreibe ich noch. – Ende. Schwester.
Bastien blickte noch eine Zeit lang auf den Bildschirm. Vor dieser Frau konnte man wirklich Angst haben. Er griff zur Jacke und ging hinaus.

*

Die SMS auf seinem Display versetzte Rob in einen regelrechten Glücksrausch, *Danke für deine Nachricht. Komme gleich schon mit den Fotos, so um 17 Uhr? Sonia. PS: freue mich riesig!*
Das Aufräumen des Ateliers dauerte seine Zeit, der letzte Besuch lag mindestens zwei Monate zurück. Vorsorglich hatte er bereits gestern drei Flaschen Prosecco gekauft und ein paar Tüten Chips. So gesehen war er gerüstet, auch das Aufstellen des Projektors vergaß er nicht.
Sie stand dann in der Tür – das wäre ja toll hier und sähe genau so aus wie Bastiens Atelier, nur etwas aufgeräumter, sie würde diese Künstlerateliers wirklich lieben, das seien doch die aufregendsten Orte der Welt. Aber ob sie ihn denn jetzt nicht bei der Arbeit stören würde?
»Absolut nicht. Einen Prosecco vielleicht?«, fragte Rob schnell.
»Daran hast du gedacht? Das ist superlieb, danke.«
Er öffnete gekonnt die Flasche und goss ihnen ein – ob sie denn die Fotos dabeihätte? Sie zog daraufhin einen Umschlag aus ihrer Tasche und breitete den Inhalt auf dem Tisch aus, es waren rund ein Dutzend Schwarzweißfotos, die sie in klassisch-lasziven Aktposen zeig-

ten. Rob spürte, wie seine Körpertemperatur rapide anstieg, am liebsten hätte er sich mit einer Tonne Eiswürfel überhäuft. »Die sind sehr schön«, stotterte er. Sie schien das nicht wahrzunehmen und blickte sehr ernst auf die Fotos, wenn er das meine, wäre das ja schon mal ein gutes Zeichen. Sie wüsste ja nicht, ob dieser Fotograf wirklich gut gewesen sei, der wäre immer so komisch unkonzentriert gewesen. Sie nahm eines der Fotos in die Hand, wie er das hier denn fände? Das Bild zeigte sie in aufreizender Pose, sie lag mit dem Rücken auf einem Tisch und hielt die mit High Heels und Strumpfbändern bewehrten Beine gespreizt auseinander. Die Hände hatte sie dabei über ihren Schoß gelegt, und ihr Blick richtete sich direkt in die Kamera. Das sei schon interessant, sagte Rob, eine sehr ungewöhnliche Stellung, von der Veränderung der Proportionen her, aber er wisse nicht, ob sich das wirklich zum Malen eignen würde.

»Und das hier?«

Sie wies auf ein Foto, das sie zeigte, wie sie sich um einen Metallstab wand, auch hier blickte sie geheimnisvoll in die Kamera. Das sei schon besser, bemerkte Rob, wenn auch das angewinkelte Bein sehr dominant wirke, aber die Stange hätte schon eine gewisse Wirkung. Das würde sie aber mögen, sagte sie, und mit einem Lächeln griff sie noch einmal in die Tasche, diese Bilder hier seien schon spezieller, da wäre der Fotograf richtig einfallsreich gewesen. Sie öffnete auch diesen Umschlag, zog etwa zwanzig weitere Bilder heraus und legte sie auf den Tisch. Die Bilder zeigten sie im Umgang mit diversen Utensilien aus dem Sex-Shop, auch

ihre Körperhaltungen erinnerten nun eindeutig an Cover von Pornofilmen.
»Die finde ich ganz OK«, sagte sie stirnrunzelnd. »Na ja, Fehler sieht man immer. Bei dem hier finde ich die Plastikente etwas kitschig. Oder?«
Nein, das sei schon ein gelungener Kontrast zu diesen Ketten und Haken daneben, sagte Rob, es hätte eben eine gelungene Ironie, eine Plastikente und eine schöne Frau, das könnte auch eine Anspielung auf Leda mit dem Schwan sein, was sie wiederum interessant fand. Bei einem anderen Foto tippte sie mit dem Finger auf ihre Brust, das hier würde ihr auch gut gefallen, es zeige einfach mal ihre weiblichen Vorzüge und würde nicht so zurückhaltend daherkommen. Rob empfand ihre anderen Posen zwar alles andere als zurückhaltend, stimmte ihr aber zu, sicher, das Bild sei einfach geradeheraus und ehrlich, sie knie da sehr würdevoll zwischen all diesen Dildos und Metallteilen auf dem Boden, fast schon wie abwesend, der Materie abgewandt. Ein sehr philosophisches Bild, wenn sie ihn frage. Aber auch das dort, mit dem Galgenstrick, hätte eine Interpretationsbreite, die Schöne und der Tod, die Schöne und das Verhängnis, das immer von ihr ausgehen würde. Sie zöge alle an wie das Licht die Motten, aber gleichzeitig wäre sie auch deren Untergang.
»Das nehmen wir!«, sagte sie. »Jetzt musst du mir nur noch zeigen, wie man das mit diesem Gerät macht.«
Rob brachte die Leinwand in Stellung, legte das Foto auf das Gerät und projizierte es, sogleich war Sonia in Lebensgröße auf der Leinwand zu sehen.

»Das ist ja irre«, sagte sie.
»Kleine Hilfsmittel, sonst nichts«, nickte Rob. Auch Gerhard Richter habe das so gemacht und wäre damit immerhin weltberühmt geworden. Aber das müsse ja nicht gleich jeder wissen.
»Dann kann ja jeder malen, oder?«
So einfach sei es nun auch nicht, entgegnete er und nahm ein Stück Kreide zur Hand. Sie müsse jetzt einfach nur die Umrisse nachzeichnen, das würde eigentlich schon genügen, also – so. Er zeichnete entlang ihrer Hüfte einen Strich, fuhr dann höher und beschrieb einen Kreis um ihren Bauchnabel herum. Sie sah aufmerksam zu und nickte ab und zu, das sei ja wirklich ganz einfach. An manchen Stellen könne man auch genauer sein, sagte Rob und gab sich mit der Schattierung der Brüste besondere Mühe. Er musste sich einige Schweißperlen von der Stirn wischen, was sicher auf die Hitze des Projektorstrahls zurückzuführen war. »Willst du mal?«
Sie nahm die Kreide und zog einige Striche, er mahnte sie dabei zur Genauigkeit, je akkurater sie das jetzt mache, umso besser sei später das Ergebnis.
Schließlich hatte sie den ganzen Körper durchgezeichnet, und Rob schaltete den Projektor aus, das wäre es schon, sagte er. Eigentlich sei das ja ein Kinderspiel, entgegnete sie, man würde sich das ja viel schwieriger vorstellen, auch freier. Frei würde natürlich auch gehen, das wäre dann eben das klassische Aktzeichnen, er hätte das natürlich an der Akademie gelernt, im Laufe der Jahre hätte man es drin.
»Du kannst das? Dann kannst du ja auch mal einen

Akt von mir machen, oder? Ich meine, wenn der hier nichts wird«, lächelte sie.
Natürlich könne er das machen, sagte Rob, aber ihr Bild würde schon etwas werden. Wann sie denn anfangen wolle? Am liebsten gleich morgen, sagte sie, während der Weihnachtstage hätte man einfach mehr Ruhe. (Auch war Acun ab morgen wieder für drei Tage in Istanbul.)
Sie sah Rob, wie er eine weitere Flasche Prosecco öffnete. Ihr gefiel sein Profil, überhaupt seine ganze Art, auch dass er keine schmierigen Sprüche zu ihren Fotos hatte verlauten lassen. Der zweite Umschlag war natürlich ein Test gewesen, und er hatte ihn bestanden. Lächelnd hielt sie ihm ihr leeres Glas hin, sie stießen an.
»Magst du mich mal umarmen?«, fragte sie leise.

*

Im Treppenhaus suchte Bastien nach seinem Schlüsselbund. Es roch ungewohnt gut im Gang; er brauchte nicht lange, um das Parfum als das von Sonia zu identifizieren, er erinnerte sich, dass sie es in Thailand gekauft hatte. Bestimmt war sie in seiner Abwesenheit da gewesen, um ihn zu besuchen, und das in den wenigen Minuten, die er ausnahmsweise einmal nicht im Atelier verbracht hatte. Er stellte die Einkaufstasche und die Tüte mit dem neu gekauften Material auf den Boden ab und nahm das Handy aus der Jackentasche, bestimmt war sie noch nicht weit. Es kam der Freiton, sie meldete sich nicht. Irgendwo im Treppenhaus schepperte es, ein Nachbar stellte etwas in den Gang, ein Telefon läutete in Robs Atelier, und in der Ferne war eine Polizeisirene zu hören, der Krach nervte ihn, und er steckte das Handy wieder ein. – Nur noch Ruhe. Er zog die Taschen und Tüten ins Atelier. Die Tür fiel hinter ihm ins Schloss, und er sperrte zweimal zu, Weihnachten – das blieb dieses Jahr besser außen vor. Er entschied sich für einen Frauenakt. Die Zeit reichte nicht, um jetzt noch lange über komplexe Motive nachzudenken. Schnell skizzierte er den Körper und veränderte hier und da bewusst die Proportionen. Mit dem Gesicht verfuhr er detaillierter, es fiel sehr zierlich aus, nahezu schon kindlich. Die Frau erinnerte ihn ein wenig an Frings' Tochter, das könnte dieser als anbiedernd verstehen, aber der dicke Farbauftrag würde die Ähnlichkeit schon minimieren. Mit einem breiten Pinsel und einer halben Tube Elfenbeinschwarz zog er die Linien nach und strich sie anschließend mit einem Spachtel glatt. Dann wiederholte er den Vorgang mit einem hellen Rot und Ultramarin, griff auch hier mit dem Spachtel ein und zerstörte die Linien an manchen Stellen. Das Bild wurde pastos, an manchen Stellen lag die Farbe nun mehrere Zentimeter dick auf der Leinwand. Er trat einige Meter zurück und betrachtete es, er war ganz zufrieden, nur erinnerte ihn das Gesicht immer noch an die kleine Mila Frings. Er stellte das Bild unverändert zur Seite und begann mit einem neuen Akt. Dieser fiel noch virtuoser aus, er hielt sich jetzt nicht mehr mit erkennbaren Proportionen auf, sondern verstrich ein halbes Dutzend Farbtuben kreuz und quer über die Fläche. Dann tränkte er einen Lappen in Terpentin und warf ihn mit aller Wucht in die

Farbe, so dass er festklebte. Nachdem er diesen Vorgang einige Male wiederholt hatte, waren die Grundfarben zu einem braunen Matsch geworden; mit dem Spachtel schabte er sie wieder von der Leinwand und strich mit dem Pinsel einige fleckige Stellen nach. Er trat wieder zurück und sah kritisch auf das Bild, diesmal war es eher eine Landschaft, eine Bergkette war mehr oder minder deutlich zu erkennen. Also kein Akt. Er griff nach einem feinen Pinsel und begann, Palmen und Unterholz zu skizzieren, es stellte sich als sehr aufwendig heraus, und einige Stunden vergingen. Schließlich breitete sich vor seinen Augen eine subtropische Landschaft aus, ein Wasserfall war zu erahnen, ebenso einige Affen in den Bäumen. Mit einigen weiteren Strichen skizzierte er eine Gruppe Menschen, die sich ihren Weg durch den Wald bahnten, ein Mann und eine Frau führten sie an.

Nun bekam er eine richtige Arbeitswut, es folgten Bilder von altertümlichen Tempeln mit pagodenförmigen Dächern, Tropfsteinhöhlen mit goldenen Seen, Wegen durch prähistorische Urwälder und mehrere Ansichten von einem Krater, auf dessen Boden etwas schimmerte. In der Form eines Storyboards fertigte er zudem einige Zeichnungen an, die zeigten, wie sich ein organisches Wesen seinen Weg aus dem Krater bahnte, um dann steil nach oben in den Weltraum zu fliegen. Nach einigen weiteren Stunden der intensiven Arbeit saß er erschöpft vor einigen Leinwänden und einem Berg an Skizzenpapier und war glücklich. Das eigentliche Vorhaben, eine Serie an Akten, war es zwar nicht geworden, aber die Bilder gingen immer noch als mehr

oder weniger reale Landschaften durch und waren somit verkäuflich. Bei den Zeichnungen war er sich nicht so sicher, die muteten eher wie die Vorlage eines Animationsfilmes an; welcher Galerist würde schon ein fliegendes UFO ausstellen wollen?
Er legte alle Blätter nebeneinander und korrigierte hier und da einige Stellen. Die Szene mit den Kormoranen auf der Steilklippe mochte er besonders, dahinter war der Krater angedeutet. Das Blatt daneben zeigte den Krater in der Totalen, ein Mann kletterte an den Wänden hinab in den Schlund. In der nächsten Szene war er im Innern des Wesens zu sehen und ging durch einen spiralförmigen Gang. Mit einigen Strichen zeichnete er einen Thron im Hintergrund und verwischte die Kohle auf dem Papier, der Thron geriet jetzt zu einem schemenhaften Gebilde, von dem man nicht genau wusste, um was es sich handelte. Aber genau das gefiel ihm, im Grunde wusste er ja auch nicht, was es war, diese Dinge standen vor seinem Auge, ungerufen, ungewollt, sie waren einfach immer da. Ungerufen wie das Leben selbst, dachte er, legte die Kreide zur Seite und wusch sich die Hände. Währenddessen konnte er den Blick nicht von den Bildern lassen, sein Schaffensglück relativierte sich nun aber in doch aufkeimenden Zweifeln. Wer in aller Welt würde so etwas kaufen wollen?
Er drehte den Wasserhahn zu und trocknete sich die Hände ab. Einen Moment lang glaubte er, eine lachende Frauenstimme zu hören. Er hörte noch einmal hin, das Lachen schien vom Gang her zu kommen, aus Robs Atelier. Er grinste, das war Rob zu gönnen, seine letz-

ten Beziehungen waren alles andere als glücklich verlaufen.
19 Uhr. In den meisten Wohnzimmern saß man nun zusammen und feierte Heiligabend, bei einem Truthahn, einem Karpfen oder sonst was, dachte er; seine Familie bestand jetzt aus diesen Blättern, die auf dem Boden lagen. – Seine Kinder. Das klang gut, *Merry X-mas, Mr. Artist.*
Er zündete zwei Kerzen an und stellte sie vor sich auf den Tisch.
Das Handy gab einen Signalton von sich, sein Bruder wünschte ihm frohe Weihnachten. Sofort danach kam eine weitere SMS, von Mel, auch sie wünschte ihm schöne Weihnachten. Sie ließ wirklich nichts aus, sicher kam gleich noch *und Grüße auch von Thomas* hinterher; er fragte sich, warum er ihre oberflächliche Art erst jetzt wahrnahm, schließlich hatte er acht Jahre lang dazu die Gelegenheit gehabt. – Eine entblätterte Mel, nackt, ohne den verklärenden Heiligenschein der Beziehung, diese Mel war so. Nur eine nackte Oberfläche.
Er wunderte sich über dieses neuartige Gefühl der Abneigung, es schockierte ihn fast; Weihnachten war ja schließlich das Fest der Liebe. Und nicht der Zeitpunkt, dieselbe zu verlieren.
Das Lachen in Robs Atelier verstummte, kurz darauf hörte er, wie seine Tür sich öffnete und er im Treppenhaus mit jemandem flüsterte. Sie gingen hinunter.
Er legte die Füße hoch und schaute in das Licht der beiden Kerzen. Morgen würde er wieder intensiv arbeiten, es war besser, sich früh schlafen zu legen.

Nach nur drei Stunden wachte er wieder auf, dieser kurze Schlaf musste reichen. Er wusch sich mit etwas Wasser das Gesicht, stand mit einem Satz auf und spreizte seine Beine. Mit den Händen drückte er die Knie durch, um die Verkrampfungen zu lockern; schließlich war er während des ganzen Tages gelaufen und hatte sich erst bei absoluter Dunkelheit ins Gras gelegt. Auch jetzt konnte er nur schwer seine Umgebung ausmachen, aber langsam gewöhnten sich seine Augen an das Mondlicht. Die Konturen des Urwaldes waren in der Ferne zu sehen, bis zum Sonnenaufgang könnte er ihn erreichen. Er strich durch das Gras, um die Abdrücke seines Nachtlagers zu verwischen, und lief los. Schon bald hatte er wieder zu seinem Rhythmus gefunden, er atmete regelmäßig und behielt eine konstante Geschwindigkeit bei. Er erreichte den Wald und lief langsamer, überall versperrte ihm das Unterholz den Weg. Auch Vorsicht war geboten, er konnte nicht wissen, ob man ihm hier, im unübersichtlichen Urwald, nicht eine Falle stellte. Das Gleiche galt für die Treppe auf der anderen Seite des Waldes, sie war mit Sicherheit bewacht.

Nach einiger Zeit hatte er die ersten Felsen erreicht und kletterte nun talabwärts, von hier aus war die Treppe gut einzusehen. Seine Vermutung bestätigte sich, an ihrem Rand sah er dunkle Gestalten im Gras liegen, es waren bestimmt an die zwanzig Männer, die den Weg bewachten. Sie erinnerten ihn an Abbildungen von Maya oder Azteken, einige trugen eckige Schwerter oder bunt angemalte Lanzen, ihre Köpfe waren mit imposanten Federbüschen geschmückt, auch waren ihre Gesichter mit Tätowierungen übersät, was ihre martialische Erscheinung noch verstärkte. Er lief geduckt weiter. Vor ihm öffnete sich nun eine Klamm, die steil abwärts führte, an ihrem Ende konnte er bereits die runden Dächer der Stadt erkennen. Sie würden wohl nicht vermuten, dass er sich ihnen von dieser Richtung aus näherte, dennoch nutze er jeden Felsbrocken als Deckung.

Am Ende der Klamm kletterte er seitlich einen Felssturz hoch und ließ sich schwer atmend auf dem Plateau nieder. Nichts erinnerte mehr an den Zustand, in dem sie die Stadt vorher gesehen hatten; die Gebäude waren nun herausgeputzt und mit Girlanden geschmückt, die kupfernen Dächer glänzten, und die Straßen waren voller Leben. Es mochten bestimmt an die tausend Eingeborene sein, die dort geschäftig durcheinanderliefen; überall war ein rhythmisches Trommeln zu hören, einige trugen Körbe und Krüge, offenbar befand man sich in der Vorbereitung für ein Fest. Er fragte sich, wo all diese Menschen vorher gewesen waren, so viele Personen hätten eine Unzahl an Spuren hinterlassen müssen. Und warum hatte man sie erst bis zum Krater gehen lassen, wenn man sie doch gleich hier hätte festsetzen können? Darauf gab es nur eine Antwort: Ihre Anwesenheit am Krater hatte diese Leute erst auf den Plan gerufen. Er war es gewesen, indem er in das Innere des Kraters hinabgestiegen war und unwissentlich die Vergangenheit wieder aktiviert hatte. Auch wenn es absurd klang, aber es war denkbar, dass diese Insel in der realen Welt gar nicht existent war, sie könnte sich in einer gänzlich anderen Dimension befinden. Das würde auch erklären, dass sie davor unentdeckt geblieben war. Nicht minder unheimlich kam ihm die zweite Möglichkeit vor; vielleicht hatten sie alle den Flugzeugabsturz gar nicht überlebt, sie erlebten nur einen Traum oder ein postmortales Erlebnis. Er verdrängte auch diesen unbehaglichen Gedanken und versuchte, Mila in der Menge ausfindig zu machen, sie war nirgendwo zu sehen. Am Rande des zentralen Tempels konnte er hingegen eine Gruppe Eingeborener beobachten, die an einer Vorrichtung arbeiteten, offenbar war es eine Art Kran, wie der Haken an der Spitze eines Baumstammes verriet. Er sollte wohl dazu dienen, zwei Käfige aus Bambusstangen anzuheben, die seitlich positioniert waren. Jetzt erblickte er auch Mila, die auf dem Boden einer der Käfige lag. In dem anderen saß Tom, er blickte apathisch auf das Geschehen um sich herum. Bastien suchte die Umgebung der Käfige nach einer Erklärung ab und nahm die Rauchschwaden wahr, die aus einer Spalte im Boden aufstiegen. Er robbte weiter am Felsen hoch, um einen besseren Blick zu bekommen, jetzt konnte er in das Innere der Spalte blicken und sah die kochende Lava, die sie ausfüllte. Der Berg über der Stadt war offenbar ein aktiver Vulkan, und die Spalte stellte eine Verbindung zu dem Magma in seinem Inneren dar. Das war es also, die beiden Käfige sollten in die Lava versenkt werden, wohl als ein Opfer an irgendeine perverse Gottheit. Die Arbeit ging voran, sie hatten das Gerüst bereits in Stellung gebracht und loteten die Entfernung bis zur Mitte der Spalte aus. Es galt, keine Zeit zu verlieren, er suchte das Gelände nach möglichen

Deckungen ab. Wenn er am Rande des Felssturzes weiterklettern würde, könnte es gehen, dort standen einige Urwaldriesen, an deren Ästen er sich herunterlassen würde, um dann den Überraschungsangriff zu starten.
Es war riskant, seine Überlebenschancen waren gering.
Er überlegte weiter. Wenn diese Insel und alles, was jetzt geschah, wirklich nicht real war, warum sollte er das nicht nutzen? Es schien, dass er seit seinem Abstieg in den Krater den Verlauf der Geschehnisse beeinflussen konnte, er war Herr und Meister dieser Insel, also konnte er verfahren, wie er wollte, ganz gefahrlos. Also ein Sprung und ein Kapitel weiter.
Es funktionierte. Mila saß ihm strahlend gegenüber, das hätte er toll gemacht, wie er ganz allein diese Wilden verjagt und sie dann aus dem Käfig befreit hätte, wie er mit ihr auf den Armen dann durch den Urwald gerannt wäre, bis sie jetzt hier oben, in den Wipfeln eines Baumes, in Sicherheit seien. Er sei einfach ein – Held.
Bastien sah sie an. Natürlich log sie, ihre nächsten Worte belegten das – was denn mit Tom sei? Sie könnten ihn ja nicht einfach dort zurücklassen, die Leute würden ihn mit Sicherheit opfern. Er müsse gehen, um ihn zu holen.
Das war es also, sie gehörte zu Tom und wollte ihn nur für ihre Zwecke benutzen, es war einfach zu durchschauen. Wahrscheinlich hatten die beiden ihn schon während der ganzen Zeit betrogen.
Er blickte sie durchdringend an, und sie senkte

den Blick. Sie wusste, dass es nun um sie geschehen war.
Zuerst veränderte er ihr Haar, der Zopf verschwand. Mit den Gesichtszügen gab er sich besondere Mühe, sie waren nun zierlicher, und sie mochte fünfundzwanzig bis sechsundzwanzig Jahre alt sein. Er glich ihre überzogenen Proportionen wieder dem menschlichen Maß an und korrigierte hier und da einige Stellen, mit den Fingern wischte er die Linien glatt und versah sie mit einigen Akzenten. Er trat einige Meter zurück und sah sie zufrieden an. Vor ihm saß eine wunderschöne Frau.
»Mila«, sagte er.
In den nächsten drei Tagen arbeitete Bastien wie ein Besessener. Die Skizzen häuften sich nun auf dem Tisch, viele der Motive übernahm er für großformatige Bilder, besonders das Innere des UFOs hatte es ihm angetan. Die Perspektiven der Räume und Gänge wurden immer ausgefeilter, auch kamen Details, wie ein formbarer Sessel, hinzu. Ein zweiter Schwerpunkt bestand in der Darstellung von Felsspalten, die mit glühender Lava gefüllt waren, ab und zu schwammen vergnügte Menschen darin.
Im Atelier wurde es langsam eng. Nachdem die Bilder halbwegs getrocknet waren, stellte er sie aneinander, so dass noch einige Korridore zum Rechner, zur Küche und zum Sessel frei blieben. In diesem saß er nun und schaute glücklich auf die Ergebnisse seiner Arbeitswut. An dem Akt hatte er immer wieder gemalt, selten hatte er sich jemals so viel Mühe mit einem Bild gemacht. So stand es auch ganz vorne, und er nahm zufrieden

wahr, dass das Bild ein Meisterwerk war. Die Frau hatte inzwischen ihre Pose verändert, sie umschlang mit den Beinen etwas Rundes, womöglich einen Ast, ihre Arme lagen jetzt angewinkelt in den Hüften, und sie blickte den Betrachter tiefgründig an. Der pastose Farbauftrag verlieh der Figur fast etwas Dreidimensionales, sie schien sich aus dem Bild herauslösen zu wollen, um auf den Betrachter zuzugehen. Während er aufstand, verfolgten ihn die Augen der Frau, er drehte sich immer wieder zu ihr um.

Bastien suchte nach einem passenden Titel, er dachte anfangs an »Weiblicher Akt«, dann »Akt im Rund«, dann an »Figur vor moderner Welt«, schließlich entschied er sich für den letzteren, die zweite unsichtbare Person sollte rein in der Vorstellungskraft des Betrachters existieren, auch damit war er zufrieden. Das Handy klingelte, auf dem Display war eine ihm unbekannte Nummer zu sehen.

»Ja?«

»Ich bin's«, sagte Mel. »Kannst du mich hören?«

In der Tat klang ihre Stimme etwas brüchig, zudem lag ein leises Rauschen in der Leitung.

»Es geht«, sagte er. »Wo bist du?«

»In Sanaa, im Hotel. Ich wollte mich nur mal melden. Geht's dir gut?«

»Klar. Ich arbeite viel. Und bei dir?«

Sie erzählte von ihrem anstrengenden Flug und der langen Wartezeit in Riad, dann von dem Hotel, das wirklich eine märchenhafte Atmosphäre hätte, auch wenn es mit den Details hapern würde.

»Was für Details?«

»Na ja, Dreck und so. Ich meine, hier liegen überall Zehntausend-Dollar-Perser-Teppiche, und darunter kriechen die Tiere.«
»Ich dachte, Kontroll-Thomas hätte etwas Gutes organisiert?«
Sie klang etwas verhalten, ja, aber die Leute seien etwas gewöhnungsbedürftig. Am Pool würde man von den Kellnern schon so komisch angestarrt werden, es wäre einfach anders als in Italien oder Spanien, irgendwie – fremder.
»Wahrscheinlich ist das alles gar nicht real da.«
»Was?«
»Nur eine Fiktion. *Du bist gar nicht da.* Mit dem Gedanken hältst du es sicher aus.«
»Ich –«
»Gut. Dann viel Spaß noch da«, sagte er knapp.
»Warte –«
»Was?«
»Wie geht es dir denn so? Ich meine nicht die Arbeit, sondern – das mit uns.«
»Warum fragst du?«
»Nur so, wir haben gar nicht mehr darüber geredet.«
»Du meinst, wir haben noch *nicht genug* darüber geredet?«
Er sah hinüber zum Akt, ein Sonnenstrahl lag auf dem Bild. Sie stockte, sagte dann, dass er jetzt ganz anders klingen würde, irgendwie – entschlossener, so, als ob sich etwas verändert habe.
»Natürlich hat sich etwas verändert. Vielleicht habe ich mich an diese Trennung gewöhnt.«
»Ich habe dich geliebt«, sagte sie nach einer Pause sto-

ckend. »Und tue es immer noch. Hast du nie daran gedacht, dass am Ende die Liebe die Verliebtheit besiegen kann?«

Er fand, dass ihre rechte Hüfte ihm besonders gut gelungen war, im Verhältnis zu dem angewinkelten Arm ergab es ein perfektes gleichschenkliges Dreieck und reichte nun bis zum Rand der Leinwand. Die linke Seite schien hingegen nicht ganz so ausgeglichen zu sein. Er lächelte sie wieder an, einen Moment lang glaubte er, ein Zwinkern ihrer Lider zu erkennen.

»Bastien?«

»Ich weiß nicht, was hier was besiegen kann«, sagte er. »Ich weiß nur, dass du mich verraten hast.«

Er hörte, wie sie laut einatmete, dann drückte er die Taste des Handys und legte es weg.

Mit dem Pinsel fuhr er leicht über die linke Hüfte und glich sie der rechten Seite an, ebenfalls korrigierte er den Winkel der Arme und trat zurück, jetzt war auch diese Seite gut. Voller Dank sah Mila ihn an – *ich dachte, du würdest nie darauf kommen. Es tat schon fast weh.*

Sie rieb sich die korrigierte Stelle am Unterarm, rutschte auf dem Ast etwas nach vorne und umarmte ihn dankbar. Er griff nach einer der Blüten des Baumes und steckte sie ihr in das Haar, erst jetzt sei es perfekt, sagte er. – Ob sie denn wirklich hier in Sicherheit seien, fragte sie. Er nickte, für den Moment schon, aber er hätte auch eine Idee, wie sie die Insel verlassen könnten, sie würde es bald sehen. Auch sie griff nach den unzähligen Blüten, die um sie herum vom Baum hingen, und begann, einen Kranz aus ihnen zu flechten, den sie ihm schließlich um den Hals legte. Dieser

Kranz sei etwas Besonderes, sagte sie, er stehe für den Bund, den sie nun schließen würden. Er zeichnete mit wenigen Strichen die Blüte in ihrem Haar und malte sie dann in Zinnober und Ultramarin aus, den Stängel fügte er mit einem feinen Pinsel hinzu.
Sie wurde immer schöner.

*

Rob strich ihr durch das Haar, was sie denken würde? Sie wüsste es nicht, sagte Sonia, nur das eine, sie sei einfach glücklich. Alles andere wäre auch egal.
Ihr Blick fiel auf das Telefon, das sie auf lautlos gestellt hatte. In zwei Tagen würde Acun wiederkommen. Sie hatte das heute bestimmt ein Dutzend Mal gedacht und ebenso oft, wie er sich wohl verhalten würde, wenn sie ihm das von Rob erzählen würde. Vielleicht würde er sie nur traurig ansehen, ihr dann ebenso zärtlich durch das Haar fahren, um sich dann leise zu verabschieden. Oder er würde es einfach nicht zulassen, sie bedrohen, sein Geld zurückfordern, so etwas, wie wenig sie ihn doch kannte. Genau deshalb durfte sie ihn nicht unterschätzen.
Sie betrachtete Robs Profil. Er hielt die Augen geschlossen und atmete gleichmäßig ein und aus, manchmal zuckten seine Lider unmerklich. Wie wäre das, dieses Leben mit ihm? Ein Leben ohne teure Autos, ohne ein Penthouse in Mitte, ohne tägliche Geschenke; ein Leben voller Wünsche, die eben nicht mehr erfüllt werden könnten, es wäre ein gänzlich anderes Leben.
Er öffnete die Augen und sah sie glücklich an – was sie denn eigentlich Silvester vorhabe?

»Wie kommst du denn jetzt darauf?«
»Nur so. Das ist schon in vier Tagen.«
»Noch nichts. Wollen wir feiern?«
»Zu zweit?«
Sie nickte, natürlich, das sei doch romantisch, am liebsten in seinem Atelier. Sie würden etwas kochen und richtig guten Champagner einkaufen, so etwas.
»Machen wir«, sagte er. »Den allerbesten.«
Sie fragte sich, ob er wusste, dass der *allerbeste* mit Sicherheit seine Verhältnisse übersteigen würde, lächelte zurück und streichelte seine nackte Brust. Acun würde natürlich Silvester mit ihr feiern wollen, wahrscheinlich hatte er schon Karten für eine Gala im Adlon oder sonst wo bestellt. Sie sah Rob lange an und drehte sich dann zur Seite. Könnte sie sich für ihn ändern?
Sie bezweifelte das.

*

Der Postbeamte klebte gewissenhaft den Streifen mit dem Barcode auf den Umschlag, das mache dreiundzwanzig Euro vierzig. – Sicher, das wäre nicht gerade billig, aber so ein persönliches Einschreiben sei schon arbeitsaufwendig, die Leute seien eben nicht immer zu Hause und die Post sei dann verpflichtet, mehrere Zustellversuche zu unternehmen. Und gerade jetzt zwischen den Feiertagen, wenn alle Urlaub hätten, also, dreiundzwanzig Euro vierzig, bitte. Mila legte das Geld wortlos auf den Schalter und sah den Mann kalt an; er nahm die Scheine und hantierte in seiner Wechselkasse, so, das wären jetzt sechs Euro sechzig zurück, der Brief wäre dann morgen vor zehn Uhr beim Emp-

fänger; im Übrigen wünsche er auch einen guten Rutsch und ein schönes neues Jahr. Er lächelte weiter, und sie dachte einen Moment lang daran, ihm seine Barcode-Rolle in den Mund zu stopfen und mit der Faust nachzuhelfen.
Wortlos ging sie dann zum Ausgang, die Straßen waren wieder von Schnee bedeckt.

*

Mel sah staunend an den bis zu neun Stockwerken hohen Gebäuden hoch und fragte, was diese fragil aussehenden Lehmziegel zusammenhielt. Hilal erklärte ihr, dass die Ziegel ja nur eine Fassade seien, die Konstruktionen selbst bestünden aus Holz und seien teilweise über neunhundert Jahre alt. Und die Höhe der Häuser hätte sich aus Platzmangel ergeben, da Ackerland in dieser Gegend bei weitem kostbarer gewesen sei. So wäre es eben zu diesem Chicago der Wüste gekommen, sagte er.
Thomas lugte neugierig in einen der Hauseingänge, und Hilal bat ihn mit höflichen Worten, das besser nicht zu tun. Es handle sich im Übrigen auch nicht um einen Hauseingang, sondern um einen der Mawad, das seien vom Wohnbereich abgetrennte Gänge, die es den Frauen ermöglichen, sich ungesehen durch den ganzen Ort zu bewegen. Aber jetzt würden sie etwas ganz Besonderes sehen, man müsse nur etwas gehen.
Nach einigen hundert Metern durch schmale Gassen stoppte er vor einer hohen Wand; das sei ein Teil der Stadtmauern Shibams, die Kletterei sei etwas anstrengend, aber dort oben könne man die ganze Stadt um-

runden und habe einen wundervollen Blick. Er ging eine steile Treppe hoch, hinter ihm ging Mel, dann folgte Thomas und der etwas streng dreinschauende Yassin.
Hilal war ihnen als Führer zur Seite gestellt worden, das gehöre zum Service, sagte man ihnen, im Übrigen sei Hilal einer der Besten seines Fachs. Yassins Begleitung wäre hingegen Pflicht, seit einiger Zeit sei es vorgeschrieben, dass Ausländer nur noch in Begleitung eines Armeeangehörigen das Land bereisen dürften. Mel empfand das als recht beruhigend; Yassin strahlte eine professionelle Autorität aus, und seine Uniform stand ihm einfach gut. Der Dritte im Bunde war der Fahrer ihres Landrovers, ein schweigsamer Mann, dessen komplizierten Namen sie nicht behalten konnte.
Sie folgten Hilal weiter die unzähligen Stufen hinauf, schließlich standen sie auf der Mauer und überblickten das Land vor ihnen. Diese grünen Parks entlang der Mauer, sagte er, das seien die berühmten Palmengärten, die hätte es schon zur Gründungszeit Shibams gegeben. Und genau dorthin würden sie jetzt gehen.
Es waren in der Sonne bestimmt an die vierzig Grad, das Besteigen der Treppe war anstrengend gewesen, so dass ihnen der Schweiß in Strömen über den Körper lief. Hilal versicherte ihnen, dass die Gärten über ausreichend Schatten verfügten, und sie seien wirklich sehenswert. Mel bemühte sich, ihren Sonnenbrand auf dem Rücken zu vergessen, und ging ihm tapfer nach.
Die Gärten hielten dann, was er versprochen hatte, paradiesische Haine reihten sich aneinander, man konnte

sich hier wirklich wie in einem orientalischen Märchen fühlen. Auch Thomas schien das zu denken, er ging entrückt durch die Anlage und machte ein Foto nach dem anderen, was Mel als eine touristische Attitüde empfand.
Die Nacht verbrachten sie in einem der wenigen Hotels der Stadt. Eine Nacht, die sich als sehr lang herausstellen sollte, da die Klimaanlage nicht funktionierte und an Schlaf kaum zu denken war. Mel verbrachte die meisten Stunden auf dem Balkon und schrieb fragmentarische Sätze in ihren Reisebericht, während Thomas sich im Bett unruhig hin- und herwälzte.
Am nächsten Morgen stand dann der Landrover bereit, und Yassin und Hilal winkten ihnen zu, jetzt komme der wirkliche Höhepunkt des Ausflugs, die Fahrt durch das Wadi Hadramaut bis nach Tarim, wie Hilal sagte, der Stadt der Paläste und der dreiundfünfzig Meter hohen Al-Muhdar-Moschee, der höchsten im Jemen. Während der Fahrt beschrieb er ausgiebig die Region; sie seien hier auf der legendären Weihrauchstraße, die seinerzeit Shibam und Tarim passierte, weiter westlich befände sich auch Marib, die Hauptstadt des alten Königreiches Saba. Sie nickten beide, natürlich, Saba und die Königin. Der Weg entpuppte sich als mühsam, nicht selten musste der Fahrer anhalten, um Gesteinsbrocken zur Seite zu räumen. Sie passierten einige Seitentäler, die sich in überraschendem Grün präsentierten, Hilal erklärte ihnen, dass man dort besonders ertragreiche Ernten für Tamarinden, Datteln, Henna und Myrrhe erhalte, das sei dem fruchtbaren Boden des Wadis zu verdanken und na-

türlich der Sonne, davon hätte man hier ja mehr als genug.
Die Luft roch angenehm nach Kräutern und Blumen, und die Tageshitze hatte noch nicht eingesetzt. Ein idyllisches Tal nach dem anderen öffnete sich seitlich der Straße, sie hätte nie gedacht, dass *dieser Jemen* ein so liebliches Land sei. Das da drüben sei bereits Al-Jol, die Hochebene, sagte Hilal, dann irgendwann käme das Arabische Meer, das seien nur ein paar hundert Kilometer, wenn sie Lust auf *etwas Baden* hätten. Alle lachten, selbst Yassin grinste leicht. Aber bis Tarim wäre es nicht mehr weit, höchstens noch zwei Stunden, sagte Hilal, am besten, sie würden einfach die schöne Landschaft und das Wetter genießen, in cold and grey Germany sähe das jetzt ja wohl anders aus.
Thomas legte seinen Arm um ihre Schultern und lächelte sie an.
»Sag mal, wie bist du eigentlich darauf gekommen?«, fragte sie.
»Worauf?«
»Na, ausgerechnet hierher zu fahren?«
Ein Kunde hätte ihm einmal davon erzählt, sagte er, der sei mit einem Jeep mutterseelenallein hier durch die Wüste gefahren, ein toller Kerl. Er hätte die Landschaft auch genauso beschrieben, wie sie die jetzt sehen würden, einfach gnadenlos schön.
»Ganz allein?«, fragte sie.
»Ja. So ein Abenteurertyp eben.«
»Wirklich ein Kunde von dir?«
»Manchen Leuten sieht man es eben nicht an«, sagte er. »Die ziehen das durch, und immer alleine.«

Das sei aber nichts für sie, sagte Mel, es gäbe ja niemanden, mit dem man das dann teilen könnte, die Momente eben, so wie der Anblick dieser Berge da drüben. Thomas nickte, er wüsste jetzt schon, dass er auf jeden Fall wieder herkommen würde, bestimmt schon ganz bald, diese urtümliche Landschaft hier, das sei schon sein Ding. Urtümlich und verlassen, das war es wirklich, dachte Mel; auf der Straße war jetzt weit und breit kein Auto zu sehen, ebenso nahmen die Anzeichen von Besiedlungen und Landwirtschaft ab. In wenigen Kilometern käme schon die Straße nach Sunah, sagte Hilal, sie würden aber weiter linker Hand dem Wadi folgen. Er berichtete dann von historischen Begebenheiten entlang dieser berühmten Straße und spickte sie hier und da mit lustigen Anekdoten von allzu geldgierigen Scheichs und naiven Europäern. Schließlich lag die Kreuzung vor ihnen, und Mel blickte entmutigt auf die Straße zwischen den endlosen Tafelbergen, die in ein vor Hitze flimmerndes Nichts zu führen schien. Tarim sei nun nicht mehr weit, versicherte Hilal, aber etwas Geduld brauche man in diesem Lande schon. Der Fahrer umfuhr eine verlassene Straßenbaustelle und gab dann Gas, hier war mit Gegenverkehr nicht mehr zu rechnen; auch Hilal schwieg nun, vielleicht, weil sein Repertoire an Erzählungen erschöpft war. Mel schloss die Augen und fiel in einen gnädigen Halbschlaf.

Das Quietschen der Bremsen weckte sie. Der Wagen stand still. Hilal sprach mit dem Fahrer, der sichtlich aufgeregt war und mit der Hand nach vorne wies. Auf der Fahrbahn stand ein LKW quer, eine Gruppe von rund zehn Männern stand um ihn herum und begutachtete die hintere Achse; offenbar hatte man eine Reifenpanne oder einen Achsenbruch gehabt, was bei den unzähligen Schlaglöchern der Straße keine Seltenheit war. Ein Umfahren des LKWs war nicht möglich, links und rechts der Straße befanden sich Sandverwehungen und Geröll. Hilal deutete ihnen und dem Fahrer an, im Wagen sitzen zu bleiben, und stieg mit Yassin aus.

Das Gespräch der beiden mit den Einheimischen zog sich in die Länge, was Thomas zunehmend nervte, es könne ja nicht so schlimm sein, den blöden LKW etwas zur Seite zu schieben. Er öffnete ungeduldig die Tür.

»Lass das doch«, sagte Mel.

»Die reden noch bis morgen. Wir schieben jetzt einfach den LKW vor, und dann geht's weiter. Bei dieser Hitze geht man doch ein.«

Er stieg aus und ging zu der Gruppe hinüber, Mel blieb sitzen. Man redete nun mit Händen und Füßen, die Leute waren offenbar nicht gewillt, den LKW vorzusetzen. Thomas schien Hilal deutlich zu machen, dass er nicht vorhabe, noch länger hier herumzustehen, woraufhin dieser erneut auf die Einheimischen einredete. Mel schaute skeptisch auf die Szenerie, die Leute gefielen ihr nicht sonderlich. Ihre Kleidung bestand aus Lumpen, und ihre Gesichter wirkten verhärmt und abstoßend; wenn sie sprachen, sah man, dass kaum einer von ihnen noch Zähne hatte.

Hilal redete weiter auf den Wortführer der Gruppe ein. Mel sah, wie er zuckte, jemand hatte ihm ins Gesicht geschlagen. Dann nahm sie das Gewehr wahr und erstarrte. Ein seitlich stehender Mann zog es unter seiner Kleidung hervor und stieß den Schaft mit voller Wucht in Hilals Gesicht, sein Blut spritzte in die Luft vor ihm. Der Mann schlug nochmals auf den Zusammensinkenden ein, drehte dann das Gewehr herum und zielte auf Yassin, der schnell die Arme hob. Mel hörte den Knall, Yassin sackte mit blutüberströmtem Kopf zu Boden. Er robbte noch einen Meter weiter, bis jemand herantrat und auf seinen Nacken zielte, er blieb verkrümmt liegen. Sie saß in Schockstarre da, wie aus weiter Ferne hörte sie die schreiende Stimme des Fahrers. Der Motor heulte auf, er gab Vollgas und riss den Wagen herum. Sie blickte starr aus dem Rückfenster, der Mann mit dem Gewehr richtete es auf den Kopf des am Boden liegenden Hilal, sie hörte wieder den Schuss. Andere hielten den schreienden Thomas fest, man schlug ihm mehrmals ins Gesicht, dann war durch den aufgewirbelten Staub nichts mehr zu sehen.

Der Fahrer schrie und weinte abwechselnd, manchmal hielt er das Lenkrad nicht richtig fest und kam von der Straße ab. Mel saß apathisch auf dem Rücksitz und konnte an nichts denken, auch nicht an Thomas.

*

Bastien hatte den Akt inzwischen an die Frontseite des Ateliers gestellt. Dort konnte er das Bild immer sehen, ob er nun in der Küchenzeile stand, an der Staffelei oder am Rechner saß. In regelmäßigen Abständen verbesserte er kleinere Stellen; an ihrem Blick feilte er besonders, in diesem Moment versah er die Lider mit einem leichten Schatten, was ihr einen wohlwollenden Ausdruck verlieh. Auch die Mundwinkel gestaltete er etwas weicher und zog sie leicht nach oben, so dass sie ihn freundlich anlächelte; was sie denn jetzt vorhätten, fragte sie. Er erklärte ihr, dass sie auf jeden Fall zurück zum Krater müssten, dort sei die Antwort auf alles zu finden. Denn wenn diese Insel wirklich nicht existieren würde, müssten sie herausfinden, wer *sie* denn eigentlich seien, erst dann könnten sie gehen. Sie sagte, dass sie sich auch vorstellen könnte, für immer hierzubleiben, mit ihm, es sei doch so schön, zwischen all den Blumen. Er sagte, auch er könne sich das vorstellen, aber wenn sie erst wieder im Krater wären, könnten sie zu noch wunderbareren Orten gelangen, sie müsse ihm nur vertrauen, er hätte da so ein Gefühl. Natürlich vertraue sie ihm, aber er solle jetzt nicht zu stark auf die Leinwand drücken, das tue weh. Er beendete das Verwischen der Blüten im Hintergrund und griff wieder zu einem feinen Haarpinsel, den hatte sie am liebsten.

Das Handy läutete, er ließ sich Zeit, aber der Anrufer schien beharrlich zu sein; schließlich meldete er sich. Eine unbekannte Stimme fragte zuerst nach seinem Nachnamen – ob man richtig verbunden sei.

»Ja, das stimmt«, bestätigte Bastien. »Worum geht es?«

Der Anrufer stellte sich als Steilmann vor, Mitarbeiter des Auswärtigen Amtes. »Und Sie sind der Lebensgefährte von Frau Melanie Richter, das ist so weit korrekt?«

»Ja. Was ist mit ihr?«, fragte Bastien vorsichtig.

Nun, dann wüsste er sicherlich, dass Frau Richter der-

zeit im Jemen sei, sagte Steilmann, sie hätte darum gebeten, dass man mit ihm in Kontakt treten solle, es hätte einen Zwischenfall gegeben. Nach Bastiens nervöser Frage, was denn passiert sei, bat Steilmann um absolute Diskretion in der Sache, aber es sähe so aus, dass ihr Begleiter, ein Herr Deger, vermisst sei.
»Vermisst?«
»Um genauer zu sein, müssen wir im Moment von einer Entführung ausgehen. Wie gesagt, Ihre Freundin bat uns, Ihnen das mitzuteilen.«
Bastien brauchte eine Zeit, um das Gesagte richtig zu verstehen; er fragte, wie es Mel ging.
»Den Umständen entsprechend. Sie hat Glück gehabt.«
»Was heißt das?«
»Sie war ja dabei und konnte offensichtlich entkommen. Im Moment befindet sie sich in unserer Botschaft in Sanaa. Es geht ihr gut.«
Auf Bastiens Frage hin berichtete Steilmann, was geschehen war, und versah nahezu jeden Satz mit den Bemerkungen *soviel wir wissen* und *soweit wir das einschätzen können*. Bastien traute seinen Ohren nicht.
»Man hat auf sie *geschossen*?«
»Nicht direkt auf sie. Aber zwei Jemeniten sind tot.«
»Und Thomas?«
»Die Lösegeldforderung für Herrn Deger liegt inzwischen der Botschaft vor – das und die ziemlich, sagen wir, lapidaren Umstände seiner Entführung weisen nicht gerade auf Profis hin. Und genau deshalb hätte ich ein paar Fragen, wenn Sie erlauben?«
Seine Fragen betrafen Thomas' Familie und seinen

Freundeskreis, ebenfalls seine Firma, es gebe Einträge auf seinen Namen im Handelsregister.
»Seine Eltern leben nicht mehr, Geschwister hat er nicht«, sagte Bastien. »Freunde hat er nicht wirklich. Wahrscheinlich aber innerhalb der Firma. Sein Teilhaber, zum Beispiel.«
Die Daten der Firma habe er, sagte Steilmann. »Können Sie sonst noch eine Auskunft über Herrn Degers Umfeld machen?«
Irritiert fragte Bastien nach dem Grund, die Antwort kam etwas herablassend, inzwischen sei man an Aktionen dieser Art gewöhnt, es käme eben häufig vor, dass Entführungen vorgetäuscht würden, wegen des Lösegeldes natürlich, oder auch nur, um das Amt zu blamieren. Von daher würde man sich selbstverständlich über die entsprechenden Personen informieren, bevor man etwas unternehme. Im Fall von Herrn Deger sei man schon skeptisch, da es so wenige Informationen gebe. »Wir prüfen nur, das ist reine Routine. Haben Sie in der letzten Zeit etwaige Änderungen bei Herrn Deger festgestellt – hat er sich in irgendeiner Form anders benommen? War er oft auf Reisen, oder hatte er Kontakt mit Unbekannten, zum Beispiel aus dem Jemen oder generell aus Arabien oder Nahost?«
Bastien schwieg einen Moment, Steilmann hakte sofort nach. »Gab es die?«
Bastien sah in das Atelier. Vor ihm der Akt, daneben der Sessel, der Rechner, die Küche, Mels Wasserkocher mit seinen Pinseln darin.

Mel und Thomas im Bett.
Mel und Thomas mit den Kindern.
Mel und Thomas mit seinen Freunden.
Seine Mel und Thomas.

Mel auf Thomas' Beerdigung.

»Nein«, sagte er dann. »Er hat mit solchen Dingen nichts zu tun.«
»Sie halten irgendeine Form der Radikalisierung bei Herrn Deger für ausgeschlossen? Ich bitte Sie, das genau zu überlegen, auch wenn er Ihr Freund ist. Allein schon, um Schaden von anderen abzuwenden. Verstehen Sie mich nicht falsch, aber Sie haben recht lange mit Ihrer Antwort gezögert.«
Bastien atmete tief ein: »Hören Sie, er ist mein Freund, das heißt, er war mein Freund, und er hat jetzt ein Verhältnis mit meiner Freundin, deshalb sind sie dort; Flitterwochen, wenn Sie so wollen. Wenn er entführt wurde, dann ist das echt.«
Steilmann schwieg, offenbar schrieb er mit, eine Tastatur war zu hören. Das erkläre natürlich die, wie solle man sagen, etwas delikate Konstellation dieser Reise, aber er hätte sich so etwas schon gedacht.
»Warum haben Sie dann gefragt?«
»Weil wir das müssen.«
Er lachte etwas bitter, die meisten wüssten ja nicht, wie oft so etwas vorkäme und für welche abstrusen Dinge der Steuerzahler so alles aufzukommen habe. Es wäre schon wirklich selten blöd, seine Flitterwochen in einem solchen Land zu verbringen. Genauso gut könne

man eine lustige Kreuzfahrt durch die Piratenstraße von Malakka unternehmen oder auch vor der Küste Somalias, manche Leute würden es einfach nicht besser verdienen, das sei schon gemeingefährlich dumm. Meistens seien es diese geistesamputierten Abenteurer-Touristen, die sie dann wieder loseisen müssten. Thomas sei nun wirklich nicht der Hellste, sagte Bastien, aber ein übergelaufener Islamist sei er nicht, sein Gott hieße eher Ferrari.

»Und was machen Sie jetzt?«, fragte er.

Man dürfe es ja nicht sagen, aber diese sogenannten Entführer hätten eine Festnetz-Telefonnummer angegeben und würden um Rückruf bitten. Entweder wären diese Leute unsäglich dumm oder sich ihrer Sache einfach nur sicher, ganz cool, sagte Steilmann.

Bastien war von so viel Abgeklärtheit beeindruckt, aber der nächste Satz beunruhigte ihn dann doch, einer der Erschossenen sei ein Soldat gewesen, das könnte die Sache komplizieren, sie würden jedoch hoffen, dass das Militär sich aus der Sache heraushalte, man hätte dort altertümliche Vorstellungen von Blutrache; manchmal würden diese Leute ihre Opfer in Stücken, in Plastiktüten verpackt, wieder zu den Angehörigen zurückschicken. Bastien hörte wieder die Tastatur, das Gespräch kam ihm seltsam irreal vor. Aber er solle sich jetzt nicht zu viel Sorgen machen, sagte Steilmann, er hätte einmal einen Fall gehabt, im Sudan, wo sich Entführte während ihrer dreimonatigen Gefangenschaft ineinander verliebt hätten. Sie durften in dieser Zeit nicht einmal miteinander reden, kein Wort, trotzdem hätte es gefunkt. Sofort danach

hätten sie geheiratet und ihn gebeten, der Trauzeuge zu sein, das wäre wirklich rührend gewesen. Also, wie er sehe, würde man sich schon Mühe geben. Und im Übrigen könne er ihn verstehen, fügte er hinzu, die Situation sei bestimmt nicht beneidenswert. Sobald Freunde im Spiel wären, käme einfach eine zweite Ebene hinzu, man verlöre nicht nur die Frau, sondern den Freund gleich mit und würde somit einen doppelten Schmerz erleiden, das sei schon unmenschlich, kaum zu ertragen. Man könne das nicht so einfach vergessen, dieses Vertrauen mit einem Menschen, über Jahre, und dann kämen diese Bilder; der Freund mit der eigenen Frau, im Bett, mit den Kindern, mit den gemeinsamen Freunden, das sei eine Tortur. Man müsse dann einfach nur nach vorne schauen, das sei das Beste. Im Übrigen habe er, Bastien, sich wirklich verhalten wie ein Held. Trotz allem noch *so* loyal zu seinem Kontrahenten zu sein, das wäre schon außergewöhnlich, schließlich hätte er ihn eben ja auch ans Messer liefern können, ein Satz hätte genügt.
»Meinen Sie das im Ernst?«, fragte Bastien.
»Natürlich nicht«, sagte Steilmann, die Wahrheit käme immer heraus, und man würde schon auf die Bürger aufpassen, keine Sorge. Gut, man würde sich jetzt der Sache annehmen und ihn informieren. Nach einigen weiteren guten Wünschen legte er auf.
Bastien öffnete sofort die Google-Seite im Netz und gab die Stichwörter *Auswärtiges Amt* und *Steilmann* ein, es standen unzählige Hinweise zum Ministerium zur Verfügung; nach einigen Minuten wurde er bei einem veröffentlichten Protokoll fündig – Götz Steilmann,

leitendes Mitglied im Krisenstab des Auswärtigen Amtes etc. Er klickte die Rubrik *Bilder* an, die Auswahl bot eine Reihe Portraits von Steilmann. Er war dick, hatte ein rötliches Gesicht, und seine Augen schimmerten kaum sichtbar durch eine Hornbrille. Es war also kein Scherz, diesen Götz Steilmann gab es wirklich und damit auch das Problem mit Mel im Jemen, nein, es gab das Problem mit Thomas im Jemen. Nervös trommelte er mit den Fingern auf dem Tisch, ging dann zum Rechner und gab *Deutsche Botschaft in Sanaa* ein, ein Adressfeld erschien. Kurz entschlossen wählte er die Telefonnummer. Eine Frau mit einem leichten Akzent fragte nach seinen Wünschen, hörte ihm schweigend zu und verband ihn mit *einen Moment bitte* weiter. Schließlich meldete sich eine Männerstimme, worum es denn ginge? Bastien fragte nach Mel, ob er sie sprechen könne, die Stimme antwortete in knappen Sätzen, darüber dürfe man am Telefon keine Auskunft geben, man wisse ja gar nicht, wer er denn sei, und könne das nicht überprüfen, bei derartigen Fragen habe er sich an die Behörden in Deutschland zu wenden. Dann ein Knacken in der Leitung.
Wieder trommelte er mit den Fingern, wählte dann Thomas' Durchwahl in der Firma; Katharina, seine Sekretärin, meldete sich. Bastien kannte sie von seinen vielen Besuchen bei Thomas recht gut. Als sie seine Stimme erkannte, schwieg sie zuerst verblüfft; er fragte, ob sie im Bilde sei.
»Bastien, ich weiß das, sicher, es tut mir auch leid für dich. Es hat mich genauso überrascht.«
»Was?«

»Aber es ist ja seine Privatsache, verstehst du? Irgendwann kam er hier reingeflogen, gab uns allen einen Kuss und sagte, er habe jetzt seine Traumfrau gefunden. Das freute natürlich jeden, bis er dann sagte, sie heiße Mel. *Deine* Mel eben. Ich meine, was soll man da noch sagen? Das tut mir wirklich leid, aber ich –«

»Katharina, das meine ich nicht. Weißt du, was passiert ist?«

In wenigen Sätzen erzählte er von der Entführung, sie schwieg zuerst, ihre Stimme klang dann sehr leise: »Das ist wirklich mies von dir. Wie übel ist das?«

»Katharina –«

Auch hier ein Knacken, sie hatte aufgelegt. Nachdenklich, ohne allzu viel Verwunderung, sah er auf das Display, *Thomas, geschäftl.* stand dort noch zu lesen, bis die Schrift verschwand. – Richtig, Katharina, außergewöhnliche Ereignisse gelten deshalb als außergewöhnlich, weil sie sich nicht in der Norm des Gewohnten bewegen, dachte er. Für das Außergewöhnliche waren in der Regel die Nachrichten im Fernsehen oder in der Zeitung zuständig; das Außergewöhnliche erlebte man selbst nicht, zumindest so gut wie gar nicht, vielleicht nur als entfernter Zeitzeuge laut Statistik drei- bis viermal im Leben, aber ansonsten touchierte nichts wirklich die Parameter eines geregelten Lebens. War man nun aber selbst Teil des Außergewöhnlichen, erschien einem der Normalzustand wieder erstrebenswert zu sein, im Grunde stellte man fest, dass es einem im Außergewöhnlichen nicht sonderlich gut gefiel, bestand es doch aus Anstrengungen wie Denken, Entscheiden, Agieren – aus einem bei weitem intensiveren

Dasein als gewohnt. An dieser Stelle wurde Bastien wieder klar, dass die Pflege seiner Gewohnheiten ihn als Mensch, der er war, ausmachte, wenn er sich auch nicht unbedingt eingestehen wollte, dass das ein sehr bürgerliches Attribut war. Also verstand er Katharina allzu gut, dass sie die Wahrscheinlichkeit einer Lüge der Unwahrscheinlichkeit der Wahrheit vorzog.
Er wählte Robs Nummer und ließ das Handy ein Dutzend Mal läuten, es gab keine Antwort; diese Entführung schien nicht gerade auf ein großes Interesse zu stoßen.

*

Der letzte Schlag hatte ihn am Hinterkopf getroffen. Die Stelle schmerzte besonders, und er versuchte, sie am Stein hinter sich zu reiben. Seine Arme waren gnädig nach vorne gebunden, auch wenn der Bewegungsspielraum kaum mehr als einige Zentimeter ausmachte, das Gleiche galt für die Füße. Sein Durst war inzwischen unerträglich geworden, aber der Wasserkrug vor ihm stand in unerreichbarer Ferne.
Der Raum, in dem er saß, stellte nicht gerade ein ausbruchsicheres Verlies dar, nur eine herabhängende Decke trennte ihn von der Außenwelt. Offenbar eine belebte Dorfstraße, er konnte Stimmen hören, Kinderlachen, manchmal ein vorbeifahrendes Auto.
Das Zimmer war mit Ausnahme eines altertümlichen Gasherdes vollkommen leer; ansonsten lagen einige Teppiche auf dem Boden, darauf bestickte Kissen und ein Würfelspiel. Und es war heiß. Durch eine kleine Luke sah er, wie draußen die Luft vor Hitze flimmerte.

Nach einer Zeit wurde die Decke zur Seite gezogen, und drei Männer traten ein. Sie trugen die landesübliche Kleidung und sahen ärmlich aus. Einer lächelte ihn an und setzte sich vor seine Füße; er goss einen Becher mit Wasser ein und setzte ihn an seine Lippen, gleichzeitig legte er ihm zwei Tabletten auf die Zunge. »Drink«, kam es aus dem zahnlosen Mund, Thomas trank gierig, das Wasser lief ihm am Hals herunter, er versuchte, es mit der Zunge aufzufangen. Der Mann stellte den Becher weg und versetzte ihm dann eine harte Ohrfeige, die Wange brannte; er schlug noch einmal zu, die anderen lachten.

Sie saßen nun vor ihm und sahen ihn an. Nach einigen Minuten zog einer eine Pfeife hervor, zündete sie an und rauchte. Der Qualm hing in der Luft und zog sich stechend durch Thomas' Brust. »Water«, sagte er leise.

Der Lächelnde stand auf und gab ihm erneut eine Ohrfeige, setzte sich dann wieder zu den anderen. Die drei redeten jetzt laut miteinander; jemand rief von draußen, und ein Junge brachte eine Plastiktüte herein. Man entnahm ihr einige Utensilien. Thomas konnte ein Holzbrett und einen kleinen Bunsenbrenner erkennen; der Rauchende entzündete ihn mit einem Feuerzeug. Er nickte den anderen zu, sie zogen seine Hände nach vorne und spreizten die Finger seiner linken Hand auf dem Holzbrett.

Thomas sah das Messer in der Hand des Lächelnden.

Die nächsten Bewegungen schienen nun wie in Zeitlupe stattzufinden, das Messer senkte sich auf seinen kleinen Finger, und aus dem grinsenden Mund waren die Worte *for the collection* zu hören. Dann spürte er kurz die Berührung mit der Schneide und einen rasenden Schmerz, der sich noch steigerte, als der Rauchende die Flamme des Bunsenbrenners auf die offene Wunde hielt; dessen Blick glich dem eines konzentrierten Metzgers bei der Zerlegung eines Filets.

Dort, wo einmal sein Finger war, sah er nun die verkohlte schwarze Haut, und ein unerträglicher Schmerz schoss in Intervallen durch seinen Körper, ihm wurde schlecht, und er übergab sich auf die Beine, ließ den Kopf hinuntersinken und starrte schwer atmend auf den Lehmboden vor sich.

Er war eigentlich kein gläubiger Mensch, aber in diesem Moment dachte er nur an Gott.

8

Mila erinnerte ihn an den Rothaarpinsel, an dieser Stelle dort müsse er noch ein wenig arbeiten, er wolle doch jetzt nicht nur mittelmäßig sein? Er tunkte den Pinsel in die Farbe und hellte die Stelle neben dem Unterarm auf, dieser wirkte sofort plastischer. Das sei doch viel besser, sagte sie, das könne er mit den anderen Umrissen auch so machen. Und warum er während der ganzen Zeit da drüben telefoniert hätte? Nichts weiter, entgegnete er, nur mit einem Mann vom Amt, es ginge um Tom, der säße ja immer noch in diesem Käfig und würde wohl bald in dieser Lava versenkt werden, kein schöner Tod. Die alte Mila hatte gewollt, dass er ihn da heraushole.

Sie blickte ihn verständnisvoll an, sicher, das sei noch etwas Unerledigtes, er wäre ja der Einzige, der ihn retten könnte, sein Leben läge nun in seiner Hand. Auch wenn dieser Tom es nicht verdient hätte, aber solle man sich auf ein solch niedriges Niveau wie das seine begeben?

Sie hatte recht. Er drehte sich um und sah den Käfig vor sich. Ein Eingeborener stand vor der Tür und hielt

Wache. Er setzte diesen von hinten mit einem Griff um die Kehle außer Gefecht, zog die Machete und durchtrennte die Seile der Tür. Mit schnellen Strichen skizzierte er Tom, wie dieser auf dem Boden lag und ihn ungläubig anstarrte; das Mondlicht warf einen harten Spot auf die Gestalt, es glich dem Geschehen auf einer Theaterbühne. Mit einem weichen Bleistift ahmte er den Schlagschatten nach und fügte noch ein paar Totenschädel hinzu, obwohl das nicht der Realität entsprach.

Schließlich zog er den entkräfteten Tom hinaus, warf ihn sich über die Schultern und rannte zurück in den Urwald, niemand hatte den Handstreich bemerkt.

An einem kleinen Bach hielt er inne und setzte Tom in das Gras. In der Nähe stand ein Mangobaum, Bastien zeichnete einige Früchte, hieb sie dann ab und reichte sie ihm. Gierig begann Tom, die Mangos hinunterzuschlingen. Bastien schwieg zuerst, sagte dann, dass er nun allein den Weg zurück zum Strand finden müsse. Tom nickte, er würde das schon schaffen. Nach einer Pause fragte er, wie es Mila ginge; Bastien sah von seiner Zeichnung nicht hoch – sie sei in Sicherheit, mehr gebe es nicht zu sagen.

Er stand auf, Zeit, zu gehen. Und er würde ihm das Gleiche raten, bald würde man nach ihm suchen. Er schaute auf die letzte Skizze: Tom am Bach, der Urwald um ihn herum, einige Mangos auf dem Boden, darüber ein dramatischer Vollmond, das Blatt war atmosphärisch gelungen. Auf einem weiteren Papier zeichnete er einen Baum, auf einem der Äste saß Mila und hielt Ausschau nach ihm, auch hier fügte er den

Mond ein, sehr akkurat, immerhin war es ihre letzte Nacht auf der Insel. Noch eine Schattierung, der Mond wurde immer besser, leuchtete schließlich wie ein richtiger Spot, das Publikum klatschte begeistert.
Der Moderator strahlte ihn an, aber natürlich dürfe er rauchen, das könne man ihm doch nicht abschlagen. Bastien lächelte zurück, das sei nett, wirklich, aber es sei ja so, dass er gar nicht rauche. Also alles kein Problem – und gesünder. Wieder klatschte das Publikum, und der Moderator blickte zufrieden in die Runde, gut so, er habe das nur gedacht, weil man Helden, große Männer, ja immer mit solchen Zigarillos sehen würde, zumindest auf den Plakaten, wie dem auch sei, er würde sich ganz besonders freuen, dass er, Bastien, heute Abend die Zeit gefunden hätte, herzukommen, das sei eine außerordentliche Ehre! Aufbrausender Beifall, Bastien lächelte ins Publikum, vereinzelte Bravo-Rufe waren zu hören, erst nach und nach verebbte der Applaus. Die Miene des Moderators wurde jetzt betont sachlich, es sei ja so, Bastien wäre ja nun wirklich ein Held, einer der wenigen in dieser Welt, müsse man doch sagen. Wie fühle man sich da, wie sei das, wenn man so quasi über allen Dingen stünde? Bastien machte eine abwertende Handbewegung, im Grunde sei das ja nichts Besonderes, sicher, das ein oder andere Mal habe er recht gute Dinge für das Gemeinwohl tun können (vereinzeltes Klatschen im Publikum), aber man solle das jetzt nicht überbewerten, wahrscheinlich hätte das jeder in seiner Lage getan, es sei einfach eine Menschenpflicht gewesen. Da wäre er jetzt aber sehr bescheiden, entgegnete der Moderator, also, wie er diesen armen

Kerl da aus den Händen der Wilden gerettet hätte, als wenn das gar nichts gewesen wäre (er schnippte mit den Fingern), das sei ja schon beeindruckend gewesen, alle hätten mitgezittert, einfach irre spannend, so etwas könne man doch nur, wenn man über bestimmte Fähigkeiten verfüge und besondere Talente habe; was meine er, was mache einen richtigen Helden aus? Bastien ließ sich mit der Antwort Zeit, eine gutaussehende Assistentin füllte in der Zwischenzeit sein Wasserglas wieder auf. Sicher, man müsse schon über eine gewisse Entschlossenheit verfügen und dürfe sich eben nicht im Nachdenklichen verlieren. Im Grunde mache das den wirklichen Helden aus – schnell und entschlossen das Erkannte in die Tat umzusetzen, sich zudem nicht von falschen Moralvorstellungen irreleiten zu lassen und dabei einfach jederzeit vollkommen cool zu bleiben. Er trank einen Schluck Wasser und wischte sich mit dem Handrücken über den Mund. Einen Moment lang blieb es vollkommen still, der dann folgende Applaus übertraf die vorherigen in Vehemenz und Lautstärke, es donnerte im Saal, etwas beschämt nickte Bastien ins Publikum, und der Moderator rieb sich gerührt die Augen, das sei einfach – wunderbar, nur ein echter Held könne die Dinge so auf den Punkt bringen, jetzt wüsste man, dass es einfach keinen Besseren als ihn gebe, aber – habe man daran wirklich jemals gezweifelt? Und was er, Bastien, denn jetzt vorhabe, nach all diesen unvergesslichen Taten? Das würde man sehen, antwortete Bastien, da jetzt alles getan sei und die Welt vorerst sicher sei, könne er einmal an sich selbst denken und sich vielleicht einen kurzen Urlaub gönnen, ein wenig trainieren mache sicher auch Sinn. Sehr gut, lobte der Moderator, schließlich müsse man für die kommenden Herausforderungen gefeit sein, und da die Sendezeit sich schon wieder dem Ende zuneige, noch in aller Kürze eine Frage; was mache die Liebe? Könne man auf eine baldige Bekanntgabe hoffen? Die Frage wurde von einem wohlwollenden Schmunzeln begleitet, und Bastien beschloss, sich ausweichend zu geben, nun, zu geeigneter Zeit würde man –

Das Telefon klang diesmal besonders schrill. Er ging schlaftrunken dem Läuten nach und fand es an der Staffelei, wieder eine unbekannte und lange Nummer.

»Ja?«

»Bastien? Hörst du mich?«, fragte Mel.

Ihre Stimme klang aufgeregt, sie ließ auch jede Floskel wie *Wie geht es dir?* und dergleichen aus – man hätte ihr gesagt, dass er gestern angerufen habe; daraufhin hätte sie diese Leute angeschrien; wie bescheuert, dass man sie nicht verbunden hätte.

»Mel?«

Sie hörte seine verschlafene Stimme und sagte, dass es ihr leidtäte, so früh anzurufen, sie hätte ganz vergessen, dass sie ja drei Stunden voraus sei. Ob sie denn OK sei, fragte er.

»Mir ist ja nichts passiert. Aber dieser Hilal und der andere, ich hab gesehen, wie die erschossen wurden, in den Kopf, das war –«

Sie sprach schnell und aufgewühlt, er konnte ihren Worten kaum folgen, sie hätte ein Zimmer in der Botschaft bekommen, das sei gut, aber dieses Nichtstun

mache sie rasend. »Ich mache mir solche Vorwürfe, verstehst du? Ich sitze in dem Auto und fahre weg, und Thomas –«
»Du meinst, du hättest besser den Säbel gezogen, um dann ganz einfach ein Dutzend Araber zu erschlagen?«
»Hör, auf, du weißt schon, was ich meine. Das ist einfach ein mieses Gefühl, so abzuhauen.«
»Aber du konntest doch nichts machen. Die werden ihr blödes Lösegeld bekommen, und dann lassen sie ihn laufen. Das wird schon.«
Er erzählte kurz von seinem Gespräch mit Steilmann: »Der sagt auch, dass diese Leute keine Profis seien, dass man es eben als einen Kauf betrachten müsse. Das wird schon klappen.«
»Bastien?«
»Ja?«
»Ich vermisse dich. Wirklich, so sehr.«
Er sagte, dass er auf jeden Fall erreichbar sei; sie solle ihn jederzeit anrufen. Vor allen Dingen, wenn er etwas tun könne.
»Du kannst nichts tun. Was machst du heute?«, fragte sie.
»Heute – wieso?«
»Es ist doch Silvester. Feierst du?«
»Blöde Situation, um zu feiern, oder?«, sagte er.
Ihre Stimme zitterte: »Versprichst du mir eins?«
»Was?«
»Lass mich nicht fallen, bitte.«
Sie wartete seine Antwort nicht ab – sie gehe jetzt wieder in das Büro und würde sich später melden. Er wie-

derholte noch einmal, dass er immer erreichbar sei, dann war die Leitung still, das Display zeigte 6.30 Uhr an.
Die Tonlosigkeit seines Telefons schien sich auf eine eigentümliche Weise auf den Raum zu übertragen; die Zeichnungen lagen ruhig auf dem Tisch, die Bilder standen starr aneinandergelehnt, der Rechner, völlig bewegungslos, kein Lufthauch rührte sich, die Stille war vollkommen.
Lass mich nicht fallen.
Bastien fragte sich, weshalb diese Worte ihn so wenig berührten, hießen sie doch nichts anderes, als dass es gute Gründe auf Hoffnung gab – auf ein neues *Bastien und Mel*, auf das Ende aller Schmerzen und ein Ende allen Leids.
Wollte er das eigentlich?
Er wurde wieder müde. Der letzte Tag in diesem Jahr fing bizarr an.

*

Mila hatte bereits das zu sich genommen, was sie ihr Frühstück nannte: drei Tassen schwarzen Kaffee und fünf Zigaretten. Die Nr. 6 klebte in ihren Mundwinkeln, als sie schrieb: *Bruder, da wir ohnehin bald die einzigen Wesen auf diesem verbrannten Planeten sein werden, schlage ich vor, dass wir uns heute treffen und diesen letzten Abend zusammen erleben. Ich will hier auf jeden Fall raus und komme zu dir. Bin um 7 da. Schwester.*
Das war nicht überlegt. Vielleicht war es auch nicht schlau. Aber sie hatte ein gutes Gefühl mit *Bruder* – vielleicht noch mehr als das, sie war sogar etwas aufgeregt.

Im Treppenhaus vor ihrer Tür begann der Tag. Das Aufschließen von Schlössern war zu hören, das Öffnen der Briefkästen im Erdgeschoss, Schritte auf den Stufen, das Gemurmel von Stimmen, aus der Ferne ein zweifaches *Guten Morgen*. Eine simple Begegnung auf den Treppen, offenbar kam jemand herab, und jemand ging hinauf. Was zu dieser Uhrzeit jedoch unüblich war. Sie hörte die Schritte auf den Stufen, sie kamen näher.

Im Stock unter ihr schien die Person einen Moment zu verharren, offenbar suchte sie ein Namensschild. Dann waren wieder die Schritte zu hören. Sie erstarrte; hier oben gab es keine weitere Wohnung. Und nichts im Flur wies darauf hin, dass sie hier wohnte. Die Stufen knarrten lauter, der Besucher stand jetzt vor der Tür. Einen Moment lang geschah nichts, dann klopfte es dreimal. Sie saß still und wagte kaum zu atmen. Es klopfte noch einmal, dann ein weiteres Mal, die Stimme ließ sie zusammenzucken:

»Mila?«

Das Klopfen wurde lauter. Sie zog die Beine an und umklammerte sie mit den Armen, grub dabei ihre Fingernägel in die Waden.

»Mila? Ich bin's.«

Er sagte das auf eine Art, als wenn es das Normalste der Welt sei. Sie drückte fester zu, spürte, wie es an den Fingerkuppen nass wurde.

Er wartete.

Sie saß still, nur ihr Oberkörper bewegte sich vor und zurück, ganz leicht – wie ein Baby, dachte sie, wie ein kleines Baby, *ich bin ein Baby*. Sie hörte, wie er von einem

Fuß auf den anderen trat und offenbar unschlüssig überlegte, was zu tun war. Dann klopfte er wieder: »Mila? – Bitte!«

Die Stimme klang härter, verlangender. So hatte sie immer geklungen, *seine* Stimme, *seine* Befehle – *komm her, meine Kleine*; sie starrte auf die Tür.

»Mila?!«

Ein weiteres Klopfen. Die Tür war alt, er könnte sie eintreten.

Sie sah das Küchenmesser neben dem Wasserkocher.

»Mila?!«

Er schwieg. Mit zwei Schritten wäre sie beim Messer, sie fixierte die Distanz. Es wären genau zwei Schritte.

Er atmete laut und bewegte sich nicht.

Dann hörte sie, wie er die Stufen hinunterstieg, wieder stehen blieb, dann weiterging. Nach einigen Minuten öffnete sich die Haustür unten, fiel dann laut ins Schloss.

Ihre Waden fühlten sich nass an, die Finger waren blutverschmiert; langsam zog sie die Hände zurück und legte sie auf die Oberschenkel. In dieser Position saß sie über eine Stunde lang unbeweglich da und starrte weiterhin auf die Tür. Dann streckte sie langsam ein Bein nach dem anderen aus und stand auf; sie ging zum Fenster und spähte vorsichtig durch die Jalousie. Die Leute der Müllabfuhr schoben die Tonnen über die Straße, der Gemüsehändler unterhielt sich mit seinen Kunden. Er war nirgendwo zu sehen.

Sie klappte das Notebook zu und verstaute es in ihrem Rucksack, ebenso ein paar Kleidungsstücke und eine angebrochene Stange Zigaretten. Leise öffnete sie die

Tür und ging auf Zehenspitzen die Treppe hinunter. Im Hinterhof kletterte sie über eine Mauer, die den Hof vom Nachbargelände trennte, dort schlich sie sich durch den Toreingang nach draußen und reihte sich zwischen den Passanten ein. Bis zum Abend hatte sie noch sehr viel Zeit.

*

Wahrscheinlich war es ein Specht, der an den Baumstamm klopfte. Dann fiel Bastien ein, dass es auch etwas Gefährlicheres sein konnte, er griff sofort an seine Hüfte, die Machete war nicht mehr da. Das Klopfen wiederholte sich und wurde lauter, er ging zur Tür, Per Frings sah ihn ernst an: »Habe ich dich geweckt?«
»Per? Was machst du in Berlin? Ich dachte, du kommst nach Neujahr?«
»Das hat sich verändert. Wie sieht's aus, kann ich reinkommen?«
Sicher, er müsse sich nur etwas anziehen, sagte Bastien, warum er denn nicht angerufen habe? Frings setzte sich wortlos in den Sessel und blickte aus dem Fenster, während Bastien sich die Hose anzog. – Das hätte er tun können, sagte er dann, aber in der Hektik der Abreise habe er nicht daran gedacht, eigentlich hätte er heute auch etwas ganz anderes vorgehabt.
»Seit wann bist du hier?«
»Seit sechs. Mit dem ersten Flieger. Ich könnte einen Kaffee gebrauchen.«
Er sah Bastiens fragenden Blick: »Ich habe Mila gesucht. In ihrer Wohnung, oder wie man das nennen soll.«

»Und?«
»Sie war nicht da. Hör mal, Bastien, sie macht uns Ärger, richtig – Ärger, verstehst du?«
»Mit was?«
»Das ist doch egal. Ich muss sie finden.«
»Aber wenn du ihre Adresse kennst –«
»Das bringt nichts, wahrscheinlich ist sie da schon weg, nachdem sie das geschickt –«
Er stoppte und schwieg. Bastien füllte die Kaffeemaschine mit Wasser auf und wusch sich dann die Hände. Er sah, wie Frings nervös im Sessel hin- und herrutschte.
»Was kann ich tun?«, fragte Bastien.
»Wo gehen die hin, abends, Leute um die fünfundzwanzig? Das weißt du doch.«
»Per, das hier ist Berlin. Es gibt tausend Orte, und heute ist Silvester, mit noch einmal tausend Partys. Du kannst doch nicht durch die ganze Stadt rennen. Wie soll das gehen?«
Frings blickte düster vor sich hin. Bastien hantierte weiter an der Kaffeemaschine herum; so unsicher hatte er ihn noch nie erlebt, er war kaum wiederzuerkennen.
»Du hast doch eine Menge Freunde hier, oder?«, fragte Frings.
»Klar.«
»Können auch Geld gebrauchen, oder?«
»Was meinst du?«
»Sehen, wo sie ist, das meine ich. Ihre Wohnung beobachten.«
»Willst du mir nicht sagen, was sie gemacht hat?«

»Nein«, sagte Frings knapp. »Das geht dich nichts an.«
Bastien goss wortlos zwei Tassen ein. »Und wenn du sie gefunden hast, was dann?«
»Die kleine Dame wird etwas erleben, ganz einfach.«
Bastien sah auf seine Hand, die die Kaffeetasse umklammerte, der Tonfall jagte ihm einen Schauer über den Rücken.
»Was ist das?«, fragte Frings und blickte zum Akt hinüber. »Neu?«
»Ja.«
»Ist nicht so mein Fall. Und die anderen?«
Bastien stellte einige Leinwände nebeneinander, Frings schaute sie länger ausdruckslos an: »Ist das Fantasy?«
»Nein. Einfach eine Geschichte.«
»Von was?«
»Innere Vorstellungen, Traumebenen, der Betrachter setzt sie sich in seiner Fantasie zusammen, was möchte er sein, was wollte er schon immer sein? Als Kind, aber auch heute noch – ein Alter Ego unserer Wünsche, vielleicht sind wir eher das als diese sogenannte Realität, in der wir etwas sein müssen, was wir gar nicht wollen. So in der Art.«
Frings schwieg und blickte stirnrunzelnd auf die Bilder. »Schon mal ausgestellt?«
»Nein. Die sind ganz neu. Noch nicht einmal richtig trocken. Du bist der Erste, der sie sieht.«
»Zeig mal mehr.«
Bastien stellte weitere Leinwände nach vorne. Frings beugte sich vor: »Gemalte Wünsche also. Das ist untrainiert.«
»Was meinst du damit?«, fragte Bastien.

»Das, was es heißt. Ungewöhnlich – neu.«
Er stand auf, ging näher an die Bilder heran und blickte Bastien dann fest an. »Die sind gut. Was sagt dein Galerist dazu?«
»Ich sag ja, die hat noch keiner gesehen. Aber der wird sie nicht mögen.«
»Du weißt, was ich von ihm halte. Du brauchst einen richtigen Profi, jemanden, der dich nach vorne bringt. Reiser, zum Beispiel, oder Burns.«
»Wäre toll, ja«, sagte Bastien. Die Namen klangen für ihn wie aus einem anderen Universum, er wusste, dass Frings diese Leute persönlich kannte. Dieser zog ohne einen weiteren Kommentar sein Handy aus der Jacke und wählte eine Nummer.
»Walter? Hier ist Per. Geht's dir und der Familie gut?« Er lachte und hörte kurz zu, natürlich, es seien ja Ferien jetzt, auch ihm wünsche er einen guten Rutsch. Er lachte wieder. Aber da wäre noch etwas anderes, er stünde gerade vor unglaublich guten Arbeiten eines Berliner Malers, eine echte Entdeckung, das müsse er sehen, gemalte Traumsequenzen, Bilder, die eben auf die Vorstellungskraft des Betrachters abzielen würden. Er hörte wieder zu – nein, keine Galerievertretung, dieser Künstler wäre ein echter Geheimtipp, ganz sicher.
Bastien stand starr, da stand jemand in seinem Atelier und empfahl seine Arbeit einem der berühmtesten Galeristen in der Welt, das war ein Märchen.
»Wann bist du in Berlin, nächste Woche?«, fragte Frings in das Telefon.
»Dann übernächste, gut. Natürlich wird er da sein. Ich gebe dir seine Nummer.«

Er machte eine schnelle Handbewegung und Bastien schrieb seine Nummer auf einen Zettel, Frings las sie vor. »Und du meldest dich bei ihm? Gut. Vielleicht lasse ich dir noch ein paar Bilder übrig.«
Er lachte wieder, das sei schon jetzt eine gute Anlage, also, nochmals einen guten Rutsch und bis bald. Er sah wieder Bastien an: »Der kommt. In zwei Wochen. Im Moment sucht er solche Arbeiten, das ist genau sein Ding. Und zehn nehme ich, OK?«
»Zehn?«
»Was dagegen?«
»Nein.«
»Such sie einfach aus.«
»Du willst sie nicht selbst aussuchen?«
»Die sind alle gut, das ist OK. Super Tag für dich, oder?«
Er lächelte ihn abschätzend an. – Und wenn der Walter ihn powern würde, wovon er ausginge, wäre er bald ganz oben. Aber die Bilder hätten es verdient, er sei ja auch ein netter Kerl. Und jetzt, ohne Mel, könne er das dann auch richtig genießen. Er klopfte ihm auf die Schulter: »Lass einfach mal die Sau raus, so sagt man doch, nicht? Such dir eine Kleine und fang neu an. Und, vor allen Dingen, male weiter.«
Bastien blickte auf den Akt: »Und das magst du nicht?«
»Nein. Das ist mir zu lieblich.«
Frings stand auf, gut, er würde jetzt noch einmal zur Wohnung fahren und dann in diese Läden gehen. Gegen später würde er wieder vorbeikommen und ihm das Geld bringen.
»Cash?«, fragte Bastien.

»Kannst du doch sicher gebrauchen. Aber mit Mengenrabatt – sagen wir, fünfundzwanzigtausend?«
»Das ist –«
»Gut, nicht? Und natürlich verrechnen wir die geliehenen fünftausend. Also, bis später.«
Bastien schloss die Tür hinter ihm und setzte sich. Seine Beine zitterten, zwanzigtausend, noch heute. Und Walter Reiser im Atelier, in zwei Wochen. Das war schlicht unglaublich.
Er blickte in den Rechner, Facebook zeigte eine Nachricht an: *Bruder, da wir ohnehin bald die einzigen Wesen auf diesem verbrannten Planeten sein werden, schlage ich vor, dass wir uns heute treffen und diesen letzten Abend zusammen erleben. Ich will hier auf jeden Fall raus und komme zu dir. Bin um 7 da. Schwester.*
Das nannte man spontan.
Ihm fiel die Verabredung mit Kirsten ein.
Das nannte man ein *Problem*.

*

Rob stieg sehr leise die Treppen hoch; auf dem letzten Absatz schaute er zu Bastiens Tür, sie war zu. Er umgriff wieder die Einkaufstüten und stellte sie sehr vorsichtig ab, öffnete und schloss dann ebenso leise seine Ateliertür.
Die Tüten enthielten kulinarische Schätze, zwei Flaschen Champagner, einen Trüffel und sündhaft teures Kalbsfilet. Er legte alles in den Kühlschrank und begann mit dem Decken des Tisches, drapierte einige exotische Früchte in einer Schale zurecht, legte das Besteck hin und stellte die Kerzen bereit. Jetzt ging es

noch darum, das Atelier zu verschönern, er hatte noch drei Stunden Zeit, sie wollte erst um sieben kommen.

*

Sonia sah auf die Uhr, es war gegen fünf. Sie hatte noch Zeit, beschloss aber, schon einmal mit dem Schminken zu beginnen, das würde heute seine Zeit brauchen, sie wollte sich einfach gefallen. Das war natürlich reine Psychologie, der Aufwand suggerierte einem so schön, dass das Ergebnis ein besonderes sein würde. Und diese Einladung war es sicher wert.
Auf ihrem Bett lagen drei Kleider, und damit die Qual der Wahl. Eines gefiel ihr wegen des extravaganten Schnittes besonders gut, es war komplett rückenfrei, und ein halbtransparentes Inlay würde kaum etwas verbergen. Aber sie fragte sich, ob es für das Adlon nicht zu gewagt war.
Er wollte sie um sieben abholen, sie hatte noch zwei Stunden Zeit für diese Entscheidung.

*

Man hatte die Hand nur notdürftig verbunden und ihm zwei weitere Tabletten auf die Zunge gelegt. Deren Wirkung war gleich null, bei jedem Pulsschlag schoss wiederholt der Schmerz durch seinen Körper. In regelmäßigen Abständen kam jemand herein, zumeist eine Frau, die sich am gegenüberliegenden Herd zu schaffen machte und heißes Wasser aufsetzte. Manchmal stand ihr kleiner Sohn daneben, so auch jetzt. Er blickte ihn scheu an und grinste ab und zu verlegen. Der Junge saß vor dem Herd auf dem Boden und grub mit einem Stock kleine Löcher in den Lehmboden, immer wieder sah er auf und blickte ihn an. Von draußen war die Stimme seiner Mutter zu hören, offenbar unterhielt sie sich mit einer anderen Frau. Der Kleine stand auf und setzte sich vor ihm auf den Boden, spielerisch fuhr er mit dem Stock über seine nackten Füße, Thomas nahm sie beiseite, er spürte das spitze Ende des Stockes an seinen Fußsohlen.

Der Junge hatte dunkelbraune Augen und sah ihm jetzt direkt ins Gesicht. Seine Lider blieben unbeweglich, nichts in diesen Augen verriet auch nur den Anflug einer Emotion. Die kleinen Finger fuhren sanft über Thomas' Fuß, schienen sie anfangs streicheln zu wollen, griffen dann aber fest zu, wieder spürte er das Holz an der Fußsohle.

Den Druck der Spitze.

Sah den Griff der Hand um den Stock.

Seine schwarzen Augen.

Am Eingang bewegte sich die Decke, und die Frau trat wieder ein, sofort rief sie laut, der Junge stand auf und ging zu ihr. Der Stock lag noch vor Thomas' Füßen, er keuchte vor Erleichterung.

*

Bastien überlegte. Konnte er Kirsten zum Silvesterabend absagen? Das wäre eigentlich ein *No go*, aber die Neugierde auf *Schwester* war groß. Und nicht minder die Tatsache, dass er etwas *fühlte*, sobald er an sie dachte.

Die E-Mail eines ihm unbekannten Absenders wurde angezeigt: *Du, hier ist noch nichts passiert. Die wollten zu-*

rückrufen, haben es aber noch nicht getan. Die in der Botschaft sind schon etwas nervös, aber eigentlich glaubt man, dass diese Typen den Preis in die Höhe treiben wollen. Ich wünschte, du wärst hier. Es ist alles wie in einem schlechten Traum. Ich hoffe, dass ich bald wieder bei dir sein kann, ich vermisse dich so. Mel.

Er nahm das Handy in die Hand und wischte mit dem Ärmel über das Display und tippte dann auf Kirstens Nummer. Es war gleich schon sechs, das würde kein leichter Anruf werden.

*

Kirsten betrachtete sich ein weiteres Mal im Rückspiegel.

Sie stellte den Motor wieder aus, zog sich mit einem Lippenstift den Mund nach und strich das Haar nach hinten, dann fuhr sie weiter. Die Landsberger Allee war fast leer, sie gab Gas und drehte das Radio lauter, man spielte bereits die einschlägige Tanzmusik. Sie suchte einen anderen Sender, stellte die Musik nochmals lauter und fuhr schneller, obwohl ein Blick auf die Uhr ihr zeigte, dass sie noch über eine Stunde Zeit hatte. Um dann den Silvesterabend mit Bastien zu verbringen, das war unglaublich, bis vor einigen Tagen hatte sie es sogar für unmöglich gehalten.

Im Radio brachte man nun eine Rückblende zum fast verflossenen Jahr, dann folgten die Nachrichten.

Sie fragte sich, ob er an so etwas wie Sekt gedacht hatte – wahrscheinlich nicht.

Sie hielt zu beiden Seiten des Moritzplatzes nach einem Supermarkt Ausschau, in etwa fünfhundert Metern

Entfernung, an der Prinzenstraße, sah sie ein *Lidl*-Schild. Sie hatte grüne Welle und gab wieder Gas.
In den Nachrichten sprach man nun von einer Entführung im Jemen, ein Deutscher gelte als vermisst, seine Begleiterin habe sich retten können. In diesem Jahr sei das schon allein im Jemen die siebte Entführung, und das Auswärtige Amt stehe mit den Entführern im Kontakt.
Sie überlegte, wie viele Deutsche zurzeit wohl im Jemen wären. Unruhig kramte sie mit der Hand in der Tasche nach ihrem Telefon und suchte nach der eingespeicherten Nummer von Thomas; er würde verstehen, dass sie sich Sorgen machte.
Das Handy läutete im selben Moment, sie sah Bastiens Nummer und blickte nur kurz auf die Straße – eine Ampel stand auf Rot, sie trat sofort auf die Bremse, da sah sie vor sich plötzlich die zierliche Gestalt einer jungen Frau.
Die Bremsen quietschten, und sie schlitterte auf die vor Schrecken starr stehende Frau zu. Ihre Augen waren weit aufgerissen, sie hielt die Arme in Erwartung des Aufpralls hoch. Und schrie.

*

Rob wählte zum fünften Mal Sonias Nummer, sie meldete sich nicht. Nervös öffnete er den Kühlschrank und legte die Champagnerflaschen in ein anderes Fach. Es war noch vor sieben, aber er hatte bereits jetzt ein ungutes Gefühl.
In Bastiens Atelier hatte er dessen Telefon gehört, er war also da.

Sein bester Freund.
Vielleicht wäre es einfach anständiger, zu ihm zu gehen und ihm alles zu sagen, von Anfang an, die ganze Geschichte – mit Mel, und jetzt mit Sonia.
Die Zeiger überschritten die sieben. Ein jetzt sicheres Gefühl sagte ihm, dass sie nicht kommen würde. Er ging mehrmals durch das Atelier, blieb dann vor seiner Tür stehen. Nur durch diese, und dann zu Bastiens Tür, mehr brauchte es nicht.

*

Sonia hatte sich für das extravagante Kleid entschieden, es stand ihr, wie sie fand, ausgezeichnet. Sie drehte sich einige Male vor dem Spiegel um, die Schlitze an der Seite zeigten ihre Beine bei jedem Schritt, das war, gelinde ausgedrückt, aufregend, sie war zufrieden. Das Haar hatte sie bewusst offen gelassen, zu einem solchen Kleid passte keine strenge Frisur.
Um Punkt sieben hörte sie, wie die Tür sich öffnete, Acun strahlte sie an, sie umarmten sich. Der Wagen stünde unten, sie wären startklar, lächelte er. Das verspräche ein besonderer Abend zu werden, viele der Senatoren wären da, einige Minister, der US-Botschafter, auch einige bekannte Schauspieler. Er sah sie vielsagend an, das alles sei aber vollkommen egal, vor ihrer Schönheit würden ohnehin alle verblassen. Aber sie müsse sich jetzt fertig machen, der Wagen stünde schon unten.
»Ich bin fertig, Acun. Wir können los.«
Er sah sie an und schwieg kurz. Wie sie das meine, sie wolle doch nicht so –

»Steht es mir nicht?«, fragte sie.
»Liebe, natürlich steht dir das, ganz wunderbar. Aber so etwas kannst du doch nicht dort anziehen. Was denkst du dir?«
»Warum nicht?«
»Weil es das Adlon ist. Eine Gala. Da zieht man sich anständig an, geschmackvoll.«
»Geschmackvoll?«
»Ja«, sagte er leise. »Du wirst dich jetzt umziehen, und dann fahren wir.«
»Acun, ich möchte aber dieses Kleid anziehen.«
»Nein. Das wirst du nicht. Was soll man dort über mich denken?«
Er strich sich über den Smoking und sah sie durchdringend an: »Du wirst dich jetzt umziehen. Du hast fünf Minuten.«
Er lächelte sie an und strich sich eine weitere Fluse vom Ärmel – sie könne dieses etwas anregende Kleid ja zu einer anderen Gelegenheit anziehen, auf einem Geburtstagsfest ihrer Freunde oder dergleichen. Aber heute Abend würden sie sich damit blamieren, also bitte.
Sie ging wortlos ins Schlafzimmer und setzte sich auf das Bett. Die High Heels standen bereit, daneben ihre dreckigen Jogging-Schuhe.
Sie solle sich beeilen, rief er aus dem Wohnzimmer.
Ein Blick in ihre Handtasche zeigte ihr, dass sie noch dreißig Euro besaß. Ein weiterer Blick in den Spiegel sagte ihr, dass sie wunderschön aussah.
Sie zog die Jogging-Schuhe heran und zog sie an, hängte sich dann die Tasche um und zog den Riemen fest.

Er strich sich wieder über den Smoking und sah sie nicht kommen. Mit ein paar Sätzen war sie an der Tür und rannte die Treppe hinunter; dann lief sie quer über die Straße, ein Auto verfehlte sie nur um Haaresbreite. Sie lief weiter und blickte sich nicht um.

*

Von draußen näherten sich laute Stimmen. Die Decke schob sich zur Seite, und die Männer traten wieder ein. Offenbar waren sie aufgeregt, sie redeten ununterbrochen und gestikulierten hektisch, man schien nicht einer Meinung zu sein. Dann setzte sich der Lächelnde durch und schnitt den anderen mit einer herrischen Handbewegung das Wort ab. Sie waren jetzt still und ließen ihn reden, er schien eine Entscheidung zu fällen. Einer der Männer wandte sich ab und verließ wütend den Raum, die anderen sahen Thomas regungslos an.
Der Lächelnde lächelte nicht.
Erst jetzt sah Thomas das Gewehr, das er auf dem Rücken trug.
Zwei der Männer zogen ihn hoch, stellten ihn auf die Füße und schoben ihn zum Ausgang.
»It's time«, sagte der Lächelnde.
Die Decke zog sich vor Thomas zur Seite, er kniff die Augen zusammen, die Sonne brannte ihm ins Gesicht.

*

Der Gurt riss Kirsten zurück in den Sitz, ihre Hände schlugen dabei auf die Konsole, und sie spürte einen Schmerz im Nacken.
Der Wagen stand.

Sie starrte auf das Lenkrad vor ihr.
Bitte nicht, dachte sie, bitte nicht.
Sie öffnete die Tür, stieg mit zitternden Beinen aus und ging um das Auto herum. Die Frau stand an derselben Stelle wie zuvor, sie starrte mit großen Augen auf die Stoßstange des Autos, zwanzig Zentimeter vor ihren Beinen. Die Luft roch nach verbranntem Gummi.
Kirsten wusste nicht, warum sie das jetzt tat, aber sie umgriff die Schultern der Frau und umarmte sie, einige Tränen liefen ihr über das Gesicht. Sie hätte jetzt einen Schlag erwartet, einen Schrei, eine Beschimpfung, aber all das blieb aus; sie spürte die Hand der jungen Frau auf ihrem Arm –
»Schon gut«, sagte Mila. »Es ist nichts passiert.«
Kirsten sah sie mit tränenüberströmtem Gesicht an, es wäre ihre Schuld, sie hätte etwas Blödes im Radio gehört, dann sei ein Anruf gekommen, mein Gott, nur noch ein paar Zentimeter, dann –
»Es ist ja nichts passiert«, wiederholte Mila ruhig. »Wir dürfen weiterleben.«
Auch ihr Atem ging schnell, sie blickte abwechselnd auf die Kühlerhaube vor ihr und zu Kirsten. »Und du?«
Erst jetzt nahm Kirsten wieder den Schmerz im Nacken wahr, sie konnte den Kopf kaum bewegen.
»Schleudertrauma?«
Kirsten rieb sich den Nacken. »Eher ein Wirbel, denke ich.«
»Kannst du fahren?«, fragte Mila. »Du musst ins Krankenhaus. Das kann dich lähmen, und du sitzt den Rest deiner Zeit im Rollstuhl. Wäre übel.«

Kirsten sah sie schockiert an, sie suchte immer noch nach Worten.
»Also, ich gehe jetzt weiter, und du fährst ins Krankenhaus, OK?«, sagte Mila.
»Gut. Aber ich bringe dich noch nach Hause. Oder wohin wolltest du?«
»Ich komme schon klar.«
»Ich würde dich aber gerne bringen. Bitte. Ich muss doch sowieso fahren.«
»Wenn du dich umbringen willst, gut. Du kannst auch einen Krankenwagen rufen.«
Kirsten schüttelte steif den Kopf, sie stiegen in das Auto.
»Wohin?«, fragte sie.
»Da lang. Bis zum Kottbusser Tor.«
Kirsten fuhr los, Mila warf einige skeptische Blicke auf ihren Nacken: »Also, was war so blöd im Radio?«
Kirsten erzählte von der Entführung, ein Freund von ihr sei derzeit im Jemen, da würde man sich natürlich Sorgen machen.
»Gab's keine Namen?«
»Nein. Sie haben nur von einem Entführten gesprochen.«
»Sonst nichts?«
»Und von einer Begleiterin, die entkommen konnte.«
»Hat dein Freund denn eine Begleitung?«
Kirsten stockte, sie wüsste das nicht. Dafür kenne sie ihn nicht gut genug.
»Klingt spannend. Also eigentlich kein Freund, sondern nur ein Typ, den du toll findest, nicht? Ich würde ihn einfach anrufen; komm, halt an und ruf ihn an.«

Kirsten schwieg einen Moment, setzte dann den Blinker und fuhr an den Straßenrand. Ihr Handy zeigte immer noch Bastiens verpassten Anruf an; sie drückte die Anzeige weg und wählte Thomas' Nummer, seine Stimme war auf der Mailbox zu hören.
»Nur Mailbox.«
Mila zog eine Zigarette aus ihrer Schachtel und zündete sie an. »Das muss nichts heißen. Da sind jetzt Hunderte Deutsche. Die feiern Silvester und so einen Quatsch.«
Kirsten verfolgte den Qualm im Auto und rieb sich wieder den Nacken. »Ich weiß nicht. Glaubst du an solche – Gefühle, an Ahnungen?«
»Kann sein, transzendental, so etwas. Das gibt's bestimmt. Wir hängen alle in einer universalen Raum-Zeit-Blase fest, alles ist gleichzeitig alles, ein Brei. Da schwimmen wir herum und wissen's nur nicht.«
»Also – ja?«
»Was?«
»Du glaubst daran?«
»Es ist doch egal, ob man dran glaubt oder nicht. Weil man es eh nicht weiß.«
»Aber deshalb *glaubt* man doch – weil man es eben nicht wissen kann«, sagte Kirsten.
»Hast du so eine Ahnung?«, fragte Mila.
Kirsten nickte, ja, sie hätte ein ganz komisches Gefühl; irgendetwas würde ihr sagen, dass mit ihrem Freund etwas nicht stimmen würde, sie würde das fast physisch spüren.
»Glaubst du, man hat ihn umgebracht?« Mila blickte sie ausdruckslos an. Sie schwiegen und hörten auf das

Ticken des Blinkers. Schließlich fuhr Kirsten wieder an.
»Kottbusser Tor, OK. Wo genau da?«
Mila nannte die Straße und die Hausnummer. Kirsten stutzte, sie kenne das Haus, es wäre voller Ateliers, und eigentlich wollte sie auch –
»Das sind Ateliers?«
»Ja, nur. Zu wem wolltest du denn?«
»Zu einem Typen. Kenne ihn aus dem Netz, weiß auch nicht, wie er heißt.«
»Ein *Blind Date* zu Silvester? Nicht schlecht.«
»Wie geht's deinem Nacken?«
»Besser.«
»Dann komm doch mit«, sagte Mila.
Kirsten sah noch einmal auf ihr Handy, Bastien hatte keine Nachricht hinterlassen. Sie drückte seine Nummer, es läutete mehrmals, er meldete sich nicht.
Sie fuhr wieder los.

*

Frings hielt ihm einen Umschlag hin.
»Willst du nachzählen?«
»Natürlich nicht, wird schon passen«, sagte Bastien.
Er legte den Umschlag auf den Schreibtisch. »Sie war nicht da?«
Frings schüttelte mit dem Kopf. – Und was er jetzt machen wolle, fragte Bastien. Er sah auf die Uhr, es war bereits halb acht.
»Ich weiß nicht. Gib mir ein Glas Wein.«
Er setzte sich in den Sessel. Bastien schenkte ihm das Glas ein. »Per, ich weiß ja nicht, was vorher passiert

ist, aber ich glaube, du kannst hier jetzt nichts machen.«
»Woher willst du das wissen?«
»Sie könnte überall sein, vielleicht nicht einmal mehr in Berlin. Ich glaube, du kannst nur das Nichtstun nicht ertragen«, sagte Bastien.
Frings schwieg. Bastien hörte sein Handy mehrmals läuten, nervös sah er, dass es Kirsten war. »Wirklich, du solltest zurück nach Köln. Und den Abend mit Monika verbringen, zumindest den Rest davon. Den Flieger um halb zehn könntest du noch kriegen.«
Frings hielt ihm wieder das Glas hin und schlug die Beine übereinander.
»Gib mir noch einen.«

*

Rob stand im dunklen Flur. Er dachte über seinen Anfangssatz nach: *Bastien, hör zu, ich muss mit dir sprechen, es gibt da eine Sache, über die wir reden müssen*, so in der Art. Schon dieser Anfang war schlecht, nicht Bastien musste über irgendetwas sprechen, sondern nur er.
Er dachte kurz daran, den Champagner aus dem Kühlschrank zu holen – auch das war Blödsinn, Bastien trank so etwas nicht.
Er trat von einem Fuß auf den anderen und hielt sich dabei am Geländer fest. Bastien würde es niemals verstehen, er konnte es gar nicht verstehen, besonders nicht in seiner Situation.
Aber er musste es tun.
Er ging zur Tür und hob die Hand, dann zögerte er,

hörte, wie Bastien mit jemandem sprach, es war eine Männerstimme.
Im Erdgeschoss öffnete sich die Tür, jemand hatte das Licht angemacht, er blinzelte.

*

Das Taxi bog um die Kurve, der Fahrer gab Gas, und Sonia winkte mit der Hand aus dem Fond. »Stopp! Da links, ja, hier.«
Der Fahrer blickte fragend in den Rückspiegel, sie öffnete bereits die Tür. »Los, komm, wie viel?!«
»Zwölfdreißig.«
Sie warf einen Zwanzig-Euro-Schein auf den Vordersitz, stieg wortlos aus und rannte auf den Hauseingang zu. Die Tür klemmte, sie zog sie mit aller Kraft auf und stand im Treppenhaus. Dann stieg sie hoch und nahm dabei zwei Stufen auf einmal.

*

Das Taxi scherte vor Kirstens Wagen aus dem Stand direkt in die linke Spur.
»Idiot«, fluchte sie, drückte die Hupe und fuhr rechts in eine Parklücke.
»Nicht dein Tag heute, was?«, sagte Mila. Sie sah, dass jemand das Licht im Treppenhaus des Hauses gegenüber angemacht hatte. »Ist es das?«
Kirsten nickte. »Weißt du denn, welche Etage, sonst etwas? Da gibt es mindestens zwanzig Künstler.«
»Die vierte, glaube ich.«
»Was?«
»Es ist die vierte Etage, ja.«

Kirsten schwieg. In der vierten Etage arbeiteten nur Bastien und Rob. »Du hast wirklich keinen Namen?«, fragte sie leise.
»*Bruder.* Nur das. Und er ist ein totaler Spinner, ein Träumer eben. Werde ihn schon finden. Was machen die Schmerzen?«
Kirsten brauchte einen Moment für die Antwort. »Es wird wieder schlimmer.«
Sie sah hinüber zum Haus, ein Betrunkener kam aus der Tür und torkelte weiter, dann sah sie wieder auf ihr Telefon. »Sag mal, was würdest du an meiner Stelle machen?«, fragte sie.
»Du meinst, wegen deines Freundes da im Jemen?«
»Ja.«
»Weiß nicht. Ich würde ihn retten wollen, klar.«
»Du würdest da hinfliegen?«
»Auf jeden Fall. Wenn man so etwas schon spürt, dann ist es wichtig. Ich meine, dann ist das Gefühl wichtig. Der Rest ist sowieso egal, nur das zählt.«
Sie sagte das in einem Tonfall, der keine Frage mehr zuließ. Kirsten nickte und blickte wieder hinüber zum Haus.
»Kommst du mit rein?«, fragte Mila.
»Nein. Ich fahre ins Krankenhaus.«
»Na dann. Danke fürs Mitnehmen. Schon scary, wenn man sich auf solche Weise kennenlernt.«
»Ja. Hab viel Spaß heute mit deinem *Bruder*.«
Sie umarmten sich, Mila stieg aus. Kirsten sah, wie sie die Straße überquerte, die Tür öffnete und im Licht die Treppe hochstieg.
Sie griff wieder zum Handy und wählte Thomas' Num-

mer, anstatt der Mailbox war nun der Freiton zu hören, aber niemand meldete sich. Sie wertete das als ein gutes Zeichen, auf dem Weg zum Flughafen würde sie es weiter versuchen.

*

Rob sah Sonia verblüfft an, er hätte nicht mehr geglaubt, dass sie –

»Ich weiß, ich bin spät«, sagte sie. »Entschuldige. Ich erkläre es dir später. Was machst du hier draußen?«

Er hätte nur den Müll heruntergebracht, stotterte er, und natürlich wäre alles da, Champagner, Essen, auch so ein blöder Trüffel. Und der Tisch wäre gedeckt, er hätte ein paar Kerzen besorgt. Schon irgendwie – kitschig alles.

Sie lachte. Er legte den Finger auf den Mund und wies zu Bastiens Tür, sie nickte und küsste ihn auf den Mund, schob ihn dabei langsam durch die Tür. Sie zog die Joggingschuhe aus und untersuchte ihr Kleid, es hatte beim Laufen einen Riss bekommen.

»Ich bleibe jetzt hier«, sagte sie leise.

Sie nestelte weiter an dem Riss herum, Rob betrachtete sie lange: »Du siehst wunderbar aus.«

*

»Vielleicht hast du recht«, sagte Frings. Er goss sich jetzt selbst den Wein ein. »Oder auch nicht.«

»Hast du Monika denn Bescheid gesagt?«

»Nein.«

»Aber sag ihr doch wenigstens, dass du hierbleibst.«

»Die kann mich mal. Alle können mich mal.« Er leerte das Glas wieder in einem Zug.

Bastien blickte auf sein Display. Ein verpasster Anruf mit einer jemenitischen Vorwahl wurde angezeigt, wahrscheinlich war es Mel gewesen.
»Per, das bringt doch nichts.«
Frings umgriff das Glas mit der ganzen Hand, stellte es dann geräuschvoll auf den Tisch. »Sie ist – böse, Bastien. Ich sage dir, sie ist böse.«
»Wer – Mila?«
»Sie hat mich gefilmt, stell dir das vor. In *meinem* Haus. – Mich!«
»Gefilmt?«
»Und einen miesen Brief geschrieben.«
Bastien stand auf, starr. »Was?«
Sein Telefon läutete wieder, er sah Steilmanns Nummer und drückte auf die Taste.
»Steilmann hier. Ich grüße Sie.«
»Gibt es etwas Neues?«, fragte Bastien. Er machte Frings ein Zeichen, dass der Anruf wichtig sei.
»Das kann man wohl sagen. Ihr Freund ist wieder frei.«
Die Leute hätten sich natürlich Zeit gelassen, aber das kenne man in solchen Fällen. Letztlich hätten die ihr Geld bekommen. Wie dem auch sei, dieser Deger sei dort jetzt im Krankenhaus.
»Krankenhaus?«
»Eine Gehirnerschütterung. Und ein abgeschnittener Finger.«
Bastien sagte, wie erleichtert er sei, Steilmann stimmte ihm zu, jetzt könne man wenigstens noch etwas Silvester feiern, immerhin. »Übrigens fliegt Ihre Lebensgefährtin noch heute zurück nach Berlin.«

»Sie bleibt nicht da – bei ihm?«
»Offensichtlich nicht. Sie will zurück.«
Sie schwiegen einen Augenblick. Er hätte sich auch gewundert, sagte Steilmann dann, in solchen Situationen sei ja eigentlich zu erwarten, dass man dem Freigekommenen zur Seite stünde. »Händchen halten, so etwas. Aber eine Verliebtheit hält nicht ewig, oder? Es scheint, dass Sie Glück haben. Und schon gleich wieder das traute Heim zurückbekommen.« – Gut, nun würde er sich noch ein Glas mit ein paar Freunden gönnen, am besten, er würde das auch machen, später könne er seine Melanie ja wieder in den Armen halten, passend zu Neujahr. – Also, er wünsche ihm einen guten Rutsch und einen schönen Abend noch.
»Ja«, sagte Bastien leise und legte das Telefon wieder auf den Tisch.
»Wer war das?«, fragte Frings.
»Nichts. Nur Ärger mit Mel.«
Frings' Blick war schon gläsern, er suchte die Flasche vor sich auf dem Tisch. »Du bist viel zu nett für deine Mel. Die hat dich verarscht.«
»Lass die Flasche stehen, Per«, sagte Bastien laut.
»Was?«
»Lass die Flasche stehen. Du wirst jetzt gehen und zum Flughafen fahren, ist das klar?«
»Ich gehe nicht.«
»Du wirst gehen«, sagte Bastien bestimmt. »Und zwar jetzt.«
»Du schmeißt mich raus?«
»Ja.«

Frings blickte ihn abschätzend an: »Und wenn ich meinen Umschlag wiederhaben will?«
»Bezahlt ist bezahlt.«
»Das ist gut, gefällt mir. Du wirst erwachsen. Ein harter Knochen.«
Er lachte, stand schwerfällig auf und schwankte zur Tür. »Hatte mich schon mit deinem Sessel da für die Nacht angefreundet.«
Bastien schwieg.
»Aber ob Walter Reiser den jemals sehen wird? Ich glaube nicht«, sagte Frings leise.
Bastien hielt ihm die Tür auf, er ging hinaus. Von oben verfolgte er, wie er die Treppe hinabstieg; auf der zweiten Etage übergab er sich und hustete lange, Bastien empfand schlichten Ekel. Dann hörte er, wie er die Haustür öffnete und auf den Bürgersteig hinaustorkelte.
Er wartete einen Moment lang. Es war ruhig, und er schloss die Tür, setzte sich in den Sessel und war nicht mehr in der Lage, an irgendetwas zu denken – an den nun freien Thomas, an Mel im Flugzeug nach Berlin, an Kirstens Anrufe und an *Schwester*, die nicht gekommen war. Er schloss die Augen, und die bekannten Bilder kehrten wieder; seine Ankunft in Berlin, die Landebahn unter ihm, Sonias Gesicht, die immergleichen Wände des Ateliers, Bilder einer jetzt fernen Zeit, inzwischen in die feinen Scheibchen ineinandergleitender Ebenen zerlegt. Er lächelte im beginnenden Halbschlaf, eigentlich hatte er *es* nur wiederfinden wollen. Aber wie fand man etwas, von dem man glaubte, dass es verloren war?

Indem man aufhörte, zu suchen.
Es gab nichts mehr zu tun.

*

Mila stieg langsam das Treppenhaus hoch. Auf einer Etage hatte sich jemand erbrochen, sie stieg angewidert darüber hinweg.
Im vierten Stock gab es zwei Eingänge, etwas unentschlossen stand sie auf dem Absatz und zündete sich eine Zigarette an.
Dann ging sie zur rechten Tür, dahinter war ein Lachen zu hören, von einem Mann und einer Frau. Sie entschloss sich für die andere Seite und klopfte an; es geschah nichts, sie klopfte wieder.
Sie wartete und rauchte eine weitere Zigarette.
Probehalber drückte sie auf die Klinke, die Tür war nicht verschlossen, und sie trat vorsichtig ein.
Der Raum war voller Bilder, sie standen überall, selbst auf der Spüle der Küche. Das Licht war nicht sehr hell, und sie brauchte einen Moment, um den Mann im Sessel zu sehen, er schlief. Sie ging näher heran, er bewegte sich kurz und drehte sich zur Seite.
Auf dem Schreibtisch sah sie einen Computer, mit unzähligen Klebezetteln übersät; die meisten wiesen Skizzen und Notizen auf, auf einem stand in krakeliger Schrift *an Schwester schreiben*. Daneben drei Ausrufezeichen.
Es war kalt in dem Atelier. Sie sah die Decke und legte sie Bastien vorsichtig über die Schultern, er bewegte sich wieder kurz und legte das Gesicht auf die andere Seite.

Es kam ihr bekannt vor.
Sie sah das Bild am Kopfende des Raumes, einen Akt.
Sie sah sich selbst.
Er bewegte sich wieder im Sessel und griff mit den Händen auf die Lehne des Sessels, offenbar träumte er. Sie strich ihm sanft über den Kopf, und seine Hände wurden ruhiger; sie nahm eine an sich und hielt sie an ihre Wange, er öffnete die Augen einen Spalt breit.
»Mila?«
Sie hielt weiter seine Hand, er streichelte ihr über das Gesicht und schloss wieder die Augen.
Das Licht im Innern wurde beständig heller, der Sessel hatte sie nun beide sanft umformt, und sie spürten ein Vibrieren. Das Wesen bewegte sich, zuerst langsam, dann stiegen sie schnell höher, Meter um Meter, das Tageslicht näherte sich, schon bald lag der Krater unter ihnen, bis er nur noch als kleiner Kreis unter ihren Füßen zu sehen war, ebenso schnell verschwand die Insel im blauen Dunst, und schon waren sie von Sternen umringt, Tausende, Millionen, ihr Licht stach ihnen in die Augen. Es reflektierte an der Haut ihres Gesichtes neben ihm.
»Mila?«, sagte er noch einmal.
»Ja?« Sie rieb seine Hand an ihrer Wange.
Er sah sie an. Sie zog jetzt ihren Mantel aus, in der Ferne hörten sie einige Böllerschüsse, und ein Feuerwerksleuchten drang durch die Fenster des Ateliers.
»Bleibst du bei mir?«
Sie legte sich zu ihm und zog die Decke zurecht. Sie war groß genug für sie beide.

Neue Literatur in der Frankfurter Verlagsanstalt
(eine Auswahl)

Thilo Bock. SENATSRESERVE. EIN PROVINZROMAN
320 Seiten, gebunden
Humorvoller Entwicklungsroman, Coming of Age-Geschichte, Krimi mit angezogener Handbremse und Pulpgroteske. Wir schreiben das Jahr 1989 und befinden uns an der Sollbruchstelle deutscher Nachkriegsgeschichte: im provinziellen Kokon Westberlin.

Nora Bossong. GEGEND
Roman. 128 Seiten, gebunden
„*Gegend* ist eines der überzeugendsten Erzähldebüts des soeben vergangenen Jahres." FRANKFURTER RUNDSCHAU

Nora Bossong. WEBERS PROTOKOLL
Roman. 284 Seiten, gebunden
„Ein Roman voller literarischer Untiefen und menschlicher Abgründe, der nicht allein für kommende Bücher ihrer Generation eine unübersehbare Wegmarke setzt." DEUTSCHLANDFUNK

Mathieu Carrière. IM INNERN DER SEIFENBLASE
Roman. 366 Seiten, gebunden
„Der Roman karikiert den Irrwitz des Trivialfernsehens. Ein echter und zugleich satirischer Schundroman." DEUTSCHLANDRADIO KULTUR

Stuart Evers. ZEHN GESCHICHTEN ÜBERS RAUCHEN
Stories. Etwa 220 Seiten, gebunden
„Was für ein fantastisches Debüt! Raymond Carver und Alice Munro klingen in diesen kurzen traurigen Geschichten über Zigaretten nach. Dieses exzellente Stück anglo-amerikanischer Literatur verdient es gelesen zu werden." NEW STATESMAN

Margaux Fragoso. TIGER, TIGER
Roman. 464 Seiten, gebunden
„Es ist ein schockierendes Buch, das die Amerikanerin Margaux Fragoso über ihre jahrelangen Erfahrungen mit einem Pädophilen geschrieben hat. Ein Triumph des Erzählens über das Schweigen. Ein Triumph der Literatur." FRANKFURTER ALLGEMEINE ZEITUNG

Ernst-Wilhelm Händler. WENN WIR STERBEN
Roman. 480 Seiten, gebunden.
SWR-Bestenliste Platz 1 „Bestes Buch des Jahres“
„Ernst-Wilhelm Händler vollzieht in seinem raffinierten Roman nichts Geringeres als die feindliche Übernahme der deutschen Gegenwartsliteratur. Wenn es noch Zweifel geben sollte, ob Ökonomie überhaupt literaturfähig sei, dann sind sie hiermit endgültig entkräftet.“
FRANKFURTER ALLGEMEINE ZEITUNG

Ernst-Wilhelm Händler. DIE FRAU DES SCHRIFTSTELLERS
Roman. 640 Seiten, gebunden
„Wer *Die Frau des Schriftstellers* vor allem als Buch über die Zwänge und die Kälte des gegenwärtigen Literaturbetriebs liest, wird allenfalls Einzel-Aspekte dieser Kaleidoskop-Prosa erkennen – immerhin handelt es sich hier um den ehrgeizigsten und erfolgreichsten Versuch seit langem auszuloten, was Literatur überhaupt vermag.“ LITERATUREN

Ernst-Wilhelm Händler. WELT AUS GLAS
Roman. 608 Seiten, gebunden
„Auf weite Strecken liest man einen ebenso rasant wie elegant erzählten, geistreichen und verführerischen Roman, der in einer Welt spielt, die man in der deutschsprachigen Literatur nicht unbedingt gewöhnt ist: urban, weltläufig, nicht zuletzt auch wohlhabend.“ FRANKFURTER RUNDSCHAU

Zoë Jenny. DAS PORTRAIT
Roman. 205 Seiten, gebunden
„Ein Künstlerroman reich an unterschwelliger Symbolik, gesehen mit den Augen einer Malerin.“ FOCUS

Tristan Garcia. DER BESTE TEIL DER MENSCHEN
Roman. 320 Seiten, gebunden
„Zweifellos der erstaunlichste Roman dieses literarischen Herbstes, ein zeitgeschichtliches Panorama eines durch Aids überschatteten Pariser kulturellen Milieus, eine packende Geschichte.“ VOGUE

Tanja Kinkel. GÖTTERDÄMMERUNG
Roman. 447 Seiten, gebunden
„Der ‚weibliche Noah Gordon‘ hat einen brisanten Wissenschaftsthriller in bester Crichton-Tradition verfasst.“ ABENDZEITUNG

Bodo Kirchhoff. INFANTA
Roman. 544 Seiten, gebunden
„Es ist ein spannendes Buch, das den Leser so in die Gegenwart der Erzählung hineinzieht, dass er die eigene Zeit vergisst. Etwas Selteneres lässt sich von einem deutschen Roman kaum sagen."
Frankfurter Allgemeine Zeitung

Bodo Kirchhoff. PARLANDO
Roman. 536 Seiten, gebunden
„Ein fabelhafter Erzähler, ein großartiger Schriftsteller, eine grandiose Episode nach der anderen!" Marcel Reich-Ranicki

Bodo Kirchhoff. DER SOMMER NACH DEM JAHRHUNDERTSOMMER
Erzählungen. 496 Seiten, gebunden
„Es ist ein Leseschatz, eine Fundgrube für Kirchhoff-Leser und Leser, die es werden wollen oder auf Empfehlung werden sollten."
Hessischer Rundfunk

Bodo Kirchhoff. WO DAS MEER BEGINNT
Roman. 307 Seiten, gebunden
„Das ist so scharf beobachtet, so witzig, dramaturgisch geschickt und spannungsreich erzählt, da erweist sich Kirchhoff auf der Höhe seiner Kunst." Frankfurter Allgemeine Zeitung

Bodo Kirchhoff. EROS UND ASCHE
Ein Freundschaftsroman. 278 Seiten, gebunden
„Bodo Kirchhoffs ganz wunderbarer Roman einer ‚unerledigten Liebe', die weit ausschschwingende, zögernde Annäherung an eine Freundschaft, von der im 30. Kapitel Abschied genommen wird, nachdem zwei Leben mäandernd erzählt sind." Die Zeit

Gert Loschütz. DUNKLE GESELLSCHAFT
Roman. 220 Seiten, gebunden
„*Dunkle Gesellschaft* ist ein faszinierender Roman, dessen Lektüre einen Sog erzeugt, dem der Leser sich schwer entziehen kann." Die Zeit

Marcel Maas. PLAY. REPEAT
Prosa-Set. 124 Seiten, gebunden
„Der Wortakrobat Maas skizziert die Ausweglosigkeit seiner Generation in einer fremd gewordenen Zeit. Mehr noch: Marcel Maas provoziert mit dichterischer Radikalität, stellt kritische Fragen über das Erbe der Elterngeneration und den Zustand der Welt." Die Welt

Quim Monzó. 100 GESCHICHTEN
Erzählungen. 800 Seiten, gebunden
„Quim Monzó ist anerkannt als eine der provozierendsten Stimmen der europäischen Gegenwartsliteratur. Seine Kurzgeschichten sind das Beste, was Europa im letzten Jahrzehnt hervorgebracht hat.“
WORLD LITERATURE TODAY

Alfred Neven DuMont. REISE ZU LENA
Roman. 255 Seiten, gebunden
„Medienzar Neven DuMont offenbart sich als veritabler Autor – die Überraschung dieses Bücherfrühlings.“ FOCUS

Guðmundur Óskarsson. BANKSTER
Roman. Etwa 330 Seiten, gebunden
„Ein waschechtes Krisenbuch und als solches einfach großartig. Das beste Krisenbuch überhaupt.“ SUNNUDAGSMOGGINN

Sylvia Plath. DIE TAGEBÜCHER
492 Seiten, gebunden
„Ein großartiges Stück autobiographische Literatur. Kraftvoll und poetisch, klug und sprachlich ausgefeilt.“ BRIGITTE

Marion Poschmann. SCHWARZWEISSROMAN
Roman. 320 Seiten, gebunden
„Hier gibt es keine abgegriffenen Worte, keine sattsam bekannten Figuren. So etwas hat man noch nicht gelesen.“ BÜCHER

Marion Poschmann. HUNDENOVELLE
128 Seiten, gebunden
„Es ist die präzise Komposition, die neben der geschliffenen, glitzernd polierten Sprache dieser Prosa besticht.“ DIE ZEIT

Stefanie Sourlier. DAS WEISSE MEER
Erzählungen. 170 Seiten, gebunden
„Ich kann nur vom Aufatmen sprechen, endlich wieder hat die junge deutsche Literaturgeneration ein Talent, dessen Prosa das Vielversprechende längst eingelöst hat und mich beim Lesen neugierig macht und in Atem hält.“ JOSEF WINKLER

Thomas von Steinaecker. WALLNER BEGINNT ZU FLIEGEN
Roman. 368 Seiten, gebunden
„Ein Roman über die Zeit, über ihre Geschwindigkeit, ihre Langsamkeit und vor allem die Tatsache, dass dem Leben des Menschen die Rückspultaste fehlt – in einer Sprache, die hundert Jahre zu einem einzigen, schnellen, unvergesslichen Leseerlebnis macht.“ JULI ZEH

Thomas von Steinaecker. SCHUTZGEBIET
Roman. 381 Seiten, gebunden
Heimliche Liebschaften, offene Intrigen und ein großes, wahnwitziges Projekt: die Aufforstung der afrikanischen Steppe mit deutschem Wald. „Begeistert hat mich *Schutzgebiet* von Thomas von Steinaecker: vielschichtig, kunstvoll und unterhaltend. Aufpassen, Herr Kehlmann: ein Konkurrent.“ BUCHMARKT

Jean-Philippe Toussaint. SICH LIEBEN
Roman. 154 Seiten, gebunden
„Das Wesen der Liebe besteht darin, dass sie sich nicht beenden lässt. Dies scheint Toussaint mitteilen zu wollen, ganz und gar toussaintesk natürlich, beiläufig, unpathetisch, parenthetisch, versteckt im offenen, schwebenden Schluss seines bisher schönsten Romans.“
NEUE ZÜRCHER ZEITUNG

Jean-Philippe Toussaint. FLIEHEN
Roman. 178 Seiten, gebunden
„Was will man Größeres, was will man mehr von der Literatur verlangen!“
LE MONDE

Jean-Philippe Toussaint. DIE WAHRHEIT ÜBER MARIE
Roman. 190 Seiten, gebunden
„Toussaint ist der beste, erfindungsreichste, beobachtungsschärfste französischsprachige Erzähler der Gegenwart; seine Bücher sind Tiefenbohrungen ins Heute.“ FRANKFURTER ALLGEMEINE ZEITUNG

Pablo Tusset.
SAKAMURA, CORRALES UND DIE LACHENDEN LEICHEN
Roman. 300 Seiten, gebunden
„Wer bei dieser sich ins Groteske steigernden Humorkaskade nicht vor Lachen sein Eis verschluckt, dem ist nicht mehr zu helfen.“
FRANKFURTER ALLGEMEINE ZEITUNG